SUBMERGÉS

« *Submergés se lit comme un orage à l'approche,
plein de noirceur, de crainte et d'électricité.
Préparez-vous à avoir la chair de poule.* »
- Andrew Gross, auteur de 15 Seconds,
best-seller du *New York Times*

CHERYL KAYE
TARDIF

Traduit par Pascal Aubin

SUBMERGÉS

http://www.cherylktardif.com

Première publication sous forme électronique (e-Book) en français

Imajin Books : www.imajinbooks.com

Mars 12, 2020

ISBN : 978-1-77223-394-0

Conception de la couverture : Juan Padron
www.juanjpadron.com

Traduit de l'anglais (Canada) par Pascal Aubin :
www.pascalaubin-traductions.com

Éloges de Submergés

« *Submergés* se lit comme un orage à l'approche, plein de noirceur, de crainte et d'électricité. Préparez-vous à avoir la chair de poule. »
— Andrew Gross, auteur de *15 Seconds*, best-seller du *New York Times*

« Dès la première page, vous savez que vous êtes entre les mains d'une conteuse experte qui va vous maintenir éveillé(e) à dévorer le livre. Tardif connaît son affaire. Ses livres se vendent comme des petits pains parce que son écriture enflamme les pages. Un auteur merveilleux, effrayant et palpitant. »
— M.J. Rose, auteur du best-seller international *Seduction*

« Tardif nous livre une fois de plus un chef-d'œuvre surnaturel et plein de suspense. »
— Scott Nicholson, auteur du best-seller international *The Home*

« Dès le début, Cheryl Kaye Tardif vous prend en otage avec *Submergés* – une histoire captivante d'angoisse et de rédemption. »
— Rick Mofina, auteur du best-seller *Into the Dark*

« Le dernier roman de Cheryl Kaye Tardif, *Submergés*, vous laissera aussi hanté(e) que ses personnages. »
— Joshua Corin, auteur du best-seller *Before Cain Strike*

À mon père, qui m'a toujours soutenue.

Remerciements

Un merci tout particulier à mon ami de longue date Mike, sans qui ce roman n'aurait pas vu le jour. Mike, merci d'avoir partagé ta propre histoire d'addiction, la façon dont elle a affecté ta vie, ton mariage, ta carrière et ton entourage. Ton courage tranquille est une source d'inspiration. Et ta vie d'aujourd'hui prouve qu'il est possible de trouver la rédemption en abandonnant ses vieilles habitudes, en s'accrochant à l'espoir et en remontant à la surface.

Merci à Sharon DeVries du Yellowhead Regional Emergency Communications Center, pour les précieuses informations qu'elle m'a fournies concernant les services d'urgence dans la région de Hinton et d'Edson. Comme dans toute fiction, la vérité a parfois été déformée pour s'adapter à l'intrigue et lui donner du rythme ; s'il y a des erreurs, ce sont donc les miennes, même si je m'efforce de créer des scènes et des personnages crédibles.

Mes remerciements à Laurent Colasse, président de ResQMe, et à Melissa Christensen, pour m'avoir autorisée à utiliser leur produit et leur marque dans mon histoire. J'espère que cela fera mieux connaître ce dispositif important pour la sécurité. Et ma sincère reconnaissance pour leur don d'une douzaine de porte-clés ResQMe, qui seront distribués pendant le lancement de ce livre. Vous trouverez davantage d'informations concernant ce dispositif sur www.resqme.com

Et à Christopher Bain, chef de la conception et du développement produit chez BioWare ULC, un département d'Electronic Arts Inc., pour m'avoir permis d'employer le nom de l'entreprise dans ce roman. www.bioware.com

Merci à John Zur, estimé lecteur et fan de mes romans, pour m'avoir autorisée à faire de vous un personnage – et un personnage cohérent, qui plus est. J'ai des projets pour l'inspecteur John Zur, et je pense qu'il fera une nouvelle apparition dans un autre roman à l'avenir.

Merci à une jeune fan très particulière, Gabbie Gros, qui m'a permis de l'immortaliser dans ces pages. Gabbie, j'espère sincèrement que tu réalises que tu peux devenir tout ce que tu voudras. Ton avenir est entre TES mains. Tu es un véritable cadeau pour ce monde ! Ne l'oublie jamais.

Et merci à mon collègue auteur Luke Murphy, qui a gagné un concours que j'avais organisé il y a quelques années – dans lequel le gagnant me fournissait la première ligne d'un nouveau roman. La première phrase du prologue est de Luke, et je crois que vous reconnaîtrez qu'elle suscite des images terribles… et a un parfum indéfinissable qui s'attardera peut-être dans votre esprit.

Prologue

On ne s'habitue jamais à la puanteur de la mort. Marcus Taylor connaissait intimement cette odeur. Il avait inhalé celle de la chair brûlée, de la chair décomposée… de la chair malade. Elle s'attardait sur lui bien après qu'il s'était éloigné du corps.

L'image des visages gris et des lèvres bleuies de sa femme et de son fils s'imposa à lui.

Jane… Ryan.

Heureusement, il n'y avait pas de cadavre ce soir. La seule odeur qu'il reconnaissait était celle de la prairie mouillée et le reste d'humidité laissé par une averse et la proximité de la rivière.

— Alors qu'est-ce qui s'est passé, Marcus ?

La question venait de l'inspecteur John Zur, un flic que Marcus connaissait d'une autre époque. Avant celle où il avait échangé ses revenus stables et sa carrière respectable contre quelque chose qui l'avait empoisonné physiquement et mentalement.

— Allez, le pressa Zur. Racontez-moi ça. Et dites-moi la vérité.

Marcus était expert dans l'art de dissimuler. Il l'avait toujours été. Mais il n'y avait pas moyen de cacher pourquoi il était trempé jusqu'aux os, au bord d'une rivière, au milieu de nulle part.

Il scruta la rivière, essayant de discerner à quel endroit la voiture avait coulé. Il ne voyait que de légères rides à la surface.

— Vous voyez ce qui s'est passé, John.

— Vous avez quitté votre bureau. Pas une décision très rationnelle, compte tenu de vos antécédents.

Marcus secoua la tête, le goût de l'eau du fleuve toujours dans la gorge.

— Ce n'est pas parce que je fais quelque chose d'inattendu que j'ai repris mes vieilles habitudes.

Zur le dévisagea mais ne dit rien.

— Il fallait que je fasse quelque chose, John. Il fallait que j'essaie de les sauver.

— C'est à ça que servent les services médicaux d'urgence. Vous n'êtes plus infirmier.

Marcus laissa son regard errer vers la rivière.

— Je sais. Mais vos gars étaient dispersés et il fallait bien que quelqu'un les cherche. Le temps leur manquait.

Au-dessus de leurs têtes, un éclair zébra le ciel et le tonnerre résonna.

— Bon sang, Marcus, vous avez fait cavalier seul ! dit Zur. Vous savez comme c'est dangereux. Nous aurions pu nous retrouver avec quatre corps.

Marcus fit la grimace.

— Au lieu de seulement trois, vous voulez dire ?

— Vous savez comment ça fonctionne. Ce n'est pas pour rien que nous travaillons par équipes. Nous avons tous besoin de soutien. Même vous.

— Toutes les équipes de sauveteurs étaient prises ailleurs. Je n'avais pas le choix.

Zur soupira.

— On se connaît depuis longtemps. Je sais que vous avez fait ce que vous pensiez juste. Mais ça aurait pu leur coûter la vie à tous. Et ça vous coûtera probablement votre emploi. Pourquoi prendre ce risque pour une parfaite inconnue ?

— Ce n'était pas une inconnue.

Dès que ces mots sortirent de sa bouche, Marcus réalisa à quel point cette affirmation paraissait vraie. Il en savait davantage sur Rebecca Kingston que sur n'importe quelle autre femme. En dehors de Jane.

— Vous la connaissez ? demanda Zur en fronçant les sourcils.

— Elle m'a raconté des trucs et je lui en ai raconté. Alors oui, je la connais.

— Je ne saisis toujours pas pourquoi vous n'êtes pas resté au centre pour nous laisser faire notre boulot.

— C'est *moi* qu'elle a appelé.

Marcus regarda son ami dans les yeux.

— *Moi*. Pas vous.

— Je comprends, mais c'est votre travail. D'écouter et de transmettre les informations.

— Vous ne comprenez rien. Rebecca était terrifiée. Pour elle et pour ses enfants. Personne ne savait avec certitude où ils étaient, et le temps lui manquait. Si je n'avais pas au moins essayé, quel genre d'homme serais-je, John ?

Il serra les dents.

— Je ne pourrais pas vivre avec cette conscience. Pas à nouveau.

Zur exhala.

— Parfois, nous arrivons trop tard, voilà tout. Ça arrive.

— Eh bien, je ne voulais pas que ça arrive cette fois.

Marcus songea à la vision qu'il avait eue de Jane debout au milieu de la route.

— J'avais… l'intuition que je n'étais pas loin. Et quand Rebecca a mentionné que Colton avait vu des cochons volants, je me suis souvenu de cet endroit. Jane et moi achetions des travers et des côtes de porc au propriétaire, avant que ça ferme il y a environ sept ans.

— Et ça vous a amené ici, à la ferme.

La voix de Zur s'adoucit.

— Heureusement que votre intuition a payé. Cette fois-ci. La prochaine fois, vous n'aurez peut-être pas cette chance.

— Il n'y aura pas de prochaine fois, John.

Un sourire sarcastique plissa les lèvres de Zur.

— C'est ça.

— Il n'y en aura pas.

Zur haussa les épaules et se dirigea vers l'ambulance.

Sous un ciel chaotique, Marcus resta au bord de la rivière, le visage inondé de larmes. Les événements de cette soirée le frappaient d'un coup, comme un crochet du gauche à l'estomac. Il était submergé par une déferlante de souvenirs. Le premier appel, la voix frénétique de Rebecca, Colton pleurant à l'arrière-plan. Il connaissait ce type de peur. Il l'avait déjà ressentie. Mais la dernière fois, c'était une autre route, une autre femme, un autre enfant.

Il secoua la tête. Il ne pouvait pas penser à Jane maintenant. Ni à Ryan. Il ne pouvait pas songer à tout ce qu'il avait perdu. Il devait se concentrer sur ce qu'il avait trouvé, ce qu'il avait découvert chez une voix sans visage qui l'avait réconforté et lui avait dit qu'il avait le droit d'oublier.

Il jeta un coup d'œil à sa montre. Il était plus de minuit. 0 h 39, pour être exact. Il n'en revenait pas de constater à quel point sa vie avait changé en à peine plus de deux jours.

« *Marcus !* »

Il se retourna…

Chapitre 1

Edson, Alberta – jeudi 13 juin 2013, 10 h 55

Assis sur le tapis usé jusqu'à la corde devant la cheminée du salon, Marcus Taylor se frottait la jambe avec un Browning 9 mm militaire, le chargeur de treize cartouches dans l'autre main. Un instant, il songea à charger l'arme puis à l'utiliser.

« Mais alors, qui te nourrirait ? » demanda-t-il à son compagnon.

Arizona, setter irlandais âgé de 5 ans, lui adressa un regard inquisiteur, puis se coucha en rond et se rendormit sur le canapé. C'était une chienne de sauvetage qu'il avait prise environ un an après la mort de Ryan et de Jane. La maison était bien trop silencieuse. Sans vie.

« Ravi d'apprendre que tu as une opinion. »

Posant le pistolet et le chargeur sur le sol, Marcus cala un album photo contre ses jambes et prit une profonde inspiration. *L'album photo de la mort*. L'objet ne voyait la lumière du jour que trois fois par an. Les trois cent soixante-deux autres jours, il était caché dans une cantine d'acier qui lui servait de table basse.

Aujourd'hui, c'était le quarante-sixième

anniversaire de Paul. Ou plutôt ça l'aurait été, car Paul était mort.

Prenant une autre inspiration, Marcus chercha la chaîne qui marquait une page et ouvrit l'album. « Salut, frangin. »

Sur la photo, le caporal Paul Taylor se tenait sur le bas-côté d'une rue déserte dans la banlieue d'une ville anonyme en Afghanistan, un fusil de sniper serré contre sa poitrine et le Browning à la main. Il avait été tué le jour même, ses membres arrachés par une bombe au bord de la route. L'engin artisanal était enterré sous quinze centimètres de poussière et de terre quand Paul, distrait par un enfant qui pleurait, avait marché dessus par mégarde.

Une seule erreur stupide pouvait entraîner la mort, séparant un fils de ses parents et un frère de son frère. Le ressentiment aussi pouvait séparer des frères et sœurs.

« Je voudrais pouvoir te dire à quel point je suis désolé, dit Marcus en refoulant une larme. Nous avons perdu tant de temps à nous en vouloir mutuellement. »

Enfant, il avait caché les petits soldats de son frère aîné pour pouvoir jouer avec quand Paul était à l'école. Au lycée, Marcus avait minimisé sa propre intelligence pour être considéré comme le jeune frère sympa de la légende du hockey Paul Taylor. Marcus avait également appris à dissimuler sa jalousie.

Jusqu'à ce que Paul soit tué.

Il contempla la plaque d'identification tordue au bout de la chaîne. C'était tout ce qui restait de son frère. Il n'y avait plus rien à jalouser.

Il jeta un coup d'œil au pistolet. D'accord, il avait aussi l'arme. Il avait hérité du Browning de Paul. Un des camarades de son frère le lui avait remis en personne. « Ton frère a dit que tu pouvais jouer avec ses jouets à présent », avait dit le type.

Paul avait toujours eu un sens de l'humour particulier.

« Joyeux anniversaire, Paul. »

Il savait que ses parents, actuellement en croisière en Méditerranée, lèveraient leur verre en l'honneur de Paul ; il fit donc de même. « Tu me manques, frangin. »

Puis il lâcha la plaque et tourna la page pour passer à la série de photos suivante. Une femme aux cheveux bruns courts et ondulés et aux yeux d'un vert lumineux lui sourit.

Jane.

« Salut, Elfe. »

Il suivit du doigt le contour de son visage, se rappelant comment sa bouche remontait à gauche et comment elle regardait des comédies sentimentales à l'eau de rose, indifférente aux larmes qui ruisselaient sur ses joues.

Marcus passa à la série suivante et retint son souffle. Un beau petit garçon, rayonnant d'un grand sourire, lui faisait signe.

« Salut, petit gars. »

Il se souvenait du jour où la photo avait été prise. Son fils, Ryan, gardien de but débutant dans l'équipe de hockey junior du lycée, avait bloqué ses adversaires, donnant à son équipe une avance de trois buts. Jane avait pris le cliché à le seconde même où Ryan avait localisé son père dans la foule.

« Je t'aime. » La voix de Marcus se brisa. « Et tu me manques tant. »

Il ne pouvait pas cacher ça. Il ne pourrait jamais.

Il y avait une autre chose qu'il ne pouvait pas cacher.

Il avait tué Jane. *Et* Ryan.

Ces six dernières années, chaque fois que Marcus dormait, sa femme et son fils morts lui rendaient visite, le harcelant de leurs images spectrales, le taquinant avec des expressions familières, lui brouillant l'esprit et les tripes en un tourbillon de culpabilité. Le seul moyen d'échapper à leurs regards accusateurs et à leurs sourires méprisants était de se réveiller. Ou de ne pas s'endormir. Le sommeil était l'ennemi. Il faisait de son mieux pour l'éviter.

Marcus regarda l'horloge ancienne sur le manteau de la cheminée : 11 h 06.

Encore vingt-quatre minutes et il devrait se rendre au Centre d'urgences du comté de Yellowhead, où il occupait un poste de permanencier. Il y travaillait depuis près de six mois. Il avait effectué la moitié de ses cinq permanences de douze heures qui l'occupaient de midi à minuit. Il les faisait avec son meilleur ami, Leo, qui serait sans doute encore de bonne humeur. Leo aimait dormir tard et commencer sa journée à midi, tandis que Marcus préférait la permanence de minuit à midi, celle que tous les autres détestaient. Elle lui donnait quelque chose à faire la nuit, puisque le sommeil ne lui venait pas facilement.

Il referma l'album photo, se leva lentement et étira ses muscles ankylosés. Tandis qu'il replaçait l'album, l'arme et le chargeur dans la cantine, son regard fut attiré par un petit coffret de cèdre dont le couvercle s'ornait d'un insigne médical gravé, mais il fit de son mieux pour l'ignorer.

Même Arizona savait que ce coffret était source d'ennuis. Elle se figeait en le voyant, le poil hérissé.

« Je sais, dit Marcus. Je peux résister à la tentation. »

Cette boîte lui avait attiré des ennuis en plus d'une occasion. Elle représentait un passé qu'il aurait tout donné pour effacer. Mais il ne pouvait pas la jeter à la poubelle. Elle le tenait trop fermement. Même à présent, elle l'appelait.

« *Marcus…* »

« Non ! »

Il frappa du poing le couvercle de la cantine. Le bruit résonna dans toute la pièce, métallique comme celui de la porte d'une cellule, l'enfermant dans sa propre prison.

Derrière lui, Arizona gémit.

« Désolé, ma fille. »

Un jour, il se débarrasserait du coffret à l'insigne et en terminerait une bonne fois pour toutes.

Mais pas encore.

Secouant un accès de culpabilité, il monta quatre à quatre l'escalier menant au deuxième étage et entra dans la chambre du trois pièces duplex qu'il louait. Elle était dénuée de la moindre touche féminine, réduite au strict essentiel. Un lit, une table de chevet et une commode haute. Des stores en métal, pas de rideaux à fleurs comme ceux de la maison d'Edmonton qu'il avait achetée avec Jane. Le couvre-lit, dans un camaïeu de tons bruns, avait été remonté sur l'unique oreiller. Il n'y avait aucun des coussins décoratifs que Jane aimait tant. Pas de fleurs artificielles sur la commode. Aucune odeur de Fébreze au citron s'attardant dans l'air. Aucun signe de Jane.

Il l'avait cachée, elle aussi.

Passant dans la salle de bains attenante, Marcus se regarda dans le miroir. Il y vit la moustache et la barbe non taillées qui menaçaient d'engloutir son visage. Se penchant plus près, il examina ses yeux, qui étaient plus gris que bleus. Il tourna le visage pour capter la lumière. « Je ne suis pas fatigué. »

Les cernes noirs sous ses yeux le trahissaient.

Ignorant le regard attentif d'Arizona, il ouvrit l'armoire à pharmacie et prit le tube de Préparation H, une astuce que lui avait apprise son épouse Jane. Avant qu'il ne la tue. Une petite touche sous les yeux, sans sourire ni froncer les sourcils et, en quelques secondes, les rides de sa peau s'estompèrent. Un peu du « Tipp-Ex » de Jane – comme elle appelait le tube de cosmétique – et les ombres disparaissaient.

« Camouflage effectué », déclara-t-il à son reflet.

Un souvenir de Jane refit surface.

C'était le soir du banquet des remises de prix chez BioWare, dix-neuf ans plus tôt. Jane, vêtue d'une robe de chambre rose, était assise à la coiffeuse de la salle de bains, occupée à boucler ses cheveux tandis que Marcus s'efforçait de nouer sa cravate.

Il avait proféré un juron.

— Je n'y arrive jamais.

— Laisse-moi faire.

Poussant la chaise derrière lui, Jane avait grimpé dessus avant qu'il ait pu protester. Elle avait croisé son regard dans le miroir du lavabo et tendu les bras au-dessus de ses épaules, ses yeux se posant sur la masse informe du nœud Windsor.

— Tu ne devrais pas être aussi impatient.

— Et toi, tu ne devrais pas grimper sur une chaise.

— Je vais bien, Marcus.

— Tu es enceinte, voilà ce que tu es.

— Tu me traites de grosse, mon gars ?

Enceinte de Ryan depuis cinq mois, Jane n'avait jamais été aussi belle.

— Je ne ferais jamais ça, répondit-il.

Elle releva la tête et haussa un sourcil.

— Jamais ? Même dans quatre mois, quand je ne pourrai pas monter l'escalier jusqu'à la chambre ?

— Je te porterai.

— Et quand je ne pourrai plus voir mes orteils pour me faire les ongles ?

— Je te les ferai.

— Et quand…

Il tourna la tête et l'embrassa. Ce qui la fit taire.

En riant, elle le repoussa, tira doucement sur la cravate et fit glisser le nœud en place d'une main experte.

Il poussa un grognement.

— Pourquoi je n'y arrive pas, moi ?

— Parce que tu m'as. Et maintenant, cesse de me distraire. Je dois encore mettre ma robe et me maquiller.

Marcus s'assit au bord du lit et attendit. Avec Jane, l'attente en valait toujours la peine, et ce soir-là elle ne le déçut pas. Quand elle émergea de la salle de bains, on aurait dit une déesse sensuelle vêtue d'une robe de créateur provenant d'une boutique du centre commercial de West Edmonton. Son ventre se remarquait à peine.

— Comment tu me trouves ? demanda-t-elle en tripotant nerveusement ses nouvelles mèches dorées.

— Incroyablement sexy.

Elle tourna lentement sur elle-même pour lui montrer l'élégante robe noire décolletée dans le dos. Le regardant par-dessus une épaule pailletée, elle demanda :

— Alors tu aimes ma nouvelle robe ?

— Je l'aimerais encore plus, dit-il d'une voix douce, si elle était par terre.

Quelques minutes plus tard, ils étaient enlacés sous les draps, essoufflés et riant comme des adolescents. Le sexe avec Jane était toujours ainsi. Excitant. Juvénile. Amusant.

Après s'être rhabillée, Jane se retira dans la salle de bains pour arranger sa coiffure et se maquiller.

— Camouflage effectué, dit-elle quand elle revint. Bon, allons-y.

— Oui madame.

Il l'entendit murmurer :

— Six plus huit plus deux…

— Encore ce truc de numérologie ? demanda-t-il en souriant.

Jane était allée dans un salon parapsychique quand elle avait découvert qu'elle attendait un enfant, et un numérologue lui avait appris à déchiffrer les dates. Depuis lors, chaque fois que quelque chose d'important se présentait, elle se livrait à des calculs pour déterminer si la journée allait être bonne ou non. Elle avait même poussé Marcus à acheter des billets de loterie les « jours trois », qui d'après elle signifiaient une rentrée d'argent. Ils n'avaient pas encore gagné à la loterie, mais il jouait le jeu malgré tout.

— Qu'est-ce que c'est, aujourd'hui ?

Elle sourit.

— Un sept.

— Ah, le sept de la chance.

Il haussa un sourcil :

— Alors je vais avoir de la chance ?

— Je crois que c'est déjà fait, m'sieur.

Ils arrivèrent en retard au banquet, ce qui ne fut pas très bien reçu étant donné que Jane était l'invitée d'honneur, à qui l'on décernait un prix du meilleur programmeur pour sa dernière création de jeu vidéo chez BioWare. Quand Jane était montée sur scène pour recevoir son prix, Marcus avait cru qu'il ne pourrait jamais se sentir plus fier. Jusqu'à la nuit où Ryan était né.

Ryan... le fils que j'ai tué.

Marcus secoua la tête, obligeant les souvenirs à regagner l'ombre où ils auraient dû rester. Il prit le pot de crème à raser et regarda l'étiquette sans la voir.

Se raser ou ne pas se raser. Telle était la question.

« Non, pas aujourd'hui », marmonna-t-il.

Il ne s'était pas rasé depuis des semaines. Il aurait également dû se faire couper les cheveux. Heureusement, ils n'étaient pas trop stricts sur l'apparence à son travail, mais son chef le gratifierait sans doute encore d'un sermon.

L'alarme de sa montre émit un « bip ».

Il avait vingt minutes pour arriver au centre. Ensuite, il recommencerait à se cacher derrière l'anonymat d'une voix sans visage au téléphone.

* * *

Les services d'urgence du comté de Yellowhead à Edson, Alberta, abritaient un centre d'appel petit mais compétent, situé au deuxième étage d'un bâtiment spacieux sur la 1re avenue. Quatre pièces de l'étage étaient louées à des groupes d'urgence tels que les premiers secours, le service de réanimation cardio-pulmonaire et les services médicaux d'urgence, pour la formation. Le centre d'appel était occupé à plein temps par quatre opérateurs téléphoniques et deux cadres – un pour l'équipe de jour, l'autre pour la nuit. Il disposait aussi de quelques employés occasionnels hautement qualifiés mais sous-payés et de trois bénévoles réguliers.

Quand Marcus entra dans le bâtiment, Leonardo Lombardo l'attendait près de l'ascenseur. Et Leo n'avait pas l'air ravi de le voir.

— Tu as l'air de quelqu'un dont le chien vient de mourir, dit Marcus.

— J'ai pas de chien.

— Alors pourquoi cet accueil enthousiaste et chaleureux ? La mafia a mis ma tête à prix ?

Leo, un homme de taille moyenne approchant la cinquantaine, avait environ quinze kilos de trop autour de la taille, et sa morphologie d'Italien basané lui donnait un air de mystère et de danger. En ville, des rumeurs couraient selon lesquelles Leo était un expatrié américain lié à la mafia. Mais Marcus savait exactement qui avait lancé ces rumeurs. Leo avait un sens de l'humour tordu.

Cependant, son ami ne souriait pas.

— Il faut vraiment que tu dormes.

Entrant dans l'ascenseur, Marcus haussa les épaules.

— Le sommeil, c'est surfait.

— Tu as une mine de déterré.

— Merci.

— Pas de quoi.

Leo pressa le bouton du deuxième étage et reprit, l'air hésitant :

— Écoute, mon vieux…

Quand Leo commençait une phrase par ces trois mots, Marcus savait que ça n'annonçait rien de bon.

— Tu n'es pas à ce que tu fais, dit Leo. Ton attention se relâche.

— Comment ça ? Je fais mon travail.

— Tu as classé ce rapport sur le carambolage de la nuit dernière au mauvais endroit. Shipley a passé la moitié de la matinée à le chercher. J'ai essayé de te couvrir, mais il est plutôt en rogne.

— Shipley est toujours en rogne.

Pete Shipley avait coutume de rendre la vie impossible à Marcus chaque fois qu'il le pouvait, c'est-à-dire la plupart du temps. En tant que superviseur de l'équipe de jour, Shipley dirigeait les opérateurs d'urgence d'une main de fer et avec assez d'arrogance pour taper sur les nerfs de n'importe qui.

La porte de l'ascenseur s'ouvrit et Marcus sortit le premier.

— Je vais trouver le rapport, Leo.

— Combien d'heures tu as eu, Marcus ?

De sommeil ?

— Quatre.

C'était un mensonge, et ils le savaient tous les deux.

Marcus se dirigea vers le box pourvu d'un écran séparant son bureau de celui de Leo. Derrière eux se trouvait le poste destiné aux autres employés à plein temps. Il fit signe à Parminder et à Wyatt qui rentraient chez eux. Ils faisaient partie de l'équipe de nuit, de sorte qu'il ne les voyait qu'en passant. Leurs postes étaient maintenant occupés par des employés occasionnels. Des soutiens.

— Il faut que tu dormes, marmonna Leo.

— Le sommeil est un drôle de truc, Leo. Pas drôle dans le sens de marrant, mais dans le sens de bizarre. Une fois que le corps s'en est passé un moment ou qu'on a fait une petite sieste à l'occasion, dormir ne paraît plus si important. Je vais bien.

— Des clous.

Ils furent interrompus par une porte qui claquait

dans le couloir.

Pete Shipley apparut, sa charpente massive et son énergie furieuse emplissant le corridor. Ce type dominait tout le monde, y compris Marcus, qui faisait plus d'un mètre quatre-vingts. Shipley, ancien capitaine dans l'armée, était bâti comme le *Titanic*, et c'était devenu son surnom au bureau. À son insu.

— Taylor ! cria Shipley. Dans mon bureau, maintenant !

Leo saisit Marcus par le bras.

— Dis-lui que tu as dormi six heures.

— Tu me suggères de mentir au patron ?

— Protège-toi. Et pour l'amour du ciel, ne l'encourage pas.

Marcus sourit.

— Pourquoi irais-je faire une chose pareille ?

Leo resta bouche bée.

— Parce que tu adores le chaos.

— Même dans le chaos, il y a de l'ordre.

Avec un ricanement, Leo répliqua :

— Tu lis trop de bouquins sur le développement personnel. Ne dis pas que je ne t'ai pas prévenu.

Il pivota sur un talon et se dirigea vers son bureau.

Marcus le suivit du regard.

Ne t'en fais pas, Leo. Je peux affronter Pete Shipley.

S'arrêtant devant la porte de ce dernier, il prit une inspiration, frappa un coup et entra. Son supérieur était assis derrière un bureau métallique, ses lunettes à verres épais perchées au bout d'un nez bulbeux, occupé à examiner une montagne de paperasse. Bien qu'il lui ait ordonné de venir, Shipley ne fit rien pour indiquer qu'il avait conscience de l'existence de Marcus.

Marcus n'y voyait pas d'inconvénient. Cela lui laissait le temps d'étudier le bureau, avec son espace étroit et sans fenêtre et son atmosphère humide due à la climatisation. Ce n'était pas un local à envier, aucun doute là-dessus. Personne n'en voulait, pas plus que le poste et les responsabilités qui l'accompagnaient. Pas même Shipley. Le bruit courait qu'il voulait passer coordinateur des urgences, espérant être promu dans l'un des bureaux d'angle pourvus de grandes baies vitrées. Marcus doutait que cela arrive un jour. Shipley n'était pas taillé pour occuper un poste de direction.

Marcus resta les mains posées sur le dossier de la chaise en faux cuir réservée par Shipley aux chanceux qu'il considérait comme assez importants pour s'asseoir en sa présence. Marcus n'en faisait pas partie.

Se préparant à une réprimande salée, il laissa ses pensées se reporter à la nuit précédente. Un chauffeur ivre avait embouti une voiture sur un carrefour fréquenté de Hinton, entraînant un carambolage entre quatre véhicules. L'un d'eux, un monospace occupé par un couple âgé et deux jeunes garçons, avait été écrasé entre deux autres suite à l'impact. Le carambolage avait suscité de nombreux appels frénétiques au centre d'urgences. Les services médicaux d'urgence (SMU), y compris pompiers et ambulance, étaient arrivés sur place en moins de six minutes. Des pinces de désincarcération avaient été utilisées pour séparer les carcasses tordues de deux des véhicules. Seules trois des personnes extraites en étaient sorties vivantes. Une d'elles était morte à son arrivée à l'hôpital. Puis les sauveteurs avaient découvert une berline contenant trois adolescents – tous morts.

Ils feront des cauchemars pendant des semaines.

Marcus savait ce que c'était. Il avait été intervenant de première ligne. Dans une autre vie.

Il se redressa. Il était prêt à subir la colère de Shipley. Au moins, cette fois-ci, elle aurait lieu en privé. De plus, en toute honnêteté, il avait merdé. Mal classer le rapport faisait partie des quelques erreurs stupides qu'il avait commises cette dernière semaine. Il en avait surpris lui-même la plupart et les avait rectifiées.

— Avant que vous disiez quoi que ce soit,

commença Marcus, je sais que je…

— Quoi ? aboya Shipley. Vous savez que vous êtes un idiot ?

— Non. Première nouvelle.

Pete Shipley se leva lentement – de tous ses cent kilos et un mètre quatre-vingt-dix-sept. Calant ses énormes poings contre le bureau, il se pencha en avant.

— J'ai passé trois heures à chercher ce rapport d'accident, Taylor. Trois heures ! Et devinez où je l'ai trouvé ?

Une pause d'un millième de seconde.

— Rangé avec les appels concernant les personnes disparues. Qu'est-ce que vous dites de ça ?

— Je trouve ironique d'avoir rangé un rapport disparu dans la section personnes disparues.

— Fermez-la !

Shipley le foudroya du regard, ses épais sourcils froncés n'en formant plus qu'un seul.

— Lombardo dit que vous dormez mieux, mais je ne le crois pas. Qu'avez-vous à dire sur la question ?

— Leo a raison. J'ai dormi comme un bébé la nuit dernière.

Shipley haussa un sourcil.

— Pour un bébé, vous avez une mine épouvantable. Vous avez besoin d'une coupe de cheveux. Et de vous raser.

Il plissa le nez.

— Vous êtes-vous même douché cette semaine ?

— Je me douche tous les jours. Non que ça vous regarde. Quant à la longueur de mes cheveux et de ma barbe, on dirait que vous franchissez les limites de la discrimination.

— Je n'exerce aucune discrimination à votre égard. Je ne vous apprécie pas, voilà tout. Vous êtes un sale drogué, Taylor.

Tout le monde, au centre, connaissait le passé de Marcus.

— Merci d'avoir clarifié ce point, *Peter*.

Shipley cilla.

— Il ne manque qu'une erreur de plus. Tout le monde vous surveille. Vous merdez encore une fois et vous êtes viré.

Ses épaules se détendirent et il se rassit.

— S'il ne tenait qu'à moi, je vous aurais viré il y a plusieurs mois.

— Heureusement que ça ne tient pas qu'à vous, alors.

Marcus savait qu'il provoquait Shipley, mais ce n'était pas bien difficile. C'était un imbécile. « Un lèche-cul qui ne distinguait pas son cul de sa bite », d'après Leo.

— C'est votre dernier avertissement, déclara Shipley entre ses dents. La vie ou la mort des gens dépend de nous. Nous n'avons pas droit à l'erreur.

— Ce n'était qu'un rapport mal classé. L'appel a été géré correctement et efficacement.

— Ouais, au moins vous n'avez pas envoyé l'ambulance dans la mauvaise direction.

Un sourire suffisant éclaira le visage de Shipley.

— C'est cette prouesse qui vous a fait descendre de vos grands chevaux en tant qu'infirmier. Qui vous a fait virer des SMU.

Marcus songea à un million de manières de lui répondre. Aucune d'elles n'était polie. Il se dirigea vers la porte.

— Je crois que notre petite réunion est terminée.

— Je n'ai pas fini, hurla Shipley.

— Mais si, Pete.

Sur ce, Marcus sortit à grands pas du bureau. Il laissa la porte de Shipley entrouverte, sachant que cela agacerait encore plus son supérieur que sa propre insubordination.

Il essaya de ne pas ruminer les paroles de Shipley, mais ce dernier avait touché un point sensible. Six ans plus tôt, Marcus avait été humilié publiquement quand la vérité sur son problème d'addiction s'était répandue, son avenir en tant qu'infirmier s'étant évanoui à la minute où il avait conduit cette ambulance du mauvais côté de la ville parce qu'il était trop dans les vapes pour discerner où il allait.

C'est alors qu'il avait pris des vacances. Loin du travail… de Jane… de tout le monde. Il s'était rendu à Cadomin pour s'éclaircir les idées et pêcher un peu. Du moins, c'était ce qu'il avait dit à Jane. En réalité, il avait secrètement rangé sa réserve de drogue dans le coffret en bois. Six jours plus tard, alors qu'il était dans les brumes de la morphine, pleines d'étranges images d'enfants fantomatiques, il avait décroché son téléphone portable. D'une voix contenue, l'inspecteur John Zur lui avait révélé que Jane et Ryan avaient été victimes d'un accident de voiture, non loin de l'endroit où Marcus se terrait.

Et ç'avait été le début de la fin pour Marcus.

À présent, il faisait ce qu'il pouvait pour s'en sortir. Ce n'était pas qu'il soit incapable de gérer le changement professionnel, d'infirmier réputé à opérateur des urgences invisible. Ce n'était pas le problème. Le problème, c'était Shipley. Ce type voulait sa peau depuis le jour où Leo avait amené Marcus pour qu'il occupe un poste laissé vacant par un opérateur qui avait démissionné après une dépression nerveuse.

— Qu'est-ce que Titanic t'a raconté ? demanda Leo quand Marcus réintégra le box.

— Il ne veut pas couler avec le navire.

— Il te prend pour un iceberg ?

Marcus hocha brièvement la tête.

— Tu peux compter sur moi.

Leo avait des relations dans le métier. Il connaissait très bien le coordinateur du centre, Nate Downey, dont il avait épousé la fille, Valerie.

— Je sais, Leo.

En s'installant à son bureau et en mettant ses écouteurs, Marcus prit une profonde inspiration et expira régulièrement. Les manipulations mentales entre Shipley et lui étaient devenues trop fréquentes. Elles lui bouffaient le cerveau et l'épuisaient.

Parce que Shipley ne me laisse jamais oublier.

L'horloge de l'ordinateur indiquait 12 h 20. La journée allait être très longue.

Dans la petite ville ensommeillée d'Edson, il arrivait rarement quoi que ce soit d'excitant. Le centre desservait aussi d'autres villes des environs. Certains jours, les téléphones ne sonnaient qu'une demi-douzaine de fois. Et c'étaient les journées bien remplies.

Il passa en revue les dossiers posés sur son bureau et trouva le tableau du protocole. Il n'était pas inutile de se rafraîchir la mémoire avant d'entamer sa journée. Cela l'aidait à se concentrer.

Mais ses pensées dérivèrent vers le rapport mal classé.

Est-ce qu'il perdait vraiment les pédales ? Mettait-il la vie des autres en danger ? C'était une chose qu'il s'était promis, et avait promis à Leo, de ne plus jamais faire.

Souviens-toi de Jane et Ryan.

Comment pouvait-il les oublier ? Ils avaient été toute sa vie.

Le téléphone sonna, et il sursauta.

— Urgences. Avez-vous besoin des pompiers, de la police ou d'une ambulance ?

Marcus passa les dix minutes qui suivirent à expliquer à Mme Mortimer, âgée de 89 ans, qui appelait régulièrement, que personne n'était disponible pour faire descendre son chat de l'arbre du voisin.

Puis il attendit une véritable urgence.

Chapitre 2

Rebecca Kingston croisa les bras sur sa veste molletonnée et essaya de ne pas frissonner. Mai s'était terminé par une vague de chaleur, mais les températures avaient chuté la première semaine de juin. Il avait plu les cinq premiers jours, et un froid arctique avait balayé la ville. La météo attribuait la cause de ce changement de temps imprévisible au réchauffement climatique et à un front froid descendu d'Alaska, tandis que les autochtones tenaient pour responsable leur rival de toujours : Calgary.

— On peut acheter une glace, maman ? demanda Ella, 4 ans, avec un léger zézaiement, résultat de sa contribution récente à la collection de la petite souris.

Rebecca rit.

— On se croirait en hiver et tu veux une glace ?

— Oui, s'il te plaît.

— Je pense qu'on a le temps.

Elles s'empressèrent de traverser la rue jusqu'à la boutique du coin.

— À la fraise, cette fois, dit Ella avec un regard suppliant de ses yeux bleus.

Rebecca soupira.

— Mange-la lentement. Tu n'as pas oublié Puff ?

Sa fille hocha la tête.

— Dans ma poche.

— C'est bien.

Rebecca jeta un coup d'œil à sa montre.

— Il est presque 5 heures. Allons-y.

Son portable sonna. C'était Carter Billingsley, son avocat.

— Monsieur Billingsley, dit-elle. Je suis heureuse que vous ayez eu mon message.

— Alors vous avez décidé de partir, répondit-il. C'est une très bonne idée.

— J'ai besoin de changer d'air.

Elle eut un regard vers Ella.

— La situation va s'envenimer, n'est-ce pas ?

— Malheureusement, oui. Un divorce n'est jamais très agréable. Mais vous vous en sortirez.

— Merci, monsieur Billingsley.

— Prenez soin de vous, Rebecca.

Carter avait été l'avocat de son grand-père et papy Bob l'avait chaleureusement recommandé – si Rebecca avait un jour besoin de quelqu'un pour régler son divorce. Approchant les 70 ans, Carter jouait le rôle de substitut paternel depuis le décès de son père.

Ses pensées se reportèrent sur son fils de 12 ans. L'équipe de Colton devait affronter l'une des équipes de hockey de seconde les plus coriaces de Regina. Colton étant goal de l'équipe d'Edmonton, l'essentiel de la pression retombait sur lui. C'était un garçon courageux.

Elle se mordit la lèvre inférieure, regrettant de ne pas l'être autant que lui.

Tu es lâche, Becca.

« Tu es trop dépendante », disait toujours sa mère.

Rebecca se disait que ce n'était pas vraiment sa faute. Elle avait eu la chance de disposer de modèles masculins forts dans sa vie. Des hommes qui dirigeaient des entreprises d'une main de fer et prenaient des décisions mûrement réfléchies. Ou au moins travaillaient dur pour nourrir leur famille. Des hommes comme papy Bob et son père. Des hommes sur qui on pouvait compter pour prendre les bonnes décisions.

Contrairement à Wesley.

Même son grand-père ne l'avait pas apprécié. Avant de mourir deux ans plus tôt, papy Bob avait clairement fait comprendre à tout le monde qu'on ne pouvait pas faire confiance à Wesley. Son grand-père avait vécu comme un grippe-sou. Personne ne savait combien d'argent il avait mis de côté pour les « jours de vache maigre » – jusqu'à ce qu'il disparaisse et que Colton et Ella deviennent les héritiers de plus de huit cent mille dollars canadiens suite à la vente de la maison et de l'affaire de papy Bob.

Ce dernier, dans son infinie sagesse, avait ajouté deux conditions essentielles à l'héritage. L'argent ne pouvait être retiré du compte que s'il était dépensé pour Ella ou Colton. Et Rebecca était la seule à en détenir la signature.

Wesley avait broyé du noir à la maison pendant des jours quand il avait été informé de ces conditions. Chaque fois qu'elle achetait des vêtements neufs aux enfants, il ricanait et déclarait : « J'espère que tu t'es servie de l'argent de ton grand-père. »

Un jour, ayant perdu au jeu l'essentiel de son salaire, il l'avait suppliée de lui accorder un « prêt », et quand elle avait déclaré qu'elle n'avait pas d'argent, il l'avait giflée. « Sale menteuse ! Tu as près d'un million de dollars à portée de main. Tout ce que je demande, c'est trois mille cinq cents. Je les rembourserai. »

Elle avait refusé et en avait payé le prix, physiquement.

Rebecca voulait être débarrassée de lui. Une fois pour toutes. Mais par égard pour Colton et Ella, elle devait trouver le moyen de pardonner à Wesley et d'accepter le fait qu'il était le père de ses enfants. Il ferait toujours partie de leur vie.

Chaque fois qu'elle regardait Colton, il lui rappelait Wesley. Contrairement à Ella, dont les cheveux blonds et les yeux bleus ressemblaient aux siens, père et fils avaient tous deux les cheveux brun foncé, les yeux noisette, quelques taches de rousseur sur le nez et la même fossette au menton.

Elle avait rencontré Wesley lors d'une soirée de Noël de l'entreprise, peu après avoir commencé à travailler comme représentante du service clients chez Alberta Cable. Fils d'une famille aisée, Wesley avait trouvé son indépendance en n'entrant pas dans le cabinet d'avocats familial, comme on s'y attendait, mais en se faisant embaucher chez Alberta Cable comme installateur du câble. À cette soirée, il avait été placé à la même table que Rebecca. Dès que Wesley avait compris qu'elle était célibataire, il lui avait fait son numéro de charme, dans lequel il était passé maître.

Le lendemain matin, elle s'était réveillée avec Wesley dans son lit.

Après l'avoir fréquentée pendant près de quatre ans, il lui avait finalement posé la question. Par texto, pour tout dire. Elle était au travail quand son portable s'était animé, vibrant contre son bureau. En baissant les yeux, elle avait lu six mots : « *Rebecca Kingston, veux-tu m'épouser ?* »

Elle avait immédiatement poussé un cri de surprise. « Wesley vient de me demander en mariage. »

Ce qui avait provoqué dans la salle un tumulte chaotique d'applaudissements et de souhaits de bonheur. Le reste de la journée de Rebecca s'était passé dans un brouillard.

— Est-ce que papa sera au match ? demanda Ella, interrompant ses réminiscences.

— Non, chérie. Il est au travail.

Du moins, Rebecca espérait qu'il s'y trouvait.

Wesley avait quitté Alberta Cable six mois plus tôt, escorté hors du bâtiment après s'être fait renvoyer pour avoir hurlé sur une cliente dans sa propre maison et l'avoir poussée contre un mur. Ce n'était pas la première plainte contre lui. Il avait trouvé du travail par intermittence depuis, mais personne ne voulait d'un employé incapable de contrôler ses humeurs.

Quand Rebecca lui avait demandé ce qui s'était passé, il avait marmonné quelque chose à propos d'un accident, prétendant que ce n'était pas sa faute. « Malgré ce que raconte cet abruti de contremaître », avait-il ajouté.

Elle lui avait adressé un regard qui signifiait qu'elle ne le croyait pas. Et elle avait payé ce regard. L'œil au beurre noir qu'il lui avait infligé l'avait retenue à la maison pendant près d'une semaine. C'est alors qu'elle avait demandé la séparation.

Depuis qu'il avait quitté Alberta, Wesley était passé d'un boulot sans avenir à l'autre. Ces deux derniers mois, il n'avait pratiquement pas travaillé. Elle espérait sincèrement qu'il n'était pas assis dans son appartement en train de consulter des sites pornographiques.

La dernière fois qu'elle l'avait vu, Wesley avait rejeté la responsabilité de sa situation sur la récession, qui avait, pour être juste, bouleversé l'existence de nombreuses personnes et écrasé quelques-unes des entreprises les plus robustes. Mais l'économie, ou l'absence d'économie stable, n'était pas le problème de Wesley. Le problème était son absence de motivation et son incapacité à gérer sa jalousie et sa rage.

Peut-être Wesley traversait-il une crise de la quarantaine.

Et peut-être qu'elle aussi.

Il était de plus en plus difficile de garder le cap. Mais elle le faisait pour ses enfants. D'ailleurs, elle avait enduré pire que de l'incertitude quand elle vivait avec Wesley. Bien pire.

Rebecca baissa les yeux sur sa fille. Ella était une enfant menue, née deux mois avant terme. Wesley s'en était assuré.

Elle secoua la tête. *Non. Ce qui est arrivé à l'époque était autant ma faute que la sienne. Je suis restée alors que j'aurais dû partir.*

— Dépêche-toi, maman ! s'écria Ella en la tirant par la main.

Le terrain de hockey se trouvait à cinq minutes de marche de l'endroit où elle avait garé la voiture, mais avec l'arrêt chez le glacier, Rebecca ne regrettait pas d'être sortie en avance.

— Ella, tu crois que l'équipe de Colton va gagner aujourd'hui ?

Sa fille leva les yeux au ciel.

— Évidemment. Colton est génial !

— Génial, reconnut Rebecca.

L'aréna de hockey de Tamarack apparut, ainsi que la foule des fans de hockey qui s'était assemblée devant les portes de la patinoire couverte.

Rebecca prit Ella par la main et l'attira contre elle.

À Edmonton, les fans de hockey étaient pratiquement des fanatiques. Ce ne serait pas la première fois qu'une rixe éclaterait entre les parents d'équipes opposées. L'année précédente, un bébé avait été piétiné à l'aréna dans le nord d'Edmonton. Heureusement, il avait survécu.

— Ne t'éloigne pas, Ella.

— Tu vois Colton ?

— Pas encore.

— *Becca !*

Se tournant dans la direction de la voix, elle scruta les gradins. Puis elle repéra Wesley du côté de l'équipe locale. Il n'était pas censé se trouver là. Selon les termes de leur séparation, il pouvait voir les enfants lors de visites planifiées. Une fois le divorce finalisé, ces visites seraient limitées à celles accompagnées par une assistante sociale – si Carter Billingsley, l'avocat de Rebecca, parvenait à imposer ses conditions. Elle ne l'avait pas encore annoncé à Wesley.

— Je vous ai gardé des places, cria Wesley.

Le regard qu'il lui adressa suggérait de ne pas faire de scène en public. Sous peine de représailles.

Rebecca laissa échapper un soupir contraint. *Génial. Vraiment génial.*

— On va s'asseoir avec papa ? demanda Ella.

— Oui, chérie. Sauf si tu veux t'asseoir ailleurs.

De préférence.

Malgré la supplication silencieuse de Rebecca, Ella se dirigea vers Wesley, se frayant un chemin au milieu des genoux qui bloquaient l'allée. Rebecca s'assit à côté d'Ella et essaya de refouler la culpabilité qu'elle éprouvait à l'idée de placer leur fille entre eux.

— Il y a un siège à côté de moi, dit Wesley.

Son regard se porta vers le siège vide à la droite de son mari et elle fit la grimace.

— Je suis bien ici. Merci d'avoir gardé les places.

Aussi séduisant que le jour où elle l'avait épousé, Wesley sourit.

— Tu es magnifique. Nouvelle coiffure ?

Elle toucha ses cheveux qui lui tombaient sur les épaules.

— J'ai besoin d'une coupe.

— Ça te va bien. Mais tu es toujours bien.

Elle le regarda fixement. Il en faisait un peu trop. Ce qui signifiait généralement qu'il voulait quelque chose.

Wesley prit Ella par le menton.

— Alors, Ella-Bella, comment se passe la maternelle ?

— On est allés au zoo hier.

— Tu as vu des singes ? demanda-t-il, le bras posé sur le dossier du siège d'Ella.

— Oui. Ils étaient trop mignons.

— Mais pas aussi mignons que toi, quand même ?

Il croisa le regard de Rebecca et lui fit un clin d'œil.

— Tu es la plus mignonne ici. Même si tu n'as pas de dents.

— Mais si !

Ella ouvrit la bouche pour lui montrer.

Après avoir écouté leurs taquineries quelques minutes, Rebecca s'isola de leurs rires. La tristesse l'envahit, suivie par les regrets. Si les choses s'étaient passées différemment, ils formeraient toujours une famille, et les enfants vivraient avec leur père. Mais Rebecca ne pouvait pas rester dans une relation brutale. Son esprit et son corps ne pouvaient pas supporter d'autres traumatismes. Et elle était terrifiée à l'idée qu'il se mette à battre aussi les enfants.

Elle avait donc pris une décision et, un vendredi après-midi ensoleillé, avait rassemblé assez de courage pour affronter Wesley sur son lieu de travail du moment.

— Il faut qu'on parle, lui avait-elle dit.

— Ce n'est pas le bon moment.

— Ce n'est jamais le bon moment.

Elle prit une profonde inspiration.

— Je veux que tu partes de la maison, Wesley.

Il rit.

— Bonne blague. Et la chute, c'est quoi ?

— Je ne plaisante pas.

Son sourire disparut.

— Tu es sérieuse ?

— Tout ce qu'il y a de sérieuse. Ce n'est pas comme si tu ne t'y attendais pas. Je veux une séparation. Tu sais que je suis… malheureuse dans notre couple.

— Je vais essayer de trouver plus de temps pour toi.

— Ce n'est pas du temps que je veux, Wesley. Nous ne pouvons pas vivre comme ça. Ta colère est incontrôlable. Tu es incontrôlable.

— Alors tout est de ma faute ? ricana Wesley.

— Tu m'as presque envoyée à l'hôpital la semaine

dernière.

— C'est peut-être ta place.

Elle serra les dents.

— Tes menaces ne prendront pas cette fois. J'ai pris ma décision. Je m'en vais ce soir, et je prends les enfants avec moi.

Il y eut une pause inconfortable.

— J'ai l'impression que tu ne penses qu'à toi, à ce que tu veux. Tu as réfléchi à l'effet que ça aurait sur les gosses ?

— Bien sûr que oui, répliqua-t-elle sèchement. Je ne pense qu'à eux. Tu peux en dire autant ?

— Tu vas les tourner contre moi. Comme ta mère l'a fait avec toi et ton père.

Sa voix était pleine de dégoût.

— Ne mêle pas mes parents à cette histoire. Ça n'a rien à voir avec eux, mais tout à voir avec le fait que tu as un problème d'agressivité et que tu refuses de te faire aider.

— Qu'est-ce que tu vas dire aux enfants ?

Elle haussa les épaules.

— Ella ne comprendra pas. Elle est trop jeune. Colton devient trop grand pour que je continue à te trouver des excuses. C'est presque un adolescent.

Wesley ne répondit pas.

— Tu sais ce qu'il m'a dit hier soir, Wesley ? Il a dit que tu aimais davantage être en colère qu'être avec nous. Il a raison, n'est-ce pas ?

Elle était sortie en trombe de son bureau sans attendre de réponse. Elle connaissait déjà la réponse.

Ce soir-là, Wesley avait préparé deux valises.

— Je vais m'installer au Fairmont McDonald. Je t'aime toujours, Becca.

Son comportement l'avait stupéfiée. Elle s'était préparée à emmener les enfants chez Kelly. Elle était même prête à ce que Wesley essaie de lui faire du mal. Mais elle ne s'était pas attendue à ce qu'il se soumette si facilement. Ni à ce qu'il prenne le large, pour une fois.

— Tu pars ? demanda-t-elle, sidérée.

— C'est ce que tu voulais, dit-il en haussant les épaules. Alors c'est ce que tu obtiens.

L'espace d'une seconde, elle eut envie de lui dire qu'elle avait commis une erreur. Qu'elle ne voulait pas de séparation. Qu'elle serait une meilleure épouse, apprendrait à se montrer plus patiente, à s'accommoder de ses rages.

Puis elle se souvint des bleus et des coups.

— Au revoir, Wesley.

— Pour le moment.

Elle l'avait regardé monter dans sa voiture et avait attendu que les feux arrière clignotent, puis disparaissent. Poussant un long soupir malaisé, elle avait traversé le couloir, était passée dans leur chambre puis dans la salle de bains attenante, tout en essayant de penser aux bons moments. Il n'y en avait pas eu beaucoup.

Elle avait contemplé son reflet dans le miroir, suivant du doigt la petite cicatrice sur son menton. Wesley lui avait fait ce cadeau pour la Saint-Valentin deux ans plus tôt. Il l'avait accusée de flirter avec le livreur de chez UPS.

— Tu mérites mieux, avait-elle déclaré à son reflet. Les enfants aussi.

À présent, assise à deux sièges de Wesley dans l'aréna, Rebecca se rendait compte que son mari faisait encore tout ce qu'il pouvait pour la contrôler.

— Un penny pour tes pensées, dit-il.

— Tu gaspilles ton argent.

— Quel argent ? C'est toi qui prends tout.

— C'est pour les enfants, Wesley, et tu le sais.

Elle enfonça ses ongles dans ses paumes. *Ne te dispute pas avec lui. Pas ici. Pas devant Ella.*

Elle croisa son regard.

— La prochaine fois que Colton joue un match,

j'apprécierais que tu ne te donnes pas la peine de venir.

— Je ne manquerais ça pour rien au monde.

Il lui adressa un sourire glacial.

— C'est mon fils, là, en bas.

— Qu'est-ce que tu n'as pas compris dans *visites planifiées*… ?

Des bravos montèrent des gradins tandis que les deux équipes arrivaient en patinant et rejoignaient leurs goals. Tout le monde se leva pour l'hymne national, puis une trompe retentit.

Rebecca laissa aller un soupir, le cœur lourd.

Le match avait commencé.

* * *

Après le match, le parking de l'aréna empestait les gaz d'échappement et les émissions de raffinerie, et cette source d'irritation poussait tout le monde à vouloir sortir le premier. Surtout l'équipe perdante.

Rebecca ne regrettait pas d'avoir garé sa Hyundai Accent dans la rue.

— Maman, on rentre à la maison maintenant ? demanda Ella.

— Oui, chérie. C'est presque l'heure de dîner.

— Papa vient aussi à la maison ?

— Non, chérie. Papa rentre dans sa maison.

Tandis qu'ils traversaient le parking, Rebecca s'attendait à ce que Wesley se dirige vers sa camionnette, mais il resta à ses côtés. Faisant de son mieux pour l'ignorer, elle prit la main d'Ella pour traverser la rue. Derrière eux, Colton traînait son sac et sa crosse de hockey.

Arrivée à la voiture, Rebecca débloqua les portières, se laissa tomber sur le siège conducteur et démarra pendant que les enfants disaient au revoir à leur père. Elle sortit, se dirigea vers la portière arrière et l'ouvrit de force, le crissement la faisant grincer des dents. Colton grimpa à l'arrière. Ella leva les yeux vers elle avec une expression pleine d'espoir.

— Siège arrière, dit Rebecca.

Ella monta docilement à côté de son frère, et Colton l'aida à mettre la ceinture de son siège d'enfant.

Rebecca ferma la portière d'un coup de hanche. Regardant Wesley dans les yeux, elle déclara :

— Tu as toujours dit qu'on devrait utiliser la porte qui coince, que si on le faisait elle ne coincerait plus autant. Ça n'a pas marché.

Wesley examina l'extérieur de la voiture.

— Je n'arrive pas à croire que tu n'en aies pas acheté une neuve.

La Hyundai avait effectivement connu des jours meilleurs – et aujourd'hui n'en faisait pas partie. Ils l'avaient achetée d'occasion en 2003, passant d'une Supra à deux portes – le jouet de Wesley – à un véhicule à quatre portes qui n'était pas aussi « mou » comme disaient les enfants. La peinture rouge était maintenant usée par endroits, les charnières du coffre gémissaient quand on l'ouvrait et la porte arrière côté passager se coinçait tout le temps, ce qui faisait que les enfants ne pouvaient pas l'ouvrir. Ce dernier défaut résultait d'un accident. Wesley avait été heurté latéralement par une adolescente imprudente envoyant un texto sur son portable. Du moins, c'était la version qu'il lui avait donnée.

— Celle-ci fonctionne très bien, dit-elle. Je n'ai pas besoin d'une voiture neuve.

Et je n'en ai pas les moyens.

Colton entrouvrit la portière et passa la tête dehors.

— Papa m'a dit qu'il allait m'offrir un portable pour mon anniversaire le mois prochain. Un téléphone qui envoie des textos.

Rebecca ferma la portière et braqua sur Wesley un regard glacial.

— Tu as fait quoi ?

— Avant de dire quoi que ce soit, écoute-moi.

Colton est assez grand pour avoir la responsabilité d'un téléphone. D'ailleurs, je m'en occupe, y compris les factures. Quand il sera assez vieux pour trouver un travail, ce sera lui qui paiera.

— Je t'ai dit il y a un moment que je n'étais pas d'accord pour que les gosses se promènent le regard collé à un portable. C'est ridicule.

Elle passa du côté conducteur.

— Et s'il y a une urgence et que Colton ait besoin d'appeler l'un de nous ? demanda-t-il en la suivant.

— Alors il se servira d'un téléphone des environs ou demandera à un adulte de nous appeler. Ce n'est pas comme s'il allait conduire…

— Rebecca, c'est à moi d'en décider. En tant que père.

— Eh bien, je suis sa mère, et je dis : pas de portable.

Elle fit la moue, se maudissant intérieurement pour être retombée dans ses vieilles habitudes – des habitudes infantiles. En réalité, elle ruminait cette discussion à propos de portable depuis le jour où Wesley l'avait lancée pour la première fois. Mais sa fierté ne l'autorisait pas à céder. Pas maintenant.

— Je te trouve quelque peu injuste, dit Wesley.

— Injuste ? Tu veux vraiment aborder ce sujet ?

Elle se retourna en entendant la vitre électrique se baisser.

— Tu lui as dit, papa ? demanda Colton.

— Eh, mon pote, laisse-moi une seconde…

Rebecca fronça les sourcils.

— Tu lui as déjà dit qu'il aurait un portable ?

— Reportons cette histoire de téléphone à une autre fois.

— Très bien.

Wesley prit l'air gêné.

— Becca, j'ai une faveur à te demander.

Elle retint son souffle. *Nous y voilà.*

— Je veux que Colton vienne chez moi en juillet.

De l'intérieur de la voiture, Colton hocha la tête.

— Dis oui, maman.

Elle était livide. Faisant signe à Colton de remonter sa vitre, elle se tourna vers Wesley.

— Qu'est-ce que tu fais ? C'est une question dont tu aurais d'abord dû discuter avec moi.

— Je suis en train d'en discuter avec toi.

— Tu aurais dû m'appeler, pas le mentionner devant lui.

Elle essaya d'ignorer Colton, dont le visage souriant était pressé contre la vitre.

— Pourquoi ne m'as-tu pas appelée pour qu'on puisse en discuter ?

— J'ai essayé d'appeler. Je t'ai laissé deux messages la semaine dernière.

Rebecca cilla. Elle vérifiait le répondeur chaque jour, et il n'y avait pas eu d'appel de Wesley.

Ce dernier esquissa un sourire.

— Je ne mens pas.

— Peut-être que je les ai accidentellement effacés.

— Probablement. Tu as toujours eu des problèmes avec la technologie. Et la gestion de l'argent.

— Pour la dernière fois, répliqua-t-elle, je ne suis pas responsable de nos difficultés financières Nous dépensions trop tous les deux.

— Mais tu as ton magot secret, pas vrai ?

— Tu sais que cet argent est destiné à payer l'université des enfants, dit-elle.

Quand Wesley avait appris l'existence de l'argent mis de côté pour les enfants, cela l'avait enragé au point qu'il avait délibérément heurté la rambarde du pont avec sa camionnette en rentrant d'une soirée au restaurant.

Rebecca ne s'en était pas sortie indemne. Elle avait subi une multitude d'écorchures et de bleus, qu'elle avait mis sur le compte de l'accident. Le médecin ignorait que Wesley l'avait battue après l'avoir tirée de l'épave. Elle se souvenait à peine de cet incident. Mais elle se rappelait les autres qui avaient suivi. Le poignet cassé. Les bleus dans son dos et sur ses hanches.

Chaque jour, après cela, Wesley lui avait dit qu'il l'aimait. Mais l'amour n'était pas censé faire mal physiquement. N'est-ce pas ?

Elle le dévisagea, reconnaissante qu'il n'ait jamais touché aux enfants. Au moins, elle avait réussi ça, était partie avant qu'il soit tenté de déchaîner sa fureur sur Colton ou Ella.

— Becca, pourquoi me regardes-tu comme ça ?

— Je me remémore pourquoi tu seras bientôt mon ex-mari.

Wesley cilla, et elle sut que ses paroles l'avaient blessé.

Bien. Il le mérite.

— Tu crois qu'il est possible qu'on soit courtois l'un envers l'autre ? demanda-t-il.

Elle regarda par-dessus son épaule en direction d'Ella et de Colton.

— Si tu y es disposé, moi aussi.

— Pour les enfants, c'est ça ?

Elle soutint son regard.

— Pour nous tous.

Silence.

— Écoute, Becca, reprit-il d'un ton contrit. Je vois un psychologue, et je suis un cours de gestion de l'agressivité. Je fais tout ce que je peux pour te montrer que tu peux me confier les enfants. Je ne leur ferais jamais de mal.

— Comme tu ne me ferais jamais de mal, à moi ?

Il détourna les yeux.

— Je me suis excusé pour le passé. Je ne suis plus comme ça.

Elle réfléchit à ses paroles, le cœur déchiré par une décision aussi lourde. Si elle se trompait et que quelque chose arrive à Colton, elle ne se le pardonnerait jamais.

Mais s'il disait la vérité ? Je ne peux pas l'éloigner des enfants. Ils ont besoin de lui.

Elle jeta un coup d'œil à Colton par-dessus son épaule. Il souriait et serrait les mains, suppliant. Comment pouvait-elle résister ?

Enfin, elle demanda :

— Combien de temps comptes-tu garder Colton avec toi ?

— Une semaine, à la mi-juillet.

Elle se mordit la lèvre inférieure.

— Je ne sais pas trop…

— Je sais que ce n'est pas ce que nous avions convenu, mais je prends des congés cette semaine-là et j'espérais la passer avec mon fils.

— Juste toi et Colton ?

Il leva les yeux au ciel.

— Et Tracey.

Tracey Whitaker avait été réceptionniste du cabinet d'avocats de son père. Wesley et Tracey avaient commencé à se fréquenter quelques mois avant que Rebecca lui demande de partir. Elle avait appris l'existence de « l'autre femme » lorsqu'elle avait un jour appelé son beau-père. Walter lui avait révélé qu'il n'avait pas vu Wesley depuis des semaines. Puis il avait demandé si elle avait appelé chez Tracey. Tout le monde au cabinet, y compris son beau-père, était au courant pour Tracey et Wesley. Son mari n'avait pas pris la peine de cacher sa liaison.

Sauf à Rebecca.

Le père de Wesley l'avait suffisamment soutenue pour renvoyer cette femme une fois que Rebecca, furieuse, était venue dans son bureau l'accuser d'essayer de briser le couple de son fils. Elle avait entendu dire que Tracey avait repris son ancien métier d'aide-soignante dans une maison de retraite.

— Alors tu es toujours avec Tracey, dit-elle.

— Je la quitterai sur-le-champ si tu me laisses

revenir. Nous pouvons déchirer cet accord de séparation et passer notre propre accord.

Il haussa les sourcils d'un air suggestif.

— Comment se fait-il qu'elle ne soit pas venue voir le match ?

Wesley haussa les épaules.

— Tracey a un rhume. Les vieux lui ont refilé. Elle n'est pas venue parce qu'elle ne voulait pas le passer à Colton.

— Comme c'est aimable à elle, ricana Rebecca.

— Becca…

Elle ignora l'avertissement dans son ton de voix.

— Vous avez l'intention de régulariser, tous les deux ?

Dès qu'elle eut prononcé ces mots, elle regretta de l'avoir fait. Pourquoi lui avoir posé cette question ? Cela donnait l'impression qu'elle était jalouse.

Le suis-je ?

Wesley sourit, comme s'il lisait dans ses pensées.

— Je ne manquerai pas de t'envoyer une invitation quand on le fera.

Elle tendit la main vers la poignée de la portière.

— Ne prends pas cette peine.

— Tu n'as pas répondu à ma question, Becca.

Avec un soupir, elle se tourna face à lui.

— Très bien. Tu peux prendre Colton pour la semaine. Mais pas un jour de plus.

Un large sourire éclaira le visage de Wesley et elle fit la grimace.

— Et ne va surtout pas te faire des idées sur d'éventuelles modifications à l'accord de garde après ça, Wesley. Les enfants ont besoin de stabilité.

— Merci, dit-il.

— Tu peux me remercier en prenant soin de t'occuper de lui.

Elle hésita.

— J'imagine que je dois te dire que je vais partir

quelques jours. Les enfants seront chez ma sœur.

— Quand pars-tu ?

— Demain soir. Après le dîner. Je rentre lundi après-midi.

— C'est un peu précipité, tu ne crois pas ?

Elle plissa les yeux.

— J'ai décidé de le faire aujourd'hui. Et je ne te dois aucun avertissement préalable. Je t'en parle maintenant.

Il leva les mains en signe de reddition.

— D'accord, d'accord. Alors où vas-tu ?

— À Cadomin. Tu sais que j'ai toujours voulu voir la caverne aux chauves-souris.

— Je comptais t'y emmener.

Elle haussa les épaules et monta en voiture.

— Mais tu ne l'as pas fait.

— Je pourrais.

Il la considéra avec suspicion en retenant la portière.

— Pourquoi tu n'emmènes pas les enfants ?

— Ils ont école lundi.

— Tu y vas avec qui ?

— Avec moi-même.

Elle se renfrogna.

— J'y vais seule, Wesley. J'ai besoin d'une pause, alors je prends quelques jours de congé.

— J'aurais joué les baby-sitters, mais je vais être occupé ce week-end.

Elle résista à l'envie de lui dire que ce n'était pas du baby-sitting quand les enfants étaient les vôtres.

— C'est déjà arrangé, Wesley. Kelly les attend.

— Est-ce qu'elle n'a pas déjà largement de quoi s'occuper ?

Wesley avait raison. Sa sœur était déjà surchargée. Kelly était heureuse en ménage et avait quatre enfants – Evan, âgé de 8 ans, et des triplés de 5 ans, Aynsley, Megan et Jacob.

— Kelly s'en sortira. C'est une excellente mère.

Rebecca ne voulait pas le reconnaître, mais elle enviait sa sœur. Kelly était mariée à l'homme parfait, un ingénieur électricien qui l'adorait et adorait leurs enfants. Steve était très respecté, financièrement stable et n'aurait jamais porté la main sur qui que ce soit. Sauf peut-être sur Wesley. Plus d'une fois, Steve avait proposé d'aider Rebecca « *à mettre dehors ce salopard* » – ou une expression similaire.

— Eh bien, je pourrai me réjouir de la visite de Colton cet été, dit Wesley.

Elle commençait à regretter sa décision.

Attrapant la poignée de la portière pour la fermer, elle le dévisagea.

— Il faut qu'on y aille.

— Amuse-toi bien à Cadomin.

Il n'avait pas l'air très sincère.

Elle lui adressa un sourire contraint.

— J'y veillerai.

En démarrant, Rebecca jeta un coup d'œil dans le rétroviseur. Wesley restait immobile sur le trottoir et la regardait s'éloigner.

— Tu as dit oui, maman ? demanda Colton.

— Oui.

Sur le siège arrière, son fils esquissa une petite danse et donna un coup de coude à Ella.

— Maman, Colton me donne des coups.

— Ne t'inquiète pas, Ella, dit ce dernier, tu vas être débarrassée de moi toute une semaine.

Rebecca le regarda dans le rétroviseur.

— Comment savais-tu que c'était pour une semaine ?

— Papa m'a dit le week-end dernier qu'il allait te demander.

Elle fit la moue.

— Tu aurais dû m'en parler.

— Nan. Papa m'a dit qu'il te le demanderait lui-même. Et je ne voulais pas lui faire rater son coup.

Colton se fourra deux écouteurs dans les oreilles, puis se rassit avec un grand sourire. Elle l'observa une minute tandis qu'il dodelinait de la tête en écoutant une chanson sur l'iPod que son père lui avait acheté pour son anniversaire l'année précédente.

Il allait être dur pour elle d'être séparée de son fils une semaine entière.

Tu auras toujours Ella.

Comme pour lui répondre, sa magnifique fille gloussa sur le siège arrière.

En juillet, Rebecca s'occuperait avec Ella et profiterait du temps qu'elle passerait exclusivement avec sa fille. Mais ça n'empêcherait pas Colton de lui manquer. Une semaine, c'était long.

Trop long.

Déprimée, Rebecca tourna dans Whitemud Drive et se dirigea vers la maison, tout en se demandant si elle devait demander à Wesley d'annuler son projet estival.

— Tu y arriveras, murmura-t-elle. Ce n'est que pour une semaine.

Ce serait la semaine la plus longue de sa vie. Une fois que ce serait terminé, elle convaincrait Wesley de revenir à leur projet d'origine pour l'été. D'alterner les week-ends pendant les vacances. Il n'était absolument pas question qu'elle soit séparée de l'un de ses enfants plus longtemps que cela.

Colton et Ella sont toute ma vie.

— On peut commander une pizza pour fêter ça ? demanda Colton.

— Bien sûr. Salami et champignons ?

— Ouais.

— Avec supplément de fromage ? intervint Ella.

— Avec supplément.

La pizza lui donna l'impression que tout allait de nouveau bien, et Rebecca sourit. Elle était assise à la place du conducteur, comme disait le proverbe, et contrôlait à nouveau son existence.

Elle aurait dû se rendre compte que la vie n'est jamais prévisible.

Chapitre 3

L'après-midi s'était écoulé avec une lenteur exaspérante. À l'aide de l'application Kindle de son iPhone, Marcus avait téléchargé un e-book sur les problèmes de sommeil et passé le temps entre les appels à s'informer sur l'hypnophobie – la peur de dormir – dont, selon Leo, il était affligé.

Il bâilla et étendit ses jambes dans l'espace exigu sous son bureau. Il y avait eu trois appels pendant les trois premières heures de sa journée, et aucun n'avait justifié de véhicule d'urgence.

— Ma petite chatte Willow est revenue, déclara Mme Mortimer lors de son deuxième appel. Un de mes voisins a eu l'amabilité de la faire descendre de l'érable. Il l'a attirée avec…

— Merci d'avoir rappelé, la coupa Marcus, mais ce numéro est réservé aux urgences, Mme Mortimer.

— Mais c'est une urgence. Je ne voulais pas que vous vous embêtiez à envoyer une voiture de pompiers.

Marcus serra les dents.

— Merci, Mme Mortimer.

— De rien, mon cher. Profitez bien de votre

journée.

Il ne put s'empêcher de sourire.

Le troisième appel était une fausse alerte. Un gamin avait tiré l'alarme incendie à l'école élémentaire. Le personnel avait soigneusement vérifié tous les locaux et n'avait rien trouvé. Pas de fumée, aucun départ de feu. Un appel à l'issue positive.

— L'heure du dîner, dit Leo derrière lui.

— Tu lis dans mes pensées.

Leo et Marcus préféraient prendre la tranche de 17 heures, tandis que les intermittents (Carol et Rudy) allaient dîner à 18 heures. Ainsi, il y avait toujours deux personnes pour répondre au téléphone. Ils alternaient leurs deux pauses d'un quart d'heure de la même façon. Bien entendu, s'il y avait une urgence importante pendant cette période, Leo et Marcus s'empressaient de reprendre leurs postes.

Marcus suivit Leo dans la petite salle de repos avec ses murs nus et ses chaises dépareillées. Il prit une barquette en plastique dans le réfrigérateur, fit sauter le couvercle et la plaça dans le micro-ondes.

— Tu as quelque chose de bon aujourd'hui ? demanda Leo en le dévisageant d'un air affamé.

— Un reste de lasagnes.

— Ça fait trois jours de suite, Marcus.

— Je croyais que les Italiens étaient censés adorer les pâtes.

Leo fit la grimace.

— Pas les lasagnes vieilles de trois jours. D'ailleurs, j'espérais que tu avais préparé un de tes fameux dîners.

Ce n'était un secret pour personne, Marcus aimait cuisiner. Il passait des heures à zapper sur les chaînes du câble pour dénicher de nouvelles recettes. Il regardait Gordon Ramsay, Jamie Oliver et quelques autres, puis concoctait ses propres recettes à l'aide d'herbes fraîches et de légumes variés. Il cuisinait de jour ou de nuit, selon l'équipe dans laquelle il se trouvait. Il y avait quelque chose de presque magique à préparer un plat délicieux aux premières heures du matin, quand le soleil n'était même pas encore levé et que ses voisins dormaient tous profondément dans leurs lits.

La barquette de lasagnes chaudes à la main, il s'assit à l'unique table de la salle, une plaque de mélaminé tordue aux pieds métalliques déformés, dont l'un était soutenu par un morceau de carton plié. Tandis que Leo s'asseyait sur la chaise en face de lui, Marcus se balança sur la sienne, attendant que les pieds s'enfoncent dans les sillons du vieux lino.

Il prit une bouchée de lasagnes.

— Et toi, Leo ? Qu'est-ce qu'il y a au menu ?

— Du KFC.

Leo lui montra un pilon croustillant.

Marcus rit.

— Encore ? Ce n'est pas ce que tu as mangé ces trois derniers jours ?

— C'est du KFC.

Le poulet frit était le point faible de Leo. Marcus s'inquiétait de voir un jour Leo et ses artères rattrapés par tout ce gras. Son ami était déjà en surpoids. Et le mot « exercice » ne faisait pas partie de son vocabulaire, à moins qu'il ne consiste à décrocher le téléphone pour commander son dîner à emporter en rentrant chez lui.

Mais Leo adorait la cuisine de Marcus.

Au moins, quelqu'un l'apprécie, songea Marcus.

— Val et toi devriez venir dîner lundi. Avant le travail.

— Peut-être. On risque d'être occupés ce soir-là.

— Quoi, vous avez prévu un dîner en amoureux ?

— Nan, mon gars.

— Pourquoi tu es tout rouge ? Qu'est-ce qui se passe ?

— Val veut réessayer.

— Essayer quoi ?

Leo se pencha tout près.

— Elle veut un gamin.

— Ah, et lundi, c'est le jour J.

— Ouais. La soirée réservée à l'amour.

Marcus eut un petit rire.

— Alors pourquoi ça n'a pas l'air de t'enchanter ?

— C'est tellement… comment dire… planifié, tu vois. J'ai l'impression que le fichu docteur est là à côté de nous, à nous dire où mettre quoi et pour combien de temps.

— Tu veux dire que tu n'as pas encore compris comment on fait ?

Leo mordit furieusement dans son pilon.

— Eh, arrête de rire. C'est pas drôle. Essayer de faire un enfant, c'est une sacrée pression pour l'homme.

— Au moins, tu as droit au sexe.

Un rire sonore émana des profondeurs du torse trapu de Leo.

— Ouais, y a au moins ça.

Marcus gratta la dernière bouchée de lasagnes au fond de la barquette.

— Tu as de la chance, Leo.

— Ne crois pas que je ne le sais pas.

Marcus dévisagea son ami. Leo serait un excellent père. Du genre toujours présent, à toujours encourager son enfant.

Et Dieu préserve quiconque serait assez stupide pour harceler son gamin.

— Pourquoi tu me fixes comme ça ?

— J'essaie de t'imaginer avec un fils ado.

Leo rayonnait.

— Un fils ? Tu crois que c'est ce que j'aurai ?

— Oui, un grand gars costaud qui sera ton portrait craché. Qui parlera comme toi, aussi. On l'appellera Petit Malin Junior. Tu en penses quoi ?

— « C'est à moi que tu parles ? » demanda Leo en imitant de son mieux De Niro.

Marcus rit.

— Ouais, c'est à toi.

Dépliant ses longues jambes, il se dirigea vers l'évier et y lava la barquette vide.

— Tu viens à la réunion ce soir ? demanda Leo en léchant ses doigts pleins de graisse.

— Je ne sais pas trop.

— Marcus…

Il y avait un morceau d'oignon collé au fond de la barquette, et Marcus passa une minute à tenter de le détacher avec son ongle. Ce qui lui évita de voir le regard désapprobateur que son ami, il le savait, lui adressait.

Leo grogna.

— Ça fera la deuxième semaine que tu la manques. Ce n'est pas bon.

— Et alors, qui tient le compte ? À part toi, Leo.

— Toi, tu devrais.

Marcus plaça la barquette sur un torchon pour la laisser sécher, puis jeta un coup d'œil à Leo.

— Eh, n'aies pas l'air si énervé. Je vais toujours bien.

— Vraiment ? Comme je t'ai déjà dit, tu n'as pas une mine d'enfer.

Marcus poussa un soupir exagéré.

— Très bien, j'irai. Tu es content ?

— Ouais, content comme un mouchard dans un bloc de ciment.

— Attention, Leo. Ton côté gangster commence à ressortir.

— Et surtout, n'oublie pas.

Leo jeta l'emballage KFC vide dans la poubelle et émit un rot sonore.

— C'est moi qui conduis, ce soir.

— Super, répondit Marcus d'une voix traînante. Je préviendrai les flics de la circulation. Je suis sûr qu'ils seront ravis de ce PV supplémentaire.

Il se retourna brusquement en entendant des pas approcher.

Carol Burnett entra dans la salle de repos. Son nom était censé lui venir de l'actrice comique pleine d'esprit des émissions de télé des années 1980, mais la ressemblance s'arrêtait là. Carol était une femme grise et maigrichonne – grise par sa couleur de cheveux, sa pâleur, son habillement et sa personnalité. Elle ne manifestait pas non plus un grand sens de l'humour.

— Il est 18 h 05, dit-elle sans sourire.

Leo adressa à Marcus un regard faussement horrifié.

— Dieu du ciel ! Nous sommes en retard.

— Nous avons rendez-vous… avec la *destinée*, déclara Marcus d'un ton théâtral.

Carol les foudroya du regard, puis secoua la tête et se dirigea tranquillement vers le réfrigérateur.

— Un jour, on la fera rire, dit Marcus à Leo.

Son ami réagit en s'inclinant jusqu'à terre, ce qui exposa la fente de ses fesses dans la direction de Carol.

— Amusant, Leonardo, marmonna-t-elle. Très amusant.

Leo lui fit un clin d'œil.

— Il faut bien que quelqu'un le soit dans cette boîte.

— Tu es le clown de la classe des urgences, déclara Marcus tandis qu'ils retournaient à leurs bureaux. Le type qui fait toujours rire.

Leo fit la moue.

— Tout le monde, sauf Carol. Elle sape mon enthousiasme.

— Eh, même Shipley te trouve drôle, ce qui est franchement stupéfiant compte tenu du fait qu'il se donne rarement la peine de sourire.

— *Taylor !*

Marcus fit la grimace.

— Merde. Quand on parle du loup.

Shipley se tenait dans l'embrasure de la porte de son bureau. Il leva une main, et Marcus se demanda d'abord s'il allait lui faire signe. Mais à la place, Shipley pointa deux doigts vers ses propres yeux, puis l'index vers Marcus.

Marcus hocha la tête. *Compris. Tu me surveilles.*

Il se dirigea à grands pas vers son bureau tandis que son supérieur le suivait du regard. Il savait exactement ce que pensait Shipley : il priait pour que Marcus commette une nouvelle erreur. Mais il en avait déjà commis assez.

La dépendance de Marcus avait entraîné d'innombrables mensonges, des vols de drogue et la contrefaçon d'ordonnances. Et même s'il ne pensait pas mériter leur soutien, sa brigade de techniciens médicaux avait pris des risques pour lui, le défendant face à ses supérieurs. Ces derniers avaient accepté désintoxication et thérapie, du moment que Marcus promettait de se conformer aux règles. C'était un marché honnête. Il ne ferait pas de prison pour le vol des drogues et devait se plier à d'autres conditions ; en échange, il travaillerait au centre dans le cadre de sa réinsertion.

Il se souvint du jour où il avait commencé au centre, cinq ans plus tôt. La première fois qu'il était entré dans le bureau de Shipley, il avait su qu'il aurait des problèmes avec cet homme.

— Alors vous êtes un camé, dit Shipley en indiquant le dossier qu'il avait entre les mains.

— Un ex-camé.

Shipley plissa les yeux.

— Un camé. Je n'ai pas besoin de gens qui refusent d'accorder de la valeur à la vie. Notre travail, ici, consiste à sauver des vies.

Il regardait fixement Marcus. Avec un soupir, il plaqua le dossier sur le bureau.

— Mais j'ai les mains liées, et on vous a assigné ce boulot. Ne le foirez pas.

— Je ne foirerai pas.

La bouche de l'homme se tordit dans un rictus.

— Nous verrons. Pas vrai ? Personnellement, je doute que vous teniez un mois.

Marcus avait alors souri. Il savait reconnaître un mâle dominant. Il avait également perçu le défi.

— Je me fiche de ce que vous pensez, monsieur Shipley. Je ferai mon travail.

— N'oubliez pas le test obligatoire pour les drogues chaque semaine.

— Je connais la routine.

Oui, il la connaissait bien. Il se conformait aux règles, pissait dans un récipient en plastique sur demande et évitait ses anciens dealers. C'était le prix qu'il devait payer. Chaque fois que le besoin le prenait – et certains soirs, il se faisait durement sentir – il visualisait Jane et Ryan. Il se rappelait le regard désespéré et déçu de sa femme quand elle avait découvert son addiction.

Tout avait commencé d'une façon tellement innocente. En tant qu'assistant médical, il était entouré de drogues. Il les avait administrées à des victimes quand c'était nécessaire. Il les stockait, les comptait et les commandait. Après trois accidents terribles impliquant plusieurs véhicules et un incendie domestique, tous tuant des dizaines de personnes et en blessant des dizaines d'autres, il avait souffert de burn out et de douleurs dans le dos et les épaules.

La première fois qu'il en avait pris, il s'était convaincu que ce serait la seule. Il avait avalé deux ou trois Vicodin[1] détournés, et le reste de sa journée s'était écoulé dans un brouillard productif d'activité sans douleur. Au début, il était facile d'« égarer » le médicament quand il lui en fallait plus. En une occasion, il avait fait semblant de laisser tomber un flacon pour

---

[1] Analgésique à base de paracétamol et d'hydrocodone (morphine de synthèse). (*N.d.t.*)

que les pilules se répandent sur le sol de l'ambulance. Tandis qu'il nettoyait avec Ashton Campbell, son partenaire, Marcus avait furtivement empoché une poignée sur deux. Il n'en était pas très fier.

Quand Ashton avait commencé à remarquer la disparition des Vicodin, Marcus avait recouru au Tylenol 3s, un médicament facile à obtenir. Il le décomposait dans l'eau froide et en séparait la codéine, un opiacé utilisé comme analgésique. La codéine concentrée apaisait la douleur et avait l'effet supplémentaire de le faire planer. Malheureusement, il appréciait un peu trop cette sensation. Il se persuada qu'il était plus efficace en tant qu'assistant médical quand il planait. Cela le rendait plus sûr de lui, plus alerte, il maîtrisait mieux.

De qui se moquait-il ?

Au fil du temps, son addiction devint plus exigeante. La codéine cessa de faire effet, et il revint au Vicodin et au Percocet[1]. À l'occasion, il s'injectait de la morphine, quand la douleur devenait insupportable. Ses pupilles dilatées ne tardèrent pas à le trahir.

Jane aborda le sujet un soir, mais il sortit de la maison, furieux qu'elle l'ait accusé (lui, un assistant médical, bon Dieu !) de se droguer. Puis Ashton dit à Marcus qu'il était au courant du détournement de médicaments.

En quelques jours, le sinistre secret de Marcus était révélé. Il fut démasqué, humilié et couvert de honte. On lui donna le choix : désintoxication ou prison.

Le choix était vite fait.

Jane l'avait soutenu. C'était ce qu'il y avait de merveilleux chez elle, elle pardonnait toujours. Elle avait même soutenu sa décision de partir à Cadomin une semaine, sans elle ni Ryan. Pour pêcher, lui avait-il dit.

En réalité, il y était allé pour méditer sur sa vie et sur les mauvais choix qu'il avait faits. Il avait emporté le

---

[1] Autre antidouleur opiacé. (*N.d.t.*)

coffret à l'insigne. Ce serait la dernière fois qu'il en prendrait, s'était-il promis. Ensuite, il enterrerait le coffret et en finirait pour de bon. Il jura d'aller à des réunions, de devenir clean, tout ce qu'il faudrait, dès qu'il serait rentré chez lui. Mais il passa le plus clair de son temps dans la cabane, engourdi par la morphine et endormi. C'était à l'époque où il parvenait à dormir.

Il se revoyait assis dans la cabane éclairée à la bougie, une aiguille hypodermique dans le bras. Il somnolait, se laissant porter par la légèreté, quand son téléphone portable avait sonné.

— Marcus, c'est John Zur.

L'inspecteur l'avait informé que Jane et Ryan avaient été impliqués dans un grave accident de la route.

Marcus avait arraché l'aiguille de son bras et s'était levé d'un bond.

— Où ?

— Non loin de Cadomin.

— Je suis en route.

— Marcus, vous devriez…

Marcus passa en mode pilote automatique. Il raccrocha avant que Zur ait pu terminer sa phrase, attrapa sa veste et courut de la cabane à sa voiture. Il pleuvait, une pluie glaciale, mais il le remarqua à peine. Il ne pensait qu'à sa femme et son fils, blessés et sonnés. Ils avaient besoin de lui.

Il fila sur l'autoroute jusqu'à ce qu'il distingue les voitures de police et les pompiers. Il se rangea derrière une ambulance, puis bondit de sa voiture.

Zur s'approcha de lui à grands pas.

— Marcus, je ne crois pas que vous devriez…

Ignorant l'inspecteur, Marcus courut en dérapant sur le talus boueux vers le fossé rempli d'eau.

C'est alors qu'il la vit. La voiture de Jane. Elle s'était retournée et était à demi submergée dans l'eau profonde et obscure.

— Jane ! cria-t-il. Ryan !

Deux sauveteurs arrachèrent la portière à l'aide de pinces à désincarcérer, le métal rebelle grinçant et crissant, l'eau se déversant au sol. Sur le siège conducteur, un corps était pendu à l'envers, de l'eau jusqu'à la taille.

Marcus reconnut immédiatement la veste de Jane.

« *Nooon !* »

Le reste de la nuit se perdait dans un brouillard de gyrophares et de sirènes.

Et de mort.

Il avait beaucoup à se faire pardonner. Pénitence était son deuxième prénom.

Le téléphone sonna, l'arrachant à ses idées noires. Dans les heures qui suivirent, il classa de la paperasse, transmit aux pompiers et à la police un appel concernant des soupçons d'incendie volontaire et envoya une ambulance vers une violation de domicile présumée, tout en faisant de son mieux pour ne pas penser à la réunion à laquelle il avait promis à Leo d'assister.

L'espace d'une seconde, il contempla l'écran d'ordinateur et songea à la raison pour laquelle il allait à ces réunions. Pour s'amender. Pour apaiser sa culpabilité.

Pour être pardonné ?

Était-ce même possible ?

Chapitre 4

Arrivée à la maison, la première chose que remarqua Rebecca fut la porte du garage. Elle était ouverte. Elle gara la voiture dans l'allée et marmonna un juron entre ses dents.

— Tu as oublié de pousser le bouton, maman, dit Colton.

— Peut-être qu'il a heurté quelque chose et s'est remis en position haute.

Elle pressa le bouton de la télécommande et regarda la porte se fermer. Elle resta fermée. Elle appuya à nouveau et vit la porte du garage s'ouvrir.

— Eh non, maman s'est conduite comme une crétine, dit-elle joyeusement en rangeant le véhicule à l'intérieur et en abaissant de nouveau la porte du garage.

— C'est quoi, une crétine ? demanda Ella.

Colton ricana.

— C'est ce que tu es, crétine.

— Maman, je suis une crétine ?

— Non, chérie.

Rebecca se retourna sur son siège et pointa un doigt vers Colton.

— Arrête de taquiner ta sœur.

Elle parcourut du regard le garage et la porte donnant dans la maison. Elle ne la verrouillait jamais, sauf la nuit. Savoir que la maison était restée ouverte la rendait nerveuse. Il y avait eu deux ou trois cambriolages dans le voisinage ces derniers temps, surtout dans des maisons plus imposantes et plus récentes. Mais même si son garage ouvert constituait une invitation pour tous les voleurs et vandales du quartier, elle doutait que quiconque ait pris la peine d'entrer. L'extérieur de la maison était ordinaire et sans prétention, et avec son peu d'objets luxueux, l'intérieur révélait clairement une mère amatrice de hockey. Pas vraiment le meilleur endroit pour trouver appareils électroniques, drogue ou argent.

Elle ouvrit la portière.

— Attendez ici. Je vais jeter un coup d'œil dans la maison. Et je viendrai vous chercher.

— Pff, maman, dit Colton d'un ton geignard.

— Colton, veille sur ta sœur. Je reviens dans une minute.

— D'accord, mais je te chronomètre. Départ maintenant, dit-il en souriant largement.

Rebecca entra dans le petit bungalow que Wesley l'avait convaincue d'acheter. « Un excellent investissement », l'avait-il appelé. Elle avait pris l'habitude de le nommer « le gouffre financier », même si son mari avait promis de s'occuper des réparations et de terminer tout ce que les anciens propriétaires avaient négligé. Les plinthes, par exemple. Il n'y en avait pas une seule dans toute la maison. Qui habitait une maison sans plinthes ?

Au rez-de-chaussée, les toilettes de la chambre parentale étaient une source constante de contrariété, se bouchant dès que quelqu'un y jetait plus de trois feuilles de papier toilette. Et la cheminée du salon fuyait par l'encadrement de la fenêtre, de petites bouffées de fumée pénétrant dans la pièce. Ce qui inquiétait beaucoup

Rebecca, car Ella avait récemment été diagnostiquée asthmatique.

— Ne pas oublier de faire réparer la fuite de la cheminée la semaine prochaine, marmonna-t-elle.

Et il y avait la salle de séjour du sous-sol, dénuée de plafond. Selon Wesley, les poutres nues et les tuyaux lui donnaient un air rustique, comme une « garçonnière ». Elle avait répondu qu'il pouvait l'utiliser sans problème.

En parcourant les différentes pièces, Rebecca vérifia que rien ne manquait. Elle hésita près de la table placée à côté de la fenêtre du salon. Les photos de famille semblaient dérangées. Elle fronça les sourcils, examinant la poussière de la surface. Était-ce son imagination, ou la photo d'elle et des enfants avait-elle été déplacée ?

Elle remit le cadre en place, le contempla un instant, puis eut un rire nerveux. *C'est sans doute un des enfants qui l'a renversé.*

Écartant cet accès de paranoïa, elle s'empressa de retourner dans le garage et fit signe aux enfants. Colton sortit du côté où la porte fonctionnait, tandis que Rebecca luttait avec la portière endommagée et aidait Ella à défaire sa ceinture.

— Pourquoi il fallait qu'on attende dans la voiture ? demanda Ella en faisant la moue.

— Au cas où il y aurait eu des cambrioleurs, répondit son frère.

Les yeux d'Ella s'écarquillèrent de peur.

— Des cambrioleurs ?

— Tu sais, des méchants. Comme le Brouillard.

— Colton, l'avertit Rebecca.

Elle se tourna vers Ella.

— Il n'y a pas de cambrioleurs dans notre maison, chérie.

— Et des méchants ?

— Non. Pas de méchants non plus.

— Tu es sûre ?

Rebecca acquiesça et prit la main de sa fille.

— J'ai vérifié partout.

— Partout ?

— Oui, chérie. Même dans le frigo.

Ella rit.

— Il aurait été gelé.

— Et stupide, dit Colton. Peut-être qu'il se cache sous le lit d'Ella.

— Non, dit Rebecca. J'ai vérifié là aussi.

Par-dessus son épaule, elle lança à son fils un regard de réprimande. *Je m'occuperai de toi plus tard, mon petit monsieur.*

— Il n'y a que nous, les poulets, dit-elle. Cot cot.

Ce qui eut pour effet de lancer Ella dans une série de gloussements et de battements de bras.

Rebecca sourit.

— Les devoirs avant la pizza. Allez-y ! Tous les deux.

Le « poulet » fila dans le couloir, son frère renfrogné traînant des pieds derrière elle.

Rebecca commanda une pizza pour les enfants.

N'étant pas d'humeur à ingérer autant de glucides, elle tira une barquette du réfrigérateur, souleva le couvercle et renifla. « Dieu du ciel, qu'est-ce que *c'était ?* »

En tout cas, ce n'était plus identifiable, et elle vida l'emballage dans la poubelle sous l'évier. Sur l'étagère inférieure du frigo, elle trouva le reste de salade grecque de la veille. *Ça fera l'affaire.*

Elle s'installa dans le fauteuil au coin du salon et avala la salade tout en contemplant le chaos qui régnait dans la pièce. Wesley avait toujours détesté rentrer dans une maison en désordre, de sorte qu'elle passait des heures à ranger avant qu'il ne rentre. Depuis le départ de son mari, elle était devenue moins rigoureuse dans l'entretien de la maison. C'était une sorte de libération.

« Il faut qu'on nettoie un de ces jours », marmonna-t-elle en se dirigeant vers la cuisine où elle fourra le récipient vide dans le lave-vaisselle.

De retour dans le salon, elle ramassa le pull d'Ella et l'uniforme de hockey de Colton et lança une machine. Elle rangea la Xbox de Colton et rassembla les Barbie à demi nues d'Ella éparpillées sur le canapé. Elle essuya également ce qui ressemblait à du beurre de cacahuète séché sur la table basse.

Puis elle alluma l'ordinateur portable posé sur le bureau dans un coin de la pièce. Comptant payer la facture d'électricité, elle saisit le mot de passe pour accéder au compte joint. « Mais qu'est-ce que… »

Le compte indiquait un solde négatif. *Wesley.*

Rebecca eut envie de pleurer. La semaine suivante, la mensualité du prêt immobilier devait être réglée. Ce qui signifiait qu'ils allaient encore être à découvert.

Elle cliqua pour afficher le chèque de deux mille dollars rédigé par Wesley. Il était à l'ordre de Jeffrey Dover, un des types avec lesquels son mari jouait aux cartes toutes les semaines. Ce n'était pas la première fois qu'il devait de l'argent à quelqu'un.

Soudain, elle n'eut plus envie de pleurer. Elle aurait voulu étrangler Wesley.

Le téléphone sonna.

En voyant le nom s'afficher, elle marmonna : « Mince ! »

— Salut, Rebecca, dit Wesley quand elle eut décroché.

— Qu'est-ce qui me vaut ce plaisir ?

C'était sarcastique, mais elle doutait qu'il ait relevé l'ironie.

Elle avait raison.

— Je voulais te remercier d'avoir été si conciliante concernant Colton.

— Oui, c'est tout moi. Conciliante.

Il y eut un silence.

— Tu as l'air en rogne, dit-il.

— Je le suis.

— Qu'est-ce qui se passe ?

— Il n'y a plus d'argent sur le compte bancaire.

— Ah oui. Je comptais te parler de ce chèque, mais j'ai oublié.

— Comment as-tu pu oublier deux mille dollars ?

— Je les récupérerai la semaine prochaine. On double les enjeux.

— Bon sang, Wesley ! Tu ne peux pas être sûr de gagner au poker. D'ailleurs, où vas-tu trouver l'argent pour jouer ?

— Mike a dit qu'il m'avancerait l'argent.

— Et si tu perds ?

— On peut dire que tu as foi en moi. Pas étonnant que je me sente tout le temps minable. Je ne peux pas gagner avec toi.

— Ne me mêle pas à ça. C'est toi qui nous as encore mis dans le rouge. Je fais tout ce que je peux pour nous maintenir à flot.

Au moins jusqu'à ce que le divorce soit prononcé, pensa-t-elle. *Ensuite, je pourrai économiser mon argent.*

— Oh oui. Tu es vraiment merveilleuse de nous entretenir tous.

Son ton était acide.

— Et toi, qu'est-ce que tu fais pour nourrir tes enfants ? répliqua-t-elle. Mon avocat et moi, nous aimerions le savoir.

Il y eut un grognement à l'autre bout du fil.

— Rebecca, nous avons réussi à gérer cette séparation sans l'interférence d'un avocat. C'est parce que nous sommes des adultes raisonnables, et que nous voulons ce qu'il y a de mieux pour nos enfants. Je devrais revenir habiter avec vous. Nous pouvons régler nos problèmes. J'irai voir quelqu'un – un psy, si tu veux.

Ses yeux se mouillèrent. *Pourquoi la vie est-elle si dure ?*

Une part d'elle-même voulait le supplier de revenir.

Peut-être contribuait-elle vraiment aux problèmes professionnels de Wesley et à sa colère. Comment pouvait-il se respecter si elle ne cessait de le houspiller ? Elle devait le soutenir davantage. Son mari était un homme fier qui se trouvait à un tournant de sa vie professionnelle. L'économie ne l'aidait pas non plus, se redressant une semaine pour retomber la suivante. Ce qui rendait très difficile de trouver un emploi à plein temps. Wesley n'était pas le seul à chercher du travail. Quant à ses problèmes d'agressivité, une thérapie pourrait l'aider.

Mais il n'ira pas. Elle avait déjà essayé.

— Laisse les choses comme elles sont, dit-elle, vidée de toute énergie.

— Mais comment pouvons-nous remédier à la situation si…

— Nous ne pouvons pas y remédier, Wesley. Notre couple est fini.

Silence.

Rebecca changea le combiné de main et essuya sa paume moite sur sa hanche. Elle entendait le tic-tac d'une horloge quelque part dans la maison et les enfants qui riaient au bout du couloir.

— Wesley ?

Pas de réponse.

— Wesley !

— J'ai une piste pour un boulot, dit-il enfin d'une voix glaciale. C'est dans le Nord. À Fort McMurray.

— Tu as eu un entretien ?

— J'y vais demain matin. Je ne rentrerai pas avant dimanche. Et si on discutait de tout ça quand tu rentreras de Cadomin ? À propos, comment ça se passe à ton travail ? J'ai entendu dire qu'ils licenciaient.

Dis-lui que tu vas démissionner de chez Alberta Cable et lancer ta propre entreprise. Ne sois pas si lâche !

Depuis environ un an, elle songeait à tenir des

chambres d'hôtes en dehors d'Edmonton, mais assez près de l'autoroute pour qu'elle puisse se faire connaître des voyageurs. Chaque fois qu'elle envisageait d'en parler à Wesley, elle se figeait.

Ce que je fais n'a plus d'importance. Pour lui, en tout cas.

— Tout va bien, dit-elle. On discutera plus tard.
— Becca ?
Elle soupira.
— Oui ?
— Profite bien de tes petites vacances.
Vlan.
Elle se retrouva seule au bout du fil.

* * *

À 20 h 50, Rebecca se servit un petit verre de vin blanc et se laissa tomber dans le fauteuil inclinable en faux daim du salon. Elle poussa un petit gémissement et évacua mentalement les impressions de cette journée.

Les enfants étaient couchés. Ella dormait sans doute déjà, rêvant de fées et de fleurs. Colton jouait à Jade Empire sur sa Xbox 360. Elle lui avait laissé jusqu'à 21 heures avant d'éteindre. Bien entendu, elle avait dû le lui rappeler plusieurs fois. Ça faisait partie du métier de mère. Elle se rappelait avoir lu sous les couvertures avec une lampe-torche quand elle avait à peu près l'âge de Colton.

Elle sourit à ce souvenir.

Songeant aux vacances à venir, elle entama son rituel du soir. D'abord, elle alluma la télévision pour le bruit. Cela la réconfortait d'entre une autre voix que la sienne. Certains soirs, elle écoutait de la musique. N'importe quoi d'autre que les souffles, craquements et gémissements de la maison. Elle alluma aussi une lampe dans la cuisine et la salle de bains, en plus de la lampe posée près de son fauteuil. Elle n'aimait pas être entourée d'ombres ou entrer dans une pièce totalement obscure. On ne savait jamais ce qui pouvait rôder dans le noir.

Ou dans le brouillard.

En 2007, un kidnappeur en série avait terrorisé Edmonton. Les journalistes l'avaient surnommé « le Brouillard » parce qu'il agissait les soirs de brume. Elle avait pleuré en entendant parler des cadavres d'enfants trouvés dans les bois.

Le Brouillard n'était plus là, mais en songeant à la porte ouverte du garage, elle frissonna. *N'y pense plus, idiote.*

De nuit, il était difficile de ne pas songer à sa vie avec Wesley. Au moins, elle s'était sentie en sécurité chez elle.

Vraiment, Rebecca ? En sécurité ?

Un des aspects du quotidien auquel elle avait eu le plus de mal à s'habituer après le départ de Wesley était le fait d'être seule. Ce n'était pas facile. Elle avait compté sur lui pour être au moins présent. Presque tous les soirs.

Sirotant le vin, elle passa d'une chaîne à l'autre et s'arrêta sur un épisode de *New York, police judiciaire*. Une femme était interrogée après la mort suspecte de son mari. Rebecca se demanda si le mari avait poussé son épouse à commettre le meurtre. *Avait-il maltraité sa femme comme Wesley m'a maltraitée ?*

La maltraitance. Un sujet désagréable. Même dans le monde d'aujourd'hui, c'était un de ces secrets dont personne ne voulait parler. Avant de rencontrer Wesley, elle avait toujours pensé que les femmes qui n'en parlaient pas étaient simplement faibles. À présent, elle connaissait mieux le sujet. Ce n'était pas la faiblesse qui les empêchait de s'exprimer ; c'était la peur. Surtout s'il y avait des enfants.

Elle était restée avec Wesley pour les enfants – au début. C'était son père qui lui avait ouvert les yeux sur la vie qu'elle s'était construite. Sa vie imaginaire.

— Tu es trop intelligente pour faire des choix stupides, avait-il dit peu de temps après être rentré chez lui suite à son opération du cœur.

— Quels choix stupides ? avait-elle demandé.

— Celui de rester.

Elle ne lui avait pas demandé ce qu'il entendait par là.

— Tu ne l'as jamais aimé, n'est-ce pas, papa ?

— Non.

— Pourquoi ?

— Parce que je le voyais dans ses yeux.

— Tu voyais quoi ?

Son père s'était détourné.

— Le même regard que j'avais autrefois. Une colère si dévorante qu'elle détruit tout sur son passage.

Cet aveu l'avait abasourdie. Elle n'avait jamais connu cet aspect de lui-même qu'il décrivait. Son père avait toujours été drôle, et fier. Il semblait heureux la plupart du temps, même si elle savait que sa mère et lui se disputaient parfois. Quel couple ne le faisait pas ?

— Mais tu n'as jamais frappé maman, avait-elle dit.

— Non… mais j'ai failli, plusieurs fois.

— Et c'est pour ça que vous avez divorcé ?

Son père lui avait tapoté la main.

— C'était une des raisons pour lesquelles nous nous sommes séparés. Chérie, il n'est pas facile de passer sa vie avec une femme forte comme ta mère. Elle a ses propres idées sur ce qu'elle veut faire de son existence. J'avais les miennes.

— Et ce n'étaient pas les mêmes, avait-elle deviné.

Il avait hoché la tête.

— J'étais occupé à suivre ma voie, et ta mère suivait la sienne. J'imagine qu'au bout d'un moment, nous nous sommes mis à diverger au lieu de nous croiser. Les chemins de certaines personnes sont sur une trajectoire qui mène au désastre.

Deux mois plus tard, son père avait succombé à une

crise cardiaque. Mais elle n'avait jamais oublié ces mots. *Une trajectoire qui mène au désastre.*

Eh bien, ça résumait certainement son mariage.

Ce soir, en buvant son vin à petites gorgées, Rebecca songea à la voie que prenait sa propre vie. Elle ignorait totalement où elle la conduirait, et cela l'effrayait. Elle s'était engagée si loin de Wesley, à présent, qu'elle espérait que leurs chemins resteraient séparés. Elle craignait, s'ils se croisaient à nouveau, que cela n'entraîne une collision qui l'engloutirait une fois de plus dans une existence pleine de peur. Elle ne pouvait pas y retourner. Pas quand elle apprenait enfin à respirer par elle-même.

Quelque part dans la maison, un bruit métallique retentit.

Posant le verre, elle parcourut l'habitation, tendant l'oreille tandis que la maisonnée se préparait au sommeil. Elle entendit un petit grattement derrière la porte donnant sur le garage. *Fichues souris !*

Elle ouvrit la porte et alluma la lumière. Rien ne bougeait. Pas de petites pattes se faufilant dans l'ombre. Elle devrait penser à acheter quelques souricières le lendemain matin. Elle n'avait pas envie de découvrir leurs petits cadavres, mais c'était un mal nécessaire. Si elle ne les éliminait pas, elles laisseraient des crottes partout et déchiquèteraient les sacs-poubelles. Sans compter qu'elles se reproduiraient comme de petits diables.

Elle ferma la porte et la verrouilla. Puis elle retourna au fauteuil et à son vin. Elle vida un autre verre et trouva un de ses films préférés sur Movie Central, *Les Nuits avec mon ennemi.* C'était l'histoire d'une femme, jouée par Julia Roberts, qui échappe ingénieusement aux mauvais traitements de son mari et entame une nouvelle vie sous un autre nom.

Rebecca savait ce que c'était. Elle souhaitait souvent pouvoir entamer une nouvelle vie.

J'imagine que je l'ai fait, d'une certaine façon.

Plus elle y songeait, plus elle se rendait compte qu'elle n'était pas si différente du personnage de Julia dans le film. Elle repartait à zéro, et ça voulait dire que tout était possible. Même un autre amour.

Elle passa un doigt sur le bord du verre de vin. Qu'est-ce que cela ferait d'être touchée par un autre homme ? D'être embrassée avec tendresse ? De faire l'amour ? Cela faisait si longtemps qu'elle craignait d'avoir oublié comment on faisait.

Un rire lui échappa et elle l'étouffa d'une main. Elle imaginait Kelly lui disant : « C'est comme faire du vélo. On n'oublie jamais. »

Sa sœur avait été sa bouée de sauvetage pendant les turbulences de ces derniers mois. Kelly était toujours là pour elle, même quand Rebecca l'avait parfois repoussée en défendant Wesley.

Elle poussa un soupir et se concentra à nouveau sur le film. Julia volait des pommes dans le jardin du voisin – et elle était sur le point de se faire prendre la main dans le sac par ce dernier, un homme à la beauté sauvage.

Rebecca prit une couverture sur le canapé et se blottit dans le fauteuil. Elle avait beau avoir vu *Les Nuits avec mon ennemi* plus d'une dizaine de fois, le film lui emplissait toujours le cœur d'une émotion puissante : l'espoir.

Chapitre 5

Assis sur des rangées de chaises devant Marcus, ses camarades drogués et Leo sourirent et lui souhaitèrent la bienvenue, l'accueillant à la réunion nocturne hebdomadaire des Narcotiques Anonymes. Il était la dernière personne à s'exprimer parce qu'il était en retard comme d'habitude, mais il allait se montrer bref et concis comme de coutume.

« Je m'appelle Marcus, et ça fait plusieurs semaines que je ne suis pas venu à une réunion des NA. Mais je suis resté sobre. »

Des applaudissements retentirent.

Il se racla la gorge.

« Mon ami Leo m'a convaincu de venir ce soir, et même si j'allais bien, il a eu raison. J'avais besoin qu'on me rappelle la raison de ma présence ici. Merci de m'avoir écouté. »

Il hocha la tête, puis s'assit.

Personne ne parut surpris de la brièveté de sa déclaration ou du manque de détails. Ils y étaient habitués. Il savait que le groupe le percevait comme quelque peu mystérieux. Personne ne connaissait toute son histoire. Pas même au centre. Shipley connaissait les grandes lignes, mais seul Leo était au courant de tous les squelettes dans le placard de Marcus.

Le reste de la réunion se passa en discussions conviviales autour d'un café et de biscuits, mais Marcus n'avait pas vraiment envie de discuter. Il voulait rentrer chez lui et se pelotonner sur le divan en compagnie d'Arizona, d'une assiette de pâtes et de sa culpabilité.

Pendant le trajet de retour, Marcus fit de son mieux pour respirer normalement tandis que Leo guidait sa vieille Volkswagen rouillée dans la rue principale déserte. Quand Leo grilla un stop à un croisement, Marcus secoua la tête.

« Quoi ? aboya Leo. Il n'y a personne sur la route à cette heure de la nuit. »

En réalité, c'était le matin. Presque. Quoi qu'il en soit, Leo avait raison concernant l'absence de circulation. Mais cela agaçait quand même Marcus. Son ami désobéissait au code de la route avec tant de nonchalance. Ne savait-il pas que des gens se faisaient tuer tous les ans parce qu'un idiot avait grillé un stop ?

— Pourquoi tu ne leur as pas raconté ton histoire ? demanda Leo.

— Je ne suis pas prêt à en parler.

— Un jour, tu parleras.

— Peut-être.

Leo le dévisagea avec inquiétude.

— Tu ne peux pas garder tout ça à l'intérieur. Ce n'est pas sain. Ça ne t'aidera pas à t'en remettre.

— Je ne crois pas que je m'en remettrai jamais, Leo.

— Je sais que c'est ce que tu penses, mais je crois qu'un jour, tu t'en remettras.

Marcus haussa les épaules.

— Peut-être.

— Écoute, mon pote, parles-en. Partage-le. Reconnaître les faits est bon pour ton âme.

— Tu veux que je reconnaisse ce que j'ai fait ? Que je dise à tout le monde que j'ai tué mon fils et ma femme ?

Leo laissa aller un profond soupir, puis croisa ses énormes bras sur sa poitrine.

— Tu ne les as pas tués, Marcus. Tu n'as pas causé cet accident. Un jour, tu comprendras ça.

Il y eut un silence gêné avant que Leo change de sujet.

— Tu veux passer chez moi prendre un café ?

— Peux pas, répondit Marcus. J'ai un rendez-vous ce soir.

— Avec qui ?

— Pas qui. Plutôt quoi. J'essaie une nouvelle recette ce soir. Des *linguine* au blé complet avec crevettes, poivrons rouges et une sauce au vin blanc sans alcool.

Marcus surprit le regard suppliant de son ami.

— Tu veux venir dîner ?

Leo secoua la tête.

— Peux pas. Val m'attend.

Cinq minutes plus tard, ils se garèrent devant la maison de Marcus. La portière de la Volkswagen exprima son mécontentement par un féroce grincement quand Marcus l'ouvrit. Il descendit.

— J'apporterai des restes au boulot.

Leo sourit largement.

— Je peux toujours compter sur toi, Chef Taylor. Tu devrais avoir ta propre émission de télé.

Marcus regarda Leo s'éloigner et médita le commentaire de son ami. Peut-être devait-il vraiment se mettre à envisager un nouveau métier. Il n'aurait pas le choix s'il commettait encore la moindre erreur au centre. Shipley n'aurait de cesse qu'il soit renvoyé.

Peut-être un changement de carrière était-il au programme pour Marcus.

* * *

Une heure plus tard, il se laissa tomber dans le fauteuil, une assiette remplie à ras bord de sa création à base de *linguine* en équilibre sur ses doigts. Le plat dégageait un arôme divin et son estomac gargouillait. Il avait même ajouté quelques piments coupés en fines tranches pour lui donner plus de peps, et fait sauter une poignée de têtes d'asperges qu'il avait saupoudrées de graines de sésame en accompagnement.

Depuis un mois, il cuisinait à base d'asperges. Asperges sautées aux graines de sésame et à l'huile d'olive. Ou avec du jus de citron frais et de l'aneth. Ou roulées dans le blanc d'œuf, la chapelure et le parmesan. Asperges blanchies, refroidies et assaisonnées de jus d'orange, agrémentant des salades de légumes verts ou de pâtes. Eh oui, il n'y avait rien qu'il ne soit capable de faire à une botte d'asperges.

Arizona entra dans la pièce d'un pas traînant, et contempla son assiette à moitié vide d'un œil mélancolique.

« Salut, ma fille. On ira se promener plus tard. D'accord ? »

Arizona poussa un bref aboiement et tourna sur elle-même. Elle s'assit sagement devant lui, dans l'expectative.

« Très bien, mais je dois t'avertir. Ça pique. »

Il tira de son assiette une fourchetée de *linguine* et la donna à la chienne. Elle l'avala d'une bouchée. Il exécuta le rituel « une pour moi, une pour toi » jusqu'à ce que son assiette soit vide.

Après leur repas, Arizona s'installa sur le tapis aux pieds de Marcus et ne tarda pas à s'endormir. Ignorant ses doux ronflements, il passa d'une chaîne de télévision à l'autre. L'une d'elles passait des rediffusions de *Flashpoint*. Bon sang, cette série lui manquait. Il avait été en manque de *Flashpoint* pendant des semaines après la première diffusion.

Il opta pour un film de Clint Eastwood. On ne

pouvait pas se tromper avec Eastwood. C'était un de ses films les plus récents, produits par la légende du cinéma, qui jouait également dedans.

Vers le milieu du film, il s'endormit.

Et Jane et Ryan étaient là. Ils riaient, jouant sur une plage rose corail au sable aussi doux que du satin.

Marcus sentait le sable entre ses orteils en s'approchant d'eux, des vagues tièdes lui léchant les pieds tandis qu'il marchait près du rivage.

Les Bermudes, réalisa-t-il.

Il se souvenait du jour où Jane l'avait supplié d'y aller.

« Nous n'avons pas eu de vraies vacances depuis la naissance de Ryan, avait-elle dit, et tu aurais besoin d'une pause. Nous en aurions besoin tous les deux. »

Elle avait ri et s'était penchée contre son oreille.

« D'ailleurs, on pourrait faire l'amour tout le temps. »

Comment pouvait-il refuser une telle proposition ?

Ce soir-là, Jane était apparue dans l'encadrement de la porte de la salle de bains, vêtue d'une nuisette noire sexy.

— Elle te plaît ? je l'ai achetée en ligne chez Victoria's Secret. Pour le voyage.

— Victoria's Secret, hein ?

Il distinguait ses tétons durcis à travers la dentelle.

— Je ne suis pas sûr qu'elle fonctionne.

Le sourire de Jane s'effaça.

— Comment ça ?

Marcus l'attira contre lui.

— Elle ne garde pas ton secret. Je sais exactement à quoi tu penses. Et ce que tu veux.

— Ah oui, vraiment ?

Jane tourna la tête et il pressa ses lèvres contre les siennes.

— Mais oui, dit-il en s'écartant.

Il avait passé le reste de la nuit à lui en faire la

démonstration. Deux fois.

À présent, dans son rêve, il les regardait sur la plage. Jane, toute bronzée et insouciante, poursuivait Ryan sur le rivage. Ryan courait à reculons, la narguant. « Tu ne m'attraperas pas ! »

Marcus se mit à courir après eux, même s'il savait que c'était un rêve.

« Tu ne peux pas nous attraper, papa », cria Ryan.

Marcus accéléra, son cœur battant la chamade. Haletant. Plus vite. Son pouls battait à tout rompre. Mais il avait beau courir plus vite, la distance entre eux grandissait.

« Attendez ! s'écria-t-il. Attendez-moi ! »

Courant toujours, Jane saisit la main de Ryan. « Tu ne peux pas nous attraper, Marcus. »

Il regarda, horrifié, leurs corps s'évanouir dans la lumière du soleil et les vagues effacer leurs pieds. Puis leurs jambes et leurs bras. Quand ils eurent complètement disparu, il poussa un hurlement d'angoisse.

Il s'éveilla en hurlant. « Ne me laissez pas ! »

Mais il était seul, à l'exception d'Arizona, assise près du fauteuil, la tête posée sur ses genoux.

« Je vais bien », dit-il en caressant le pelage soyeux de la chienne.

Le regard expressif de l'animal suggérait qu'elle n'était pas d'accord.

« Oui, je sais. Je ne me crois pas non plus. »

D'après l'horloge sur le manteau de la cheminée, il estima qu'il avait somnolé pendant près d'une heure. Le film d'Eastwood continuait, et ce bon vieux Clint était en train de charger des armes d'apparence menaçante. Le héros du film avait décidé de se venger, et quelqu'un était sur le point de payer.

« Je sais ce que tu ressens, Clint », marmonna-t-il.

Il aurait donné n'importe quoi pour pouvoir retrouver la personne qui avait fait de sa vie un enfer.

Mais il ne pouvait en rejeter la faute sur personne d'autre que lui-même.

Le voyant rouge clignotant du répondeur attira son regard. Il avait oublié de le vérifier en rentrant. Ce n'était pas comme si son téléphone avait sonné très souvent en ce moment.

« Marcus, c'est Wanda. » Sa belle-mère. « Est-ce que tu viens à Edmonton le mois prochain ? Pour le… tu sais, la réunion ? Appelle-moi quand tu pourras, mon chéri. » Il y eut un silence prolongé. « Marcus, prends soin de toi. »

Il savait exactement de quelle réunion Wanda voulait parler – la fête annuelle du souvenir pour Jane et Ryan. Wanda avait fait la même chose chaque année depuis la mort de sa fille et de son petit-fils. La commémoration avait toujours lieu aux environs du 23 juin, l'anniversaire de Jane. Un jour, comme il lui demandait pourquoi elle ne l'organisait pas en mai, le mois où Ryan et Jane étaient morts, Wanda lui avait dit qu'elle ne pouvait pas recevoir en mai à cause de la fête des Mères. Elle n'avait pas songé que l'anniversaire de Jane tombait presque en même temps que la fête des Pères.

Il avait assisté aux deux premières réunions commémoratives. Trois générations s'étaient réunies chez les parents de Jane, la moitié d'entre elles buvant du matin jusqu'au soir, tandis que l'autre moitié errait, abrutie par le chagrin. Marcus s'était joint aux deux moitiés, et tout s'était bien passé jusqu'à ce que l'un des oncles de Jane le pousse contre un mur dans le couloir de l'étage.

« Je ne comprends pas ce que tu fais là, avait craché le vieil homme. Tu les as tués, exactement comme si tu les avais noyés toi-même. Où étais-tu quand ils ont eu besoin de toi ? Si tu n'avais pas été si égoïste, à partir seul dans cette foutue cabane pour pouvoir te droguer, ils n'y seraient jamais allés en voiture. Ils allaient te voir, toi, espèce de petit merdeux ! »

Tourmenté par la culpabilité, Marcus était parti dans la nuit. Il s'était retrouvé dans une impasse du centre-ville peuplée de dealers et de prostituées. Le sexe ne l'intéressait pas, mais les drogues, oui. Il avait donc noyé son chagrin dans un brouillard narcotique qui l'avait laissé évanoui sur le sol de sa salle de bains. Dans son propre vomi.

Il ne s'était pas rendu aux trois dernières commémorations. Il ne pouvait pas affronter leurs regards condamnateurs. Il avait dit à sa belle-mère qu'il travaillait et ne pouvait pas prendre de congé. C'était un mensonge, bien sûr. Même Shipley n'était pas assez insensible pour refuser une telle requête.

Marcus réfléchit à l'invitation de Wanda. *Non, je ne peux plus faire ça.*

Il effaça le message.

Derrière lui, Arizona aboya deux fois. Quand il se tourna vers elle, elle avait la laisse dans sa gueule.

« D'accord, d'accord, j'ai compris le message. Le gros paresseux va se lever et t'emmener promener. »

Arizona remua sa queue auburn et laissa tomber la laisse à ses pieds.

La zone résidentielle où vivait Marcus comportait peu de maisons. La plupart étaient séparées par des arbres vieux de plusieurs décennies et de grands jardins. Dans l'ombre, rien ne bougeait. Pas de voitures, pas d'êtres humains.

« On dirait que tout le monde dort, dit-il à Arizona. Alors n'aboie pas. »

L'air était frais, immobile.

En approchant du bout de la rue, là où elle débouchait sur un ravin boisé, Marcus jeta un coup d'œil à la charmante demeure victorienne à un étage qui occupait le coin. Il y avait un panneau *À vendre* sur la pelouse devant la maison.

La maison de la vieille Mme Landry. Elle l'avait

habitée seule jusqu'à la semaine précédente, quand elle était morte dans son sommeil. Il avait vu l'ambulance garée devant. L'infirmier avait parlé d'une crise cardiaque. Pauvre femme. On n'avait pu lui trouver aucune famille, mais elle avait plus d'amis que le maire en personne. Oui, Mme Landry était douée d'un charme désarmant.

Avant sa mort, cette femme de 97 ans avait été une voisine en or, toujours amicale envers quiconque passait devant chez elle, et bavarde comme une pie avec quiconque l'écoutait. Elle engageait les adolescents et les étrangers du quartier pour entretenir son jardin qui faisait l'envie du voisinage mais surtout, se disait Marcus, pour avoir régulièrement de la compagnie. Il n'était pas rare de la voir assise sur son porche à siroter de la limonade avec la proie innocente du jour. Mais à sa décharge, ses visiteurs semblaient heureux de l'obliger.

Marcus l'avait fait plusieurs fois et s'était vu régaler d'histoires de la Deuxième Guerre mondiale et de feu son mari, Richard, titulaire de l'un des plus grands honneurs pour un vétéran canadien – la Victoria Cross.

Il prit une profonde inspiration. L'air était parfumé par les nombreux pins et lilas qui bordaient la propriété de Mme Landry. Jane aurait adoré cette maison. Et le jardin. Elle aurait sans doute aussi adopté Mme Landry.

Arizona contempla le ravin, la langue pendant sur le côté, et il hésita à lui enlever sa laisse. Ils pouvaient couper par le ravin. Il débouchait près d'un petit centre commercial où se trouvait un 7-Eleven, et il avait envie d'un sachet de chips.

Le ravin offrait davantage qu'un raccourci. Il proposait une immersion totale dans la nature, et était souvent utilisé comme lieu de rendez-vous par les dealers locaux, ce que Marcus ne pouvait pas tolérer. Il ne serait pas de bon augure de disposer d'une telle tentation juste devant sa porte. Il avait pris l'habitude de faire fuir les jeunes voyous qu'il croisait, menaçant de lâcher Arizona sur eux.

Il regarda sa chienne. « Je sais que tu veux y aller. »

Arizona serait folle de joie. Mais elle se retrouverait aussi avec le pelage tout emmêlé. Voulait-il vraiment passer l'heure suivante à le débarrasser des brindilles, des feuilles et de la terre une fois qu'elle aurait plongé dans les broussailles et se serait roulée sur le sentier ?

« Désolé, ma fille, dit-il en lui tapotant la tête. Pas ce soir. On va faire le grand tour. »

Apparemment, c'était à cela que sa vie se résumait jusque-là – à faire de longs détours pour tout contourner.

Chapitre 6

Rebecca se réveilla dans une maison obscure. Elle resta désorientée. N'avait-elle pas laissé l'éclairage ? L'électricité était-elle coupée ? Non, ce n'était pas possible. La télévision était encore allumée, mais le film était fini depuis longtemps. L'horloge de la télé affichait 1 h 49.

Elle se leva, s'étira, puis tendit la main vers la lampe. Elle l'alluma et la lumière envahit la pièce. *Il a dû y avoir une coupure.*

Wesley s'était toujours occupé de tout ce qui était électrique ou automatisé. Maintenant qu'il n'était plus là, elle devait appeler un électricien ou un mécanicien pour régler ce type de problème. Elle n'était pas douée pour la mécanique. Elle n'avait même jamais changé un pneu à plat, mais elle savait s'arrêter sur une somme au centime près quand elle faisait le plein. Ce dont elle ne se vantait pas, à part devant Kelly.

Elle se rendit dans la cuisine, alluma la lumière et posa son verre sur le plan de travail. Sa dernière liste de choses à faire était fixée au réfrigérateur par un aimant en forme de paon. *Faire vérifier le compteur électrique,* ajouta-t-elle au bas de la liste.

Elle éteignit, laissa la lampe du salon allumée et s'engagea dans le couloir. Sa chambre se trouvait à l'autre bout et, en y entrant, elle frissonna. Elle avait laissé une fenêtre ouverte le matin et avait oublié de la refermer. Elle la repoussa et la verrouilla. Elle était devenue plus vigilante quant à la fermeture des portes et fenêtres après toute cette histoire avec le Brouillard.

Elle résista à l'envie d'aller jeter un œil à Ella et Colton. Ils étaient en sécurité. Elle le savait. Elle devait se débarrasser de ce sentiment bizarre qui s'était emparé d'elle. Cela lui rappela le jour où elle avait trouvé Wesley en train de rôder dans l'obscurité totale. Elle était allée jouer au Bingo avec Kelly et ensuite, elles étaient allées prendre un verre au Boston Pizza. Il était plus de minuit à son retour, et toutes les lumières étaient éteintes. Elle croyait Wesley couché. En réalité, il l'attendait. Dans le noir.

C'était une des pires soirées qu'elle avait vécues. Une de celles qui avaient contribué au divorce.

Elle s'ébroua pour disperser les toiles d'araignées de ces vieux souvenirs et se mit au lit. Elle pouvait se réjouir de son petit voyage. Du temps qu'elle passerait, seule, à panser ses blessures émotionnelles. Un temps qu'elle aurait dû prendre depuis longtemps.

Fermant les yeux, elle sombra dans un sommeil agité. Elle rêva qu'elle nageait dans l'océan, essayant d'échapper à quelqu'un, essayant d'atteindre les lumières du rivage. Si elle y parvenait, elle serait en sécurité. Elle but une gorgée d'eau salée et suffoqua. Ses muscles épuisés étaient douloureux.

Nage, bon sang !

Rebecca était si fatiguée. Si seulement elle avait pu s'arrêter, fermer les yeux, dormir un moment.

Avec un soupir, elle céda à l'épuisement. Sa tête glissa sous l'eau.

Et elle dormit.

Chapitre 7

Edson, Alberta – vendredi 14 juin 2013, 12 h 02

— Heureux de voir que vous êtes enfin arrivé, déclara Shipley à l'instant où Marcus sortait de l'ascenseur.

— J'ai deux minutes de retard, pas une heure.

Connard.

— L'heure, c'est l'heure.

Quand Shipley avait décidé de saquer quelqu'un, Marcus savait très bien qu'il était inutile de discuter.

— Très bien dit-il en regardant son supérieur droit dans les yeux. Réduisez ma paie de deux minutes.

Shipley cilla.

— N'allez pas croire que je ne le ferai pas.

Marcus aperçut Leo qui quittait la salle de repos.

— Désolé, Pete. Je n'ai pas le temps de bavarder avec vous.

— Je vous surveille, Taylor.

Marcus eut un sourire forcé.

— J'espère que la vue vous plaît, alors.

Sur ce, il se dirigea vers son box, serrant et desserrant les poings.

En le voyant, Leo lui adressa un regard peiné.

— Pourquoi faut-il toujours que tu le houspilles ?

— Le *houspilles* ?

Marcus ricana.

— Je vois que tu t'es remis à lire le dictionnaire.

— Le dictionnaire analogique, en fait.

Leo sourit.

— Tu savais qu'il y a au moins quarante synonymes du mot *idiot* ?

— Tu as trouvé le nom de Shipley dans la liste ?

— Tu n'as pas compris mon message, pourtant pas si subtil.

Leo croisa les bras sur sa poitrine :

— Marcus, tu vas t'attirer des ennuis si tu continues.

— Lombardo ! aboya Shipley derrière eux. Arrêtez de papoter. Je suis sûr que vous avez de la paperasse à classer.

Leo leva les yeux au ciel.

— Le Tout-Puissant a parlé. Ne le mets pas en rogne.

— Pas plus que d'habitude.

Marcus s'assit devant son bureau et contempla l'écran d'ordinateur. Il prit les écouteurs. Au moment où il les mettait sur ses oreilles, le téléphone sonna.

— Centre des urgences. Avez-vous besoin des pompiers, de la police ou d'une ambulance ?

— Aidez-moi, s'écria une femme. Il y a eu un terrible accident.

— Madame, avez-vous besoin des pompiers, de la police ou d'une ambulance ?

— Envoyez-les tous !

— À quelle adresse se situe l'urgence ?

— Vingt-cinq…

Une explosion retentissante l'interrompit.

— Veuillez répéter l'adresse, madame.

Elle bafouilla une adresse dans un quartier résidentiel ancien.

— C'est une maison, cria-t-elle. À un étage.

— De quel numéro appelez-vous ?

Une fois que la femme lui eut donné un numéro de portable, il ajouta :

— Et votre nom ?

— Addison. Addison Lane.

— Madame Lane, dites-moi exactement ce qui s'est passé.

— Je ne sais pas vraiment. Je viens de rentrer du travail et ma… ma maison est en… feu. Je ne sais pas où sont mes enfants.

Elle réprima un sanglot.

— Très bien, Madame Lane, je transmets aux pompiers et à l'ambulance immédiatement.

Marcus tapa le code 69-D-6t – incendie d'un bâtiment, résidence isolée, avec personnes à l'intérieur. Il bipa dans la foulée les équipes d'urgence et envoya pompiers et ambulance à l'adresse indiquée.

Derrière lui, Leo se chargeait des échanges radio avec les équipes.

— Incendie domestique, entendit-il Leo confirmer. Peut-être des enfants à l'intérieur.

— Madame Lane ? reprit Marcus. Êtes-vous sur place en ce moment ? Voyez-vous des flammes ou de la fumée ?

— Les deux.

— Combien d'enfants avez-vous, madame ?

— Trois. Amanda, James et Bryan.

Les doigts de Marcus trébuchèrent sur le clavier.

— Ryan ?

— Bryan.

Le cœur de Marcus ralentit.

— Mes bébés ! hurla la femme.

— Madame Lane ?

La ligne était mauvaise, mais à l'arrière-plan, il entendit des sirènes. Finalement, la femme revint en ligne.

— Mes bébés vont bien, dit-elle en pleurant. Ils étaient au centre commercial.

— Je suis heureux de l'entendre.

Il continua de lui parler jusqu'à l'arrivée des équipes d'urgence.

— Merci, ne cessait-elle de répéter.

— Je vous en prie.

Après avoir raccroché, Marcus se rendit compte que ses mains tremblaient et que son front était couvert de sueur. Il inspira profondément et expira lentement, faisant de son mieux pour se détendre.

Des applaudissements éclatèrent dans le centre.

— Bon travail, dit Leo en donnant une tape sur l'épaule de Marcus.

— Quoi ?

— Tu as battu le record de Titanic, lança Rudy de l'autre bout de la salle.

Rudolf Eisenhauer était un maigrichon d'une quarantaine d'années. Il avait quitté l'Allemagne pour le Canada vingt ans plus tôt avec ses parents. Tout ce que Marcus savait réellement de lui était qu'il avait un QI tellement élevé que personne ne comprenait pourquoi il n'avait pas été réquisitionné par Microsoft ou Donald Trump. C'était peut-être lié au fait qu'il s'exprimait rarement, sauf pour répondre à une question.

Marcus fronça les sourcils.

— J'ai battu le record de Shipley ?

Rudy hocha la tête.

— Combien de temps avait mis Shipley ?

— Quarante-huit secondes, intervint Leo. Du début de l'appel au moment où les pompiers ont reçu sa demande.

Shipley passa la tête par la porte de son bureau.

— Qu'est-ce qui se passe ?

Leo lui adressa un sourire radieux.

— Marcus a battu votre record.

— Ouais, c'est ça.

— Quarante-six secondes, dit Leo. Il l'a réduit de deux secondes.

Shipley s'approcha d'eux d'un pas lourd, le visage figé et les yeux braqués sur Marcus.

— C'est vrai ?

Marcus haussa les épaules.

— J'imagine. Je ne regardais pas vraiment l'horloge.

— Non, dit Leo. Mais moi, si.

Shipley ne se dérida pas.

— Des victimes ?

— On l'ignore encore, répondit Marcus.

— Ne fêtez pas ça avant d'être fixés.

Shipley tourna les talons et disparut dans son bureau, la porte se refermant derrière lui.

— Oublie-le, dit Leo.

— Difficile d'oublier quelqu'un qui m'a dans le collimateur.

Marcus se leva et s'étira.

— J'ai besoin d'un café. Tu en veux un ?

Leo acquiesça.

Dans la salle de repos, Marcus rinça sa tasse. Il la remplit de café et ajouta crème et sucre. Leo prenait son café noir. Et plus il était épais, plus il l'appréciait.

Quand il revint au box, Leo répondait à un appel.

— Crise cardiaque, articula Leo en prenant la tasse de la main de Marcus.

Il but une gorgée, s'essuya la bouche et déclara :

— Monsieur, je peux avoir votre nom ?

Marcus retourna à son bureau.

* * *

Les heures passèrent rapidement. C'était généralement le cas quand l'activité reprenait. Et cette nuit-là fut effectivement active. Cinq heures après son arrivée, il y avait déjà deux accidents de voiture, une crise cardiaque qui s'avéra être un problème de dyspepsie, deux querelles domestiques et l'incendie de la maison.

— Dieu du ciel, gémit Leo. Quelle soirée. C'est la pleine lune ?

— C'est ce qu'il y a de nul dans ce boulot. Soit on reste là pendant des heures à se tourner les pouces, en remerciant la Providence que personne n'ait été blessé…

— Soit on est bombardés d'urgences et on n'a pas le temps de tourner quoi que ce soit.

Marcus hocha la tête.

— C'est un bon résumé.

— Tu sais, tu commences à ressembler à Grizzly Adams. Tu comptes te raser un jour ?

Marcus caressa son menton hérissé.

— Pourquoi me donnerais-je cette peine ?

— Tu ne vas pas séduire les dames avec cette tête, dit Leo en plissant les yeux. On dirait que tu as quelque chose à cacher.

— C'est peut-être le cas.

Leo se leva et remonta son jean sur son ventre proéminent.

— Il est temps d'arrêter de te cacher, Marcus. Sors. Fais des rencontres.

— Des rencontres. Avec qui ?

— Je sortirais avec toi, lança Carol. Sauf que mon partenaire pourrait ne pas apprécier.

— Super, merci, Carol.

Marcus se retourna vers Leo.

— Tu pourrais au moins attendre qu'on soit sortis du bureau avant de parler de ma vie personnelle.

— Quelle vie personnelle ?

Leo avait raison. Depuis la mort de Jane et de Ryan, il passait son temps au travail, ou chez lui à regretter de ne pas être au travail. Il avait essayé de rencontrer des femmes une demi-douzaine de fois. Certaines étaient même charmantes. Mais aucune d'elles n'était Jane.

— Désolé, mon pote. Je sais que c'est dur pour toi.

Je déteste te voir si… seul.

— Peut-être que j'aime la solitude, Leo.

Il sut que c'était un mensonge dès que les mots furent sortis de sa bouche.

— Écoute, j'ai une idée…

Oh oh. Chaque fois que Leo avait une idée, cela se terminait en général par Marcus évanoui sur le sol quelque part. Ça n'arrivait pas souvent, mais quand une idée lui venait, c'était habituellement très mauvais signe.

— Je ne vais pas faire la tournée des bars avec toi, Leo.

— Ce n'est pas à ça que je pensais.

Pause.

— Cependant…

— Pas de boîte de strip-tease non plus.

Leo fit la grimace.

— T'es pas marrant. Mais ce n'était pas mon idée.

Ses yeux brillèrent.

— On pourrait te créer un profil sur un de ces sites de rencontres. En ligne. Tu sais, comme celui dont ils font la pub à la télé.

— Je ne suis pas désespéré à ce point-là.

Leo haussa un sourcil.

— D'accord, je le suis peut-être.

Marcus haussa les épaules.

— Ce n'est pas mon truc.

— Alors c'est quoi, ton truc ?

— Je ne sais pas. Quelque chose de plus… normal. Tu sais, tu rencontres quelqu'un dans une librairie ou un café et tu entames une conversation.

Leo renâcla.

— C'était quand, la dernière fois que tu es allé dans une librairie ? Ou un Starbucks, d'ailleurs ? Tu ne vas nulle part.

Heureusement, le téléphone sonna et d'autres humiliations furent épargnées à Marcus. S'il y avait un Starbucks à Edson, il ignorait où le café était situé. Et le fait qu'il n'était pas entré dans une librairie depuis des mois aurait donné raison à Leo. Il ne sortait pas assez.

Pendant que Leo prenait l'appel, Marcus contempla les dalles suspendues du plafond. Il devrait probablement faire un effort pour avoir une vie sociale. Il était de plus en plus difficile de se rappeler la douceur de la peau de Jane et la musicalité de sa voix. Ou de son rire. Et Ryan ? Parfois Marcus songeait à lui comme à un petit enfant, d'autres fois comme à un adolescent.

Il devait l'admettre, Jane et Ryan étaient en train de disparaître de sa vie. Que ferait-il quand ils auraient complètement disparu ? Bien sûr, il se souviendrait toujours d'eux, les aimerait toujours. Il n'oublierait jamais sa femme et son fils. Mais ça ne voulait pas dire qu'il devait rester dans les limbes. Simplement, il ne savait pas vraiment comment sortir.

Sortir signifiait changer son existence d'une façon qu'il ne parvenait pas à imaginer. Le changement impliquait des risques. Les risques impliquaient un échec potentiel. Il avait une peur panique de l'échec, qui pourrait le renvoyer au fond du trou. Il devait éviter ça à tout prix.

Je me sens tellement pris au piège.

Ce sentiment ne le quitta plus pendant le reste de sa permanence.

Après le travail, il rentra chez lui en voiture, promena Arizona et engloutit un sandwich au rosbif avec mayonnaise au raifort. Puis il sortit à nouveau Arizona et termina le dernier thriller d'Andrew Gross. Enfin, il se mit au lit et essaya de dormir.

Il ne cessait de penser au coffret en bois arborant l'insigne médical. Celui qui contenait une seringue hypodermique et une petite fiole de liquide translucide. Pourquoi diable les avait-il gardées ?

Lutte, Marcus.

Il se concentra sur sa respiration. Inspirer… expirer… inspirer… expirer.

— *Papa*...

Ryan se tenait au pied de son lit.

Marcus déglutit.

— Ne me laisse pas.

— Papa ?

Ryan tendit une petite main, mais alors que Marcus cherchait à la prendre, son fils commença à s'effacer.

— Je t'aime, papa.

— Je t'…

Mais Ryan n'était déjà plus là.

Marcus se leva, promena Arizona pour la troisième fois ce soir-là, puis s'installa sur le canapé pour une longue nuit de télévision.

« L'insomnie, quelle saleté », marmonna-t-il. Il se tourna vers Arizona, déjà à moitié endormie. « Mais qu'est-ce que tu y connais, toi, petite veinarde ? »

Chapitre 8

Le vendredi matin, Rebecca déposa les enfants à l'école. Ils étaient excités à l'idée de séjourner chez tante Kelly et déjà en train de se battre à propos de ce qu'ils feraient. Colton n'avait qu'une idée en tête : aller nager dans la piscine, tandis qu'Ella voulait cueillir des fleurs sauvages et jouer avec les « Trips », comme tout le monde surnommait les triplés.

Rebecca poussa un soupir de contentement. « À nous les vacances ! »

Elle avait pris sa journée pour se préparer au voyage. Elle comptait déposer les enfants chez Kelly et Steve après le dîner et passer les reprendre le lundi après-midi. Cela lui laisserait trois nuits dans une chambre d'hôtes à Cadomin et deux jours complets de détente.

L'idée de laisser les enfants lui serrait l'estomac, mais elle réfréna sa peur. Sa sœur et son beau-frère pouvaient faire face à toute éventualité. D'ailleurs, elle avait vraiment besoin de passer du temps seule.

Elle baissa les yeux vers la liste posée sur ses genoux. *Nourriture pour le trajet. Livre de coloriages et crayons pour Ella. Essence pour la voiture. Lessive. Faire les sacs des enfants. Nettoyer cuisine et maison. Charger les téléphones portables (emporter un chargeur). Clé de la maison à Heidi la voisine, en cas d'urgence. Arroser les plantes.*

Elle se rendit au supermarché et acheta deux sacs de chips au sel et au vinaigre, deux bouteilles de thé glacé et deux de cola. La route jusqu'à Cadomin était longue, et elle aurait besoin de grignoter pour se distraire.

Ensuite, elle passa chez Wal-Mart y fit l'emplette d'un livre de coloriages « Belle au bois dormant » et d'une grande boîte de crayons à paillettes. Ils occuperaient Ella et lui éviteraient de harceler Kelly, particulièrement pendant les siestes des Trips. C'était aussi une activité apaisante – moins de risques qu'elle fasse une crise d'asthme.

Rebecca poussa une exclamation, puis griffonna *PUFF !* sur sa liste. Comment avait-elle pu oublier ?

La dernière fois qu'ils avaient roulé longtemps et oublié Puff, cela s'était presque terminé par une tragédie. Comme Wesley refusait d'y aller, elle avait conduit jusqu'à Calgary avec les enfants pour voir son père, qui était à l'hôpital et récupérait d'un triple pontage. L'opération ne s'était pas bien passée. Le médecin avait déclaré qu'il souffrait d'une multitude de complications. Pendant un moment, il avait semblé que son père risquait de ne pas s'en sortir. Cette pensée avait rongé Rebecca pendant des jours. Son père et elle avaient des problèmes non résolus. Être une fille de divorcés adulte ne rendait pas la situation moins douloureuse.

Le voyage de retour depuis Calgary avait commencé sans histoire. Ils étaient partis depuis environ quarante minutes quand Ella se mit à tousser sur le siège arrière.

— Tu peux t'en occuper, Colton ?

Comme d'habitude, son fils recula devant cette responsabilité supplémentaire.

— Ella sait ce qu'il faut faire, maman.

— Aide-la.

Avec un soupir exagéré, Colton fouilla dans le sac à dos d'Ella.

— Puff n'y est pas, maman.

— Comment ça, Puff n'y est pas ?

Colton vida le contenu du sac sur le siège.

— Maman, je n'arrive pas à respirer, s'écria Ella.

Le cœur de Rebecca se mit à battre la chamade tandis qu'elle mettait son clignotant pour quitter l'autoroute bondée.

— Essaie de prendre une profonde inspiration, lentement.

Les quintes de toux en provenance du siège arrière se firent rauques. Puis le sifflement commença.

— Maman ? demanda Colton, l'air effrayé. Il n'est pas dans son sac.

Rebecca s'engagea sur la bretelle, gara la voiture et en descendit d'un bond. Quand elle ouvrit la portière arrière, elle faillit s'évanouir à la vue du visage gris et des yeux caves d'Ella.

— Oh, mon Dieu.

Elle poussa de côté l'assortiment de barrettes et de marqueurs issu du sac à dos d'Ella. Puis elle examina le sol du véhicule. Rien.

Ella suffoquait.

— J'arrive… pas… à respirer.

Rebecca détacha d'un coup sec la ceinture de sécurité et prit sa fille dans ses bras.

— Trouvé ! s'écria Colton en brandissant l'inhalateur.

— Dieu merci.

Rebecca cessa de retenir son souffle.

Quelques minutes plus tard, la crise d'asthme d'Ella se calma et ses joues reprirent de la couleur.

— J'étais assise sur Puff, dit-elle, ignorant la peur de Rebecca.

Cette dernière avait gardé l'œil sur Ella pendant tout le reste du trajet, qui lui avait semblé interminable.

« Pas question que ça se reproduise », marmonnait-elle à présent en faisant un détour par la pharmacie.

Acheter un inhalateur de rechange, ajouta-t-elle mentalement à sa liste.

Une demi-heure plus tard, l'inhalateur supplémentaire soigneusement rangé dans la boîte à gants, Rebecca rentra chez elle et déballa ses achats pour le voyage. Elle jeta un paquet de linge dans la machine à laver. Dans la chambre d'Ella, elle empila chaussettes et sous-vêtements pliés sur l'édredon à l'effigie de Barbie. Ella voudrait choisir elle-même ses vêtements.

Rebecca se rendit ensuite au sous-sol. C'était l'endroit qu'elle aimait le moins dans cette vieille maison, et elle l'évitait quand c'était possible. Avec son atmosphère renfermée, ses murs et son plafond bruts, ce sous-sol miteux servait de fourre-tout et contenait tout ce qu'ils ne pouvaient ranger ailleurs.

Elle zigzagua entre les piles de cartons et de boîtes jusqu'à trouver l'ensemble de bagages que sa mère lui avait offert pour son mariage. Était-ce une façon subtile de sa part d'insinuer que le couple de Rebecca ne durerait pas ?

Elle traîna les bagages dans l'escalier, puis inspira profondément. « Je veux une nouvelle maison. Avec un sous-sol terminé. »

Wesley la traitait toujours de rêveuse.

Le téléphone sonna et elle décrocha.

— Allô ?

— Heureusement que j'ai réussi à te joindre, déclara Kelly, haletant comme si elle venait de courir un marathon.

L'humeur de Rebecca s'assombrit.

— Oh oh. Qu'est-ce qui ne va pas ?

— La rougeole.

— Lequel ?

— Tous. Les Trips.

— Oh, mon Dieu, Kelly.

Sa sœur essaya de rire.

— Je sais. Ici, quand ça arrive, c'est en grand.

Rebecca leva les yeux vers l'horloge au-dessus de l'évier.

— Je dois bientôt passer prendre les enfants.

— C'est pour ça que j'appelle. Je m'en veux terriblement, mais avec trois gamins qui ont la rougeole…

— Kel, ne t'en fais pas pour ça. Je ne m'attends pas à ce que tu prennes Ella et Colton maintenant. D'ailleurs, Ella n'est pas vaccinée contre la rougeole.

— Je m'en suis souvenue. C'est pour ça que je tenais à t'en informer.

Kelly marqua une pause.

— Alors que vas-tu faire ? Maman ne peut pas les prendre. Elle est à Yuma.

Rebecca gémit.

— Je trouverai une solution.

— Je suis vraiment désolée, sœurette.

— Pas d'inquiétude. Au pire, je les emmènerai à Cadomin.

En tout cas, elle ne les laisserait pas avec Wesley.

— C'est ce que je me suis dit, répondit Kelly. Je sais qu'il n'est pas question de les laisser à Wesley.

Kelly avait toujours lu dans ses pensées. Elles auraient pu être jumelles tant leur lien était étroit.

— Préoccupe-toi des Trips, dit Rebecca. Je n'aurai pas de mal à modifier mes projets. L'hôtel pourra toujours ajouter un lit de camp.

Kelly ricana.

— J'imagine qu'il vaut mieux que tu n'aies pas prévu un week-end romantique avec un bel inconnu.

— Oui, j'imagine.

Cette pensée attrista Rebecca. Avoir quelqu'un contre qui se blottir la nuit lui manquait. Ainsi qu'avoir quelqu'un à qui parler, avec qui discuter de sa journée. Bien sûr, elle avait les enfants, mais ce n'était pas pareil.

— Un jour, un bel inconnu te tournera la tête, annonça Kelly.

Rebecca rit.

— Je vois que tu vis toujours au pays des rêves.

— Toujours, sœurette. Les rêves font tourner le monde.

Quand elles eurent raccroché, Rebecca contempla le petit sac de nourriture qu'elle avait acheté. Il lui en faudrait quelques autres si Ella et Colton l'accompagnaient.

En se rendant dans sa chambre, elle passa devant le miroir du couloir. Elle s'arrêta, s'y regarda et songea aux paroles de sa sœur.

Si un bel inconnu devait faire son apparition, elle espérait de tout cœur que ce serait un jour où elle aurait eu le temps de se doucher et de brosser ses cheveux.

Ce qui n'était pas le cas aujourd'hui.

* * *

Après un déjeuner tardif, elle termina la lessive. Puis elle se mit à emballer des vêtements pour le voyage, dont une robe noire élégante qu'elle n'avait pas portée depuis plus d'un an.

« Au cas où je rencontrerais ce bel inconnu », murmura-t-elle.

Puis elle éclata de rire. Elle allait à Cadomin, un village si petit qu'on pouvait aisément passer devant sans le voir. « C'est ça. Comme si ça risquait d'arriver… »

Remarquant le chargeur de son portable sur la table de nuit, elle le débrancha. *Valise ou sac à main ?* Haussant les épaules, elle le jeta dans la valise. Son téléphone avait une batterie assez puissante pour durer tout le voyage. De toute façon, elle avait un chargeur de voiture dans la boîte à gants, même si elle ne s'en était jamais servie.

Elle descendit au rez-de-chaussée et passa la demi-heure suivante à préparer des sandwichs pour la route. Elle demanderait aux enfants de les ranger dans leurs sacs à dos, et elle placerait une petite glacière à l'avant.

— Ah, les bouteilles d'eau.

Il y avait habituellement un carton d'eau en bouteille dans le réfrigérateur du garage, mais quand elle l'ouvrit, elle trouva l'emballage en carton mais pas d'eau.

— Super.

Elle regarda sa montre. Il était temps d'aller chercher les enfants. Elle s'arrêterait au magasin en rentrant, tout en rêvant aux vacances parfaites – à la paix, à la liberté, sans aucun stress.

* * *

À 18 heures, le chaos régnait. Ella était passée en mode caprice et mauvaise humeur parce qu'elle ne pouvait pas emporter son vélo, et Colton était dans sa chambre, occupé à bouder parce qu'il devait terminer tous ses devoirs avant le départ.

— Je ne comprends pas pourquoi je ne peux pas les faire là-bas, cria-t-il du haut de l'escalier.

Parce que nous savons tous les deux que tu seras distrait dès l'instant où tu descendras de voiture.

— Colton, termine-les, s'il te plaît.

Sa patience était à bout. Elle poussa un soupir de frustration. Ce n'était pas de cette manière qu'elle voulait entamer leur petite escapade.

Chapitre 9

— On dirait qu'aujourd'hui va être une journée tranquille, dit Marcus.

Leo regardait par-dessus son épaule.

— Tranquille, c'est toujours bon dans notre métier.

— Effectivement.

Marcus soupira.

C'étaient les jours comme celui-ci qui lui faisaient regretter la poussée d'adrénaline du bon vieux temps. Quand il était infirmier, il ne savait jamais à quoi s'attendre. Chaque appel était différent. Différentes personnes, différents lieux, différentes maladies ou traumatismes. Dès que l'alarme sonnait, tout son corps passait à vitesse maximale.

Leo lui tendit un mug de café.

— Merci.

— Ne me remercie pas encore, Marcus.

— Pourquoi ?

— C'est du déca.

— Tu essaies de me tuer ?

— Je me disais que tu buvais trop de café. C'est peut-être pour ça que tu ne dors pas.

*Je ne dors pas parce que quand j'essaie, je vois
Jane et Ryan.*

— J'ai le nécessaire d'heures de sommeil.

Leo renâcla.

— Tu n'as pas le nécessaire. De quoi que ce soit.

— Je t'en prie, ne commence pas.

Leo haussa les épaules.

— Je m'inquiète pour toi, mon pote.

Il s'interrompit et se dandina sur place.

— Val veut que tu viennes dîner dimanche.

— Ah bon ? Qui d'autre sera là ?

Leo rougit.

— Qui a dit qu'il y aurait quelqu'un d'autre ?
Pourquoi ça ne pourrait pas être juste nous trois profitant
ensemble d'un bon repas ? On est tous amis.

Marcus pencha la tête de côté.

— Hum…

— Bon sang, Marcus, tu es toujours si… méfiant.

Marcus ne répondit pas, les yeux dans ceux de Leo.

Ce dernier maugréa :

— D'accord, très bien. Val a invité une de ses
amies du travail, Marcy. Elle est intelligente et très
séduisante.

— Leo, mon bon ami, tu dois arrêter d'essayer de
me caser.

— C'est pas moi. C'est…

— Val ? termina Marcus. Alors c'est la faute de
Val, hein ?

Il décrocha le téléphone.

— Qu'est-ce que tu fais ?

— J'appelle ta femme. Il est temps que je corrige
son point de vue sur ma vie amoureuse.

— Quelle vie amoureuse ?

Marcus fit la moue.

— Celle que je suis censé contrôler.

Leo se pencha en avant et coupa la ligne.

— D'accord, c'était mon idée. Pas la sienne.

Il soupira comme si le monde entier pesait sur ses larges épaules.

— Je le savais.

Marcus eut un grand sourire.

— Shipley se dirige vers vous, lança Carol en passant près d'eux.

— Je suis en veine, marmonna Marcus.

Leo se baissa derrière la cloison.

— Lâche.

— Je doute qu'il vienne pour me parler, répondit la voix étouffée de Leo.

Quelques secondes plus tard, Pete Shipley apparut.

— Vous avez merdé sur les rapports d'hier, Taylor.

— Super. Qu'est-ce que j'ai oublié cette fois ? De mettre les points sur les « i » ?

Shipley jeta les papiers sur le bureau de Marcus.

— Les dates ne sont pas les bonnes.

Marcus jeta un coup d'œil à la date figurant dans le rapport du dessus. Il aurait dû s'agir du 13 juin. Mais il était écrit 12 juin. *Qu'est-ce que c'est que ça ?*

Il prit la feuille et la rapprocha de ses yeux. Le « 1 » était plus foncé que le « 2 » et penchait vers la droite. Il écrivait ses chiffres verticalement. Quelqu'un avait délibérément saboté le formulaire. Et une seule personne était assez vindicative pour faire ce genre de chose.

Il adressa un regard neutre à Shipley.

— Un coup de correcteur liquide et c'est rectifié.

Shipley secoua la tête.

— J'aimerais que vous retapiez les formulaires.

Ce type cherchait la bagarre. Il ferait n'importe quoi pour pousser Marcus à commettre un geste qui l'enverrait en prison.

Marcus sourit.

— Bien sûr. Pas de problème.

Le visage de Shipley se brouilla, passant de l'arrogance à la confusion, puis retrouvant son arrogance.

— Ça figurera dans votre dossier. Trop d'erreurs comme celle-là et nous pourrions penser que vous ne faites pas votre travail assez efficacement pour satisfaire votre accord de réhabilitation.

Nous ? Est-ce que Shipley venait de se cloner ?

— À qui d'autre avez-vous mentionné mon *erreur*, Pete ?

— La direction m'a demandé de lui faire mon rapport. Elle prend votre réhabilitation très au sérieux.

— Tout comme moi.

Ils se fixèrent à nouveau. Shipley fut le premier à baisser les yeux.

— Mettez-vous au travail, Taylor.

Shipley se tourna vers la cloison.

— Et, Leo, ça suffit de bavarder avec notre drogué. Faites ce pour quoi on vous paie. Travaillez.

Il partit d'un pas raide en direction de son bureau, tout gonflé de son importance.

La tête de Leo apparut au-dessus de la cloison.

— Quel paon prétentieux.

Marcus eut un petit rire.

— Tu sais trouver les mots, Leo.

— Ça devrait peut-être devenir son surnom. Paon prétentieux.

— Non. Titanic lui va mieux. Il va à la catastrophe et il ne le sait même pas.

— Oui, et un jour il va couler avec son navire.

* * *

L'après-midi se passa sans incident après cela. Marcus retapa les rapports. En les remettant à Shipley, il déclara :

— J'ai décidé de faire des copies de mes rapports. Au cas où nous aurions un autre problème avec les dates.

Shipley se tortilla sur sa chaise, rosissant légèrement.

Le message de Marcus était clair. Il n'admettrait

pas de sabotage.

La part de lui-même rongée par la culpabilité savait qu'il méritait le dédain de Shipley. Mais bon sang, il était clean à présent. Il travaillait dur, mangeait correctement et faisait tout pour empêcher l'autre Marcus de se manifester.

Sauf que tu as gardé le coffret.

Pourquoi diable ne s'en débarrassait-il pas ?

Parce que c'est un rappel de tout ce que tu as perdu.

Jane lui avait offert le coffret de bois avec son insigne médical quand il avait été embauché par les services d'urgence. Elle n'avait pas songé à ce qu'il y rangerait. Il supposait qu'elle s'était dit qu'il s'en servirait pour ses boutons de manchette, sa montre et la bague de son père. Ce qu'il avait fait au début. Il y avait même rangé son passeport.

Jusqu'à ce qu'il commence à prendre de la drogue et ait besoin d'un endroit où la cacher.

Le coffret était un lieu sûr. Après tout, pourquoi Jane aurait-elle eu besoin de regarder les quelques bijoux qu'il possédait ?

Imbécile.

Il se rappelait le soir où il était rentré après le travail et avait trouvé Jane assise à la table de la salle à manger, le coffret ouvert devant elle. Ses yeux étaient gonflés. Elle avait pleuré.

— Jane, qu'est-ce que tu fais ?

— J'allais te poser la même question.

Il s'approcha à pas lents, passant mentalement en revue tous les mensonges qu'il pouvait lui raconter. Son estomac se tordait un peu plus à chaque pas.

— Marcus ?

Elle leva les yeux vers lui, des yeux où montaient les larmes.

— Pourquoi y a-t-il des drogues dans ce coffret ?

Il se pencha et abaissa le couvercle. Il ferma les

yeux, ignorant l'attraction magnétique de son vieil ami.

— Ne t'en fais pas pour ça, chérie.

— Est-ce que tu te drogues ?

Ses yeux s'écarquillèrent.

— Pourquoi me demandes-tu ça ? Est-ce que je ne t'entretiens pas, est-ce que je ne travaille pas dur, est-ce que je ne prends pas soin de tout ?

— Bien sûr que si, mais…

— Mais quoi ? Tu n'as rien de mieux à faire que de fouiller dans mes affaires ?

— Je ne fouillais pas.

— Non ? Alors pourquoi diable regardais-tu là-dedans ?

Il agita le coffret sous son nez.

— Je comptais te faire une surprise pour notre anniversaire.

Il renâcla.

— Une surprise ?

Elle s'essuya les yeux du dos de la main.

— J'allais faire redimensionner la bague de ton père. Pour que tu puisses la porter.

Il serra les dents, refoulant la colère qui montait. Il n'était pas seulement énervé contre Jane. Il en voulait à son père de lui avoir donné une bague qui ne lui allait pas. Il s'en voulait de mentir à Jane. En voulait aux drogues pour l'avoir rendu si faible.

— Tu n'as pas répondu à ma question, dit-elle d'une voix retenue.

— Quelle question ?

Elle le regarda au fond des yeux.

— Est-ce que tu te drogues ?

— Seulement pour soulager mes douleurs dans le dos. Ce n'est pas un problème.

Il écarta la main.

— Je sais ce que je fais.

— Vraiment ? Il n'y a pas d'indication d'ordonnance sur le flacon. Où te l'es-tu procuré ?

— Au travail. On n'a pas besoin d'ordonnance – il suffit que quelqu'un donne son accord.

Elle lui adressa un regard dubitatif.

— Écoute, je vais arrêter de prendre quoi que ce soit d'autre que de l'ibuprofène. Je te le promets.

— Alors tu te débarrasseras de ça ?

Il prit une profonde inspiration et se prépara pour son plus gros mensonge.

— Je ne suis pas un drogué, Jane. Je n'en ai pas besoin. C'était une solution de facilité. Une solution temporaire.

Il se rendit dans la cuisine, ouvrit le placard sous l'évier et jeta le coffret dans la poubelle.

— Tu vois ? Terminé.

Jane se leva et marcha droit sur lui, ses mains tremblant tandis qu'elle les levait pour lui toucher le visage.

— J'étais si inquiète, Marcus. Je croyais… eh bien, tu sais ce que je croyais.

Il sourit, puis l'embrassa.

— Ne t'inquiète pas pour moi. Je vais bien.

Le lendemain à la première heure, il avait fouillé dans la poubelle jusqu'à retrouver le coffret. Après l'avoir essuyé, il l'avait caché derrière des outils dans le garage.

À présent, il se trouvait dans la cantine de son frère.

Il l'appelait. *Utilise-moi. Tu te sentiras si bien. Tu seras libre. Plus de douleur.*

Il but une longue gorgée de café, qui était froid.

* * *

Pendant la pause du dîner, il attira Leo à part.

— Il faut que j'aille à une réunion.

Leo lui tapota le bras et acquiesça.

— On ira ensemble.

Carol entra dans la salle de repos, et ils s'écartèrent l'un de l'autre.

— Vous chuchotez des secrets, tous les deux ? demanda Carol.

— Tu aimerais tellement le savoir, répliqua Leo en souriant.

Elle eut un soupir théâtral.

— Il y a beaucoup de choses que j'aimerais savoir, Leonardo. Par exemple, pourquoi ta femme te laisse paraître en public avec des pantalons en velours côtelé. Tu ne savais pas qu'ils sont passés de mode depuis les années 1980 ?

Marcus rit.

— Elle a raison sur ce point, mon ami.

Il taquinait Leo à propos de ses pantalons depuis plusieurs mois, mais Leo appréciait sa différence.

— Vous êtes qui, vous deux – la fashion police ?

Leo agita une main.

— Vous ne connaissez rien à la mode. Tout finit par redevenir branché.

— Alors tu veux dire que tu es en avance sur ton temps ? demanda Marcus.

Tous trois se mirent à rire. Enfin, si l'on pouvait appeler rire les grognements de Carol.

Bruit de pas.

— Merde ! marmonna Leo. C'est probablement Titanic.

Ils effacèrent toute trace de rire de leurs visages au moment où Shipley tournait le coin. Il se dirigea vers la cafetière sans leur dire un mot.

Avec un petit signe à l'adresse de Carol, Marcus retourna à son bureau. Leo lui emboîta le pas.

— Ce type a un radar pour tout ce qui pourrait ressembler à de l'amusement, dit Marcus.

— Il a peut-être mis des micros dans la salle de repos.

— Ton gangster intérieur se manifeste à nouveau, Leo.

Le téléphone sonna et ils se remirent au travail.

* * *

Le début de soirée s'écoula lentement, avec moins d'appels qu'à l'accoutumée. Marcus se chargea d'un incendie dans une boutique et d'un appel suspect qui s'avéra une blague lancée par deux ados désœuvrés. La police était en route vers leur domicile, et Marcus ne pouvait qu'imaginer la réaction des parents quand ils découvriraient à quoi leurs charmants garçons s'étaient amusés. Les officiers leur donneraient un avertissement. Peut-être les parents les priveraient-ils de sorties. Qui savait, avec l'éducation actuelle ?

Il se demanda si Ryan aurait été aussi malicieux s'il avait vécu. Marcus avait manqué de temps avec son fils. Au début, à cause du travail. Puis à cause de la drogue. À sa décharge, il n'en avait jamais pris quand Ryan était présent. En général, il se glissait dans le garage tard le soir. Ou juste avant le travail. Ce qui n'était pas très responsable.

Mais il avait caché le coffret là où personne ne le trouverait. Surtout pas Ryan.

Arrête ! Ne pense pas à ce foutu coffret. Il serra les poings. *Concentre-toi !*

Le rapport ondulait sous ses yeux. Il cligna des paupières. Puis il revérifia les faits, nota la date et signa.

Il se leva, prit le formulaire et se dirigea vers la salle de la photocopieuse, où il fit une copie du rapport. De retour à son bureau, il fourra la copie dans une chemise de sa mallette. Il n'était pas question de laisser Shipley le piéger une autre fois.

Bien entendu, il n'avait aucune preuve que son supérieur avait changé les dates sur les autres formulaires, mais c'était sans importance. Qui d'autre l'aurait fait ? Leo ? Carol ? Malgré son expression pincée et ses regards désapprobateurs, Carol était professionnelle. Il n'en aurait pas dit autant de Pete Shipley.

Je t'ai à l'œil, Shipley. Fais-moi passer pour un

imbécile une fois, honte à toi. Fais-le deux fois et tu le regretteras.

Chapitre 10

Autoroute vers Cadomin, Alberta – vendredi 14 juin 2013, 18 h 57

Il était presque 19 heures quand elle sortit d'Edmonton et s'engagea sur l'autoroute en direction de Cadomin.

Les enfants boudaient sur le siège arrière. Ella était fatiguée après la longue attente, et Colton était contrarié parce que Rebecca avait refusé de quitter la maison jusqu'à ce qu'il ait terminé sa dernière page de devoirs. Les maths n'étant pas son point fort, cela avait mis plus longtemps qu'ils ne l'auraient cru l'un et l'autre. Puis il avait insisté pour emporter sa canne de hockey et le sac contenant tout son équipement, sauf les patins, qu'elle l'avait obligé à laisser sur place.

Il tenait la canne en travers de ses genoux, tandis que le sac était calé entre ses pieds.

— Arrête de donner des coups de pied dans ma canne, Ella.

— Maman, Colton est méchant, dit Ella.

— Quel bébé tu fais, répliqua Colton.

— Colton ! le sermonna Rebecca.

Du siège arrière lui parvint une petite voix ;

— Maman, est-ce que je fais le bébé ?

— Non, chérie. Pourquoi ne ferais-tu pas une sieste ?

— J'ai pas sommeil.

— Tu veux lire sur ma Kindle ? J'ai téléchargé des livres pour toi.

— D'accord.

Rebecca garda une main sur le volant tout en fouillant dans son sac posé sur le siège passager.

— Tiens.

Elle tendit la liseuse derrière son siège et la lâcha quand elle sentit Ella la saisir.

— Il y a un éclairage nocturne s'il fait trop sombre. Colton peut te montrer comment l'allu…

— Dans combien de temps on arrive, maman ? l'interrompit Colton.

— Pas longtemps. On y sera avant que tu aies eu le temps de dire « ouf ».

La mâchoire serrée et les deux mains agrippant le volant, Rebecca se concentra sur la route. De temps en temps elle étirait les doigts, essayant d'ignorer son impression constante d'avoir oublié quelque chose.

Elle détestait conduire de nuit, surtout quand il y avait du monde sur l'autoroute ou qu'il pleuvait. Ce soir, c'était les deux.

Elle alluma la radio. Jetant un coup d'œil dans le rétroviseur, elle fut soulagée en voyant les yeux d'Ella se fermer. Colton jouait avec son iPod. Sans doute à « Angry Birds ».

Comme j'aimerais être une enfant innocente sans autre souci que de décider à quel jeu jouer.

Elle rêvait d'un temps où elle pourrait se détendre et profiter de ses enfants, au lieu de travailler de longues heures et de les envoyer chez une baby-sitter. Kelly les gardait souvent quand elle travaillait tard. Au moins, elle bénéficiait de cet avantage. Mais être parent isolé n'était pas une tâche facile.

Elle essaya de se concentrer sur leurs vacances en famille. Même si elles n'avaient pas été prévues comme telles, elle appréciait maintenant de pouvoir partager ses aventures à Cadomin avec ses enfants. Il pourrait s'agir de leurs derniers moments vraiment heureux ensemble avant un moment.

Parce que quand nous rentrerons, je devrai leur parler du divorce.

Ella et Colton savaient que leur famille traversait des problèmes. C'était pour cela que leur papa était parti habiter ailleurs. Mais ils pensaient que c'était temporaire, qu'il reviendrait à la maison. Même s'ils rendaient visite à Wesley dans son nouvel appartement, ils croyaient encore qu'il allait revenir.

Elle se mordit la lèvre inférieure. *Comment l'annoncer aux enfants ?*

Elle était fille de divorcés, même si elle était adulte quand ses parents s'étaient séparés. Elle s'était sentie blessée et trahie. Par ses deux parents. Comment pouvaient-ils se séparer alors qu'ils étaient mariés depuis si longtemps ? Elle avait toujours su que leur couple était loin d'être parfait. Mais malgré tout…

Et maintenant, elle allait infliger la même chose à ses propres enfants. Les blesser.

Ils guériront avec le temps.

Elle savait que c'était vrai, mais ça ne rendait pas les choses plus faciles.

Quand ils rentreraient de ce voyage, Wesley et elle feraient asseoir les enfants et leur expliqueraient aussi doucement que possible pourquoi maman et papa ne pouvaient pas rester mariés. Elle ne pouvait pas leur présenter tous les faits. Ella et Colton avaient besoin de savoir qu'ils étaient aimés. Rien ne changerait jamais ça.

Puis Wesley et elle se rendraient au bureau de Carter et signeraient les derniers papiers. Wesley opposerait très probablement de la résistance, mais même lui devait savoir, au fond, que leur mariage était fini. Il était impossible de sauver une relation aussi endommagée.

Filant sur l'autoroute, elle écoutait la pluie tambouriner sur les vitres et essayait de se convaincre que Wesley se rendrait à la raison et signerait les papiers. Ensuite, ils pourraient tous deux vivre leur vie, séparément. Plus de scènes. Plus de paroles acerbes ou amères. Plus d'accusations. Plus de coups ni de passages à l'hôpital en fin de soirée.

Sa vie deviendrait… la sienne.

Elle sourit. *Ma vie, selon mes propres termes.*

* * *

Rebecca conduisait depuis près de deux heures et demie quand elle repéra les panneaux indiquant Edson. Cadomin se trouvait à environ une heure et demie de là.

— Quelqu'un a besoin d'aller aux toilettes ? demanda-t-elle.

— Moi oui, dit Colton.

— Moi aussi, renchérit Ella.

Elle prit la sortie vers Edson et trouva une station Esso. Elle se gara devant les portes des toilettes, puis descendit. Ella et Colton la suivirent à l'intérieur de la station, où ils prirent la clé des toilettes.

— Moi d'abord, dit Colton en se glissant devant elle tandis qu'elle déverrouillait la porte.

Il entra, mit le verrou, et elle entendit l'abattant des toilettes cogner.

— J'ai vraiment besoin d'y aller, maman, murmura Ella.

Rebecca gémit.

— Dépêche-toi, Colton. Ta sœur a vraiment besoin d'y aller.

Une minute plus tard, elle entendit la chasse d'eau, puis le robinet qui coulait. *Brave garçon !*

— Attends dans la voiture, lui dit-elle quand il sortit. Et n'oublie pas de verrouiller les portières.

Tandis qu'Ella courait aux toilettes, Rebecca resta dehors jusqu'à ce que Colton soit en sécurité dans le véhicule fermé. Elle parcourut prudemment du regarda le parking de la station-essence. Quatre véhicules étaient garés non loin de là – trois voitures prenant de l'essence et un camion sale abandonné près de la station de lavage. Personne ne rôdait dehors. Il faisait bien trop froid, à cause de l'averse.

— J'arrive pas à atteindre l'évier, maman, lança Ella.

Après un regard rapide par-dessus son épaule, Rebecca ouvrit la porte des toilettes et passa à l'intérieur. Elle laissa la porte entrebâillée pour pouvoir garder un œil sur Colton. Une fois qu'Ella eut fini de se laver les mains, elles retournèrent à la voiture et montèrent.

— Je vais bander ma canne pendant qu'on roule, dit Colton en attrapant un rouleau de bande blanche pour hockey dans son sac.

— Fais juste attention à ne pas frapper accidentellement Ella, répondit Rebecca.

Il faisait plus sombre quand ils quittèrent la station et sortirent d'Edson. Quelques secondes plus tard, Mère Nature déchaînait une avalanche de pluie et de vent. Rebecca ralentit et resta sur la voie de droite pour que les véhicules plus rapides puissent la doubler. Deux voitures le firent ; la circulation était exceptionnellement faible pour cette région. La visibilité était si mauvaise qu'elle distinguait à peine les feux arrière du véhicule qui roulait devant. Puis il disparut. En dehors d'une voiture derrière elle, elle était seule sur la route.

Mince. Pourquoi la pluie ne pouvait-elle pas attendre qu'on soit rentrés de vacances ?

Elle roulait depuis environ une demi-heure quand une lumière vive apparut dans le rétroviseur.

— Ella ? Baisse la liseuse, s'il te plaît.

— Elle dort, maman, répondit Colton.

Elle plissa les yeux en fixant la lumière, puis jeta un

coup d'œil dans le rétroviseur latéral. Quelqu'un roulait derrière elle dans un gros véhicule. La pluie et le ciel obscur ne lui permettaient pas de distinguer s'il s'agissait d'une camionnette ou d'un camion. De temps à autre, le conducteur s'approchait de son pare-chocs arrière, bien trop près pour qu'elle se sente en sécurité.

La lumière reflétée par son rétroviseur était aveuglante. Elle cligna des paupières deux fois pour mieux voir.

— Double-moi, marmonna-t-elle entre ses dents.

Il y avait bien quelques véhicules dans la voie de gauche, mais ils se trouvaient plus en avant. L'idiot derrière elle avait toute la place nécessaire pour s'y engager et la doubler. Peut-être la pluie lui brouillait-elle la vision.

Elle accéléra les essuie-glaces et vérifia sa vitesse.

— Je respecte la limite, mon gars. Double.

— Maman, à qui tu parles ?

Elle regarda Colton dans le rétroviseur.

— À moi-même.

Derrière la tête de son fils, les phares brillèrent plus fort. Le type était sur ses talons.

Recule, mon gars. Tu ne m'obligeras pas à rouler plus vite.

D'après la position haute des phares, elle devina qu'il conduisait un camion. Devait-elle se ranger et le laisser passer ? Elle ne voyait pas grand-chose devant. Aucun panneau indiquant une voie de dégagement.

Elle se creusa les méninges. *Quel était le dernier panneau que nous avons croisé ?*

Dieu, qu'elle détestait conduire la nuit.

Elle décida de se ranger à la prochaine sortie. Il faisait un noir d'encre dehors. Les lampadaires de l'autoroute étaient insuffisants pour éclairer une route ou une bretelle où elle pourrait se ranger sans danger. D'après ses souvenirs de la dernière fois où ils avaient emprunté cette autoroute, la prochaine sortie importante se trouvait nettement plus loin. Ils étaient au milieu de nulle part.

Elle roula encore cinq minutes. Le camion restait contre son pare-chocs. Il était perturbant de sentir quelqu'un aussi près derrière. Et si elle devait freiner brusquement ?

Et pourquoi ce chauffeur est-il si insistant ?

Cette pensée la harcelait. Être suivie de cette façon lui rappelait ces films d'horreur dans lesquels des amis insouciants sont harcelés par un camionneur, puis torturés et tués.

Ne te gare pas tant qu'il ne sera pas parti.

Rebecca ralentit pour passer sous la limite de vitesse. Avec un peu de chance, le type du camion renoncerait à la suivre. Ce n'était pas comme si la petite Hyundai de Rebecca l'abritait des rafales de pluie.

Double-moi, abruti.

Oui, monsieur le Camionneur était maintenant rétrogradé de « mon gars » à « abruti ».

— On est arrivés, maman ?

— Pas tout à fait, Colton.

— Je préférerais qu'il ne pleuve pas.

— Moi aussi, chéri.

Tu n'as pas idée.

Devant elle, un réverbère éclairait une route de graviers. Elle conduisait sans doute à une propriété privée, mais c'était sans importance. C'était l'endroit parfait pour se ranger, à condition qu'il n'y ait pas de chaîne tendue en travers de la voie.

Elle cessa de retenir son souffle. *Oui ! Enfin !*

Elle mit son clignotant et ralentit. Le camion ralentit avec elle, et son cœur s'emballa.

— Double-nous.

Elle s'engagea sur le chemin de graviers, ses pneus faisant jaillir des gerbes d'eau. Le camion s'y rangea juste derrière elle. Elle claqua des mains sur le volant et étouffa un juron. De toutes les routes qu'elle aurait pu choisir, elle avait opté pour celle qui appartenait au propriétaire du camion. Vraiment ?

Elle tenta de s'écarter sur le bas-côté, mais le chemin était à peine assez large pour un seul véhicule. Elle n'avait pas d'autre choix que de continuer. Quelque part devant, il devait y avoir un endroit où elle pourrait faire demi-tour. Elle espéra que le camionneur ne serait pas trop contrarié qu'elle se soit engagée sur son terrain. Certaines personnes se montraient très protectrices vis-à-vis de leur propriété.

Il y eut un bruit sourd et la voiture eut un sursaut.

Qu'est-ce que ce type est en train de faire ?

— Maman ? s'écria Colton. Qu'est-ce que c'était ?

— Tout va bien, chéri. La route est un peu abîmée.

Ce n'était pas la route qui avait fait bondir la voiture. Ce salaud de camionneur avait cogné son pare-chocs arrière.

Le pouls de Rebecca battait à tout rompre. Elle songea à tous les films d'horreur qu'elle avait vus dans sa jeunesse. Ceux où des camionneurs psychopathes pourchassaient d'innocentes victimes dans leurs gros engins.

Mon Dieu !

Regardant dans le rétroviseur, elle vit avec horreur les phares du camion grossir. Il allait la heurter encore une fois. Elle enfonça l'accélérateur, progressant péniblement sur la route non goudronnée jusqu'à ce qu'ils soient entourés de buissons et d'arbres. Les phares de sa voiture la guidaient sur le chemin cahoteux, mais la pluie rendait la visibilité pratiquement nulle.

Elle était perdue. Il n'y avait aucun panneau. Aucune maison. Aucun réverbère.

— Maman, pourquoi tu roules si vite ? demanda Ella.

— Je veux arriver à l'hôtel, répondit-elle d'une voix faussement enjouée.

Dieu, ce qu'elle voulait atteindre un hôtel. Ou une

station-essence. N'importe quel endroit où il y aurait des gens. Et un téléphone.

Elle pensa à son téléphone portable. Il était dans son sac, qui avait atterri sur le sol devant le siège passager quand elle avait pris le dernier virage abrupt.

— Maman, il y a quelqu'un derrière nous, dit Colton d'une voix nerveuse.

— Je sais.

— Pourquoi il est si près ?

— Il veut nous doubler, mais il n'y a pas la place.

Le camion s'approchait. Les arbres et les broussailles autour d'eux bloquant une grande partie de la pluie, elle distingua une rangée de feux en haut du camion, du type utilisé par les chasseurs. Ces lampes et les phares du camion étant allumés, la lumière se fondait en un faisceau aveuglant.

Elle fit pivoter le rétroviseur pour ne pas l'avoir dans les yeux.

Le camion les heurta à nouveau, plus fort cette fois.

Sur le siège arrière, Colton glapit.

— Maman ?

— Rassieds-toi, chéri. Je vais trouver un endroit où faire demi-tour.

Des branches fouettèrent le flanc de la voiture tandis qu'elle l'engageait plus profondément dans les bois. Elle avait envie de pleurer. De crier. De faire demi-tour et de rentrer chez elle. Mais elle n'avait aucun de ces choix. Tout ce qu'elle pouvait faire était suivre la route jusque Dieu savait où et prier pour trouver de l'aide à l'autre bout.

Que leur voulait ce camionneur ?

Elle jeta un coup d'œil dans le rétroviseur. Ella était réveillée à présent, et jouait avec ses Barbie, ignorant le danger qui les talonnait. Colton arborait une expression craintive. *Oh mon Dieu. Il sait.*

— Tout va bien, chéri. Nous allons…

Le camion les emboutit. Elle entendit Ella et Colton

hurler. Elle ne put rien faire d'autre que hurler avec eux tandis que la voiture tombait en avant vers une zone densément boisée et que des branches griffaient la carrosserie.

L'avant du véhicule heurta une masse solide, l'impact coupant le souffle à Rebecca. Tandis que la pluie allait crescendo sur le toit, elle fut projetée contre le volant. La douleur se répercuta dans tout son torse, le long de ses côtes, et elle lutta pour rester consciente. Sa vision se troubla, déformant tout ce qui se trouvait devant elle.

Colton... Ella...

Les ténèbres l'engloutirent.

Chapitre 11

Edson, Alberta – vendredi 14 juin 2013, 22 h 30

Il ne restait qu'une heure et demie de travail à Marcus. Pour une raison inconnue, il se sentait agité. Il pensait sa nervosité due à tout le café qu'il avait bu pendant la journée. La fatigue s'était insinuée dans chacune de ses articulations, et la caféine était l'un des rares stimulants auxquels il pouvait recourir à présent.

Leo n'avait cessé de le réprimander aujourd'hui, lui disant qu'il devrait réduire la caféine et que peut-être alors, il dormirait enfin.

Marcus contempla le fond de sa tasse. *Peut-être Leo a-t-il raison.*

Il se sentait vraiment tendu. La dernière fois qu'il avait ressenti cela, il s'était injecté de la codéine. Des drogues plus fortes avaient suivi.

Et regarde où ça t'a mené.

Arrêter n'avait pas été facile. Il avait encore des envies. Il se rappelait très nettement le sentiment de paix éthérée qu'il avait éprouvé en prenant de la drogue. Rien ne l'atteignait. Jusqu'à ce qu'il se rende compte qu'il ne pouvait plus s'en passer. De cette montée qui lui brûlait les veines.

Il avait failli perdre Jane à cause de son addiction.

Le téléphone sonna, et un petit voyant s'alluma dessus. C'était un appel interne. Shipley.

— Vous avez besoin de quelque chose, Pete ?

— C'est l'heure de votre urine hebdomadaire.

Marcus soupira. Ce petit jeu devenait lassant.

— Très bien. J'arrive tout de suite.

En se dirigeant vers les toilettes des hommes, il se demanda ce qui avait bien pu lui prendre de promettre qu'il se soumettrait à un test hebdomadaire.

Tu avais besoin de cet emploi. Voilà pourquoi.

D'ailleurs, Leo avait suggéré que c'était le seul moyen pour que Pete Shipley l'accueille au centre, et ce n'était pas comme si Marcus avait eu d'autres choix. Sa suspension très officielle et humiliante des services d'urgence avait limité ses options. Étant donné qu'il ne pouvait plus travailler comme infirmier, le centre d'urgences était ce qu'il y avait de plus proche du travail qui l'avait autrefois passionné. Il avait terminé la formation en un rien de temps.

Et maintenant, il pissait dans une tasse sur commande.

Fais-toi une raison, Marcus. Tu l'as cherché.

Il poussa la porte des toilettes.

— Tenez, dit Shipley en lui tendant une tasse en plastique dotée d'un couvercle. Et ne traînez pas. J'ai du travail.

— Vous me barrez le pissage.

Shipley lui accorda un sourire forcé.

— Elle est bien bonne.

Marcus se dirigea vers la cabine la plus proche.

— Laissez la porte ouverte, dit Shipley.

— Oui, oui, je connais la routine.

Marcus tourna la tête par-dessus son épaule :

— Vous voulez regarder ?

Le visage de Shipley vira au cramoisi, et il se tortilla, mal à l'aise.

— Faites vite.

Marcus avait envie d'uriner, mais il se retint et sifflota une des chansons préférées de Ryan. *This is the song that never ends*[3]... Elle provenait d'une émission de télévision que son fils regardait quand il allait à l'école maternelle. La chanson était une boucle sans fin. Amusante pour les enfants, mais terriblement irritante pour les adultes.

Elle eut l'effet escompté sur Shipley.

— Bon Dieu, qu'est-ce que c'est que ce truc que vous sifflez ?

Au lieu de répondre, Marcus continua de siffloter et remplit enfin la moitié de la tasse. En guise de bonus, il éclaboussa un peu l'extérieur du récipient.

Qu'est-ce qu'un peu d'urine entre amis ?

— Dépêchez-vous. Et vous pourriez arrêter de siffler ?

— Je pourrais, dit Marcus, mais ensuite je devrais vous tuer.

— Ha ha. Très drôle. Vous avez fini ?

— Quoi, ce petit concours de pisse ? Oui. Je crois que j'ai gagné.

Les lèvres de Shipley étaient plus serrées que le porte-monnaie d'un Écossais.

— Passez-la moi.

Marcus fourra la tasse dans la paume de Shipley, qui le foudroya du regard en réalisant que le récipient était mouillé. Shipley prit la tasse par le couvercle du bout des doigts de l'autre main, la posa sur le plan de travail, se lava soigneusement les mains, puis reprit la tasse à l'aide d'une serviette en papier.

— Même heure la semaine prochaine ? demanda innocemment Marcus.

Shipley serra les dents mais ne répondit rien.

Marcus sourit.

---

[3] « C'est la chanson qui n'a pas de fin » (N.d.T.)

— Ravi d'avoir fait affaire avec vous.

La fureur contenue de Shipley ne laissait aucun doute à Marcus : son supérieur était en train d'imaginer diverses méthodes tortueuses pour se venger. Il ferait mieux de surveiller ses arrières.

Shipley sortit des toilettes, laissant Marcus seul et quelque peu insatisfait. Il se lava les mains, contempla son reflet quelques minutes et tenta d'ignorer la peur qui lui pinçait l'estomac.

Il aimait taquiner Pete Shipley, mais un jour il irait trop loin. Et où cela l'amènerait-il ? Au chômage. Sans personne à qui rendre des comptes, sauf peut-être Leo. *Une vie sans intérêt... ni raison de continuer à vivre.*

Marcus secoua la tête. « Ça suffit comme ça. »

Il se pencha vers le miroir, notant que les poches sous ses yeux s'étaient creusées. Il y avait des cratères dans les cratères, et aucune quantité de Préparation H n'y changerait quoi que ce soit. Il avait besoin de sommeil.

— Pas de repos pour les méchants, rappela-t-il à son reflet.

Puis il retourna travailler.

Dix minutes plus tard, c'était le chaos.

Pendant que Marcus finissait d'envoyer des équipes d'urgence sur le lieu où un camion-citerne s'était retourné, Leo gérait un incendie.

— D'accord, madame, entendit-il Leo répondre. Quelle est l'adresse de l'incendie ?

Il y eut un silence.

— Un immeuble d'habitation ? Y a-t-il quelqu'un à l'intérieur ?

Marcus passa en mode gestion d'équipes et contacta les pompiers, tandis que les intérimaires appelaient ambulance et police. Pendant ce temps, Leo resta en ligne avec la personne appelante, transmettant les informations à Marcus et à Shipley au fur et à mesure.

C'était un appel grave – un incendie dû au gaz dans

un grand immeuble de quatre étages au centre de Hinton. Le bâtiment était en flammes, et un nombre inconnu de personnes était pris au piège dedans. D'autres, visiblement blessées et en état de choc, étaient assises sur l'herbe de l'autre côté de la rue et regardaient leur existence partir en fumée.

— Il y a un camion de pompiers à proximité, dit Marcus à Shipley, qui était planté derrière lui.

— Combien des nôtres sont disponibles ?

— Edson est réduit à deux camions. Les autres ont été envoyés sur le site de la citerne accidentée entre ici et Hinton.

— Et un autre est parti maîtriser un incendie dans une grange il y a plus d'une heure, intervint Leo, une main sur le micro de son casque.

Shipley se redressa, les mains sur les hanches.

— Très bien. Taylor, envoyez nos deux camions.

Un frisson parcourut l'échine de Marcus.

— On devrait peut-être en retenir un au cas où nous aurions une autre urgence.

— Les choses se calmeront après ça.

— On n'en sait rien.

— Dites donc, vous êtes un oiseau de mauvais augure.

— J'ai l'impression…

— L'impression ? ricana Shipley. Vous voulez que je passe un coup de fil sur la base d'une *impression* ?

Il plissa les yeux.

— Qu'est-ce que vous avez pris, Taylor ? Vous devriez savoir, depuis le temps, que nous ne sommes pas à Edmonton. Nous connaissons rarement autant d'action en une nuit. Je pense que nous avons atteint notre quota.

Marcus ouvrit la bouche pour répliquer, puis la referma. Shipley était son supérieur, et c'était plus important qu'un étrange sentiment prémonitoire, chose qu'il n'avait jamais éprouvée auparavant, même s'il voyait des fantômes. Jane. Ryan. Les enfants dans les bois à Cadomin. Il les avait vus pour la première fois quelques jours avant que sa femme et son fils soient tués. Il n'avait jamais parlé à personne de ces enfants. Pas même à Leo.

— Vous êtes toujours avec nous, Taylor ?

Marcus cligna des paupières pour refouler le souvenir des visages pâles le fixant par la fenêtre de la cabane.

— Oui. Je m'en occupe.

Il transmit l'adresse de l'incendie au poste d'Edson, puis appela les services médicaux d'urgence. Quelques secondes plus tard, deux ambulances étaient en route. Une troisième allait être envoyée d'Edmonton.

— Il y a deux hélicoptères STARS en attente pour emmener les victimes de brûlures graves à l'hôpital de l'Université d'Alberta, déclara Leo.

Une sensation tenace courut sur la peau de Marcus.

Leo fronça les sourcils.

— Tu vas bien ?

— Je crois que j'ai bu trop de café.

Quelle qu'en soit la cause, cela lui brûlait l'estomac et se mettait à lui monter dans la gorge, au point qu'il crut qu'il allait vomir.

— J'ai besoin de sortir, dit-il en faisant signe à un des intérimaires. Je reviens dans deux minutes.

— Où allez-vous ? demanda Shipley.

— Dans la salle de repos. J'ai besoin d'eau.

Son supérieur le dévisagea avec suspicion.

— Du moment que c'est tout ce que vous buvez.

— Vous voulez me tester pour ça aussi ? répliqua Marcus. Très bien. Ne vous gênez pas.

— C'était juste pour dire.

— Eh bien, ne le dites pas.

Marcus partit, la tête haute, en quête d'un verre propre.

Chapitre 12

Rebecca prit d'abord conscience de la pluie qui tambourinait. Elle s'infiltrait dans son esprit, sonnant l'alerte dans son cerveau comme une alarme incendie. Sauf qu'il n'y avait pas de son, seulement un sentiment croissant de danger.

Elle ignorait où elle se trouvait, mais il faisait sombre. Et froid.

Quelque chose lui appuyait sur la poitrine. Elle avait du mal à respirer. Elle tenta d'ouvrir les yeux, mais quelque chose d'humide dégoulinait dedans. Elle gémit et une brûlure lui traversa le torse, lui coupant la respiration.

Qu'est-ce qui s'est passé ?

Était-elle malade ? Avait-elle la grippe ?

La pression sur sa poitrine se relâcha un peu, et elle leva la tête, clignant des paupières pour évacuer le liquide. Elle essaya d'essuyer le… la sueur ? Une douleur aiguë élança les doigts de sa main droite. Elle baissa les yeux, mais elle n'y voyait rien. Elle tenta de plier les doigts et faillit s'évanouir. Au moins deux de ses doigts étaient cassés.

Elle grogna. *Où suis-je ?*

Il lui fallut quelques minutes pour revenir à la réalité.

Elle était dans la voiture. La faible lueur devant elle provenait des voyants du tableau de bord à moitié caché à sa vue, qu'elle parvenait maintenant à distinguer. Mais il ne faisait pas assez clair pour inventorier les dégâts. Elle tendit la main vers le plafonnier et l'alluma. Elle parcourut du regard le tableau de bord et le pare-brise. Tous deux étaient intacts.

Elle eut un hoquet. *J'ai eu un accident.*

Puis cela lui revint. Elle n'était pas seule.

« Colton ? s'écria-t-elle. Ella ? »

Il n'y eut pas de réponse. Avaient-ils été éjectés de la voiture ?

Oh, mon Dieu...

« Colton ! Réponds-moi ! »

Luttant contre la panique, elle essaya de se tourner sur son siège, mais une douleur fulgurante dans les côtes lui fit pousser un cri. Le volant était coincé contre sa cage thoracique, la plaquant contre le siège. Elle tendit le bras vers le levier latéral, espérant pencher le siège vers l'arrière et se donner de l'espace pour respirer.

Le levier était cassé.

Elle tendit la main gauche, tentant de trouver sous le siège l'autre levier qui le ferait reculer, mais elle ne pouvait pas l'atteindre.

Rebecca était prise au piège.

Elle baissa les yeux et vit du sang sur son chemisier. Elle n'avait pas la moindre idée d'où il venait. Elle toucha prudemment sa poitrine de la main gauche. Elle se tâta les côtes et inspira brutalement. *Cassées. Ou au moins fêlées.*

Elle se toucha le front et ses doigts se couvrirent de sang. Commotion cérébrale ? Elle essaya de se rappeler ce que toutes les émissions de télévision en disaient, mais elle se souvint seulement qu'il ne fallait pas s'endormir. Elle se gifla de la main gauche. *Reste éveillée !*

Les voyants du tableau de bord faiblirent, et le moteur fit un bruit sourd ; elle coupa le contact.

« Ella ? Colton ? C'est maman. Vous allez bien ? »

Des larmes lui coulaient sur les joues.

« J'ai besoin d'entendre votre voix. »

Là encore, pas de réponse.

Une vague de nausée la submergea.

« Ne sois pas malade », se murmura-t-elle.

Vomir ne ferait que l'affaiblir encore. Elle avait besoin de toute sa force pour faire sortir ses enfants et les mettre en sûreté.

Oh mon Dieu… le camion.

Était-il toujours derrière elle, à attendre ? Un maniaque allait-il s'approcher, ouvrir la portière et la tirer dehors ? Pourquoi leur infligeait-il cela ?

Elle ne voyait pas le camion dans le rétroviseur, et elle n'arrivait pas à distinguer quoi que ce soit au-delà du pare-brise. La pluie était trop dense. S'il était resté là, elle aurait vu la lumière de ses phares.

Il est parti. Il nous a percutés et nous a laissés mourir là.

Ses pieds étaient engourdis. Le volant lui coupait sans doute la circulation. Ce n'était pas bon signe.

Le plafonnier clignota. *Je t'en prie, ne t'éteins pas.*

Elle scruta l'extérieur par la vitre latérale. Elle ne parvenait même pas à distinguer la lune ou les étoiles dans le ciel. Ils devaient se trouver au milieu de buissons et d'arbres touffus.

Elle secoua la poignée, mais la portière refusait de s'ouvrir. « Merde. »

Un faible gémissement retentit derrière elle.

« Colton ? Ella ? Tout va bien ? »

Elle inclina le rétroviseur pour voir une plus grande partie du siège arrière. Dans la faible lueur, elle apercevait deux masses sombres, mais n'aurait su dire qui était qui.

Elle se mit à pleurer.

Quelque chose remua derrière elle.

— Maman ?

C'était un tout petit murmure, mais elle l'entendit.

— Colton ?

— Qu'est-ce qui s'est passé ?

— On a eu un accident.

Elle espéra que sa voix était ferme et calme.

— Tu vois ta sœur ?

— Non, mais je la sens. Elle est…

Colton poussa une exclamation.

Oh mon Dieu… Ella est blessée.

— Quoi ? Qu'est-ce qui ne va pas ?

— C'est mouillé ici, maman. Sur le siège.

Il semblait abasourdi, effrayé.

— Peut-être que ta bouteille s'est renversée.

Elle devait sortir ses enfants de la voiture. Tout de suite !

— Maman, tu dois appeler les urgences.

— Je sais, Colton.

Elle ferma les yeux, essayant de se rappeler si elle avait mis le téléphone dans son sac ou s'il se trouvait dans le réceptacle central. L'avait-elle utilisé pendant le trajet ? Non, elle était sûre que non.

Son regard balaya les sièges avant et plongea vers le sol sous le siège passager, où gisait son sac, une partie de son contenu éparpillé comme des éclats d'obus.

— Je crois que mon téléphone est dans mon sac, par terre.

— Tu peux le prendre ?

Elle tendit le bras, ignorant la douleur qui lui traversait les doigts. Après plusieurs tentatives, elle renonça.

Ella se mit à geindre.

— Ella ? Tu es réveillée, chérie ?

Pas de réponse.

— Colton, examine ta sœur de plus près.

Quelques secondes plus tard, Colton annonça :

— Je crois qu'elle saigne.

— Où ?

— Du visage.

Rebecca étouffa un cri de sa main valide.

— Réveille-la. Tout de suite.

— Ella, dit Colton d'une voix qui se brisait. Ella, réveille-toi.

— Ella chérie, lança Rebecca. Réveille-toi, s'il te plaît.

— Elle ne se réveille pas, maman.

— D'accord, du moment qu'elle respire, elle va bien. Tu sais où est Puff ?

Colton fouilla autour de lui sur le siège arrière pendant quelques minutes, assez longtemps pour que Rebecca se remette à paniquer. Si Ella s'éveillait et se rendait compte de ce qui se passait, elle ferait une grosse crise d'asthme. Ils avaient absolument besoin de cet inhalateur.

— Trouvé, maman.

Elle cessa de retenir son souffle.

— Garde-le dans ta poche.

— Et maintenant, on fait quoi ?

— Tu peux grimper sur le siège avant ?

— Je vais essayer.

Elle entendit son fils remuer, la ceinture qui se détachait, puis un glapissement.

— Qu'est-ce qui ne va pas, chéri ?

— Ma jambe est coincée. Je n'arrive pas à la sortir de sous mon sac de hockey, parce que le siège devant appuie dessus.

Elle examina le siège passager. Il avait changé de place, glissé vers Colton. À un moment pendant les cahots du trajet, son sac de hockey avait glissé vers la portière arrière, se logeant entre le siège passager et ses jambes, coinçant son pied droit. Il lui était impossible d'atteindre le levier pour avancer le siège et libérer Colton.

Un étourdissement l'envahit. Elle ne put s'empêcher de gémir.

— Maman, tu vas bien ?

— Je suis un peu endolorie, mais ne t'en fais pas pour moi.

— Au moins, on a de l'eau, marmonna Colton. J'ai vu dans une émission de survie que si on n'a pas d'eau, on meurt…

— Nous n'allons pas mourir, Colton.

— …alors on doit rationner les bouteilles d'eau jusqu'à l'arrivée des secours, continua-t-il comme si elle ne l'avait pas interrompu.

Elle se demanda s'il était en train d'entrer en état de choc.

— On peut faire ça, chéri. Rationner l'eau.

— Et la nourriture.

— D'accord. Maintenant, laisse-moi réfléchir une minute.

Elle était coincée derrière le volant, avec sans doute des côtes cassées et une main inutilisable. Colton ne pouvait pas se déplacer parce que sa jambe était coincée. Ella était inconsciente, peut-être victime d'une commotion. Et le téléphone de Rebecca était soit dans son sac à terre, soit ailleurs dans la voiture.

Le téléphone était leur seule issue. Elle devait trouver un moyen de mettre la main dessus. Mais comment ? Il lui faudrait quelque chose de long, un objet avec lequel accrocher son sac.

La canne de hockey !

— Colton, tu peux atteindre ta canne de hockey ?

— Oui.

— Bien. Passe-la-moi.

Elle dut prendre la canne de sa main blessée et la douleur la fit hoqueter. Tendant le bras gauche par-dessus le volant, elle fit passer la canne dans sa main valide et la tendit aussi loin que possible, ignorant la douleur cuisante dans ses côtes. Le bout de la canne reposait sur son sac.

— Tu vas y arriver, maman, déclara Colton.

Elle espérait de tout son cœur qu'il dise vrai.

Un autre étourdissement la prit. Sa tête était lourde, et la main qui tenait la canne tremblait. Combien de temps tiendrait-elle avant de s'évanouir ?

Le sac glissa de quelques pouces vers elle. Elle déplaça l'anse, essayant de glisser le bout de la canne dessous.

— Je l'ai !

Sur le siège arrière, Colton poussa un soupir de soulagement.

— Attention à ne pas le laisser tomber.

Elle souleva le sac et le fit passer sur le siège passager. Sur une profonde respiration, elle tendit l'autre main. « Flûte. » Elle n'arrivait pas à atteindre le sac. La vitre bloquait l'autre bout de la canne de hockey, et il lui était impossible de manœuvrer davantage.

— Je ne peux pas atteindre mon sac.

— Relève la canne pour que ton sac puisse glisser dessus.

Elle sourit.

— Tu es un génie, Colton.

Il y avait à peine assez de place à l'avant pour que Rebecca lève la canne et fasse remonter l'autre extrémité. Avec quelques mouvements du poignet, le sac se mit à glisser sur la canne. Quand il fut assez proche, elle changea de main et le saisit.

— Je l'ai.

Elle poussa un soupir épuisé.

Étant coincée par le volant, elle dut à nouveau changer de main, malgré sa main droite engourdie. De la gauche, elle ouvrit la fermeture Éclair et tâta l'intérieur. Elle sentit son chéquier, son étui à cartes, des tubes de rouge à lèvres. *Allez. Où est mon téléphone ?*

— Jette un œil sur ta sœur, dit-elle pour occuper son fils.

Elle parcourut de la main le fond du sac. Pas de portable.

Une fois sûre d'avoir examiné chaque pouce de l'intérieur, elle étouffa un petit cri. Où était son téléphone ?

Elle déglutit.

— Mon téléphone n'est pas dans mon sac. Il doit être par terre quelque part. Je vais vérifier devant, et toi, essaie de réveiller Ella pour pouvoir lui donner Puff.

Pendant que Colton appelait sa sœur, elle se pencha en avant le plus possible. Sur le sol du siège passager gisaient un assortiment d'enveloppes vides de la banque et un calepin. Elle prit la canne de hockey et tâta les enveloppes avec. Rien dessous. Elle écarta le calepin, qui cachait son téléphone.

— Je l'ai trouvé.

— Maman, Ella a la respiration sifflante, et elle dort toujours.

— Essaie de lui donner quand même un coup d'inhalateur.

Elle n'était pas sûre que cela ait beaucoup d'effet puisque Ella n'inhalerait pas le médicament comme de coutume, mais ils devaient faire quelque chose pour contrôler sa respiration.

Elle tenta de glisser le bout de la canne sous le téléphone, mais ne fit que le pousser plus loin. Il lui fallait un objet collant.

Son regard tomba sur la bande enveloppant la lame de la canne de hockey. Les joueurs faisaient cela pour donner davantage d'adhérence à la lame. Une astuce que Wesley avait enseignée à Colton. L'une de ses bonnes actions en tant que père.

— Colton, où est ta bande de hockey ?

— Je l'avais.

Quelques secondes s'écoulèrent avant qu'il s'écrie :

— Trouvée !

— Je vais te tendre la canne, et je veux que tu mettes de la bande au bout. Mais quand tu l'enrouleras, tourne-la pour que la partie collante soit vers l'extérieur. Compris ?

— Pas de problème, maman.

Elle manœuvra une fois de plus la canne. Quelques minutes plus tard, la tâche était accomplie et elle fit repasser la canne par-dessus le siège passager. Puis elle la tendit prudemment pour que le bout de la lame frôle le sol sous le siège passager.

Sa vision se brouilla et elle s'interrompit. *Je t'en supplie, mon Dieu, pas maintenant.*

— Tu l'as récupéré ? demanda Colton.

— Pas encore.

Quelques pouces de plus et la canne entrait en contact avec le téléphone. Il ne lui restait plus qu'à la manipuler pour que la partie collante de la bande se pose sur l'appareil.

— Je l'ai presque. Voilà !

Le téléphone collé à la bande, elle fit lentement tourner la canne jusqu'à ce que l'engin se trouve au-dessus de la lame.

— Je l'ai, mais je ne peux pas l'atteindre parce que la canne est trop longue, alors je vais te le passer.

Elle le fit en respirant lentement et régulièrement. Sa main vibra tandis qu'elle levait la canne par-dessus le siège passager et la dirigeait vers son fils.

— C'est bon, maman.

Colton s'empara du téléphone et le détacha de la bande.

— Donne-le-moi.

Elle tendit le bras au maximum, et Colton fit de même. Les doigts de Rebecca effleurèrent le téléphone dans la main de son fils, et elle se mordit la lèvre inférieure quand il heurta ses doigts enflés.

— Je le tiens.

Dès que le téléphone fut dans sa main, elle l'ouvrit, priant pour qu'il n'ait pas été endommagé par le choc. L'écran s'alluma tandis que sa tête se mettait à tourner. Faisant passer le portable dans sa main valide, elle tapa le 911 avec le pouce.

« Service des urgences, déclara une voix d'homme chaleureuse. Avez-vous besoin des pompiers, d'une ambulance ou de la police ? »

Rebecca ouvrit la bouche pour répondre et poussa un petit cri de douleur.

Puis elle perdit connaissance.

Chapitre 13

Marcus était plongé dans l'e-book sur la peur du sommeil quand le téléphone sonna. « Service des urgences, dit-il. Avez-vous besoin des pompiers, de la police ou d'une ambulance ? »

Une succession de crépitements fut suivie d'un petit gémissement. Puis la ligne fut coupée. *Qu'est-ce que c'est que ça ?*

— On a une ligne coupée, lança-t-il à Leo, à qui il donna le numéro de portable.

Leo passa immédiatement à l'action, activant la recherche et le pistage du numéro.

— C'est un portable enregistré au nom d'une certaine… Rebecca Kingston, 1832, 12e rue, à Edmonton. J'appelle le fixe de la maison.

Pause.

— Pas de réponse.

Marcus appela le téléphone portable.

— Pas de réponse sur son portable non plus.

— L'adresse du domicile est celle de M. et Mme Wesley Kingston, dit Leo. Attends ! Nous y voilà. Une antenne à proximité d'Edson a relayé son dernier appel.

— Pas une soirée idéale pour voyager.

Marcus essaya de nouveau le numéro.

— Elle ne décroche pas, et je ne crois pas que ce soit une blague. Envoie police et services médicaux aux environs de l'antenne. Peut-être qu'ils verront son véhicule. Je continue d'essayer son portable.

— C'est fait.

Marcus déglutit. C'était le type d'appel qu'il détestait. Quelqu'un, quelque part, avait besoin d'aide, mais sans localisation, tout le monde agissait à l'aveuglette. Il pria pour que Rebecca Kingston ait besoin d'une aide mineure.

Il rappela le portable. Personne ne décrocha.

— Marcus, on a un autre problème.

Leo avait parlé d'un ton sinistre.

— Quoi ?

— La police envoie une voiture de patrouille sur l'autoroute, mais services médicaux et pompiers n'ont pas de véhicule disponible. Ils sont toujours sur cet incendie d'immeuble à Hinton.

— Merde.

— Peut-être que cette Mme Kingston est en panne d'essence.

— Espérons-le.

Il composa à nouveau le numéro. Une sonnerie… deux sonneries… trois…

— Allô ? répondit une femme d'une voix faible.

Marcus se leva et claqua des doigts à l'adresse de Leo.

— Mme Kingston ? Rebecca Kingston ? C'est le service des urgences. Vous nous avez appelés il y a quelques minutes…

— Accident de voiture, répondit-elle.

— Où êtes-vous ?

— Je ne sais pas exactement.

La femme se mit à pleurer.

— Très bien, Mme Kingston, respirez à fond. Nous allons vous aider.

— Rebecca, dit-elle. Appelez-moi Rebecca.

— D'accord, Rebecca. Voilà ce qu'il me faut : j'ai besoin de savoir combien de personnes se trouvent dans votre véhicule.

— Trois. Mon fils, ma fille et moi.

— Est-ce que tout le monde va bien ?

Il entendit un autre sanglot.

— Non. La jambe de Colton est coincée. Je ne sais pas si elle est cassée. Il dit qu'il n'a pas mal. Il est sur le siège arrière, Ella aussi. Elle est inconsciente et ne se réveille pas. Elle est asthmatique.

— Nous avons envoyé la police dans les environs, alors tenez bon. Est-ce que vous ou votre fils pouvez sortir de la voiture ?

— Non. Ma portière ne s'ouvre pas, et Colton a la portière qui se coince à l'arrière.

— Avez-vous été percutée de votre côté de la voiture ?

— Je ne pense pas. Mais je me souviens d'avoir entendu un bruit d'écrasement. Comme si ma portière avait heurté quelque chose. Je crois que c'est pour ça que je n'arrive pas à l'ouvrir.

— Pouvez-vous atteindre la portière côté passager ?

— Non. Je suis coincée entre mon siège et le volant.

Elle baissa la voix.

— J'ai deux doigts cassés à la main droite et je crois que plusieurs de mes côtes sont fracturées.

Marcus jura entre ses dents. Des côtes cassées pouvaient entraîner une perforation du poumon.

— Pouvez-vous reculer le siège ?

— Non. Je ne peux pas atteindre le levier. Et celui du côté est cassé, je ne peux pas incliner le siège vers l'arrière.

— Est-ce que les airbags se sont gonflés ?

— Non. Nous avons été percutés par l'arrière.

— Quel type de véhicule avez-vous ?

— Une Hyundai Accent rouge.

— Berline à quatre portes ?

— Oui.

— Verrouillage électrique des portières et des vitres ?

— Oui.

Il nota toutes ces informations et les transmit au central de la police.

— Je vais vous demander de respirer par petites inspirations, et ne laissez pas tomber le téléphone. Avez-vous un inhalateur pour votre fille ?

— Oui, Colton le lui a donné, mais elle ne bouge toujours pas, elle ne se réveille pas. Je ne sais pas quoi faire.

— Il est important que vous restiez aussi paisible que possible, Rebecca. Vous devez rester calme pour vos enfants. D'accord ?

— D'accord.

— Il me faut d'autres informations. Pouvez-vous me dire où vous vous rendiez ?

— À Cadomin. J'avais besoin de vacances.

Il perçut à sa voix qu'elle se le reprochait.

— Je suis sûr que ce ne sont pas les vacances que vous aviez prévues. À quelle distance de Cadomin étiez-vous avant l'accident ?

— Je ne sais pas. Tout est confus.

Il secoua la tête. Ils ne pouvaient se guider que d'après une antenne. Ce qui laissait beaucoup de terrain à couvrir.

— D'autres véhicules étaient-ils impliqués dans l'accident ?

— Ce n'était pas un accident, murmura Rebecca.

Marcus cilla.

— Que voulez-vous dire ?

— Nous avons été intentionnellement poussés hors de la route. Par quelqu'un qui conduisait un camion.

Un frisson parcourut l'échine de Marcus.

— Vous êtes sûre qu'il ne vous a pas heurtée par accident ?

— J'en suis sûre.

Il y eut un long silence.

— Il était derrière nous depuis au moins vingt minutes. Tout contre mon pare-chocs. Il avait toute la place pour doubler, mais ne l'a pas fait.

Sanglot.

— Je ne comprends pas pourquoi il nous a fait ça.

— Est-ce qu'il est parti ?

— Je crois. Je ne vois rien dehors. Il pleut à torrents, mais je ne vois pas ses phares.

Marcus fit signe à Leo :

— Délit de fuite.

À Rebecca, il demanda :

— Pouvez-vous me donner une description du camion ?

— Il était de couleur sombre et avait des feux au-dessus du pare-brise. Des feux très puissants.

— Des projecteurs de chasse ? Au-dessus de la cabine ?

— Oui, je crois.

— Combien de feux ?

— Je ne sais pas. La lumière était si forte que je n'ai pas pu compter.

Il entendit un enfant lancer :

— Maman, Ella est toute froide.

— Est-ce qu'elle a sa veste ? demanda Rebecca, visiblement terrorisée.

— Non. Elle est par terre devant elle et je ne peux pas l'atteindre, répondit le garçon. Je vais lui donner la mienne.

— Il est important que vous gardiez Ella au chaud, dit Marcus.

La petite fille était peut-être en état de choc.

— Allumez le chauffage, vos phares et vos feux de

détresse. Et surtout, essayez de faire monter la température d'Ella.

— Je comprends. Colton, si tu peux atteindre ton sac à dos, enveloppe Ella dans ton pull.

— Bien, dit Marcus. La police est en train de chercher votre véhicule. Il ne devrait pas leur falloir longtemps pour fouiller l'autoroute 47 entre les antennes.

Un autre sanglot.

— Mais nous ne sommes pas sur l'autoroute.

Le pouls de Marcus accéléra.

— J'ai cru vous entendre dire que vous vous dirigiez vers Cadomin.

— C'était le cas. Mais quand le type du camion a commencé à me suivre de trop près, je suis sortie sur une voie latérale. Je pensais qu'il nous doublerait. Alors nous pourrions revenir sur l'autoroute. Mais il ne l'a pas fait. Il s'est engagé sur la même route. Au départ, j'ai cru que c'était juste de la malchance, qu'il était le propriétaire du terrain. Mais ensuite il nous a cognés – un petit coup, d'abord. Puis il nous a vraiment percutés.

Elle baissa la voix.

— C'est là que j'ai su qu'il voulait nous faire du mal.

— Y avait-il un panneau indiquant l'embranchement que vous avez pris ?

— Non. Rien. C'est un chemin de terre, de gravier peut-être.

Marcus héla de nouveau Leo.

— Ils ont pris un embranchement.

— Merde, dit Leo. Il y a pas mal de sorties entre la tour et Cadomin, et quelques-unes avant.

— Rebecca, votre véhicule est-il équipé d'un GPS ?

— Non.

— Et votre téléphone ?

— C'est un vieux modèle. Pas d'applis, pas de GPS.

— D'accord.

Il marqua une pause, réfléchissant.

— Combien de temps avez-vous roulé sur cette route ?

— Je ne sais pas trop. J'étais terrifiée. Je ne voyais pas où j'allais. Puis nous sommes passés entre des arbres, et je distinguais à peine la route. Je crois que j'ai roulé quelques minutes, peut-être dix.

Marcus proféra un autre juron.

— Quoi ? demanda Leo.

Marcus couvrit le micro pour que Rebecca ne l'entende pas.

— La police ne la verra pas de l'autoroute. Elle est à dix ou quinze minutes de là.

— Bon sang, sans hélicoptère, ils devront examiner toutes les routes pour la trouver.

Marcus acquiesça. *Et le temps qu'ils la trouvent, il pourrait être trop tard.*

— J'ai la tête qui tourne, murmura Rebecca. Je ne sais pas combien de temps je pourrai rester alerte.

— Écoutez ma voix, et continuez de respirer par petits souffles réguliers. Rebecca, j'ai besoin que vous regardiez sur votre téléphone combien il reste de charge.

— Oh mon Dieu…

Pause. Quand elle revint en ligne, sa voix était rauque.

— Il me reste une barre. Pourquoi ne l'ai-je pas chargé avant de partir ? Puis-je être stupide à ce point-là ?

— Rebecca…

— Je pensais le faire une fois arrivée à l'hôtel. Je n'ai même pas le chargeur sur moi. Il est dans ma valise, qui est dans le coffre. Et le chargeur de voiture est dans la boîte à gants, que je ne peux pas atteindre.

— Et vos enfants ? Est-ce que l'un d'entre eux a un téléphone ?

— Non.

Sanglot.

— J'ai dit à Wesley qu'ils n'avaient pas besoin de portables.

Il sentit qu'elle s'en voulait.

— Rien de tout ça n'est votre faute, Rebecca. D'ailleurs, une barre, ce n'est pas mal. C'est encore beaucoup.

Il espérait sincèrement avoir raison.

— Mais si vous ne nous trouvez pas ? Si mon téléphone s'éteint ?

— Nous vous trouverons avant que ça n'arrive.

— Vous le promettez ?

Marcus avala la boule qu'il avait dans la gorge en revoyant le visage de Jane.

— Je vous le promets. Nous vous trouverons. Nous essayons aussi de localiser votre mari. Je vais maintenant vous rediriger vers l'inspecteur John Zur, de la police d'Edson.

— Je ne veux pas que vous raccrochiez.

De petits sanglots lui parvinrent de l'autre bout de la ligne.

— Nous n'avons plus que vous, maintenant.

— Je vous rappelle dans cinq minutes. Puis toutes les cinq à dix minutes, jusqu'à ce vous soyez retrouvés.

— Mais si je ne peux pas répondre ? Si je perds connaissance ?

— Est-ce que Colton est alerte ?

— Oui.

— Si vous sentez que vous allez vous évanouir, donnez-lui le téléphone.

— D'accord.

— Je vous passe John. Mais je rappelle dans cinq minutes.

— Attendez ! J'ai besoin de savoir quelque chose.

— Quoi ?

— Votre nom.

Marcus se mordit la lèvre et regarda par-dessus son

épaule vers Leo, qui lui adressa un regard interrogateur. Donner leurs noms ne faisait pas partie du protocole habituel. Il y avait des règles que les opérateurs des urgences devaient suivre, et l'une d'elles était l'anonymat.

— Je vous en supplie, murmura-t-elle.

Au diable les règles.

— Marcus, dit-il. Je m'appelle Marcus.

Chapitre 14

Environs de Cadomin, Alberta – vendredi 14 juin 2013, 23 h 17

Rebecca donna à l'inspecteur Zur toutes les informations qu'elle put, puis referma le téléphone et essuya ses larmes.

— Ils viennent nous chercher, Colton.

— Comment ils sauront où on est ?

— Ils peuvent pister mon appel. Il y a une antenne pour le téléphone pas loin, ils sauront qu'on est aux alentours.

Elle plissa les yeux et essaya de distinguer ce qui les entourait. La pluie tombait toujours, mais s'était un peu calmée. Quelques minutes plus tôt, quand elle avait essayé de démarrer, le moteur avait crachoté comme s'il allait pousser son dernier soupir. Un seul phare s'était allumé, révélant qu'ils s'étaient écrasés dans un bosquet d'arbres. Ayant allumé les phares et fait clignoter les feux de détresse, elle laissa le plafonnier allumé et tripota les interrupteurs du tableau de bord.

Ne tue pas la batterie.

Quand la chaleur à l'intérieur du véhicule devint suffisante pour faire transpirer tout le monde, elle éteignit le moteur et le remit en mode accessoire. Elle le rallumerait une fois que l'air se serait rafraîchi.

Elle essaya d'ignorer la peur intense qui s'était emparée d'elle. Elle ne serait jamais en mesure de sortir la voiture de là. Ce qui voulait dire qu'ils allaient devoir rester assis à attendre que quelqu'un les trouve. Et si personne ne les trouvait ?

Elle jeta un coup d'œil au téléphone. Dans cinq minutes, Marcus la rappellerait.

— Pendant qu'on attend, je veux que tu fasses des exercices, Colton.

— Des exercices ?

— J'ai besoin de savoir si tu vas bien.

Derrière elle, Colton émit un grognement.

— Je vais bien, maman. Ma jambe ne me fait même pas mal.

— Fais-le pour moi, d'accord ?

— Très bien. Qu'est-ce que tu veux que je fasse ?

— Lève les bras au-dessus de ta tête et dis-moi si tu as mal quelque part.

Il le fit.

— Rien.

— Est-ce que ta tête ou ton cou sont douloureux ?

— Non.

— Et ton autre jambe ? Tu peux la bouger ?

— Oui.

Colton poussa le dossier du siège de Rebecca avec son pied indemne pour le prouver, ignorant son petit hoquet angoissé.

— Et ta jambe bloquée ? demanda-t-elle entre deux souffles. Est-ce qu'elle saigne ?

— Sais pas. Je ne vois pas grand-chose d'autre que mon genou.

— Est-ce qu'il te fait mal ?

— Non.

— Et quand tu le touches ?

Colton poussa un soupir.

— Mon genou n'a rien, maman.

Rebecca retint son souffle, puis expira lentement.

— Est-ce que tu peux remuer les orteils des deux pieds ?

Il y eut un silence pendant lequel son cœur cessa de battre.

— Oui.

Le soulagement l'envahit.

— D'accord, très bien.

— Et maintenant, tu veux que je fasse des sauts sur place ?

Elle rit.

— Très drôle, gros dur.

— Et toi, tu peux faire des pompes.

Elle sourit. Au crédit de Colton, il savait toujours faire rire les gens. Et en ce moment, elle avait besoin de tout ce qui pourrait la distraire de la situation dans laquelle ils se trouvaient – même si rire était douloureux.

— Et maintenant, regarde comment va ta sœur, dit-elle.

— C'est toujours pareil.

— Essaie de la réveiller.

Elle entendit des froissements à l'arrière et la voix douce de Colton pressant Ella d'ouvrir les yeux.

— Elle dort toujours, dit Colton d'un ton morose.

Frustration et panique incitèrent Rebecca à pousser le volant des deux mains, priant pour gagner ne serait-ce que quelques centimètres d'espace afin de pouvoir se glisser dehors. Elle hurla intérieurement. *Laissez-moi sortir ! Je dois aider mes enfants !*

Mais elle était toujours coincée.

Encore deux minutes avant l'appel de Marcus.

Elle songea à cet homme sans visage qui avait répondu à son appel au secours. Il devait être difficile d'écouter des appels comme le sien tous les jours. Elle pouvait imaginer certains des appels qu'il recevait. Victimes d'accidents… femmes battues… enfants. Il ne pouvait pas les sauver tous. Comment affrontait-il cette réalité ?

Son téléphone sonna.

— Marcus ? répondit-elle.

— Comment allez-vous, tous ?

— Aussi bien que possible. Colton peut remuer les orteils.

— C'est bon signe.

— Alors, quel est le plan ?

— Nous vous cherchons toujours. Malheureusement, nous devons gérer plusieurs appels en ce moment.

— Qu'est-ce que ça signifie ?

— Qu'il faudra peut-être un moment pour vous retrouver.

— Qu'est-ce qu'on fait d'ici là ?

— Continuez de surveiller Colton et Ella. Comment va-t-elle ?

— Pareil.

— Et vous, comment allez-vous ?

Elle contempla le sang sur son chemisier.

— Demandez-moi ça quand nous serons sortis d'ici.

— Nous avons essayé de joindre votre mari chez vous, mais il n'y a personne. Est-ce qu'il est au travail ?

— Il ne vit pas avec nous.

Elle hésita, puis ajouta :

— Nous sommes séparés.

— Où pouvons-nous le joindre ?

— Il est allé à Fort McMurray pour un entretien d'embauche. Mais Wesley a un téléphone portable.

Elle lui donna le numéro.

— Nous vous ferons savoir quand nous l'aurons joint.

— Merci.

Elle ferma les yeux et prit une longue inspiration.

— Marcus, êtes-vous marié ?

Il y eut un silence gêné.

— Je l'ai été. Autrefois.

— Désolée, je ne voulais pas être indiscrète. Je ne veux pas que vous raccrochiez à nouveau.

— Je peux rester en ligne quelques minutes. Continuez de vérifier votre barre.

— Je vais le faire.

Elle humecta ses lèvres sèches.

— Vous avez été marié longtemps ?

— Assez longtemps, j'imagine.

— Des enfants ?

Elle entendit des bruits étouffés avant qu'il réponde :

— J'avais un fils. Ryan.

J'avais.

— Je regrette. Je ne devrais pas vous poser ces questions.

— Ne vous en faites pas pour ça. Vous devez rester calme, et si parler vous y aide, nous parlerons.

— Mais votre fils…

— Est mort. Avec sa mère.

— Comment ? murmura-t-elle.

Il y eut un blanc prolongé, puis la réponse vint :

— Un accident de voiture.

— Oh, mon Dieu…

— Rebecca ? Ne pensez pas à ça. Ce n'est pas ce qui va vous arriver, à vous et vos enfants.

Elle jeta un coup d'œil à Colton par-dessus son épaule. Il lisait.

— Vous vivez seul ?

En disant ces mots, elle mit une main sur ses lèvres et se retint de rire de sa curiosité.

— Non. Je vis avec Arizona. Et un spectre nommé culpabilité.

— Arizona ? Joli nom. C'est votre petite amie ?

Un rire résonna au bout du fil.

— On pourrait dire ça, répondit Marcus, amusé. Arizona est ma chienne. Un setter irlandais.

Sa réponse la fit sourire.

— Comment s'appelait votre femme ?

— Jane.

— Parlez-moi d'elle. Comment était-elle ?

— Elle était intelligente, drôle, originale parfois.

— Comment ça ?

— Elle aimait les chiffres. La numérologie. C'était un hobby. Le trois et le sept étaient ses nombres favoris. Jane prévoyait tout en fonction de ces nombres.

— Je ne sais pas grand-chose de la numérologie, mais je sais que le treize est censé être un nombre qui porte malheur. Hier, nous étions le 13, et hier soir, quand je m'en suis rendu compte, j'ai failli annuler mon voyage.

Elle eut un petit rire d'autodérision.

— J'imagine que j'aurais dû. Regardez où ça m'a menée.

— Au moins, ce n'était pas un vendredi 13, remarqua-t-il.

Elle rit.

— Oui, ça aurait sans doute pu être bien pire !

Marcus resta silencieux.

Parle d'autre chose, Rebecca.

— Votre femme était-elle mère au foyer, ou avait-elle un métier ?

— Elle était conceptrice de logiciels chez BioWare.

Rebecca fronça les sourcils.

— Ce n'est pas eux qui ont fait Jade Empire ?

— Oui, entre autres.

— Mon fils joue à ce jeu. C'est votre femme qui l'a créé ?

— Non.

Rebecca regarda Colton, puis déclara :

— C'est troublant, vous ne trouvez pas ?

— Quoi donc ?

— Colton jouait à Jade Empire avant notre départ. Et voilà que je parle à quelqu'un dont la femme travaillait pour cette entreprise. Je trouve ça bizarre.

Elle se mettait à divaguer. Tout était bon pour le garder en ligne.

Marcus eut un petit rire.

— J'imagine que c'est bizarre, en effet. Le monde est petit.

— C'est bien vrai.

Pause.

— Alors vous êtes opérateur aux urgences.

— En effet.

— Un super-héros.

— Pardon ?

Elle sourit.

— Un super-héros des urgences.

Elle l'entendit s'esclaffer, un bruit plaisant.

— Vous êtes en train de m'imaginer en collant avec une cape, pas vrai ? demanda-t-il. Avec « 911 » en lettres de feu sur la poitrine ?

— Quelque chose dans ce genre. Parlez-moi encore de votre femme. Comment vous étiez-vous rencontrés ?

— Nous avons commencé à sortir ensemble au lycée. Ce qui prouve que les contraires s'attirent vraiment. Jane était une passionnée d'ordinateurs introvertie, une fille menue comme un elfe, elle mesurait à peine 1,50 m. J'étais le voyou rebelle qui la dominait du haut de ses 1,83 m.

— Elle a dû se sentir vraiment protégée.

— Sans doute.

— Qu'avez-vous fait après le bac ?

— Nous avons trouvé un petit appartement près de l'université d'Alberta et emménagé ensemble – afin d'économiser de l'argent pour notre mariage cinq ans plus tard, une fois que j'aurais bien entamé mes études médicales et que je pourrais entretenir une épouse.

— Un projet qui paraît sain.

— C'est aussi ce que je pensais. Mais même le projet le plus solide peut rencontrer des obstacles.

Quelqu'un dit quelque chose à Marcus, mais elle ne distingua pas quoi.

— Je dois raccrocher maintenant, annonça-t-il.

La terreur s'infiltra en elle.

— Vous ne pouvez pas rester quelques minutes de plus ?

— Désolé. Je rappellerai dans dix minutes, cette fois.

— Marcus, j'entends de l'eau qui coule. Vraiment très près d'ici. Vous croyez que nous sommes dans l'eau ?

— Y en a-t-il sur le plancher ?

Elle baissa les yeux.

— Non.

— Si vous voyez de l'eau sur le plancher, appelez-moi. Je dois y aller, maintenant.

— Ça va paraître interminable, gémit-elle.

— Je sais. Mais j'appellerai. Je vous le promets. Avant de raccrocher, j'ai une dernière question. Est-ce que votre mari ou une autre de vos connaissances possède un camion du type de celui qui vous a percutée ?

— Non.

Ils raccrochèrent.

Il lui fallut une minute pour saisir la dernière question de Marcus. *Wesley ?*

— Ils ne sont toujours pas là ? demanda Colton.

— Pas tout à fait.

— Pourquoi riais-tu ?

— Le monsieur des urgences a dit quelque chose de drôle.

— Quand tu l'as traité de super-héros.

Elle sourit à son fils par-dessus son épaule.

— Il va contribuer à nous sauver. Ça fait de lui un super-héros à mes yeux.

— Tu es vraiment nulle, maman.

Elle rit.

— Peut-être. Mais tu m'aimes quand même.

Colton sourit. À côté de lui, Ella remua.

— Je crois qu'elle se réveille, maman.

Rebecca se tordit le cou pour la voir.

— Ella ? Ella, chérie. C'est l'heure de se réveiller.

Ella gémit doucement.

— Elle est encore un peu froide, mais elle n'a plus la respiration aussi sifflante, dit Colton.

— Merci, chéri. Tu te débrouilles vraiment bien pour t'occuper d'Ella.

— Ella-Bella, dit-il d'une voix triste.

Elle le vit tendre le bras et caresser le visage de sa sœur. Colton était un grand frère protecteur. Quand il voulait. Quand elle avait besoin qu'il le soit. Malgré leur rivalité, ses enfants s'aimaient, et Rebecca ne pouvait pas en demander davantage.

Elle ferma les yeux. Elle était totalement épuisée.

— Maman, tu veux de l'eau ?

— Avec plaisir.

Il lui passa une bouteille en plastique. Elle but une gorgée et la lui rendit.

Elle ferma à nouveau les yeux. La fatigue décuplait son imagination.

Ils naviguaient le long des côtes de Californie du Sud. Le bateau tanguait et roulait doucement. Haut... bas... haut. Elle sentait presque le vent tiède. Et les embruns frais sur son visage.

Elle dérivait sur l'océan.

Chapitre 15

— Qu'est-ce que vous êtes en train de faire ?

Shipley se tenait près du bureau de Marcus, la bouche plissée par une moue furieuse.

— J'aide une victime d'accident à rester calme.

— Vous lui avez donné votre nom et des détails personnels. Ce n'est pas très professionnel.

Marcus serra les poings. Il n'avait jamais eu une telle envie de frapper quelqu'un.

— Vous voulez que je sois professionnel ? Rebecca Kingston est enfermée dans sa voiture avec ses deux enfants. Elle est coincée derrière le volant, pour l'amour du ciel. Son fils a peut-être une jambe cassée et il ne peut pas bouger. Sa fille est asthmatique et inconsciente. Et pour couronner le tout, absolument personne n'a la moindre idée d'où ils se trouvent. Oui, je vais me montrer professionnel. Je ne vous frapperai pas. C'est dire à quel point je vais être professionnel.

— Vous me menacez ?

— Laissez tomber, Pete. Il y a un temps pour être professionnel et un temps pour être humain.

Il fronça les sourcils à l'adresse de Shipley.

— Mais vous ne savez rien de cette dernière option, pas vrai ?

Il se leva et Shipley recula.

Leo fit un pas en avant.

— Marcus…

— J'ai besoin d'un café. Je vais dans la salle de repos.

Il foudroya Shipley du regard.

— Oui, je sais que cette pause n'est pas prévue. Ne soyez plus là quand je reviendrai.

Shipley haussa les épaules.

— Ce n'est pas fini, Taylor. Vous avez franchi la ligne rouge, là.

Marcus pivota sur ses talons.

— Non. C'est vous qui l'avez franchie quand vous avez décidé d'interférer dans mon appel. Nous avons des ressources limitées. Nous sommes dans une situation d'extrême urgence. Pas de services médicaux, pas de pompiers, pas le moindre véhicule de secours et une seule voiture de patrouille. Même STARS est occupé, alors pas d'hélicoptère. L'heure tourne. Si nous ne trouvons pas Rebecca, Colton et Ella rapidement, ce ne sera pas une opération de sauvetage, mais une opération de récupération des corps.

Là-dessus, il partit en direction de la salle de repos. Leo trottina derrière lui sans rien dire.

Marcus prit un mug, le remplit de café et but une longue gorgée avant de se rendre compte qu'il avait oublié d'ajouter crème et sucre. Il alla au réfrigérateur et en sortit la crème. Ses mains tremblaient tellement qu'il en renversa la moitié sur le plan de travail.

— Il faut que tu te calmes, dit Leo.

— Ce type est un abruti. Pourquoi travaille-t-il ici ? Il ne se préoccupe de personne d'autre que lui-même.

— Ce n'est pas vrai, dit une voix.

Marcus se retourna et vit Carol dans l'encadrement de la porte.

— Vous n'avez pas entendu ce qui est arrivé à sa femme ? demanda-t-elle.

Marcus et Leo secouèrent la tête.

Carol prit un chiffon et se mit à nettoyer le plan de travail. Au bout d'une minute, elle déclara :

— La femme de Peter Shipley a été tuée il y a sept ans. Juste avant Noël.

— Ça n'explique pas pourquoi il me déteste tant.

— Marcus, dit Carol en lui tendant un mug propre, sa femme s'est fait tirer dessus lors d'un cambriolage dans une supérette. L'homme qui l'a tuée cherchait de l'argent. Pour s'acheter de la drogue.

Elle lui adressa un regard appuyé.

Marcus cilla.

— C'était un drogué.

— Oui.

— Eh bien, ça explique pourquoi le radar de Shipley est braqué sur Marcus, dit Leo.

— Je m'étonne que vous ne l'ayez pas su, dit Carol.

Elle quitta la salle de repos aussi discrètement qu'elle était entrée.

— Tu n'étais pas au courant, pour la femme de Shipley ? demanda Marcus à Leo.

— J'avais entendu des rumeurs.

— Pourquoi tu ne me l'as jamais dit ?

Leo haussa les épaules.

— J'imagine que le sujet n'est jamais venu dans la conversation.

— Parce que j'étais toujours trop occupé à lui rendre sa haine.

— Ce n'est pas le moment de s'inquiéter de Shipley. Tu auras tout le temps de penser à lui plus tard.

Leo fit un geste en direction de la porte.

— On devrait retourner à nos bureaux.

— C'est quand même un abruti.

— Je suis d'accord.

— Tu fronces les sourcils, Leo. Pourquoi ?

— Je ne t'ai jamais vu te mettre dans un tel état pour un appel.

— Quelqu'un a essayé de tuer une femme et ses gosses. Elle fait de son mieux pour rester calme. Elle ne peut même pas les serrer dans ses bras à l'heure qu'il est.

— J'ai du mal à imaginer ce qu'elle ressent, dit Leo.

— Moi pas. Je sais exactement comment elle se sent. Désespérée. Seule.

— Alors tu as fait de ton mieux pour l'aider, lui donner de l'espoir et faire en sorte qu'elle se sente moins seule. Il n'y a pas de mal à ça.

— Dis-le à Titanic.

Leo tapota le bras de Marcus.

— Ils la trouveront à temps.

— Je l'espère.

— En attendant, on a du travail.

Marcus passa dans le couloir, puis s'arrêta.

— Tu as essayé le portable du mari ?

— Oui, pas de réponse.

— Rebecca m'a dit qu'ils étaient séparés et qu'il était parti à Fort McMurray pour un entretien d'embauche.

Le front de Marcus se plissa.

— Qu'est-ce qui ne va pas ?

— Je n'arrête pas de penser à ce camion, celui qui l'a percutée. Il l'a fait sortir de la route intentionnellement. Quelqu'un voulait tuer Rebecca. Je n'arrive pas à me faire à l'idée que quelqu'un soit dénué de cœur au point d'essayer de tuer une femme et ses deux enfants.

— Il y a beaucoup de gens mauvais dans le monde, Marcus.

— Je sais. Mais quand même… il est prêt à tuer deux enfants. Ça fait de lui un monstre.

— Je sais à quoi tu penses.

— Vraiment ?

— Tu te demandes si le mari a quelque chose à voir là-dedans.

— Eh bien, il est parti pour affaires, comme par hasard, au moment même où quelqu'un essaie de tuer sa femme.

— Est-ce qu'il a un camion ?

— Sa femme dit que non.

Il s'engagea dans le couloir.

— Mais peut-être qu'il en a loué un. Vérifions ça.

Leo le suivit jusqu'à son bureau.

— Tu sais, si on a raison et que le mari a tenté de la tuer, il n'en a peut-être pas terminé. On devrait sans doute parler à quelqu'un de notre théorie.

— Pas à Titanic.

Marcus se mordilla la lèvre, réfléchissant.

— Je vais appeler John Zur. C'est un ami inspecteur, un type bien.

— Tu sais qu'on enfreint une centaine de règles, là.

— Pourquoi s'en tenir là, Leo ? Visons la cent unième.

Il composa le numéro. Quand Zur décrocha, Marcus lui parla de Rebecca Kingston et du mystérieux camion.

— Je me demande si le mari, qui comme par hasard a quitté la ville, est impliqué dans ce délit de fuite.

— Je suis sur la route, dit Zur. On m'a appelé sur le site de l'incendie à Hinton. Circonstances suspectes. Mais je vais appeler le poste et informer le capitaine à propos du mari.

— J'espérais que vous pourriez enquêter un peu sur lui.

— Je vais faire mon possible, mais nous sommes débordés pour le moment. Ça doit être une fichue pleine lune. Il se passe trop de choses ce soir.

— Je comprends.

— Est-ce qu'ils ont trouvé la femme ?

— Pas encore.

Il y eut un silence.

— Je suis sûr qu'ils la retrouveront.

— Et s'ils ne la trouvent pas à temps, John ? On n'a qu'un véhicule de police à sa recherche sur une bonne étendue d'autoroute. C'est tout. Et Rebecca et Colton sont blessés. Sa fille, Ella, est asthmatique.

— Marcus.

Il y avait un avertissement dans la voix de Zur.

— Restez concentré et objectif.

— Je suis concentré. Je veux trouver cette femme et ses enfants. C'est mon objectif.

— Ne vous investissez pas émotionnellement.

— Comment diable puis-je éviter ça ?

Zur eut un petit rire.

— Je vous entends. Croyez-moi, ce n'est pas facile. Je lutte contre ça tous les jours. Au bout du compte, on doit se rappeler que ce sont des affaires. Et que nous ne sommes rien de plus qu'une solution temporaire au problème, quel qu'il soit. Finalement, ils reprennent leur existence et nous reprenons la nôtre.

— Je pense que ce Wesley Kingston pourrait constituer un danger pour sa femme.

— On va enquêter sur lui, Marcus. C'est moi qui le ferai. On m'a chargé de l'affaire.

Zur soupira.

— Vous savez aussi bien que moi que le conjoint est généralement notre premier suspect. Tant que nous n'aurons pas éliminé le mari de la liste, nous le tiendrons à l'œil.

— Faites-le, John.

— Écoutez, je vous appellerai si j'entends dire quoi que ce soit concernant Kingston.

— J'attends de vos nouvelles.

Marcus le salua et raccrocha.

Quelques minutes plus tard, Leo tapota sur son bureau.

— Je n'ai rien. Aucun autre véhicule n'est au nom de Wesley Kingston, sauf un SUV. Une Buick

Rendezvous. Tu es sûr qu'elle a vu un camion ? Un SUV est assez massif pour faire d'importants dégâts.

Marcus secoua la tête.

— Elle a vu un camion avec des projecteurs de chasse.

— Peut-être qu'il l'a loué.

— Nous ne sommes pas sûrs à cent pour cent qu'il s'agisse du mari.

— Il faut que tu en apprennes plus sur elle. Où travaille-t-elle ?

— Je ne sais pas.

Marcus lui adressa un regard morne.

— Je n'ai pas demandé. Où en sommes-nous concernant les véhicules de secours ?

— Rien n'a changé.

— Merde.

Marcus se leva d'un bond et se mit à faire les cent pas devant son box. Il regarda sa montre. Le temps passait, chaque seconde s'écoulant avec une précision implacable.

— Il faut que je fasse quelque chose, Leo.

— Tu fais quelque chose. Ton travail.

— J'emmerde le travail.

Par-dessus son épaule, il repéra Shipley adossé à l'encadrement de la porte de son bureau comme s'il n'avait pas le moindre souci.

— Un problème, Taylor ? lança Shipley.

Marcus l'ignora et retourna s'asseoir. Puis il décrocha le téléphone et composa un numéro.

— John, des nouvelles de Rebecca Kingston ?

— Nous la cherchons toujours, dit Zur. Nous aurons peut-être quelques véhicules de libres dans environ une heure.

— Une heure, ce sera trop tard.

Marcus ignorait comment il savait cela, mais il le savait.

— Si nous avions plus d'hommes, nous enverrions

quelqu'un dans une autre voiture, ajouta Zur. Désolé, Marcus. C'est une situation d'alerte rouge. Aucun service d'urgence n'est disponible. Nous faisons de notre mieux.

— Et le camion qui l'a fait sortir de la route ? Quelqu'un l'a vu, l'a signalé ?

— Nous n'avons aucun rapport de témoin oculaire. Son mari n'a jamais loué de camion. Du moins, pas à son nom.

— Et vous n'avez toujours pas pu le joindre ?

— Non. Kingston ne répond pas.

— C'est bien commode.

— Écoutez, dès que j'apprends quelque chose, je vous appelle.

Marcus vérifia l'heure à sa montre.

— Appelez sur mon portable.

— C'est ce que je ferai.

Dès que Marcus eut raccroché, Leo lui donna un coup de coude et lui passa une feuille de papier.

— C'est l'heure où il s'est mis à pleuvoir sur la région ? demanda Marcus.

— Ouais.

— Alors si elle avait passé Edson depuis une demi-heure, ça la placerait par ici.

Marcus indiqua un endroit de l'autoroute 47 sur la carte affichée à l'écran. Il consulta le papier que lui avait donné Leo.

— Il s'est mis à pleuvoir à peu près là.

— Combien de temps a-t-elle conduit sous la pluie ?

— Peut-être quinze ou vingt minutes. Mais elle a été obligée de quitter l'autoroute, et nous ne savons pas combien de temps elle est restée inconsciente avant de nous appeler.

Il se livra à un calcul approximatif.

— Ça la situerait quelque part dans cette zone.

Il dessina du doigt un cercle autour d'une portion de

la carte.

— La rivière McLeod passe près de cette portion de l'autoroute, dit Leo. Et elle a plusieurs affluents. C'est peut-être ça qu'elle a entendu. La rivière.

— Au moins, maintenant, on sait où chercher.

Marcus s'écarta du bureau, se leva et attrapa sa veste sur le dossier de la chaise.

— Qu'est-ce que tu fais ?

— La seule chose que je puisse faire. Je vais les chercher.

— Marcus ! siffla Leo. Tu es fou ? Tu ne peux pas partir comme ça.

— C'est ce qu'on va voir.

Il tapota l'épaule de Leo.

— Écoute, ma journée est presque finie. On a des ressources limitées et personne d'autre ne peut aller à sa recherche. Nous savons qu'elle n'est pas loin d'ici.

Il alla à la fenêtre et regarda dehors.

— La pluie s'est presque arrêtée. Je verrai peut-être à quel endroit elle est sortie de l'autoroute.

— Et Shipley ? Tu sais qu'il va être furax.

— Je m'occuperai de lui plus tard. Pour le moment, on a une mère et deux enfants qui comptent sur nous. Nous sommes leur seul espoir, et je ne peux pas rester assis à attendre que des véhicules d'urgence soient disponibles quand je sais qu'elle est peut-être à vingt minutes d'ici.

— Elle a dit au moins une demi-heure d'Edson.

Marcus sourit.

— Pas à l'allure à laquelle je conduis.

— Fais attention, mon gars. Je ferai mon possible de mon côté pour calmer le jeu.

— Surtout, reste à côté du téléphone.

Marcus se dirigea vers la porte, non sans avoir jeté un coup d'œil en direction du bureau de Shipley. Ce dernier n'était visible nulle part. *Enfin un peu de chance.*

— S'il te dit quoi que ce soit, n'oublie pas de

mentionner que c'était mon idée et que tu as essayé de m'arrêter.

— Attends !

Leo se précipita dans le couloir et passa la porte donnant sur l'escalier. Il revint quelques minutes plus tard, le visage rouge, haletant. Il avait entre les mains un nécessaire d'urgence et deux bouteilles d'oxygène.

— J'ai emprunté les recycleurs dans la salle de formation, dit-il entre deux souffles. Tu pourrais en avoir besoin.

— Emprunté ? Tu sais qu'ils servent à la formation d'infirmier. Shipley sera furieux.

Leo haussa les épaules.

— Tu n'as qu'à les rapporter avant que Titanic ne remarque qu'elles ont disparu.

— Merci, Leo.

— Ne me remercie pas encore. Je devrai peut-être cracher le morceau, et tu n'auras peut-être plus d'emploi en revenant.

— Il y en a d'autres.

Étrange. Pour la première fois, Marcus se sentait libéré à l'idée de changer de métier. Bien sûr, il y avait une petite chance qu'il puisse redevenir infirmier une fois qu'il aurait renoncé aux drogues et terminé sa période de probation. Mais le voulait-il vraiment ? Il n'en était plus sûr.

Leo le suivit dans le couloir.

— Appelle-moi dès que tu les auras trouvés. Au fait, Marcus ?

Il hésita et se mordit la lèvre inférieure.

— Accouche, Leo !

— Tu sais que ça ne fait pas partie de ton travail.

— Je sais.

— Tu ne les trouveras peut-être pas à temps. Ils ne s'en sortiront peut-être pas tous. Tu es préparé à ça ?

— Je n'échouerai pas, Leo. Pas cette fois.

— Marcus...

— C'est drôle comme la boucle est bouclée. La fatalité ?

Leo grogna.

— Ou la destinée. Va les chercher.

Marcus sortit en courant du centre avec deux idées en tête. La première : il allait trouver Rebecca et ses enfants. La deuxième : il les sortirait de là – *vivants*.

Chapitre 16

Rebecca ouvrit lentement les yeux, clignant plusieurs fois des paupières pour éclaircir sa vision. Elle fut assaillie par des images de l'accident, Ella inconsciente à l'arrière, Colton avec sa jambe coincée entre les sièges.

Elle sentait son front tendu. Elle le toucha. Du sang séché. Au moins, c'était bon signe.

Elle inspira prudemment et se crispa quand une douleur semblable à un coup de poignard lui traversa les côtes. Cassées, sans aucun doute. Elle se demanda combien de temps elle pouvait rester consciente.

Et si je meurs ici, avec Ella et Colton sur le siège arrière ? Elle secoua la tête. *Non ! Je ne peux pas avoir ce genre d'idée.*

— Maman, tu es réveillée ?

— Oui, Colton.

— J'avais peur que tu ne te réveilles pas.

Elle entendait sa voix trembler.

— Tu n'as pas laissé tomber le téléphone ?

Elle eut un moment de panique en croyant que si,

mais elle trouva son portable calé entre sa poitrine et le volant.

— Non, je l'ai.

Dieu merci !

Elle jeta un coup d'œil à l'appareil. L'homme des urgences devait l'appeler bientôt.

Marcus.

Elle songea à sa voix, apaisante et réconfortante. Il y avait de la bonté dans cette voix. Et autre chose. De la tristesse. Sa femme était morte. Son fils aussi. *Comment s'appelaient-ils ? Jane et… Ryan.*

Cela la fit penser à Wesley. Elle ouvrit le téléphone et composa son numéro. Pas de réponse. S'il était encore sur la route, il ne décrocherait pas.

Elle laissa un message. « Wesley, nous avons eu un accident de voiture. Ella et Colton vont bien, je crois. J'ai appelé les urgences. Ils sont à notre recherche. » Elle vérifia la batterie. « Je ne pourrai pas te rappeler. Ma batterie est trop faible. Je t'appellerai quand nous serons en sécurité. » Elle raccrocha.

— On va venir à notre secours, hein, maman ?

Elle pressa le téléphone contre sa joue.

— Oui, chéri. Bientôt.

Le téléphone sonna.

— Marcus ?

— Oui, c'est moi. Comment allez-vous ?

— Pareil.

Elle baissa la voix.

— Je suis sûre de m'être cassé plusieurs côtes, et j'ai peur d'avoir subi des dégâts internes.

— Nous essayons de localiser d'autres véhicules pour vous rechercher.

Sa voix était tendue.

— Je suis désolé, Rebecca.

— Pourquoi êtes-vous désolé ? Vous n'avez rien fait.

— Je me sens quelque peu impuissant, là.

Elle se mordit la lèvre.

— Vous pensez à votre femme, n'est-ce pas ?

Pause.

— Oui.

— Et à votre fils.

— Ryan. C'était un brave gosse.

— Je parie que vous étiez un bon père.

— J'ai essayé. Nous avions eu du mal à obtenir une grossesse. Ryan était un cadeau.

Il lui raconta comment, pendant la deuxième année de ses études d'infirmier, Jane était tombée enceinte. Sans hésiter, il avait arrêté la formation (à la consternation de ses parents) et trouvé un travail comme laborantin. Puis il avait épousé Jane dans l'intimité, le service avait eu lieu dans le jardin de ses parents. Enceinte de quatre mois, Jane avait fait une fausse couche.

— C'est affreux, dit Rebecca. Je suis vraiment désolée.

— Je me suis noyé dans le travail, pendant que Jane récupérait. Nous avons essayé pendant trois ans, je pensais que ça n'arriverait jamais.

— Et c'est arrivé.

— Oui. Ryan est né et tout a changé.

— Les enfants ont cet effet sur vous, pas vrai ?

— Écoutez, Rebecca, pendant que nous vous recherchons, nous avons besoin d'un maximum d'informations concernant le délit de fuite. Edmonton va envoyer plusieurs voitures de patrouille pour nous aider à retrouver ce camion.

— De quoi avez-vous besoin ?

— Connaissez-vous quelqu'un qui soit capable de vous infliger ça ? Quelqu'un que vous auriez contrarié ou énervé ?

— Je devrais être offensée que vous me pensiez susceptible d'avoir de tels ennemis, mais je me suis posé la même question. Honnêtement, je ne vois personne qui essaierait de me faire sortir de la route.

— Vous avez mentionné que votre mari et vous étiez séparés. Comment cela s'est-il passé ?

— Aussi bien que possible, j'imagine. Nous ne sommes pas ennemis, si c'est ce que vous pensez. Wesley a un sacré caractère, c'est sûr. Mais il ne ferait jamais une chose pareille.

Un soupçon de doute la traversa.

— Surtout pas à ses enfants.

— Vous m'avez dit qu'il était à Fort McMurray. Quand est-il parti ?

— Je ne sais pas trop. Nous sommes censés nous voir à son retour, pour discuter de certaines choses. Du divorce.

— Et il est d'accord pour couper les ponts ?

Rebecca inspira légèrement.

— Je ne lui ai pas dit que j'avais déjà enclenché la procédure de divorce.

— Mais il s'y attend, n'est-ce pas ?

— Je pense. Mais parfois, je me dis que Wesley veut toujours qu'on se remette ensemble.

— Et vous ?

— Mon mariage est terminé. Il l'est depuis un moment. J'ai besoin de passer à autre chose. Wesley aussi.

— Savez-vous où il loge à Fort McMurray ?

Son cœur se serra.

— Non. Mince, je ne lui ai pas demandé.

— Est-ce que votre mari a accès à de gros camions, peut-être celui d'un ami ?

— Non. Je vous le dis, Wesley n'a rien à voir là-dedans.

— Sans doute pas. Mais la police voudra examiner tous les détails.

Elle l'entendit se racler la gorge.

— Parlez-moi de votre couple.

— Que voulez-vous savoir ? Nous nous sommes

mariés, avons eu deux enfants, un travail prenant, une vie prenante, nous nous sommes éloignés et voilà où nous en sommes.

— Vous a-t-il jamais menacée ?

Elle déglutit avec peine.

— Ce n'est pas quelqu'un d'horrible. Pas vraiment.

— Rebecca, j'ai besoin que vous soyez honnête. Vous a-t-il jamais blessée physiquement ?

Elle regarda par-dessus son épaule en direction de Colton. Il l'écoutait avec attention.

— Oui, mais je ne peux pas entrer dans les détails. Vous comprenez ?

— Oui. Donc, vous dites que votre mari vous maltraitait physiquement.

— Oui.

— Verbalement ?

— Parfois.

— Sexuellement ?

— Non.

— A-t-il abusé d'Ella ou de Colton ?

— Non ! dit-elle, un peu trop fort. Je ne l'aurais jamais laissé faire. C'est une des raisons pour lesquelles je veux divorcer.

— Vous avez peur pour vos enfants ?

Elle soupira.

— Wesley n'est pas si mauvais. Il a des côtés très attachants. C'est pour cela que je suis tombée amoureuse et l'ai épousé. Mais il a des problèmes. Et pas seulement ceux dont nous venons de parler.

Elle se couvrit la bouche d'une main et murmura :

— Des problèmes de jeu.

— Connaissez-vous des difficultés financières à cause de cela ?

— Certaines. Il a beaucoup perdu cette année, alors nos fonds sont un peu à plat.

— Faillite personnelle ?

— Non, pas encore. Et, je l'espère, jamais. Il a

obtenu un petit prêt de son père.

— Que faites-vous dans la vie, Rebecca ?

— Je travaille chez Alberta Cable. Je suis représentante du service clients. Mon emploi est stable, ce qui est une bonne chose.

— Vous rappelez-vous quoi que ce soit d'autre concernant le camion qui vous a percutée ?

Sa question la prit par surprise. La conversation avait pris un tour qui lui avait fait oublier le danger.

— Rien de nouveau.

— Et la route que vous avez prise pour sortir de l'autoroute ? Y avait-il quelque chose ? Même le plus petit détail pourrait nous aider à repérer votre emplacement.

Elle ferma les yeux et visualisa la route qu'elle avait empruntée, mais rien de particulier ne lui venait à l'esprit.

— La route était découverte au début. Pas grand-chose autour, à part des champs. Puis quelques secondes plus tard, il y avait des arbres et des buissons des deux côtés.

Quelque chose titilla sa mémoire. Puis disparut.

— Si quelque chose vous revient, dit Marcus, appelez immédiatement le 911. N'attendez pas mon appel.

— D'accord.

— Est-ce qu'Ella est réveillée ?

— Non.

Elle se retourna prudemment.

— Colton, vois où en est Ella.

Quelques secondes s'écoulèrent, puis Colton déclara :

— Elle est de nouveau froide.

— Ella est froide, dit-elle au téléphone. Nous n'avons rien d'autre pour la réchauffer.

— Mince, marmonna Marcus.

Elle baissa les yeux vers le téléphone.

— Et nous avons un autre problème.

— Lequel ?

— La batterie de mon téléphone en est à une demi-barre.

Il y eut un long silence au bout du fil.

— Marcus ?

— Je suis là.

Elle l'entendit inspirer profondément.

— Il faut qu'on économise cette batterie ; nous allons devoir raccrocher.

Elle réprima un sanglot. Cet homme, cet inconnu, était son seul lien avec le monde extérieur. *C'est peut-être la dernière voix que j'entendrai.*

— Attendez ! dit-elle. Vous allez rappeler dans dix minutes ?

— Oui, mais nous serons brefs.

Clic.

Chapitre 17

La pluie battante avait cessé, mais les routes étaient encore mouillées et des flaques sur l'autoroute ralentissaient le SUV de Marcus. Un vent violent s'était étendu sur la région, et il le sentait presser contre son véhicule. Il était au volant depuis environ cinq minutes quand il composa le numéro de Rebecca sur son appareil Bluetooth. La sonnerie retentit quatre fois avant qu'elle décroche. Mauvais signe.

— Désolé d'avoir mis si longtemps à rappeler, dit-il.

— J'imagine que vous êtes très occupé, répondit Rebecca.

Il parcourut du regard l'habitacle du SUV. *Ouais, je suis occupé.*

— Comment allez-vous ?

— Pas très bien.

— Qu'est-ce qui ne va pas ?

Il l'entendit soupirer.

— J'ai la tête qui tourne… j'ai sommeil.

— Ne vous endormez pas, Rebecca. Vous devez

rester éveillée. Restez en ligne.

Il serra le volant au point que ses phalanges blanchirent.

— Je vais essayer de reculer hors des arbres. Je retrouverai peut-être la route ou l'autoroute.

Il attendit, écoutant le bruit de sa respiration et du moteur qu'elle faisait tourner.

— J'ai reculé, dit-elle, d'environ trois mètres. Mais il y a un autre problème. Un de mes phares est cassé et l'autre est si faible que je ne vois pas à plus d'un mètre devant moi.

— Mettez-la au point mort. Ne cherchez pas à retourner sur la route. C'est trop dangereux si vous ne voyez pas où vous allez. Vous ne voulez surtout pas conduire à l'aveuglette.

Elle baissa la voix.

— J'ai essayé de tourner un peu le volant, mais il est tellement serré contre moi que c'était une véritable torture.

— Vous vous en êtes bien sortie, Rebecca. Prenez une pause. Reposez-vous.

— Au moins, j'ai eu une poussée d'adrénaline, dit-elle avec un petit rire. Je suis réveillée maintenant.

— C'est bien. Écoutez… Je dois y aller. Mais je continuerai d'appeler toutes les cinq minutes environ. D'accord ?

— D'accord.

— Je sais que vous avez peur, mais vous devez être courageuse pour Colton et Ella. Vous pouvez faire ça ?

— Je vais essayer.

Il tapota l'écran du GPS et afficha une carte de la région. Elle pouvait se trouver n'importe où.

— Il faudrait que vous vous souveniez de quelques points de repère.

— Je ne me rappelle rien de particulier. Il pleuvait trop et il faisait noir dehors.

— Parfois, nous croyons ne pas nous souvenir, mais

le souvenir est là, derrière un voile. Alors réfléchissez, Rebecca. Vous avez quitté votre domicile et emprunté l'autoroute en direction de Cadomin.

— Oui. Je voulais emmener les enfants voir la caverne.

Sa voix se brisa.

— Vous êtes-vous arrêtée sur l'autoroute pour prendre de l'essence ?

— Non. J'avais fait le plein plus tôt.

— Vous êtes-vous arrêtée pour aller aux toilettes ou acheter à manger ?

— Oui, un arrêt à Edson. Les enfants avaient besoin d'aller aux toilettes. Nous y sommes restés moins de dix minutes. Puis nous avons repris l'autoroute vers le sud, vers Cadomin.

— Combien de temps avez-vous roulé avant de remarquer le camion derrière vous ?

— Je ne sais pas trop. Je crois que j'étais sur la route depuis environ dix minutes, mais ça faisait peut-être plus longtemps. Une fois qu'il s'est mis à tomber des cordes, je n'ai plus remarqué l'heure. J'étais trop occupée à me concentrer sur la route.

— Écoutez, Rebecca, je crois que nous pouvons localiser votre emplacement.

— Oh mon Dieu… je vous en prie, aidez-nous.

Elle sanglota.

— J'y travaille. Combien de temps avez-vous roulé sous la pluie ?

— Je n'en ai pas la moindre idée. Peut-être quinze ou vingt minutes.

— Vous vous en sortez très bien. Mais je dois y aller, maintenant. Je vais…

— Attendez ! s'écria-t-elle, paniquée. Il est revenu !

— Quoi ?

— Je vois des phares derrière nous, sanglota-t-elle. Il vient sur nous, Marcus. Je démarre.

— Rebecca, essayez de rester calme. Il pourrait

s'agir de quelqu'un qui…

Il entendit le moteur de sa voiture rugir.

— Je ne peux pas le semer, s'écria Rebecca.

Marcus se recroquevilla en entendant le grincement du métal contre le métal.

— Rebecca ?

Elle poussa un hurlement.

— Nous tombons d'une falaise ! Mar…

Silence.

— Rebecca ?

Pas de réponse.

— Rebecca !

Plus personne au bout du fil.

Il appela Leo sur sa ligne directe au centre.

— Le salopard n'est pas parti, Leo.

— Quoi ?

— Il a encore embouti la voiture. Rebecca vient de me dire qu'il avait poussé sa voiture par-dessus une falaise.

— Mais il n'y a pas de falaise dans la région.

— Je sais. Ça n'a pas de sens.

Rien n'en avait.

— Il n'y a pas de falaise, dit Leo d'une voix douce, mais il y a des berges escarpées le long de la rivière McLeod.

Marcus tressaillit.

— La rivière ? Oh merde.

Chapitre 18

Environs de Cadomin, Alberta – vendredi 14 juin 2013, 23 h 56

Le plafonnier était resté allumé, et Rebecca tenta de discerner son environnement. Elle ne voyait rien derrière les vitres, mais devina qu'ils se trouvaient au fond d'un fossé ou d'une carrière. Heureusement, la voiture ne s'était pas retournée, mais ils avaient atterri avec un bruit retentissant. L'avant du véhicule penchait légèrement vers le bas, le volant appuyant plus fort sur ses côtes.

— Est-ce qu'il revient ? s'écria Colton.

Elle prit plusieurs inspirations irrégulières et essaya de calmer son pouls qui s'affolait.

— Non, chéri. Il est parti maintenant.

— Tu es sûre ?

— Oui, Colton. Il ne reviendra pas.

Elle ignorait si c'était la vérité. Tout ce qu'elle voyait dans le rétroviseur était un noir d'encre. Le camion pouvait être toujours là, à attendre.

Elle avait froid, ses doigts et ses orteils étaient engourdis. Elle les agita pour tenter de faire revenir la circulation dans ses mains et ses pieds. Elle essaya de repousser le volant, mais cela ne fit que provoquer des élancements dans sa poitrine et lui donner une sensation nauséeuse.

— Maman, Ella a de nouveau la respiration sifflante, dit Colton derrière elle.

— Donne-lui un autre coup d'inhalateur.

Rebecca avait envie de crier, de pleurer, de se débattre. Toutes les fibres de son être étaient enragées par sa situation. Ses enfants avaient besoin d'elle et elle était impuissante.

— Est-ce que le type des urgences va rappeler bientôt ? demanda Colton.

— Il ne va pas tarder, chéri.

— Tant mieux.

Elle essaya de faire démarrer la voiture, mais le moteur ne répondait plus. Elle secoua la portière, mais cette dernière tint bon.

— Essaie encore d'ouvrir ta portière, Colton.

Elle l'entendit grogner et pousser, et se réprimanda intérieurement pour n'avoir pas fait réparer cette fichue portière.

— Elle refuse de bouger, dit-il.

De temps à autre, la voiture tremblait de façon à peine perceptible. Quelque part dans son esprit embrumé, elle savait que ce n'était pas bon signe, même si cette fois le mouvement avait été plus discret, presque paisible. Par moments, la voiture frissonnait, comme si le sol sous elle avait cédé. Et elle aurait juré entendre un craquement bref.

— J'ai les pieds gelés, dit Colton.

— Essaie de lever ton pied libre derrière mon siège. Tu pourras peut-être le masser pour le réchauffer.

— Maman, je crois que nos bouteilles d'eau se sont répandues par terre.

Elle remua les pieds et entendit des clapotis. Elle baissa les yeux vers le plancher près du frein. *De l'eau.* Elle fit la moue. *Beaucoup trop d'eau.*

C'est alors qu'elle comprit enfin. De l'eau ! La

voiture avait atterri dans l'eau.

La panique monta dans sa poitrine et sa gorge. *Oh, mon Dieu ! La voiture coule !* Un gémissement lui échappa.

— Qu'est-ce qui ne va pas ? demanda Colton d'une voix craintive.

— Rien, mentit-elle, s'efforçant de se rappeler tout ce qu'elle avait pu entendre concernant les véhicules submergés et les moyens de leur échapper. Mes côtes me font un peu mal.

Reste calme. Essaie de ne pas lui laisser voir ce que tu penses. Pas tant qu'il n'a pas besoin de savoir.

Elle alluma son téléphone et composa le 911. Un inconnu décrocha.

— Je dois parler à Marcus, dit-elle en luttant pour ne pas paraître paniquée.

— Rebecca ? dit l'homme. Marcus va vous appeler de son portable.

— Il m'a dit que je devais appeler si…

Elle baissa la voix, priant pour que Colton ne l'entende pas :

— S'il y avait de l'eau sur le plancher de la voiture.

— Et j'imagine qu'il y en a, dit l'homme d'une voix calme.

— Oui.

— Rebecca ? Voilà ce qu'on va faire. Raccrochez. Je vais joindre Marcus et lui dire de vous appeler immédiatement. D'accord ?

— D'accord.

— Et à propos, dit l'inconnu, je m'appelle Leo.

— Merci, Leo.

Elle raccrocha.

Je vous en supplie, Marcus, appelez-moi et dites-moi quoi faire.

Le téléphone sonna.

— Marcus ?

— Je suis là, Rebecca.

— Vous savez, ce à quoi vous m'avez demandé de faire attention ? Il y en a sur le plancher. Et la voiture bouge par intervalles.

— Parlez-moi du mouvement.

— Au départ, c'était occasionnel, mais maintenant c'est constant.

— Décrivez-le.

— C'est comme si nous étions en équilibre sur une bascule. Et de temps à autre, on dirait que nous glissons en avant, et parfois que nous sommes descendus de quelques pouces. C'est probablement mon imagination.

Marcus déglutit avec peine.

— Vous pourriez être accrochés et vous balancer sur une sorte de talus, un petit monticule.

La pensée que la voiture pouvait avoir le nez dans l'eau l'inquiétait.

— N'essayez pas d'ouvrir les portières, dit-il.

Elle gémit.

— Elles refusent de bouger, de toute façon.

— Arrivez-vous à voir si l'eau entre rapidement ?

Elle secoua le pied.

— J'en ai presque jusqu'à la cheville, mais elle n'entre pas à flots.

— Bien. Continuez de me tenir au courant de la hauteur de l'eau. Appelez-moi si elle monte jusqu'à mi-mollet.

Elle frissonna à cette pensée.

— Nous sommes dans une rivière ou un lac, n'est-ce pas ?

— Si vous aviez atterri dans une eau profonde, la voiture coulerait rapidement. Nous savons que vous n'êtes pas loin d'Edson. Vous avez fait merveille pour nous aider à préciser votre emplacement.

— Mais vous ne savez toujours pas exactement où nous sommes.

— Non.

Elle perçut la frustration dans sa voix.

— Comment vont les enfants ?

— Colton est toujours coincé derrière le siège. Ella n'a pratiquement pas bougé.

— Continuez de lui administrer son médicament.

— Qu'arrivera-t-il quand nous serons à court ?

— Nous vous trouverons avant que ça n'arrive.

— J'ai peur, murmura-t-elle en serrant le portable dans sa main.

— Je sais.

— Parlez-moi. J'ai besoin d'une distraction pour ne pas perdre les pédales devant Colton. Pourquoi êtes-vous opérateur des urgences ? Qu'est-ce qui vous a poussé à faire ce travail ?

— Je voulais aider les gens.

— Parce que vous n'avez pas pu aider votre femme et votre fils ?

— J'imagine. Et parce que je ne pouvais pas faire le travail pour lequel j'avais été formé.

— Qu'est-ce que c'était ?

— J'étais infirmier.

— La distance n'est pas très grande entre ce métier et celui que vous faites maintenant.

Elle massa ses doigts glacés.

— Pourquoi avez-vous abandonné ce métier ?

— Je n'ai pas eu le choix.

— Vous avez été viré ? Pourquoi vireraient-ils une bonne personne comme vous ?

Elle entendit un soupir.

— Je n'étais pas une si bonne personne à l'époque. J'ai fait de mauvais choix.

— Quel genre de choix ?

— J'ai eu une blessure à l'épaule suite à un sauvetage en montagne. Mon médecin m'a prescrit des antalgiques puissants. Au bout d'un moment, ils ont cessé de faire effet. Certains soirs, la douleur était insupportable, mais je devais malgré tout faire mon travail.

— Pourquoi n'avez-vous pas pris de congé le temps de guérir ?

— Nous manquions de personnel, et je ne pouvais pas me permettre de m'arrêter.

— Alors vous avez pris des médicaments ? Pourquoi serait-ce un problème s'ils étaient prescrits par un médecin ?

— Quand les médicaments ont cessé d'être efficaces pour contrôler la douleur, j'ai essayé de me faire prescrire un traitement plus fort mais on m'a dit que je ne pourrais pas travailler si je le prenais.

— Vous avez donc essayé d'ignorer la douleur ?

— J'aurais dû. Non, j'ai pris une décision qui n'a cessé de me hanter depuis.

— Quelle décision ?

Elle l'entendit inspirer profondément.

— J'ai pris des médicaments dans la réserve de notre infirmerie.

— Et vous êtes devenu accro, devina-t-elle.

Marcus se racla la gorge.

— Oui.

— Alors ils vous ont viré.

— Ils ont appelé ça une suspension temporaire. Ils m'ont dit que je pouvais trouver un autre emploi le temps de me désintoxiquer. Ensuite, je pourrais revenir aux services médicaux d'urgence. Leo m'a aidé à obtenir un poste au centre.

Elle déglutit.

— Votre femme était au courant de votre addiction ?

— Elle la soupçonnait. Mais elle n'a jamais su à quel point j'étais accro. J'ai essayé de la protéger de cette partie de ma vie.

— Quand votre femme et votre fils ont été tués, étiez-vous… ?

— J'étais en train de me shooter dans une cabane à Cadomin.

Il y avait une telle amertume dans sa voix qu'elle se recroquevilla en l'entendant.

— Je suis sorti de la cabane dès que j'ai appris la nouvelle, mais le temps que j'arrive sur les lieux de l'accident… *il était trop tard.*

Ces quatre derniers mots furent prononcés dans un murmure.

Une larme coula sur la joue de Rebecca et elle l'y laissa, appréciant le soupçon de chaleur qu'elle dégageait avant de s'évaporer.

— Comment sont-ils morts, exactement ?

À peine avait-elle posé la question qu'elle regretta de l'avoir fait.

— La voiture de Jane a glissé sur une plaque de verglas et roulé dans un fossé.

Quelque chose dans sa voix suggérait qu'il ne lui disait pas tout.

— Vous voulez en parler ? Je n'ai rien de mieux à faire que vous écouter.

— Je ne suis pas vraiment censé vous raconter ma vie.

— J'ai besoin d'une distraction, Marcus. Je ne peux pas continuer de penser à l'endroit où je me trouve, où mes enfants se trouvent. Parlez-moi. De n'importe quoi.

— Je m'étais enfui, commença-t-il. J'étais terré dans cette cabane au fond des bois, près de la caverne aux chauves-souris. J'avais convaincu Jane que j'avais besoin de temps pour réfléchir, pour m'éclaircir les idées. J'ai insisté pour prendre une semaine, soi-disant pour aller à la pêche. Mais j'ai menti. J'y suis allé avec de la drogue. J'avais l'intention de rester dans les vapes pour oublier.

— Et l'avez-vous fait ?

— Pendant quatre jours, j'étais complètement stone. Je me suis mis à imaginer des trucs, à voir des choses.

— Quel genre de choses ?

— Des enfants. Dans les bois autour de la cabane.

Ils portaient des pyjamas, même quand il gelait dehors.

— Est-ce qu'ils vous ont dit quoi que ce soit ?

— Pas au début. Mais ils me laissaient des signes de leur présence. D'étranges cadeaux sur le pas de ma porte.

Rebecca frissonna.

— Et tout ça était imaginaire ?

— Sauf les cadeaux. Ils étaient réels. Des fruits, des bonbons… Je ne peux pas l'expliquer.

— Peut-être que quelqu'un vous faisait une blague.

— C'est ce que je me suis dit. Alors j'ai demandé à la propriétaire de la cabane s'il y avait des gamins dans le coin.

— Qu'a-t-elle dit ?

— Elle m'a regardé bizarrement, a secoué la tête et est partie. J'ai pensé qu'elle savait que je prenais de la drogue. Elle s'est sans doute dit que j'avais des hallucinations. Je ne suis pas sûr que ce n'était pas le cas.

— Alors qu'avez-vous fait ?

— La fois suivante où je suis allé faire des courses à Hinton, je suis parti à la recherche d'un dealer dans le parc et j'ai acheté deux cachets de Vicodin. Pour chasser ces visions étranges, c'est ce que je me suis raconté. Je me disais que je retrouverais mon état normal après ça et que je n'aurais besoin de rien d'autre.

— Mais ça n'a pas marché, devina-t-elle.

— En effet. Je continuais de voir ces enfants. Deux jours plus tard, j'ai acheté un flacon d'héroïne et un paquet de seringues à un gamin dans le parc. Je ne me rappelle pas grand-chose. J'ai passé deux jours étendu sur le canapé dans un état d'hébétude. Et puis j'ai reçu l'appel disant que Ryan et Jane avaient eu un accident de voiture. Je suis monté dans la mienne et j'y suis allé. Mais je ne suis pas arrivé à temps.

— Je suis vraiment désolée, Marcus. Je sens que vous les aimiez profondément.

— Ils étaient toute ma vie. Jusqu'à ce que la drogue s'en empare. Ils sont morts à cause de moi.

— Ce n'était pas votre faute, remarqua-t-elle.

— Mais si. Jane avait pris le volant pour me voir, sans doute pour me ramener à la maison.

— Quand bien même…

Elle s'interrompit, cherchant les mots justes.

— Ce n'était pas votre faute. C'était un *accident*. Un horrible tour du destin.

Elle entendit d'autres bruits au bout du fil. Puis un klaxon retentit. *Depuis quand avaient-ils des klaxons dans un immeuble de bureaux ?*

— Marcus, où êtes-vous ?

— Je suis sur l'autoroute.

Elle se sentit immédiatement pleine d'espoir.

— Vous êtes à notre recherche ?

— Oui.

Elle refoula ses larmes.

— Je croyais que vous étiez au centre des urgences.

— Je vous appelle de mon portable, alors tapez simplement *bis* si vous avez besoin de me rappeler.

— Mais vous n'avez pas d'autres personnes à notre recherche ?

— Je vais être honnête avec vous, Rebecca. Nous avons trop de véhicules de secours déjà ailleurs sur le terrain. Quand vous avez appelé, nous en étions à notre dernière voiture de police.

— Non ! s'écria-t-elle, puis elle étouffa un sanglot. Alors en dehors de cette unique voiture de police, personne d'autre ne nous cherche ?

— Si, moi.

Sa voix était ferme cette fois, résolue.

— Je serai bientôt là. Vous devez raccrocher maintenant. Je vous appelle dans cinq minutes.

— Vous êtes vraiment un super-héros, gémit-elle.

Elle raccrocha et glissa le téléphone entre son soutien-gorge et sa peau.

— Colton ? Comment ça va, derrière ?

Pas de réponse.

Elle tendit l'oreille et entendit le bruit familier d'un ronflement régulier. Colton allait bien. Il valait sans doute mieux qu'il dorme. Au moins, il ne sentirait pas le froid.

À propos de froid...

Elle remua les orteils dans ses chaussures. Elle les sentait à peine, de même que le cuir bon marché de son dernier achat chez Payless. Mais elle sentait autre chose : de l'eau sur ses chevilles.

Le plafonnier s'était mis à clignoter comme un stroboscope. Elle ne voulait pas penser à ce qui arriverait une fois que la lumière s'éteindrait et qu'ils seraient plongés dans l'obscurité complète. Cette simple idée la faisait trembler de la tête aux pieds.

Tirant le téléphone de son soutien-gorge, elle en braqua la lampe vers le plancher. Une eau brunâtre et trouble lui couvrait complètement les chevilles.

Si on ne la retrouvait pas rapidement, l'hypothermie s'installerait. Si ce n'était pas déjà fait.

Elle pensa à Colton. Sa jambe était coincée, ce qui signifiait que son pied aussi baignait dans l'eau froide.

Elle braqua son téléphone sur le siège arrière et orienta le rétroviseur de manière à voir son fils. Il avait réussi à trouver son équipement de hockey et avait enveloppé Ella dans un sweat-shirt. Ses jambières et le reste de ses vêtements de sport étaient empilés sur lui, ce qui ne devait pas vraiment le protéger du froid.

— Oh, Colton... Ella... sanglota-t-elle.

L'une des épaulettes de Colton roula à terre.

Marcus lui avait fait promettre de l'appeler si l'eau montait.

Elle tourna la lumière de son portable vers le pare-brise, mais elle ne voyait rien à travers la vitre. Rien que du noir.

Et si nous étions déjà sous l'eau ?

La bile lui monta dans la gorge, et elle lutta pour la refouler. Son estomac se serra, puis se tordit. Empoignant le volant de sa main valide pour garder l'équilibre, elle se pencha le plus possible vers le siège passager et vomit. L'odeur était épouvantable, un mélange d'amertume et de soufre. De peur et de mort.

Elle ouvrit son téléphone, vit le numéro de Marcus et pressa *appeler*.

Chapitre 19

Cela faisait environ vingt minutes que Marcus avait quitté Edson et la pluie avait enfin cessé. Mais toujours aucun signe de la Hyundai de Rebecca. Il n'avait vu aucune empreinte récente menant à l'un des embranchements. Avait-il déjà dépassé l'endroit où Rebecca avait été forcée de sortir de l'autoroute ?

Il était sur le point de faire demi-tour quand un frisson lui parcourut tout le corps. Les poils de ses bras se dressèrent. La sensation le fit penser à la cabane de Cadomin, celle où il avait séjourné avant l'accident de Jane et de Ryan. Celle où il avait vu des enfants fantomatiques dans les bois.

Les phares de son SUV balayèrent quelque chose au milieu de la route.

Il donna un coup sec sur les freins. *Jane ?*

Il cligna des paupières, mais la vision de sa défunte femme demeura. Elle se tenait au milieu de la route, pointant vers l'avant comme pour lui dire de continuer à rouler.

Puis elle s'évanouit.

— Continue ! gronda-t-il.

Il s'occuperait du fantôme de Jane plus tard.

Le téléphone sonna.

— Tout va bien, Rebecca ?

— Oui, si on peut appeler « bien » se trouver coincée dans une voiture dans la rivière.

Il y avait un soupçon d'humour caustique dans son ton de voix, mais l'inquiétude ne tarda pas à percer.

— L'eau monte, Marcus.

Merde ! Ce n'était vraiment pas le moment.

— Est-ce que la voiture bouge toujours ?

— Oui, mais plus autant.

Son mauvais pressentiment empira. Rebecca était sortie de l'autoroute et entrée sous les arbres depuis Dieu savait combien de temps. Il y avait plusieurs lacs dans la région, et la rivière McLeod avec tous ses affluents. La deuxième attaque du mystérieux camionneur avait pu pousser le véhicule de Rebecca dans la rivière.

— Vous êtes sûre de ne rien avoir vu avant de quitter l'autoroute ? demanda-t-il. Quelque chose dans les bois ou le long de la route, peut-être ? Il faut que je trouve à quel endroit vous êtes sortie.

— Je n'ai vu que des arbres. Je ne suis même pas sûre de m'être engagée sur une vraie route. C'était peut-être un fichu sentier, pour ce que j'en sais.

Marcus scruta l'extérieur par la vitre tandis que son SUV filait sur l'autoroute, son regard passant d'un côté à l'autre. Il y avait de nombreux chemins de terre et routes non goudronnées qui menaient dans les buissons des deux côtés. C'était un paysage de cross-country.

— Et Colton ? demanda-t-il brusquement.

— Il dort.

Elle semblait au bord des larmes.

— Il a peut-être vu quelque chose. Vous conduisiez, essayant de voir la route devant vous. Peut-être que lui a vu quelque chose qui vous a échappé. Demandez-lui.

— Colton ? lança-t-elle d'une voix plus ferme.

Réveille-toi, chéri. J'ai une question à te poser. Est-ce que tu as vu quoi que ce soit quand nous avons quitté l'autoroute ?

Marcus ne distingua pas la réponse de Colton.

Quelques secondes plus tard, Rebecca reprit la ligne.

— Il dit qu'il a vu des cochons. Des cochons volants.

Elle eut un sanglot.

— Oh mon Dieu, il a des hallucinations. Je crois que Colton est en état de choc. Je crois que vous arrivez trop tard.

— Ne dites pas ça. Je suis toujours là, je cherche toujours.

— Si vous arrivez trop tard, je veux que vous me promettiez quelque chose.

— Eh, dit-il d'un ton qu'il voulait jovial, on ne va pas faire ça maintenant. Pas question de parler comme ça.

— Marcus, écoutez-moi. Je vous en prie.

Il l'entendit inspirer.

— Si nous ne nous en sortons pas, je ne voudrais pas que vous vous le reprochiez. Vous avez fait tout ce qu'on aurait pu demander et même plus. Le destin, vous vous souvenez ?

— Le destin est une belle saloperie, dit-il en serrant les dents.

— Je suis d'accord. Alors promettez-moi que vous ne vous en voudrez pas.

Marcus jura entre ses dents et cogna le volant du poing. Puis il prit une profonde inspiration.

— Je vous le promets. Pas de reproches.

— Mes pieds sont tellement engourdis que je ne sens pas mes orteils.

Il percevait clairement sa peur.

— Tenez bon, Rebecca. Tenez bon.

— J'ai peur de raccrocher. C'est peut-être la

dernière fois que je vous appelle.

Il entendit à peine ses paroles en discernant un reflet devant lui. Un panneau ! Un panneau dont il avait oublié l'existence. Et gravée dans le bois, l'image de deux robustes cochons ailés.

— Oh mon Dieu, dit-il, euphorique. Des cochons volants.

— Quoi ?

— J'ai trouvé les cochons, Rebecca. Colton n'a pas eu d'hallucination. C'est un panneau au bord de la route indiquant un élevage de cochons. Il a fermé il y a quelques années. Je ne suis pas loin.

Une seconde plus tard, Rebecca déclara :

— Colton dit qu'il a vu les cochons dans le ciel, au-dessus des arbres. Mais ça n'a pas de sens si c'est un panneau au bord de la route.

Elle sanglotait de façon incontrôlable à présent.

— Je crois qu'il y a un panneau sur le bâtiment. C'est sans doute celui qu'il a vu. Tenez bon.

Quelques mètres plus loin, Marcus repéra la route en terre battue qui conduisait à l'élevage. Il l'avait déjà empruntée. Avec Jane. Ils avaient acheté de la viande ici. Si ses souvenirs étaient exacts, la route descendait en sinuant vers la rivière et remontait pour rejoindre l'autoroute environ 1,5 kilomètre plus loin.

— Je sais où vous avez quitté l'autoroute, annonça-t-il. Je vois la route.

— Dépêchez-vous, Marcus ! L'eau monte vers mes genoux.

— Maman ! entendit-il Colton crier. La voiture se remplit d'eau ! Il faut qu'on sorte !

— Je sais, chéri, les secours arrivent, s'écria Rebecca. Marcus ! Aidez-nous !

De profondes ornières creusaient la boue devant lui. Les empreintes de deux véhicules – celui de Rebecca et les pneus larges d'un camion, à grosses bandes.

Marcus enfonça l'accélérateur et fonça sur la route.

Il fit une embardée, évitant de justesse un arbre déraciné qui était tombé en travers du chemin.

— Je suis presque à la ferme. Je vois les empreintes de vos pneus. J'arrive.

Le SUV cahota et le secoua tandis qu'il franchissait la distance à tombeau ouvert.

— Je vois la ferme !

Au-dessus du bâtiment, une girouette argentée était éclairée. Encore les cochons volants.

— Des cochons volants dans le ciel, murmura-t-il.

C'était cela que Colton avait vu.

— Vous nous voyez ? supplia Rebecca. L'eau est montée à mi-mollets.

— Je suis presque arrivé à la rivière.

Au bout du fil, il entendit Colton pleurer.

— Essayez de rester calme.

La voix de Rebecca était terrorisée.

— L'eau entre plus vite, Marcus.

Une trouée entre les arbres, et la rivière apparut sur sa gauche, bouillonnante et tourbillonnante. Mais pas de voiture. Il suivit la route sur la rive du plus vite qu'il put, ses roues cahotant dans des ornières remplies de boue. *Pas le moment de s'embourber !*

Même s'il n'était pas sûr de vraiment croire en un dieu, il se surprit à prier désespérément un être supérieur. *Je t'en prie, fais que j'arrive à temps. Je t'en supplie, mon Dieu.*

Il pressa l'oreillette Bluetooth contre son oreille.

— Rebecca, je suis presque là.

— Il faut que je sorte. Il faut que je fasse sortir mes enfants.

Comme Marcus passait un autre virage, ses phares balayèrent le bas-côté, éclairant la rivière. Toujours rien.

— Rebecca, donnez un coup de klaxon.

Il baissa sa vitre et se pencha à l'extérieur. Dans le lointain, il crut entendre quelque chose.

— Recommencez !

Puis il l'entendit, très nettement.

— Vous êtes devant moi.

— Vraiment ? s'écria Rebecca. Vous nous voyez ?

La première chose qu'il vit fut deux paires de traces dans la boue, conduisant vers la rivière. Il ralentit et remarqua un petit talus escarpé qui bordait la rive. Un arbre massif était creusé d'un sillon sur un côté ; ce qui ne pouvait être que de la peinture rouge avait frotté contre l'écorce.

Il ne lui fallut qu'une seconde pour faire le rapprochement. C'était l'endroit où la voiture de Rebecca avait accroché. Elle avait été poussée au sommet du talus, où elle était restée en équilibre tout en frottant l'arbre qui avait bloqué sa portière.

Il manœuvra le SUV aussi près que possible de façon que les phares éclairent la rive. C'était là que le camion l'avait emboutie une seconde fois, envoyant sa voiture valser en direction de la rivière.

— Je devrais vous voir d'un instant à l'autre, Rebecca.

Il se gara et sauta de son véhicule. Le téléphone dans sa poche et le Bluetooth activé, il s'approcha du bord. Sa lampe de poche balaya les environs. Il y avait un dénivelé d'environ deux mètres cinquante jusqu'à l'eau, et sur sa droite, des marches de ciment descendaient vers une jetée de bois grossier qui s'avançait de six mètres dans la rivière, juste devant lui. Quelque chose, au bout de la jetée, luisait faiblement.

C'était elle – la voiture de Rebecca.

En essayant d'échapper à son poursuivant, elle avait roulé vers la rivière, et le dernier impact du camion avait propulsé son véhicule dans les airs. Après une brève envolée, la Hyundai avait atterri à mi-chemin de la jetée, faisant craquer quelques-unes de ses épaisses planches. Presque un quart du véhicule était maintenant submergé, l'avant plus bas que l'arrière.

Bon sang de bonsoir.

Il ne faudrait pas longtemps pour que la jetée s'effondre complètement et que la voiture glisse sous l'eau. Il était à court de temps – de même que Rebecca et ses enfants.

— Je vois votre voiture, dit-il, le cœur serré.

— Vous êtes là ?

— Vous devriez voir la lumière de ma torche. Derrière vous.

Il l'agita.

— Je vois la lumière. Marcus, je vous en prie, dépêchez-vous.

Un éclair déchira le ciel nocturne. Le tonnerre résonna environ dix secondes plus tard.

— Qu'est-ce que c'était ? cria-t-elle.

— Un autre orage arrive.

Il ne manquait plus qu'une autre averse torrentielle. L'eau montait maintenant presque à mi-hauteur de la vitre du conducteur.

Il lui expliqua rapidement où elle se trouvait et comment la jetée était le seul obstacle qui les empêchait de sombrer.

— Ce qui vient ensuite va être difficile. Il faut que vous soyez extrêmement courageuse et que vous fassiez tout ce que je vous demanderai.

— Je le ferai. Qu'attendez-vous de moi ?

Ouvrant le coffre du SUV, il prit les bouteilles d'oxygène et le nécessaire d'urgence.

— Dites à Colton de faire passer Ella sur ses genoux. Il doit lui garder la tête au-dessus de l'eau.

Il l'entendit répéter ses paroles à Colton.

— Bien. Maintenant, écoutez-moi attentivement. La pression de l'eau à l'extérieur de votre voiture nous empêche d'ouvrir les portières. Vous allez donc tous devoir sortir par les fenêtres.

— Mais l'électricité ne marche plus. Nous ne pouvons pas les baisser.

— Je vais les casser. Une par une. D'abord la vôtre.

— Mais est-ce que ça ne va pas faire couler la voiture plus rapidement ?

Il ferma les yeux.

— Si, mais vous coulez déjà, Rebecca.

— Oh, mon Dieu…

— À quelle hauteur se trouve l'eau à l'intérieur ? demanda-t-il en vérifiant le niveau d'oxygène des bouteilles.

Elles étaient pleines toutes les deux.

— Jusqu'à ma taille.

Elle demanda quelque chose à Colton.

— Colton dit qu'il a de l'eau jusqu'aux genoux. Il tient Ella, Dieu merci. Colton, il faut que tu la redresses. Garde sa tête hors de l'eau.

— Je dois raccrocher, dit-il, et quand je le ferai, je veux que vous appeliez Leo au 911 et lui disiez que nous sommes à l'élevage de porcs d'Angelo. Vous pouvez le faire ?

— Oui.

Marcus s'assura que les fanaux d'urgence étaient bien fixés aux lanières des recycleurs.

— Je vais nager jusqu'à la voiture dans une seconde.

— Faites vite.

Il fouilla dans le nécessaire jusqu'à trouver un porte-clés ResQMe bleu vif. Cet outil de sauvetage était utilisé par de nombreuses organisations de secours pour les sauvetages de voitures, et même les personnes privées pouvaient en acheter. Une poussée contre la vitre d'un véhicule libérait un pic à ressort qui brisait la fenêtre. Il y avait aussi un outil pour couper les ceintures de sécurité, dissimulé sous l'agrafe en plastique.

Il fourra le ResQMe dans la poche de son jean.

— Dites à Leo que j'entre vous chercher.

— Comment pourrez-vous nous sauver tous à vous seul ?

— Vous savez tous nager ?

— Oui. J'ai fait prendre des cours aux enfants.

— Et vous ?

— J'étais maître-nageuse quand j'avais 16 ans. Mais je suis vraiment coincée.

Puis il posa la question qui lui tordait les tripes.

— Combien de temps pouvez-vous retenir votre souffle ?

— Je ne sais pas. Une minute, peut-être plus. Je ne me suis jamais chronométrée.

Il y avait de la crainte dans sa voix.

— Et Colton ? demanda-t-il.

— Il peut ramasser une demi-douzaine de poids au fond de la piscine en une seule passe. Ça fait sans doute plus d'une minute, pas vrai ?

— Sans doute.

Il s'avança jusqu'au bord de la rivière.

— Très bien… vous n'êtes pas loin du rivage. À environ six mètres. Tout ce que vous avez à faire, c'est garder la bouche hors de l'eau jusqu'à ce que j'arrive.

— C'est ce qu'on va faire.

— J'ai deux recycleurs – des petites bouteilles d'oxygène. Chacun est conçu pour deux personnes, nous avons donc assez d'air pour tout le monde. Maintenant, écoutez. L'eau vous submergera d'abord parce que la voiture penche, alors je vous donnerai la première bouteille. Puis je passerai aux enfants.

— Et pour Ella ? Elle est toujours inconsciente.

— Elle aura un masque qui lui couvrira le nez et la bouche. Nous en aurons tous. Les enfants partageront une bouteille, nous partagerons l'autre. Une fois que je vous aurai sortis, nous nagerons tous ensemble vers la surface. Je porterai Ella. Surtout, expliquez bien à Colton ce qui va se passer et ce que je vais faire.

— Il va être terrifié quand l'eau entrera, murmura-t-elle.

— Je sais.

Il se massa le front.

— Je dois raccrocher, maintenant.

— Au revoir, Marcus.

— N'oubliez pas d'appeler Leo.

— Je vais l'appeler.

— Et n'oubliez pas de respirer, Rebecca.

Une fois qu'il eut pressé le bouton « raccrocher », il s'écria : « Jane ! Aide-moi à les aider ! » *Faites que je les atteigne et que je les sorte de la voiture à temps.*

Chapitre 20

Environs de Cadomin, Alberta – samedi 15 juin 2013, 0 h 11

Rebecca appela l'ami de Marcus, Leo.

— Il va nager jusqu'à nous, dit-elle après lui avoir rapidement expliqué leur situation.

— Marcus est bon nageur, dit Leo. Il sait quoi faire. À quelle hauteur est l'eau à l'intérieur de votre voiture ?

— Plus haut que ma taille. Mes enfants sont à l'arrière, où l'eau est plus basse.

— Ne quittez pas.

Un battement de cœur plus tard, Leo revint.

— J'ai de bonnes nouvelles.

Elle laissa aller son souffle.

— Ça nous serait bien utile en ce moment.

— Nous avons une ambulance et deux voitures de patrouille en route. Elles sont à un quart d'heure de votre emplacement.

— Je doute que nous ayons un quart d'heure.

— Restez calme. De l'aide arrive. Au fait, madame Kingston ?

— Oui ?

— Je prie pour vous et vos enfants.

— Merci, Leo. Ça nous sera utile aussi.

Elle raccrocha, puis regarda par-dessus son épaule et aperçut l'expression terrifiée de son fils. Elle lui adressa un sourire mal assuré.

— Quand Marcus brisera ma vitre, je veux que tu saisisses ta sœur et retiennes ta respiration si la voiture se remplit.

La peur qu'elle lut dans les yeux de son fils faillit l'étouffer, mais elle insista.

— Marcus va nous sauver. Compris ?

— D'accord, je tiendrai Ella, et je promets de ne pas la lâcher.

— Marcus dit que nous sommes tout près de la rive. Tu crois pouvoir nager avec ta jambe endolorie ?

Colton hocha la tête et essuya les larmes qui coulaient sur ses joues.

La voiture trembla, et ils poussèrent des cris lorsqu'ils furent projetés en avant.

Elle prit une profonde inspiration.

— La voiture va se remplir d'eau très rapidement, Colton. Tu vas devoir retenir ton souffle, mais pas longtemps. Marcus a des bouteilles d'oxygène. Tu sais, comme un équipement de plongée. Il va me donner la première bouteille dès que la portière s'ouvrira. Ensuite, il t'en donnera une pour Ella et toi.

— Des bouteilles de plongée ? Cool. Et toi, maman ? Tu es coincée. Comment sortiras-tu ?

— Ne t'inquiète pas pour moi. Je m'en sortirai.

— Et on a le super-héros, ajouta Colton avec un large sourire.

— Oui.

Elle se crispa en sentant une brûlure dans la poitrine.

— Mais promets-moi d'être courageux.

— Je te le promets.

— Je t'aime, chéri, dit-elle en ravalant un sanglot.

— Je t'aime aussi, maman.

— Je suis si fière de toi, Colton. Tu es si fort et…

Ils furent plongés dans l'obscurité totale.

Colton poussa un cri perçant.

— Rallume la lumière !

Rebecca claqua des deux mains les boutons du tableau de bord. « Allez ! » s'écria-t-elle en serrant les dents. « Rallume-toi ! »

La lumière s'alluma, clignota puis se ralluma.

Elle se couvrit la bouche d'une main. Elle avait peur de bouger ou même de respirer. Si elle avait peur à ce point d'être laissée dans le noir, elle ne pouvait qu'imaginer la terreur de son fils. *Ressaisis-toi, Rebecca.*

— Colton, je vais te donner mon téléphone portable. Si la lumière s'éteint, tu peux l'ouvrir et l'allumer. D'accord ? Je vais devoir te le lancer.

— Je l'attraperai.

La courageuse résolution de sa voix la fit sourire.

Se retournant, elle fixa Colton dans les yeux. Sa main tremblait en prenant le téléphone. Il avait été le lien qui la raccrochait à la vie. Littéralement.

Tu peux le faire.

Elle jeta le téléphone et poussa un soupir de soulagement en le voyant s'en saisir.

— Quand on sortira d'ici, tu devrais peut-être te mettre au base-ball, dit-elle pour essayer d'insuffler un peu d'humour dans une situation par ailleurs angoissante.

— Je peux appeler papa ? demanda Colton d'une voix tremblante.

— Tu peux essayer.

Elle se mordit la lèvre inférieure pour se retenir de pleurer. Il était désormais inutile d'économiser la batterie. Colton avait besoin d'entendre la voix de son père. Pour lui dire adieu.

Elle secoua vigoureusement la tête. *Non ! Nous allons survivre.*

— Papa ne décroche pas, dit Colton.

— Laisse-lui un message.

Sa voix se brisa sur ce dernier mot.

Il y eut un silence à l'arrière.

— Colton ?

— J'ai raccroché. Je ne savais pas quoi dire.

— Ce n'est pas grave, chéri. Il sait que tu l'aimes. Et papa t'aime aussi.

Colton se mit à sangloter.

— Ne pleure pas, dit-elle.

Elle aurait voulu le serrer dans ses bras.

— Je sais que tu as peur, chéri. Moi aussi. Mais nous devons avoir la foi. Nous devons croire que nous sortirons bientôt d'ici.

— Tu le penses vraiment ?

— Oui, absolument. Sois courageux, chéri.

L'entendre sangloter la mettait en colère. Pas contre lui, mais contre sa propre inutilité.

Bouillant de frustration, elle saisit le volant et le poussa vers le haut de toutes ses forces. Les visages de ses enfants en tête, elle essaya de se dégager. Mais chaque mouvement envoyait d'atroces coups de poignard dans ses côtes.

Les larmes lui montaient aux yeux, et elle était vidée de toute énergie. S'effondrant, elle pleura le plus silencieusement possible pour que Colton ne l'entende pas. Elle ne pouvait rien faire de plus, sinon prier pour un miracle.

Chapitre 21

Un autre éclair zébra le ciel, et un craquement sec retentit environ cinq secondes après.

— Mince, marmonna Marcus.

L'orage se rapprochait.

Il ouvrit la portière de sa voiture, détacha le Bluetooth de son oreille et le jeta sur le siège passager à côté de son téléphone. S'étant débarrassé de sa chemise, il mit les lanières des bouteilles sur son épaule et, torche électrique en main, entra dans la rivière. L'eau était glaciale, mais il continua. Le fond s'inclinait fortement. Il plongea et nagea vers le véhicule. Il lui fallut moins d'une minute.

Alors qu'il tendait la main vers la portière côté conducteur, les planches sous l'avant de la voiture cédèrent et elle s'enfonça davantage dans le courant.

Merde !

Il donna des coups de torche sur le haut de la carrosserie et entendit une réponse étouffée.

Quelle quantité d'eau y a-t-il à l'intérieur ?

La poignée de la portière était hors de portée ; il

plongea pour l'atteindre. Il ne prit pas la peine de mettre le masque. C'était une plongée de reconnaissance. D'ailleurs, il avait besoin d'économiser l'air de sa bouteille, au cas où il ne parviendrait pas à sortir Rebecca tout de suite et où il devrait la lui laisser.

La portière ne s'ouvrait pas. Il éclaira la vitre de sa torche. La forte inclinaison de la voiture avait fait passer Rebecca au-dessus du volant.

— Vite ! articula-t-elle.

Il hocha la tête, puis nagea jusqu'à la surface et braqua le faisceau sur la vitre arrière. Colton avait poussé Ella, toujours inconsciente, au sommet du dossier, contre la vitre arrière. Le garçon avait de l'eau jusqu'à la poitrine.

Quand il remarqua la lumière, Colton terrifié pressa le visage contre la vitre et cria quelque chose. Il faisait pitié à voir.

Marcus fit O.K. à Colton, puis leva un doigt. *Une minute, et je vous aurai tous sortis.* Il priait pour que le garçon ait compris.

Un bon timing était essentiel. Marcus savait qu'il devait donner la première bouteille à Rebecca dès qu'il aurait cassé la vitre. Ils retiendraient leur respiration pendant que la voiture se remplirait. Il allait devoir ouvrir la portière arrière, mettre en place les masques des enfants et les ramener sur la rive.

Puis il retournerait chercher Rebecca.

La question était : pourrait-il les sortir tous vivants ?

Chapitre 22

Environs de Cadomin, Alberta – Samedi 15 juin 2013, 0 h 15

Rebecca poussa un cri de victoire en repérant la faible lueur qui se rapprochait dans l'eau.

— Marcus est là. À l'extérieur.

Elle tourna la tête et vit Ella étendue au sommet du siège arrière.

— Tu es génial, mon fils. C'est l'endroit parfait pour ta sœur.

La voiture eut une secousse et avança, et tous deux poussèrent un cri de surprise.

— Qu'est-ce qui se passe, maman ? s'écria Colton.

— Juste un peu de mouvement. Reste calme.

Elle savait ce qui venait de se produire. La voiture s'était enfoncée davantage dans la rivière.

Colton grogna.

— Tout va bien, chéri ?

— Je suis presque dégagé, maman ! Le siège s'est avancé. Ma jambe est presque libre.

— C'est merveilleux, chéri. Continue de la dégager. Comment va Ella ?

— Elle respire très fort.

— Donne-lui une autre dose.

— J'ai perdu Puff, dit-il d'une voix morose. Il est dans l'eau quelque part.

Elle prit une inspiration pour se fortifier, songeant à l'inhalateur de rechange enfermé dans la boîte à gants.

— Ce n'est pas grave. Marcus est là, maintenant.

— Je suis dégagé ! cria Colton quelques secondes plus tard.

Comme il s'avançait vers elle en pataugeant, Rebecca leva une main et secoua la tête.

— Non ! Reste où tu es. Nous ne voulons pas que la voiture bouge davantage. Reste à l'arrière et garde la tête hors de l'eau. Celle d'Ella aussi.

— Mais toi ? Je peux peut-être te dégager.

— Non, chéri. Nous devons faire confiance à Marcus. Il saura quoi faire.

Quelque chose cogna contre la carrosserie. Rebecca frappa sur la vitre en réponse.

La lumière se rapprocha. Et elle vit Marcus. Son visage était déformé par l'eau sale et la lumière insuffisante, mais de sa vie, elle n'avait jamais été aussi heureuse de voir quelqu'un.

Elle poussa un gros soupir. « Vite ! »

Il nagea vers l'arrière, et une minute plus tard, il disparut.

— Aidez-nous ! sanglota Colton en donnant des coups de poing sur la vitre.

— Chéri, je sais que tu as peur, mais il faut qu'on reste calmes.

— Je veux sortir, maman ! Faites-nous sortir !

— Je sais.

Elle pleurait ouvertement à présent, se balançant d'avant en arrière, bras serrés autour de sa poitrine. Son cœur se serrait pour son fils, pour Ella. *Dieu, s'il te plaît... si tu ne peux pas nous sauver tous, sauve mes enfants. Sauve Ella et Colton. Je t'en supplie...*

Elle ne pouvait pas imaginer de vivre sans ses

bébés. Elle refusait d'envisager qu'elle ne les serrerait plus jamais dans ses bras.

— Et si on meurt ici ? demanda Colton.

Cette question la fit frissonner.

— Nous n'allons pas mourir.

— Mais si on se noie ?

— Marcus ne laissera pas arriver ça.

Elle ne savait pas pourquoi elle comptait tant sur un inconnu pour les sauver, mais il y avait eu quelque chose dans la voix de Marcus – quelque chose qui lui donnait une sensation de calme, la persuadait qu'ils sortiraient tous de ce cauchemar vivants.

Elle baissa les yeux vers le volant qui l'immobilisait. *Ou au moins, certains d'entre nous survivront.*

Avec une forte probabilité de dommages internes et des côtes visiblement cassées, elle doutait d'avoir la force de nager, et encore moins de sortir de la voiture. Marcus serait occupé avec les enfants. Le temps qu'il les ramène sur la rive et revienne la chercher, elle serait peut-être morte.

Mais Colton et Ella seront en vie.

Elle sourit, imaginant leur vie lorsqu'ils grandiraient. Seraient-ils des adolescents rebelles ? Wesley serait-il capable de s'en sortir avec eux ? Que feraient-ils de leur existence ? Que deviendraient-ils ?

L'eau était montée jusqu'à ses seins. La plus grande part de son corps était engourdi par le froid, mais elle gardait les mains au-dessus de sa tête et remuait ses doigts glacés de temps à autre. Respirer lui faisait mal aux côtes, et elle essayait de ralentir chaque souffle irrégulier. Une vague de nausée lui traversa le corps. Sa vision se brouilla, et elle eut beau cligner des paupières de toutes ses forces, elle ne parvint pas à voir nettement autour d'elle.

Je t'en supplie, mon Dieu, ne me laisse pas m'évanouir.

Mais Dieu ne l'écoutait pas.

Chapitre 23

Son masque sur le visage, Marcus plongea le long de la voiture, dont le phare émettait une lumière brunâtre. Le plafonnier clignotait. Atteignant le côté du conducteur, il saisit la fine torche dans une main et l'agita contre la vitre.

Rebecca ne bougeait pas. Elle s'était évanouie, la bouche à quelques centimètres de la surface de l'eau.

Il devait agir vite.

Il éclaira le siège arrière et fit signe à Colton. Le garçon s'approcha de la vitre et battit des poings contre le verre. C'est alors que Marcus remarqua que Colton n'était plus coincé par le siège. Il était libre.

Dieu merci !

Colton pointa le doigt vers sa sœur, sourit à Marcus et leva les pouces. Le gamin était prêt.

Le plus difficile restait à faire.

Marcus retourna à la fenêtre du conducteur et sortit le ResQMe de sa poche. L'outil dans une main, il plaça la partie coupante au milieu de la vitre. Il le poussa vers le bas, sentant le ressort de l'appareil s'actionner. Un réseau de fissures apparut et l'eau s'infiltra dans la voiture.

Une seconde plus tard, la vitre céda sous la pression. Il poussa de côté les fragments de verre et passa une bouteille dans l'ouverture. Fixant le masque sur la bouche de Rebecca, il évacua l'eau qu'il contenait, tout en essayant d'ignorer l'agitation qui régnait à l'arrière et les cris perçants de Colton.

Tiens bon, Colton ! J'arrive !

Marcus jeta un coup d'œil au siège arrière et vit les enfants pressés contre la vitre du fond, où il y avait une petite poche d'air. Elle durerait peut-être trente secondes.

Il passa à la portière arrière. *Bon, c'est là que le timing fait tout.*

Un coup rapide de ResQMe et la vitre latérale arrière se brisa. Il s'introduisit à l'intérieur pour ralentir l'écoulement de l'eau et pouvoir atteindre les enfants. Avec ce poids supplémentaire, la voiture glissa plus profondément dans la rivière. Il prit une profonde inspiration, retint son souffle et ôta son masque. Sans perdre de temps, il le glissa sur le visage d'Ella et le vida. En quelques secondes, l'eau de la rivière remplit l'intérieur de la voiture qui coula, se posant sur le fond avec un bruit sourd.

Du coin de l'œil, il vit Colton aspirer une dernière bouffée d'air. Le garçon lui saisit le bras et indiqua sa bouche, les yeux écarquillés par l'inquiétude. Marcus fixa le masque secondaire autour de la tête de Colton et poussa le bouton de vidange. Une seconde après, Colton hochait la tête et levait le pouce.

Brave garçon.

En quelques instants, il eut attaché la bouteille au dos du petit garçon. Mais à présent, Marcus avait besoin d'air. Passant à l'avant de la voiture, il cala son corps entre les deux sièges, puis fixa le masque secondaire de la bouteille de Rebecca sur son propre visage. Aspirant quelques bouffées, il examina la conductrice. Elle était toujours inconsciente, ses cheveux flottant comme des algues autour de son visage. Il lui tâta le torse. Sa respiration était spasmodique. Mauvais signe.

Il regarda les enfants par-dessus son épaule. Ils étaient assis sur le siège arrière. Colton avait attaché les ceintures, pour leur éviter de remonter contre le plafond du véhicule. Le garçon ne se rendait pas compte que c'était dangereux : la ceinture de sécurité pouvait se bloquer.

Marcus chercha le ResQMe dans sa poche. Il l'avait toujours. Au pire, il couperait la ceinture pour libérer les enfants.

Évaluant la situation, il prit conscience qu'il n'avait pas le choix. Il devait aller mettre les gosses en sûreté et revenir chercher Rebecca. Ce qui l'inquiétait était la possibilité que Rebecca reprenne conscience et découvre que ses enfants avaient disparu. Si elle paniquait, elle pouvait s'infliger de graves dégâts, surtout si une côte cassée lui avait perforé le poumon, comme il le soupçonnait.

Il inspira profondément, retint son souffle, puis ôta le masque et s'approcha des enfants. La ceinture se détacha aisément, et il attira Colton et Ella contre lui. Il indiqua la portière et se tourna vers l'extérieur, mais Colton tira sur sa main et indiqua sa mère.

Marcus secoua la tête et pointa le doigt vers le haut. Puis il tira les deux enfants par la portière et se mit à nager vers la surface. Ayant calé Ella sous son bras, il s'accrocha à Colton et se servit de l'autre main pour nager vers le haut.

En quelques brassées, ils atteignirent la surface.

Colton arracha son masque. Haletant, il s'écria :

— Vous devez retourner chercher ma mère.

Marcus ôta le sien.

— Je le ferai dès que je vous aurai ramenés sur la rive.

— Je peux ramener Ella.

Marcus secoua la tête.

— Désolé, fiston, mais je vous ramène d'abord. Votre mère ne me le pardonnerait jamais. Et maintenant, nage !

Une éternité sembla s'écouler avant qu'ils atteignent le bord de l'eau. Colton détacha la bouteille, la tendit à Marcus et courut vers la rive. Marcus le suivait de près, Ella dans ses bras. Quand ils atteignirent la voiture, il l'installa sur le siège arrière et lui enleva le masque. Il tâta son pouls : il était faible mais régulier.

— Monte, dit-il à Colton.

Le garçon monta à côté de sa sœur. Il tremblait violemment, et Marcus alluma le moteur pour mettre le chauffage à fond. Récupérant deux couvertures de survie dans le nécessaire, il en enveloppa les deux enfants.

— Colton, reste là avec ta sœur. Ne bouge pas ! C'est compris ?

— Compris.

Le petit garçon claquait des dents.

Marcus prit son portable sur le tableau de bord.

— Voilà mon téléphone. Appelle le 911 et demande Leo. Dis-lui qu'Ella et toi êtes en sécurité, mais que nous avons besoin d'une ambulance.

Colton acquiesça.

Marcus ébouriffa ses cheveux mouillés.

— Je retourne chercher ta mère, maintenant.

Des larmes coulaient sur les joues du garçon.

— Elle a dit que vous nous sauveriez.

En courant vers la rivière, Marcus espéra de tout son cœur ne pas arriver trop tard.

Chapitre 24

Rebecca sentit une pression inhabituelle sur son visage. Combattant ses accès de tournis, elle ouvrit les yeux et cligna des paupières. Son environnement était trouble.

Où suis-je ?

Elle tenta de se frotter les yeux, mais sa main flotta au ralenti, puis entra en contact avec un objet dur. Elle l'effleura des doigts, suivant ses contours.

Un masque.

C'est alors que la mémoire lui revint d'un coup. *Je suis dans la voiture. Nous sommes dans la rivière, sous l'eau. Oh, mon Dieu… Ella et Colton.*

Elle souffla et se tourna sur son siège. L'arrière était vide. La peur lui monta dans la gorge, et son cœur se mit à cogner dans sa poitrine. Son sentiment d'horreur s'atténua quand elle remarqua que la portière arrière était ouverte.

Et tu portes un masque à oxygène. Marcus ! Il a sorti les enfants.

Le plafonnier faiblit, puis s'éteignit. Les ténèbres

l'engloutirent.

Elle sentit la bouteille froide à côté d'elle. Marcus l'avait coincée entre les sièges. Elle fit courir ses doigts sur les lanières et découvrit un objet mince et allongé qui était fixé dessus. Une torche électrique.

Avec précaution, elle l'attira à elle et l'alluma. Elle gémit, soulagée. Cet instant sinistre dans l'obscurité lui avait donné l'impression d'être enterrée vivante.

Reste calme. Il revient te chercher.

Elle n'avait rien d'autre à faire qu'écouter le bruit de sa respiration, aussi irrégulière fût-elle.

Elle n'avait jamais eu aussi froid de sa vie – pas même la fois où Wesley l'avait emmenée skier à Whistler, en Colombie-Britannique, et où elle avait atterri dans une congère au pied de la piste verte. Elle lui avait dit qu'elle ne savait pas skier, mais à l'entendre, c'était tellement facile. Elle se souvenait qu'ils étaient ensuite rentrés à l'hôtel et qu'elle s'était immergée dans un bain chaud pendant plus d'une heure pour réchauffer son corps transi.

Il me faudra plus d'une heure dans un bain chaud, cette fois.

Elle toussa et poussa un cri de douleur. Où était Marcus ?

Elle orienta la torche vers la vitre cassée. Aucun mouvement.

Elle avait de plus en plus de mal à respirer. *Est-ce que la bouteille est à court d'oxygène ?*

Elle éclaira la bouteille. Le cadran indiquait qu'elle était presque pleine. Alors pourquoi avait-elle tant de difficultés à respirer ? Est-ce qu'elle faisait une crise de panique ?

Quelque chose attira son attention. Un scintillement dans l'eau.

Marcus venait la chercher.

Elle eut une quinte de toux rauque et essaya de reprendre son souffle. Une sorte d'étau lui enserrait la poitrine et les côtes, la pressant comme si elle avait été étouffée par un monstrueux boa constrictor. Il lui arrachait tout son air et la laissait suffoquante et tremblante de nausée.

Elle lâcha la torche.

Tournant la tête des deux côtés, elle chercha Marcus. Sa lampe se rapprochait. Il était presque là. Encore une minute, peut-être. Elle pouvait tenir jusque-là. Il le fallait.

Les secondes s'écoulaient avec une lenteur implacable.

Puis elle le vit.

Marcus nagea jusqu'à la fenêtre et fit un signe avec sa torche et un petit outil en direction de sa ceinture de sécurité. Elle acquiesça et indiqua son masque, espérant qu'il comprendrait qu'elle avait du mal à respirer. Le regard qu'il lui adressa lui fit comprendre qu'il savait exactement à quel danger elle était exposée.

Il tira sur la portière. Une fois qu'il l'eut ouverte, il trancha la ceinture et l'écarta de son corps. Il secoua le levier latéral de l'assise, mais rien ne bougea. Puis il tendit la main sous les jambes de Rebecca, cherchant le levier qui ferait reculer son siège.

Elle ferma les yeux et essaya de ne pas penser à la douleur, se concentrant plutôt sur Colton et Ella. Ils étaient en sécurité. Peut-être dans l'ambulance. Ils seraient réchauffés, on s'occuperait d'eux, et rien d'autre ne comptait.

Elle sentit comme une bulle d'air éclatant près de ses côtes. Quand elle ouvrit les yeux et les baissa, elle se rendit compte que Marcus avait fait glisser son siège vers l'arrière. Elle était libre.

Il décoinça la bouteille d'entre les sièges. Glissant son bras dans la lanière, il accrocha sa bouteille à côté de la sienne. Puis il s'approcha d'elle. Elle mit les bras autour de son cou, s'accrochant à lui et pleurant tandis qu'il la tirait de la voiture. Lui entourant la taille d'un bras, il la traîna à travers les eaux troubles.

Quand ils atteignirent la surface, les yeux de Rebecca furent attirés par plusieurs rayons de lumière vive provenant de la rive. Des phares. Une ambulance et deux voitures de police, toutes trois gyrophares allumés, étaient garées près d'un autre véhicule. Et tous les phares pointaient vers la rivière.

Pataugeant dans l'eau, Marcus enleva son masque, puis celui de Rebecca.

— L'ambulance est là, dit-il, visiblement soulagé.

— Oui, votre ami Leo m'avait dit de vous dire qu'elle était en route. Je vous aurais appelé, mais vous étiez déjà dans l'eau.

Il la gratifia d'un sourire radieux.

— Rejoignons la rive, Rebecca Kingston. Vos enfants vous attendent.

Chapitre 25

Accompagné par un éclair et un coup de tonnerre, Marcus porta Rebecca hors de la rivière. Il fut accueilli par Ashton Campbell et Gabbie Gros, deux infirmiers qu'il avait connus à l'époque où il travaillait sur le terrain.

— Salut, Ash, lança Marcus.

— Qu'est-ce qu'on a là ?

— Elle a au moins une côte cassée.

Marcus déposa Rebecca sur le chariot.

Les infirmiers passèrent immédiatement à l'action, vérifiant ses signes vitaux et évaluant ses blessures avant de l'envelopper dans une couverture de survie. Gabbie donna également une couverture à Marcus, qui la drapa sur ses épaules, frissonnant tandis que son corps luttait pour retrouver un peu de chaleur.

— Mes enfants, murmura Rebecca avec un regard égaré.

— Votre fille a subi une crise d'asthme aiguë, dit Gabbie. Nous lui avons donné de la prednisolone par voie orale, de l'oxygène et du salbutamol en aérosol.

— Son état est stable ? demanda Marcus.

Gabbie acquiesça.

— Elle est hors de danger. Nous les avons mis sous oxygène, son frère et elle. Hypothermie mineure.

Elle tapota le bras de Rebecca.

— Et la jambe de votre fils est foulée, mais il n'y a pas de fracture. En dehors de ça, aucune raison de s'inquiéter. Vos enfants s'en sortiront.

— C'est de vous que nous devons nous inquiéter maintenant, madame Kingston, dit Ashton tandis qu'ils montaient le chariot dans l'ambulance. Marcus, il faut qu'on y aille. L'orage devient plus violent, et nous devons l'emmener à l'hôpital.

— Quel hôpital ?

— Hinton. Edson n'a aucun lit de libre. Restrictions.

Ashton fit signe à Marcus de s'écarter.

— Attendez ! dit Rebecca en serrant le bras de Marcus. Vous devez venir avec nous. Vous nous avez sauvés.

— Je ne peux pas monter dans l'ambulance. C'est contraire au protocole.

En disant ces mots, Marcus compta toutes les règles du protocole qu'il avait déjà enfreintes. *La facture va être salée.*

— Je vous retrouve à l'hôpital, dit-il. Promis.

Dans l'ambulance, Ella et Colton étaient étendus côte à côte sur un second chariot. Sous la pile de couvertures, leurs petits visages étaient à peine visibles.

Colton leva une main et lui fit signe.

— Vous êtes vraiment un super-héros.

Marcus lui rendit son salut.

— Prends soin de toi, mon pote. Je vous verrai à l'hôpital.

« Taylor ! » appela quelqu'un.

Marcus pivota sur lui-même. John Zur se tenait à quelques mètres, et l'inspecteur n'avait pas l'air très heureux.

« Merde », marmonna Marcus entre ses dents.

Il se dirigea vers Zur, réfléchissant à toutes les excuses qu'il pouvait invoquer pour son non-respect flagrant des règles. Mais une seule excuse vaguement plausible lui venait à l'esprit. Rebecca et ses enfants avaient eu besoin que quelqu'un les aide, et Marcus était la seule personne disponible.

Zur le dévisagea, les secondes se changeant en minutes.

— Alors qu'est-ce qui s'est passé, Marcus ?

— Vous voyez ce qui s'est passé, John.

J'ai sauvé une femme et ses enfants. Ils sont vivants grâce à moi. Je ne les ai pas laissés mourir comme Jane et Ryan.

Quand Zur eut fini de le sermonner, Marcus regarda sa montre. 0 h 39. Il n'arrivait pas à croire à quel point sa vie avait changé ces dernières vingt-quatre heures.

— *Marcus !*

Il retourna à l'ambulance. À l'intérieur, Rebecca se disputait avec Ashton et Gabbie.

— Eh, ne leur faites pas tant de difficultés, dit-il avec une sévérité feinte. Vous devez les laisser s'occuper de vous.

— J'avais besoin de vous parler, dit-elle en se rallongeant.

— Je vous verrai à l'hôpital. Nous pourrons parler autant que vous voudrez là-bas.

Elle l'examina, puis sourit.

— Votre voix correspond à votre physique.

— Quoi ?

— Vous ressemblez tout à fait à l'image que j'avais de vous.

— Quoi, trempé, grelottant et claquant des dents ? C'est ça que vous imaginiez ?

Il rit.

— Vous avez l'air d'un homme honnête. Avec juste

un peu de rudesse.

Le sourire qu'elle lui adressa fit déferler une vague de chaleur dans tout son corps.

— Mince, je ne sais pas si c'est une bonne chose ou non.

— C'est une bonne chose, dit-elle. Au téléphone, votre voix m'a fait penser à Russell Crowe.

Il battit l'air d'une main.

— Non, on m'a dit que je ressemblais plutôt à Gerard Butler. Avant qu'il se mette à la gonflette.

Elle rit.

— Vous n'êtes pas en si mauvaise forme. Sinon, vous n'auriez pas été capable d'accomplir ce que vous avez fait cette nuit.

— Eh bien, vous êtes encore plus jolie que je ne l'imaginais. Même si vous dégoulinez et êtes toute décoiffée.

Elle se toucha les cheveux.

— Je ne suis pas au mieux de mon apparence, n'est-ce pas ?

Il sourit.

— J'imagine que je vais devoir attendre pour vous voir sur votre trente et un. Maintenant, allez-y.

Comme il tournait les talons, elle cria :

— Encore une chose.

— Laquelle ? demanda-t-il en regardant par-dessus son épaule.

— Merci ! De nous avoir retrouvés.

— De rien. Allongez-vous, à présent.

— Oui monsieur.

— Eh, Marcus ! s'écria Gabbie.

— Ouais ?

— Tu nous manques. Quand est-ce que tu reviens ?

— Je ne crois pas que je reviendrai. L'époque où j'étais infirmier est révolue.

Et pour une fois, cette idée ne le dérangeait pas.

— Reposez-vous, lança-t-il à Rebecca. Vos enfants

ont besoin que vous alliez bien.

Et lui aussi.

Il regarda Gabbie et Ashton fermer les portières, et l'ambulance partit sur la route. Zur et l'autre agent suivirent dans leurs véhicules respectifs, gyrophares allumés, sans sirène.

Marcus monta dans sa voiture. D'abord, il aspira une longue bouffée d'air, et expira lentement. Puis il regarda la rivière par la vitre, essayant d'évacuer les images d'un petit garçon terrifié enfermé sous l'eau. Colton était plus fort qu'il ne le croyait. Et Rebecca ? C'était une battante, elle aussi.

Il jeta un coup d'œil dans le rétroviseur. Un visage lui rendit son regard.

Jane.

Sans savoir pourquoi, il n'était pas étonné de la voir, même si le côté rationnel de son cerveau lui disait que c'était impossible. Il eut peur de se retourner, au cas où elle disparaîtrait.

— Salut, Elfe.

Elle sourit.

— Tu as réussi. Tu les a sauvés.

Ses épaules tremblèrent et il se mit à sangloter.

— Je suis désolé. Je ne vous ai pas sauvés, Ryan et toi.

Il se couvrit le visage de ses mains.

— Je sais que tu l'es.

— Je ne supporte pas l'accusation que je lis dans tes yeux. Ni de savoir que tu penses que je vous ai laissés tomber, tous les deux.

L'expression de Jane était pleine d'amour.

— Marcus, tu ne sais pas que je ne t'accuserais jamais de ça ? Regarde-moi.

Il releva les yeux vers le rétroviseur.

— Qu'est-ce que tu vois, là ? demanda-t-elle.

Ce qu'il vit fit bondir son cœur. Amour, pardon, acceptation – tout cela se lisait dans ses yeux.

— Je veux que vous reveniez, murmura-t-il d'une voix rauque. Tous les deux. Vous me manquez tellement, Jane.

Elle était magnifique, ses cheveux luisants, sa peau rosissant de couleur et de… vie ?

— Tu nous manques aussi.

Elle se pencha en avant, et sa main fraîche lui caressa la joue.

— Mais il est temps que tu passes à autre chose.

Il embrassa le bout de ses doigts.

— Je t'aime, Jane.

— Je sais.

— Je ne t'oublierai jamais.

— Je sais ça aussi.

Il fixa son image dans le rétroviseur, souhaitant de toutes ses forces qu'elle reste.

— Tu te rappelles ce que tu me disais toujours en rentrant à la maison après une journée vraiment difficile ? demanda-t-elle.

Il secoua la tête.

Jane sourit à nouveau.

— Tu disais : « La vie, c'est pour les vivants ». Et c'est vrai. Tu as des tas de raisons de vivre. Tu es un homme bon, tu as du cœur. Les gens ont besoin de toi. Surtout maintenant.

— Personne n'a besoin de moi.

— Elle, si. Et ses enfants.

— Rebecca a besoin de moi – d'un autre drogué dans sa vie ? Non, j'en doute sérieusement.

Jane hocha la tête.

— Elle a encore besoin d'être sauvée.

— Qu'est-ce que tu veux dire ? Elle est en sécurité, maintenant.

— Quelqu'un a essayé de tuer Rebecca et ses enfants. Quelqu'un l'a fait sortir de la route intentionnellement.

Elle marqua une pause et le regarda dans les yeux.

— Tu sais ce que ça veut dire.

Le savait-il ?

— Merde ! dit-il. Il va réessayer.

Marcus passa la marche arrière et fit demi-tour pour rejoindre la route. Le tonnerre résonna à proximité, et il sentit la terre trembler sous la voiture.

Il est temps de filer d'ici.

Un rapide regard dans le rétroviseur le convainquit que sa passagère avait disparu. Il s'occuperait de ses apparents problèmes mentaux plus tard. Pour le moment, il devait se rendre à l'hôpital.

En fonçant sur la route accidentée, il chercha son téléphone sur le siège à côté de lui. Où diable était-il passé ? La dernière fois qu'il l'avait tenu, c'était quand…

Je l'ai donné à Colton.

Il donna un coup sur le volant. « Merde ! Merde ! *Merde !* »

Une fois que les journalistes auraient eu vent de l'histoire, quiconque voulait la mort de Rebecca saurait qu'il avait échoué. Et Marcus aurait parié dix contre un que le type reviendrait terminer le travail. Rebecca allait avoir besoin d'un garde devant sa porte. Les enfants aussi. S'il n'avait pas perdu son téléphone, il aurait pu appeler Zur et l'avertir. Mais Zur savait que le camionneur était revenu. Il saurait que Rebecca était toujours en danger.

N'est-ce pas ?

Chapitre 26

Dans l'ambulance, Rebecca tourna la tête et regarda ses enfants endormis.

— Tout ira bien, madame Kingston, dit l'infirmière.

— Comment vous appelez-vous ?

— Gabrielle. Gabbie.

La femme fit un signe de tête en direction de l'autre infirmier.

— Lui, c'est Ashton.

Rebecca sourit.

— Vous avez des enfants, Gabbie ?

Elle acquiesça.

— Un.

— J'ai presque perdu les miens ce soir.

— Mais vous ne les avez pas perdus.

— Non.

Grâce à Marcus.

— Nous serons à l'hôpital dans environ une heure, dit Ashton. Essayez de vous reposer un peu.

— Plus facile à dire qu'à faire, marmonna-t-elle.

La vérité, c'est qu'elle avait peur de s'endormir.

Peur que tout cela soit un rêve et qu'elle se réveille toujours enfermée sous l'eau, dans la voiture. Cette pensée crispait tous ses muscles, et elle lutta pour prendre une inspiration.

Respire…

* * *

Rebecca n'avait pas la moindre idée du temps qu'avait duré le trajet, mais au moins elle sentait à nouveau ses pieds. Elle avait également si chaud qu'elle s'était mise à transpirer, mais les infirmiers ne voulaient pas qu'elle enlève la couverture.

Elle tendit le bras et toucha la main de Colton. Elle était chaude à présent. Il paraissait si petit et vulnérable avec le masque à oxygène sur la figure. Ella aussi.

— Nous sommes presque arrivés, dit Ashton. Dites-nous si vous ressentez le moindre inconfort.

Elle hocha la tête.

— Ça va.

— Vous êtes d'accord pour parler ? demanda Gabbie en prenant une écritoire à pince et un stylo.

— Oui.

— L'inspecteur Zur nous a demandé de rédiger un bref rapport pendant que nous étions en route pour l'hôpital, à condition que vous soyez en état. Ça vous convient ?

— Oui.

— Vous rappelez-vous quoi que ce soit que vous n'auriez pas dit à la police ?

Rebecca secoua la tête.

— Non.

— Et vous ne connaissez personne qui possède un camion ressemblant à celui qui vous a percutés.

— Non.

— Quelqu'un vous en veut-il ? Un ancien ami, collègue… amant, peut-être.

Rebecca rougit.

— Pas à ma connaissance. Et pour clarifier les choses, je n'ai pas d'ancien amant. Je suis restée avec Wesley pendant des années. Et seulement avec lui.

Gabbie haussa un sourcil.

— Vous avez dit à l'inspecteur Zur que vous étiez sûre que votre mari n'avait rien à voir avec la tentative de meurtre, et pourtant le dossier médical indique que vous avez subi un certain nombre de blessures qui indiqueraient des mauvais traitements.

— L'inspecteur est au courant de ça. Je le lui ai dit. C'est une des raisons pour lesquelles je veux divorcer. La raison principale. Oui, il m'a fait du mal, mais Wesley n'est pas le genre de personne à assassiner carrément quelqu'un.

Gabbie et Ashton échangèrent des regards sceptiques.

— Je vous le dis, continua Rebecca, il n'essaierait jamais de me tuer ni de tuer ses enfants. Il adore Ella et Colton.

— Il savait que vous partiez avec eux ? demanda Ashton.

Elle cligna des paupières, tentant de se rappeler sa conversation avec Wesley. Elle sentit la crainte l'envahir.

— Eh bien, non, pas exactement. Il savait que je partais. Les enfants étaient censés rester chez…

Sa phrase resta en suspens. *Non ! Ça ne peut pas être Wesley !*

Était-elle dans le déni ? Wesley aurait-il pu orchestrer la tentative de meurtre ? Était-il si pressé de se débarrasser d'elle ?

Gabbie vérifia son pouls.

— Censés rester où, madame Kingston ?

— Chez ma sœur.

Wesley savait qu'elle avait prévu de partir et que les enfants devaient séjourner chez Kelly.

— Votre ex et vous, vous êtes-vous disputés

récemment ? demanda Gabbie.

— Pas vraiment.

Rebecca songea à l'argent manquant. Wesley était un joueur, un drogué du jeu incontrôlable et désespéré.

Et les gens désespérés commettent des actes désespérés.

— Qu'y a-t-il, madame Kingston ? demanda Gabbie.

— Je... il... il avait besoin d'argent. Il a toujours... besoin d'argent. Il... joue.

L'ambulance heurta un nid-de-poule, et elle fut prise d'une quinte de toux. Quand la toux fut calmée, elle déclara :

— J'ai de plus en plus... de mal... à respirer.

— Nous devons vous donner davantage d'oxygène, dit Ashton.

Tandis qu'il plaçait un masque sur le nez et la bouche de Rebecca, un autre accès de tournis s'empara d'elle.

— Ne me... laissez pas... couler.

Le visage de l'infirmière apparut vaguement devant elle.

— Son poumon s'est affaissé.

— Tenez bon, madame Kingston, dit Gabbie, dont le visage passait du net au flou.

D'autres paroles furent prononcées. « *Pneumothorax... intubation...* »

D'un seul coup, tout devint noir.

Chapitre 27

Marcus se gara près de l'entrée des urgences. Il remarqua les deux voitures de police à proximité. Toutes deux étaient vides.

C'est bon signe. Ils doivent être à l'intérieur.

Il entra rapidement et se rendit au bureau des admissions.

— Remplissez ce formulaire et allez vous asseoir dans la salle d'attente, dit la réceptionniste sans lever les yeux.

— Je ne suis pas un patient, dit-il. Une ambulance a amené une mère et ses deux enfants. J'ai besoin de savoir où on les a emmenés.

La femme fit une grimace et l'examina par-dessus ses lunettes à monture d'acier.

— Et vous êtes ?

— Marcus Taylor. Celui qui les a sortis de la rivière.

— Un instant, je vous prie.

Elle décrocha le téléphone, composa un numéro, dit quelque chose dans le récepteur, puis raccrocha.

— Le garçon et la fille sont au troisième étage,

chambre 312.

— Et leur mère ?

— Elle est au bloc opératoire. Collapsus pulmonaire.

— Bon sang.

— Monsieur Taylor, la police est avec les enfants. Ils veulent vous parler.

— L'inspecteur John Zur ?

La réceptionniste acquiesça.

— Et un autre officier.

Marcus fila vers les ascenseurs. Il appuya sur le bouton, vit les chiffres passer lentement de « 4 » à « 3 ». L'ascenseur s'arrêta sur « 2 ». Avec un grognement de frustration, il pivota sur un talon et se dirigea vers l'escalier, qu'il monta quatre à quatre.

Au troisième étage, il suivit les panneaux jusqu'à la chambre 312.

Un agent de police montait la garde devant la porte. Autre bon signe.

Marcus lui montra sa carte d'identité.

— Marcus Taylor. Je travaille au centre des urgences d'Edson. C'est moi qui ai trouvé la mère et les enfants.

L'agent hocha la tête et ouvrit la porte.

— Ils vous attendent.

La première chose que vit Marcus était les deux enfants, soutenus par des oreillers d'un blanc immaculé, dans les lits. Tous deux souriaient, le visage rose et plein de santé.

Quand Colton le vit, il s'éclaira comme si c'était Noël.

— C'est Marcus ! dit-il à sa sœur.

Marcus s'approcha des lits.

— Salut, vous deux. On apprécie la nourriture de l'hôpital, à ce que je vois.

— L'infirmière nous a donné de la gelée verte, dit la petite Ella.

Même s'il ne l'avait vue que brièvement dans l'ambulance et avait passé peu de temps avec Rebecca, il voyait qu'Ella était le portrait craché de sa mère – toute en cheveux blonds, yeux bleus et joli minois.

John Zur était assis sur une chaise à côté du lit de Colton.

— Ils vont bien tous les deux, Marcus. Ils ont englouti une assiette de poulet et de frites.

Il poussa un petit grognement.

— Et ils me rebattent les oreilles à propos d'un soi-disant super-héros qui les a sauvés. J'imagine que vous n'êtes pas au courant de ça, si ?

Marcus grimaça.

— Je n'ai vu personne en collant et en cape.

— On parlait de vous, dit Colton en riant.

— Ouais, merci, mon pote.

Marcus ébouriffa les cheveux du petit garçon. Ils étaient secs, cette fois.

— Écoute, je dois parler à l'inspecteur Zur. On sera juste là, dans le couloir.

Après avoir fermé la porte, Marcus adressa un signe de tête au garde, puis se tourna vers Zur.

— On a un problème, John.

— Vous voulez parler du chauffeur ?

— Exactement. Il est peu probable qu'il les ait emboutis par hasard. En venant ici, je me suis rendu compte que celui qui veut la mort de Rebecca n'allait pas être content en découvrant qu'il avait échoué.

— Et il y a de fortes chances pour qu'il réessaie, conclut Zur en hochant la tête. J'ai pensé la même chose. Nous allons faire garder sa chambre une fois qu'elle sera sortie du bloc.

— Vous avez eu des précisions sur l'opération ?

— Ils disent que ça va durer quelques heures. En attendant, j'ai interrogé les enfants. La fille ne se rappelle pas grand-chose.

— Elle a fait une crise d'asthme et est restée

inconsciente pendant tout ce cauchemar, dit Marcus en secouant la tête. C'est sans doute préférable. Est-ce que Colton s'est souvenu de quelque chose ?

— Rien d'autre que ces cochons volants, répondit Zur avec un petit rire. L'élevage porcin d'Angelo ?

— Angelo Pucelli. J'imagine qu'il se prenait pour un ange – d'où le logo. Il a déménagé à Calgary il y a sept ans, quand on a diagnostiqué une leucémie à sa femme.

— L'endroit est fermé depuis ?

— Oui.

Il regarda Zur dans les yeux.

— Jane et moi étions clients.

— Drôle de coïncidence.

Marcus pensa au fantôme de Jane à l'arrière de sa voiture.

— Et encore, vous ne savez pas tout.

— Pourquoi, qu'est-ce qui se passe ?

— Je vous raconterai peut-être plus tard. Ça n'a pas vraiment de rapport avec cette affaire.

Il s'appuya contre le mur et inspecta le couloir, à l'affût de quiconque semblerait suspect.

— Vous croyez qu'il sera assez stupide pour venir ici ?

— Peut-être. Rebecca va rester là quelques jours, en convalescence.

— Et les enfants ? Et leur père ?

— Nous avons contacté la Gendarmerie royale à Fort McMurray, où son mari prétend être allé pour trouver du travail. Ils sont à sa recherche.

— Vous pensez que c'est son ex ?

— C'est habituellement le cas. Mais c'est un sacré malade s'il est prêt à tuer aussi ses enfants.

— D'après Rebecca, c'était une décision de dernière minute. Sa sœur était censée s'occuper d'eux pour qu'elle puisse partir seule. C'est ce qu'elle a dit à son ex.

— Alors il la croyait seule ?

— Oui, mais la sœur s'est désistée, et Rebecca a emmené Colton et Ella. À la dernière seconde. Wesley Kingston n'était pas au courant.

— Il a de plus en plus l'air d'être notre suspect numéro un.

— Vous allez l'arrêter ?

— Il n'y a pas assez de preuves contre lui. Mais nous allons l'interroger.

Le portable de Zur bourdonna.

— Oui… d'accord… ce soir ? Pas de problème… merci.

Quand Zur eut raccroché, Marcus demanda :

— Ils ont trouvé Wesley Kingston ?

— Oui. Exactement où il était censé se trouver. Il a passé des entretiens, puis s'est rendu dans un bar. Il avait laissé son téléphone à l'hôtel. Il est en train de rentrer. Il sera là dans environ huit heures.

— J'aimerais être présent quand vous l'interrogerez.

— Marcus…

— S'il vous plaît, John. Je veux entendre ce qu'il a à dire. Vous poserez toutes les questions. Je la fermerai.

Zur grogna.

— En êtes-vous seulement capable ?

— Ha ha.

Une séduisante femme médecin d'une quarantaine d'années approcha.

— Êtes-vous monsieur Kingston ?

Marcus secoua la tête.

— Il est à environ huit heures d'ici.

Le médecin s'arrêta, une main sur la porte.

— Vous êtes de la police ?

— Super-héros.

— C'est lui qui les a sauvés, intervint Zur. Les enfants l'appellent super-héros, et maintenant il se croit capable de voler.

Le médecin sourit.

— Il existe des drogues pour ça.

Marcus adressa à Zur une grimace exagérée, mais ne dit rien. Cette femme ne savait pas qu'il était un ancien drogué.

— Des nouvelles de la mère ? demanda Zur.

— Jusqu'à présent, tout va bien. L'opération pourrait prendre de deux à six heures.

Elle entrouvrit la porte, puis regarda par-dessus son épaule.

— Nous déplaçons le patient de la chambre voisine. Nous y mettrons la maman pour qu'elle soit près de ses enfants.

Zur hocha la tête.

— Nous mettrons des gardes aux deux portes.

— Merci, ajouta Marcus.

Elle entra dans la chambre et la porte se referma. Marcus la fixait en se mordillant la lèvre inférieure.

— Nous avons déjà vérifié les antécédents du docteur Burns, dit Zur. Ainsi que ceux de l'infirmière de jour, de l'infirmière de nuit et du docteur Monroe, le chirurgien qui opère Mme Kingston.

— Je m'en étais douté.

— Alors pourquoi avez-vous l'air si inquiet ?

— Un type en veut à Rebecca et à ses enfants. Et elle est en salle d'opération, luttant encore une fois pour survivre. Pourquoi ne serais-je pas inquiet ?

— Elle va s'en sortir, Marcus.

— Je l'espère de tout cœur.

— Assurez-vous que cet homme entre voir Rebecca Kingston une fois qu'elle sera sortie de la salle d'opération, ordonna Zur au garde. Qu'il puisse accéder aux deux chambres à tout moment.

Il sourit à Marcus.

— Et maintenant, allez voir les gosses.

— Merci, John.

— Vous risquez de regretter ces paroles.

Zur eut un signe de tête en direction de la porte.

— Ces deux-là sont dopés au gâteau au chocolat et à la gelée. Amusez-vous bien. Je dois passer au poste et remettre mon premier rapport. Je reviendrai plus tard pour voir comment va tout le monde.

— À plus tard.

— Oh, j'oubliais.

Zur fouilla dans la poche de sa veste.

— Le garçon m'a donné votre portable. Il dit que vous lui avez prêté.

— Oui.

Marcus rangea le téléphone dans sa poche arrière.

— Merci.

— C'est une très belle photo de Jane et Ryan.

Il fallut une seconde à Marcus pour comprendre de quoi il parlait.

— L'économiseur d'écran.

Zur acquiesça, puis fit un petit signe de la main et disparut dans le couloir.

Marcus attendit que le médecin sorte avant d'entrer dans la chambre. Il y fut accueilli par de grands sourires et des gloussements.

— Qu'est-ce que vous manigancez, tous les deux ? demanda-t-il, soupçonneux.

— Le docteur Burns a dit que nous aurions encore du gâteau après le dîner, déclara Ella.

Marcus rit.

— Elle a dit ça ? Petits veinards.

— Quand maman revient-elle ? demanda Colton.

— Qu'a dit le docteur Burns ?

— Elle a dit que maman devait subir une opération.

Le petit garçon fixa Marcus tout en tirant nerveusement sur la couverture.

— Est-ce qu'elle va s'en sortir ?

— Sans aucun doute. Elle est coriace, ta maman.

— Vous allez attendre ici qu'elle arrive ?

Marcus hocha la tête.

— Je n'ai rien de mieux à faire. D'ailleurs, je voulais vous poser quelques questions.

— Ah, grommela Colton. J'ai déjà dit à ce type de la police tout ce dont je me souviens.

— Parfois, les souvenirs sont sournois.

Marcus fit une grimace et courba les doigts pour imiter des griffes.

— Ils se cachent. Jusqu'à ce que quelque chose les fasse sortir.

Il s'approcha des lits, et les enfants poussèrent des cris aigus en riant.

Il sourit, espérant que personne ne viendrait leur dire de se calmer. Il n'y avait rien de meilleur qu'un rire d'enfant. Dieu, comme ce bruit lui manquait.

Il se percha au bord du lit de Colton.

— Alors raconte-moi, tu étais excité de partir en voyage avec ta maman ?

Colton secoua la tête.

— Pas au début. On devait rester chez tante Kelly, mais mes cousins sont tombés malades.

Il sourit.

— J'étais content. Pas qu'ils soient malades, mais qu'on ne soit pas obligés d'y aller.

— Tu n'aimes pas aller chez ta tante Kelly ?

— Colton n'aime pas jouer avec les bébés, intervint Ella. Mais moi, si.

— Les bébés peuvent être amusants, dit Marcus, ignorant le rictus méprisant qu'affichait Colton. Mais peut-être pas pour Colton. Tu aimes faire d'autres trucs. Des trucs de mec, pas vrai ?

— Ouais, dit Colton en hochant la tête. Je voulais aller voir la caverne des chauves-souris à Cadomin.

— Alors quand ta mère a dit que vous y alliez, tu étais content.

Autre hochement de tête.

— Vous avez dit à votre père où vous alliez ?

— J'ai essayé de l'appeler pendant qu'on était dans

la voiture.

Sa bouche se mit à trembler.

— Sous l'eau. Mais il n'a pas répondu.

— Alors vous ne l'avez jamais informé que vous alliez à Cadomin.

— Non.

— Pendant le trajet, est-ce que tu as vu quelque chose d'étrange ?

— Ces cochons volants.

Marcus rit.

— Tu as une bonne vue, mon gars. C'est comme ça que j'ai su où vous étiez.

Il tapota le bras du petit garçon.

— Et sur la route, vous vous êtes arrêtés quelque part ?

— Dans une station-essence.

— Et vous êtes tous allés aux toilettes là-bas ?

— Oui.

— Est-ce que la porte était ouverte ?

— On est allés chercher la clé à la station, intervint Ella.

— Est-ce que l'un de vous a vu quelqu'un, ou parlé à quelqu'un, dans la station ?

— Non, répondirent-ils.

— Vous avez vu quelqu'un dehors ?

Ella secoua la tête. Colton aussi, mais il pencha la tête de côté comme s'il réfléchissait.

— Quoi ? l'encouragea Marcus.

— Pendant que maman allait chercher la clé des toilettes, j'ai vu un homme dehors.

— Qu'est-ce qu'il faisait ?

— Il m'observait. Comme s'il pensait que j'allais voler quelque chose.

— Tu as parlé de cet homme à ta mère ?

Colton secoua la tête.

— Je ne voulais pas qu'elle croie que j'allais voler quelque chose.

— Et à l'inspecteur Zur, tu lui en as parlé ?

— Non. J'avais oublié, jusqu'à maintenant.

— À quoi ressemblait-il, cet homme ?

Colton haussa les épaules.

— Je dirais qu'il avait l'air d'un type normal.

— De quelle couleur étaient ses cheveux ?

— Sais pas.

Les doigts du petit garçon serraient les draps si fort que Marcus sut qu'il ne tirerait rien de lui s'il restait aussi tendu. Il devait égayer l'atmosphère.

— D'accord… est-ce que l'homme portait des vêtements, ou est-ce qu'il était tout nu ?

Le garçon écarquilla les yeux et il ricana.

— Habillé, voyons.

— Est-ce qu'il portait un pantalon, ou une jupe ?

Ella gloussa.

— Une jupe.

Colton secoua la tête.

— Un pantalon. Un jean. Vraiment vieux et sale, comme celui que mon père met quand il répare la voiture.

Marcus acquiesça.

— Bon, ça se précise. Tu te souviens de quelle couleur était sa veste ?

— Il n'en portait pas. Il avait un T-shirt.

— Un T-shirt ordinaire, ou est-ce qu'il y avait des lettres ou un dessin ?

— Les deux.

Colton plissa les yeux, essayant de se remémorer.

— Il y avait… une voiture dessus. Et peut-être le nom d'une rue… je crois.

Ses yeux s'ouvrirent grand.

— Et il portait une casquette de base-ball. Des Oilers d'Edmonton. C'est pour ça que je n'ai pas vu ses cheveux.

Son excitation était perceptible.

— Est-ce que j'ai dit quelque chose d'utile ?

— Très utile. Tu as raconté tout ça à l'inspecteur ?

— Je viens juste de m'en souvenir, sauf pour le jean.

Marcus sortit son portable et appela Zur. Il lui transmit les informations concernant l'homme à la station-service.

— Casquette des Oilers, vieux jean sale et un T-shirt orné d'une voiture et d'un nom de rue.

— Je vais mettre un de nos gars dessus, déclara Zur. Nous apporterons des photos de logos de T-shirts dans la soirée. Peut-être aurons-nous de la chance et que quelqu'un d'autre aura vu ce type.

— Et une caméra de sécurité ? Est-ce que la station-essence en a une ?

— Oui, nous avons déjà fait vérifier par un technicien. Nous avons bien vu un homme près de la porte quand Mme Kingston et ses gosses sont entrés. Mais nous n'avons pas pu l'identifier.

— Et son véhicule ?

— Il s'était garé hors de vue des caméras.

— Merde.

Marcus se tourna vers les enfants, qui le contemplaient avec un sourire satisfait.

— Je veux dire : flûte.

— Tu as dit un gros mot, marmonna Ella dès qu'il eut raccroché.

— C'est vrai. Désolé.

— C'est pas grave, dit Colton.

Il baissa la voix pour qu'Ella ne l'entende pas.

— Mon père dit des gros mots, des fois.

Marcus ne sut que répondre.

Chapitre 28

Hinton, Alberta – samedi 15 juin 2013, 6 h 46

Quand Rebecca ouvrit les yeux, le soleil du petit matin inondait sa chambre d'hôpital d'une lueur orangée. Elle n'avait pas la moindre idée de l'heure qu'il était, mais elle savait où elle se trouvait – et pourquoi.

La tête lui tourna quand elle essaya de la bouger.

Quelqu'un lui tapota la main. Une jeune infirmière.

— Tout va bien, madame Kingston. Votre opération s'est bien passée, et vos enfants sont juste à côté.

— Je peux les voir ? demanda Rebecca d'une voix rauque.

— Le docteur Monroe veut que vous vous reposiez un moment avant. Vous ne voudriez pas que vos enfants vous voient toute groggy ?

— Non, j'imagine.

— D'ailleurs, dit l'infirmière en se dirigeant vers la porte, vous avez un autre visiteur. Vous vous sentez assez en forme ?

— Qui est-ce ?

— Un homme. Un policier, peut-être. Désolée, je n'ai pas compris son nom. Vous voulez que j'aille lui demander ?

— Ce n'est pas grave. Faites-le entrer.

Rebecca s'humecta les lèvres. Elle avait la bouche sèche et mal à la gorge. Mais la pression qu'elle avait ressentie autour de ses côtes et de son torse avait disparu.

Elle souleva les couvertures.

— Je pense que tout est au bon endroit, dit quelqu'un.

Elle laissa retomber les draps et vit un homme debout dans l'encadrement de la porte. Sa barbe naissante grisonnait mais son visage était séduisant, et son regard gris-bleu pétillait.

Elle cligna des paupières.

— Marcus, je n'arrive pas à croire que vous soyez encore là. Je pensais que vous étiez rentré chez vous.

— Et manquer cette joyeuse réunion ? Certainement pas.

Il traversa la pièce et s'arrêta près du lit.

— J'avais promis de vous retrouver ici, et je tiens toujours parole.

— En effet. Mais je n'imaginais pas que vous attendriez là des heures.

Il haussa les épaules.

— Qui dit que je l'ai fait ? Peut-être suis-je sorti dîner, ou allé faire du shopping.

Elle eut un petit rire.

— Le médecin m'a dit qu'un homme harcelait tout le monde pour avoir des nouvelles de mon état tous les quarts d'heure, pendant que j'étais dans la salle d'opération. Je sais que ce n'était pas Wesley.

— Comment vous sentez-vous ?

— Comme si un psychopathe m'avait poussée hors de la route.

Le visage de Marcus s'assombrit.

— Désolée. Mauvaise plaisanterie.

Elle se toucha le ventre avec précaution.

— Je suis plutôt endolorie.

— Voilà ce qui arrive quand on se jette dans une

rivière.

Elle essaya de sourire, mais l'effort lui fit mal à la tête.

— Ce n'était pas exactement volontaire.

— Je sais.

Il étudia les contours de son visage.

— Vous vous êtes bien nettoyée.

— C'est bon à savoir. Vous aussi.

Il lui offrit le verre d'eau qui se trouvait à côté de son lit, et elle but une gorgée avant de demander :

— Comment vont mes enfants ?

Marcus tira une chaise jusqu'à côté du lit et s'assit.

— Votre fils et votre fille font une overdose de sucre à l'hôtel de Hinton.

Elle fronça les sourcils, puis comprit qu'il voulait parler de l'hôpital.

— J'espère qu'ils se tiennent bien.

— Ils vont bien. Pour le moment, ils regardent *Shrek*.

Il marqua une pause.

— J'espère que vous êtes d'accord.

— Oui.

Elle ne parvenait pas à détacher les yeux de son visage. Elle avait devant elle l'homme qui l'avait sauvée. Et avait sauvé ses enfants. Ces yeux et ce sourire appartenaient à l'homme qui lui avait parlé quand elle avait surtout envie de hurler et de pleurer. Il l'avait aidée à rester saine d'esprit quand tout autour d'elle n'était que folie.

— Euh, est-ce que j'ai des miettes de gâteau sur le visage ? demanda-t-il.

Elle sourit.

— Désolée de vous fixer. C'est juste que vous…

Elle ne savait comment finir.

— Je sais. Vous essayez de comprendre comment un type à la voix aussi sexy peut avoir cette tête-là.

Il frotta son menton mal rasé.

Elle réfréna un rire.

— Pas tout à fait ce que je pensais. Mais effectivement, vous raser ne vous ferait pas de mal.

Marcus haussa les épaules.

— J'ai été pas mal occupé. Vous savez, à jouer les super-héros.

Il s'adossa à la chaise et étendit les jambes sous son lit.

— Waouh. Vous êtes drôlement modeste.

Il sourit.

— Je répète simplement le surnom que vous m'avez donné.

Cet homme n'était pas seulement charmant. Il flirtait avec elle. Elle ne se rappelait pas quand c'était arrivé pour la dernière fois. C'était plutôt agréable.

— Vous vous sentez d'attaque pour parler du camion ? demanda-t-il.

— Je vois. D'abord vous me mettez à l'aise et endormez mes soupçons, et ensuite vous entamez l'interrogatoire.

— Désolé. Ça peut attendre.

— Je plaisantais.

Elle poussa un long soupir, puis ajouta :

— Je n'ai pas vu grand-chose. Un camion avec des projecteurs de chasse. Le camion était d'une couleur foncée. C'est tout ce dont je me souviens.

— Et Wesley ne possède pas de camion de ce genre.

Elle le dévisagea.

— Non. Et il ne ferait jamais de mal à ses enfants.

Elle devina, en le voyant baisser les yeux vers le sol d'un air concentré, qu'il ne la croyait pas.

— Il ne le ferait pas, Marcus.

— Colton a vu un homme devant la station-essence quand vous vous êtes arrêtés.

— Vraiment ? Je n'ai vu personne.

— Vous étiez occupée à aller chercher la clé. Le

type portait une casquette des Oilers, un T-shirt orné d'une voiture et un jean sale.

Elle ferma les yeux, fouillant dans sa mémoire.

— Je ne l'ai pas vu.

— Vous m'avez dit que vous aviez vu deux ou trois voitures et un camion sur le parking. Où se trouvaient exactement ces véhicules ?

Ouvrant les yeux, elle acquiesça.

— Les voitures étaient près des pompes. Le camion…

Elle inspira brusquement.

Marcus bondit sur ses pieds.

— Ça va ? Vous voulez que j'appelle le médecin ?

— Non. Ça va. Ce n'est pas ça.

Elle s'humecta à nouveau les lèvres.

— Je me suis souvenue de quelque chose.

— De quoi ?

— Ce camion avait des projecteurs en haut, comme celui qui m'a fait quitter la route.

— Vous êtes sûre ? demanda Marcus en se rasseyant.

— Je n'y ai pas pensé plus tôt parce qu'ils n'étaient pas allumés à la station. Le moteur tournait, mais les lumières éteintes. Même les phares.

Elle croisa son regard.

— C'est bizarre, non ? Habituellement, si on s'arrête et qu'on passe au point mort, on n'éteint pas les phares.

Marcus hocha la tête.

— Je crois que c'est votre camion.

— Il était bleu ! lâcha-t-elle. D'un bleu métallisé. Bleu marine.

— Vous êtes sûre ?

— Absolument. Les lampes au-dessus des pompes à essence l'éclairaient.

— Autre chose ?

Elle sourit.

— En repartant, je suis passée devant le camion. Je ne faisais pas vraiment attention, mais j'ai regardé dans mon rétroviseur.

— Qu'avez-vous vu ?

— Des couilles.

Elle rougit.

— Vous savez, ces couilles de taureau en métal que certains types pendent au crochet de leur camion.

Marcus eut un petit rire.

— Ah, ces cow-boys en herbe.

— Des bouseux.

Ils rirent tous les deux.

— Donc, reprit-il, vous avez vu un camion bleu marine métallisé avec des projecteurs sur le toit et des testicules de taureau pendus au crochet.

Vu sa façon de le présenter, elle ne put s'empêcher de sourire. Mais ce sourire s'effaça rapidement.

— Pourquoi quelqu'un ferait-il une chose pareille ?

— Nous ne savons pas trop. Mon ami l'inspecteur Zur y travaille. Ils sont en train de regarder les enregistrements de sécurité de la station-essence.

— Mais vous pensez tous que Wesley a quelque chose à voir là-dedans.

— Est-ce que *vous* avez des ennemis ?

— Non. Pas à ma connaissance.

— Est-ce que Wesley a énervé quelqu'un récemment ?

— Probablement.

— C'est pour ça que la police le considère comme suspect.

Marcus se pencha en avant et lui prit la main.

— Nous avons mis un garde à votre porte, Rebecca. À celle des enfants aussi. Celui qui a fait ça pourrait revenir.

— Parce que je suis toujours vivante, dit-elle d'une petite voix.

— Oui.

— Vous retournez travailler ?

Il lâcha sa main.

— J'ai pris un… congé.

Elle se dressa sur les coudes.

— Ce n'est pas un congé volontaire, si ?

Le regard de Marcus se porta vers le mur, puis vers la fenêtre.

— Je suis suspendu. Jusqu'à ce qu'une enquête soit effectuée. C'est le prix à payer quand on enfreint les règles.

— Je suis désolée.

Son regard revint brusquement sur elle.

— Eh, ne soyez pas désolée. Je ne le suis pas. Un peu de repos ne me fera pas de mal.

— J'imagine qu'être opérateur des urgences n'est pas facile.

— Certains jours.

— Et c'était un jour comme ça, conclut-elle.

Il haussa les épaules.

— C'était une journée difficile.

Puis il sourit.

— Mais je serais nul, comme super-héros, si je n'affrontais pas de difficultés.

— En tout cas, je suis votre fan numéro un.

— À propos de nombres, dit-il, vous vous rappelez quand je vous ai parlé de l'habitude qu'avait Jane d'additionner les dates ?

— Oui.

— Et vous avez dit que le 13 était un jour mal choisi pour votre voyage ?

Où veut-il en venir ?

— Mmm.

— Selon Jane, on doit additionner tous les nombres et les réduire à un seul chiffre. Donc, juin correspond à six. Plus treize, ça fait dix-neuf. Puis vous additionnez le un et le neuf, ce qui donne dix. Vous additionnez le un et le zéro, ce qui donne…

— Ça paraît plutôt compliqué, dit-elle en riant.

— Je n'ai pas fini. Un et zéro font un. Puis vous additionnez les chiffres de l'année 2013, ce qui donne six. Vous l'ajoutez au un, et voilà !

Elle sourit.

— Sept. Un jour de chance. Vraiment ?

Il haussa les épaules.

— Vous êtes toujours là.

— Vous avez raison. C'est plutôt de la chance, tout bien considéré.

Elle bâilla et il se leva avec effort.

— Je vais vous laisser vous reposer.

— Un moment, convint-elle. Ensuite, je veux voir mes enfants.

Marcus marcha jusqu'à la porte.

— Faites de beaux rêves.

— Attendez !

Il se retourna.

— Aujourd'hui, nous somme le 15 juin 2013, dit-elle. Qu'est-ce que ça donne ?

— Neuf, dit-il au bout d'un moment.

— Que signifie le neuf ?

Il lui sourit.

— Je suis à peu près sûr qu'il signifie « fin de l'ancien et début du nouveau ». Ça veut dire que vous avez terminé un cycle, et que demain vous pourrez en commencer un nouveau.

Tandis que la porte se refermait derrière lui, elle médita ses paroles. Pouvait-elle vraiment repartir à zéro ? Demain serait-il le début d'une nouvelle vie ? Et Marcus Taylor ferait-il partie de cette vie ?

Aux trois questions, elle répondit intérieurement : *En tout cas, je l'espère.*

Chapitre 29

Pendant que Colton et Ella rendaient visite à leur mère, Marcus s'assit dans la chambre des enfants et sonda Zur en quête d'informations.

— Est-ce qu'elle s'est rappelé quoi que ce soit d'autre ?

— Rien. Et nous avons enquêté soigneusement sur le mari. Son alibi se vérifie. Des témoins affirment qu'il se trouvait au bar à Fort McMurray quand tout ça est arrivé.

— Peut-être qu'il a engagé quelqu'un et l'a payé en liquide.

— Nous n'avons trouvé aucun retrait important sans objet apparent.

— Ce type est un joueur, John. Peut-être qu'il a gagné un peu d'argent et s'en est servi pour payer le camionneur.

— Nous examinons toutes les possibilités.

— Vous avez vérifié ses antécédents, à elle ?

— Ceux de Rebecca Kingston ?

Marcus acquiesça.

— Elle est réglo. Pas d'infraction, pas d'arrestation.

Pas même un excès de vitesse.

— Pas d'affiliation religieuse bizarre ?

— Vous voulez dire : comme une secte ?

— Ce ne serait pas la première fois qu'une secte s'en prend à une mère.

— Non, elle est presbytérienne.

— Vraiment ? Votre enquête a été approfondie au point d'aborder sa religion ?

Zur sourit largement.

— C'était inscrit sur sa fiche d'hôpital, Marcus.

— Oh.

Il y eut un silence.

Marcus se gratta la tête. *Qui diable veut la mort de Rebecca ? Qui en profiterait ?*

— Vous pensez toujours que c'est son ex ? demanda Zur.

— C'est presque toujours l'ex.

Comme Zur le dévisageait curieusement, Marcus ajouta :

— Je regarde souvent *New York police judiciaire*.

— Croyez-moi, nous nous intéressons toujours à Wesley Kingston. Il a côtoyé quelques personnes peu fréquentables au fil des ans à cause de ses dettes de jeu. Peut-être Mme Kingston n'était-elle pas la cible. Peut-être s'agissait-il de son mari.

— Vous croyez que quelqu'un essayait de lui adresser un avertissement ?

— Ce serait logique. Il accumule les dettes, ne peut pas payer, et ils s'en prennent à lui. Peut-être ont-ils cru que c'était lui qui conduisait. Ou ils ont décidé de l'atteindre par l'intermédiaire de sa femme et de ses gosses. Ce qui inciterait la plupart des hommes à régler leur dette.

Marcus se frotta le visage.

— Les addictions, hein. Ça fout votre vie en l'air.

— À moins de choisir de se faire aider.

Zur lui tapota le bras.

— Comment vous sentez-vous ?

Marcus haussa les épaules.

— Vous savez ce que c'est. On va aux réunions, on se sent coupable, on a envie d'en reprendre, on retourne aux réunions, on se sent coupable. C'est un cercle vicieux.

— Mais vous vous y pliez. Vous avez fait le bon choix.

Zur poussa un gros soupir.

— La dernière chose dont j'ai envie, c'est être appelé quelque part et vous trouver mort. Vous êtes un trop brave type pour suivre cette voie-là. Souvenez-vous-en. Les gens ont besoin de vous.

Rebecca et ses enfants, par exemple ?

Marcus songea à eux, à la tournure différente qu'auraient prise les événements s'il n'avait pas décroché le téléphone la veille et pris l'appel de Rebecca aux urgences. Bien sûr, Leo aurait fait de son mieux pour l'aider, mais il respectait les règles. La plupart du temps.

— Écoutez, dit Zur. Je dois y aller. Je vais rendre visite à certains casinos, parler aux gens. Peut-être qu'on trouvera quelque chose.

— Vous devez arrêter ce type, John.

— On l'arrêtera. Comptez là-dessus.

Marcus regarda son ami s'éloigner dans le couloir. Dès que Zur monta dans l'ascenseur, Marcus se tourna vers le garde et déclara :

— Je reviens dans environ une heure. Si Rebecca ou les enfants ont besoin de moi…

— Je leur dirai.

Marcus avait besoin d'aller quelque part. Vraiment besoin.

* * *

Quand il entra dans la petite salle vingt minutes plus tard, Marcus essaya de ne pas se faire remarquer.

Avec un peu d'hésitation face à cet environnement peu familier, il parcourut la pièce des yeux, prit note des inconnus qui l'occupaient et s'assit sur une chaise de la dernière rangée.

— Je m'appelle Bert, dit l'homme sur le podium, et je suis un drogué.

— Bienvenue, Bert, murmura Marcus avec le groupe, tout en luttant pour contrôler le besoin envahissant qui parcourait chaque nerf de son corps.

Il était si concentré sur sa respiration qu'il ne remarqua pas quand quelqu'un s'assit à côté de lui. Mais il remarqua le coup de coude qu'on lui donna. Il leva les yeux.

Leo sourit.

— Je savais que je te trouverais ici.

— Qu'est-ce que tu fais là ? chuchota Marcus.

Leo baissa la voix.

— Je suis venu te voir.

— Je vais bien, Leo.

— Ouais, je vois ça. C'est pour ça que tu assistes à une réunion des Narcotiques Anonymes.

— Je ne vais pas me droguer.

— C'est une bonne nouvelle.

Une femme devant eux tourna la tête et les foudroya du regard.

— Chut…

Comme un écolier pris en faute, Marcus croisa les mains sur ses genoux. Leo l'imita. Ils écoutèrent en silence pendant toute la réunion, chacun combattant ses propres démons.

À la sortie, Leo annonça :

— Allons manger un morceau.

Marcus le suivit dehors.

— Une seule voiture ?

— Certainement. Je conduis.

Marcus suivit Leo jusqu'à sa voiture et monta sur le siège passager. Leo s'installa au volant, mais ne démarra pas.

— Qu'est-ce qui se passe ? demanda Marcus.

Leo secoua lentement la tête.

— J'ai cru que j'allais te perdre, mon pote.

— Eh bien, tu ne m'as pas perdu. Tu vas devoir continuer à me supporter.

Leo le regarda fixement.

— Ça en valait la peine ?

— Tu veux dire d'enfreindre les règles, de me faire suspendre et de trouver Rebecca et les gosses ?

— Ouais.

— Chaque seconde en valait la peine. Je recommencerais.

Leo soupira.

— C'est ça qui me fait peur.

Marcus sourit.

— Eh, ne t'en fais pas pour moi. Vraiment. Je ne me suis jamais senti aussi bien. J'ai l'impression que ma vie est enfin sur les rails. Comme si un poids m'avait été enlevé de la poitrine. Je ne m'étais jamais rendu compte du mal que j'avais à respirer avant.

— Alors dis-moi, comment les as-tu trouvés, exactement ?

— Par intervention divine.

— Quoi, tu te remets à voir des fantômes, ou est-ce que Dieu t'a parlé cette fois ?

Marcus rit.

— Tu ne me croirais pas si je te le disais.

— Fantômes ou Dieu ?

— Peut-être un peu des deux. En fait, je ne sais pas. Peut-être que j'ai tout imaginé.

— Qui tu as vu ? Jane ?

Le sourire de Marcus s'effaça.

— Si clairement que je pouvais presque la toucher. Et cette fois, je ne rêvais pas.

— Comment tu le sais ?

— Parce que j'étais au volant. Hier soir, j'ai vu Jane

debout au milieu de la route, puis assise à l'arrière de ma voiture. Ce n'est pas non plus la première fois.

— Tu as déjà vu le fantôme de Jane ?

Marcus hocha la tête.

— Et celui de Ryan.

Leo resta bouche bée, mais ne répliqua pas.

— Tu ne me crois pas, Leo ?

— Je crois que tu y crois.

— Alors je devrais te raconter la première fois où j'ai vu des fantômes. Tu te souviens quand je suis allé dans cette cabane près de la caverne de Cadomin ? Quand j'y étais, j'ai pris de la drogue, mais ça n'explique pas tout ce qui s'est passé.

— Quoi, par exemple ?

— Les cadeaux que j'ai commencé à trouver sur le pas de ma porte. Ou les enfants que j'ai vus dans les bois.

Leo haussa les épaules.

— Tu n'étais sans doute pas le seul à louer une cabane.

— Eh bien, à part moi et peut-être trois employés du pétrole, il n'y avait personne d'autre qu'Irma, la propriétaire des cabanes.

— Et pas d'enfants.

— Pas un seul. En fait, Irma m'a dit que les derniers gamins qui avaient vécu dans le coin étaient morts dans un incendie.

— Tu penses que tu as vu leurs fantômes ?

— Qu'est-ce que ça aurait pu être ? Je ne savais rien de ces enfants avant de les voir. Et rien d'autre n'explique les objets étranges que j'ai trouvés devant ma cabane.

Il fronça les sourcils et se gratta le menton.

— J'y étais juste avant cette mère – tu sais, celle dont le fils avait disparu à l'époque. Il avait été kidnappé par le Brouillard.

— C'était une époque effrayante pour les parents.

— Je sais.

— Qu'est-ce que tu allais dire à propos de la mère ?

— J'ai lu dans l'*Edmonton Journal* qu'elle avait séjourné dans la même cabane que moi. La mère… Sadie quelque chose. Je suis parti si vite que je n'avais pas eu le temps de nettoyer. Elle a dû voir les seringues.

Il détourna les yeux.

— Les journaux ont dit qu'elle avait reconnu y être allée pour se tuer, mais que quelque chose l'en avait empêchée. Je me demande…

Leo ricana.

— D'accord, mon gars, tu commences à parler comme un cinglé. Soit on te nourrit, soit on va acheter une de ces vestes spéciales qui s'attachent dans le dos.

— Je me demande si elle les a vus aussi. Les enfants fantômes.

Leo démarra la voiture.

— Chez Montana ? Je me ferais bien des travers de porc avec des frites. Et pendant qu'on attend, tu vas tout me dire sur ces fantômes, y compris celui de Jane. Je veux tout savoir.

Chapitre 30

L'après-midi, Rebecca se sentait un peu mieux. Le traitement qu'on lui avait donné la rendait quelque peu groggy, mais elle était si heureuse de voir Ella et Colton que même les médicaments ne l'empêchaient pas d'exprimer sa joie.

— J'espère que vous êtes vraiment sages avec le médecin et les infirmières.

Les enfants étaient assis sur des chaises, emmitouflés dans leurs robes de chambre d'hôpital trop grandes. Le docteur Monroe les avait autorisés à s'installer dans sa chambre et à regarder la télévision avec elle pour l'après-midi.

La porte s'ouvrit et l'officier de police passa la tête à l'intérieur.

— Il va y avoir une relève dans une demi-heure, madame Kingston. J'ai pensé qu'il fallait vous le dire.

— Merci.

Avoir un garde à la porte lui donnait un sentiment de sécurité, mais cela ne l'empêchait pas de s'inquiéter au sujet du camionneur. Se livrerait-il à une autre tentative ? Et pourquoi ?

Chaque fois qu'elle fermait les yeux, des images lui revenaient et ses muscles se crispaient. Elle se rappelait la froideur de l'eau… et sa certitude absolue qu'elle allait mourir là dans l'obscurité, seule.

— Et Marcus a nagé jusque dans la voiture, racontait Colton à Ella pour la centième fois, et nous a donné des masques de plongée. Mais tu dormais, alors tu n'as rien vu.

— Et il nous a sauvés, dit Ella en hochant vigoureusement la tête.

— Maman dit qu'avant, il était, genre, médecin ou quelque chose.

— Infirmier, le corrigea Rebecca.

— Ouais, un de ces types.

Colton fronça les sourcils.

— Tu crois qu'il est déjà monté dans un hélicoptère STARS ?

— Tu devras lui demander la prochaine fois qu'il viendra.

La pensée d'une visite de Marcus Taylor lui donnait le trac. Un trac agréable. Il était indéniable qu'un lien s'était tissé entre eux à cause de tout ce qui s'était passé.

Mais c'est plus que ça.

Elle voulait en savoir plus à son sujet. La dernière fois qu'elle l'avait vu, un soupçon de vulnérabilité était apparu sur son visage rude mais agréable. Pendant qu'ils discutaient, elle avait vu une vague d'émotions l'envahir – chagrin, culpabilité, soulagement, joie… et colère. Quand elle lui avait avoué davantage de détails concernant leur situation financière et les habitudes de jeu de Wesley, elle avait vu de la colère luire dans son regard.

Elle était cependant soulagée d'entendre que son mari n'était plus considéré comme suspect par la police. Il n'aurait jamais fait quelque chose d'aussi horrible. Marcus avait dit qu'ils s'intéressaient à d'autres pistes, que peut-être les dettes de jeu de Wesley étaient responsables. Mais elle ne pouvait pas affronter cette idée pour le moment. Tout ce qu'elle voulait faire était serrer ses enfants dans ses bras… et respirer.

— Maman a besoin d'un petit câlin, dit-elle.

Colton et Ella obéirent avec empressement. Tandis qu'ils l'enveloppaient de leurs bras, en faisant attention à tous les tubes et fils, elle les serra contre elle et écouta leurs cœurs battant dans leurs poitrines.

La vie. C'était une chose pour laquelle il valait la peine de lutter. Et pour rien au monde elle ne laisserait quelqu'un faire à nouveau du mal à ses enfants. Ni Wesley, ni personne.

Elle avait appelé Kelly dès qu'elle s'était sentie en mesure de discuter. Elle avait essayé de dissuader sa sœur de venir immédiatement à Hinton.

— Je vais bien, avait-elle promis. Les médecins s'occupent de moi, et j'ai un policier à ma porte. Les enfants aussi.

Elles avaient parlé de « l'accident ».

— J'aurais dû prendre les enfants, dit Kelly.

— Aucun d'entre nous ne savait ce qui allait arriver, sœurette. Enfin, est-ce que même dans tes rêves les plus fous, tu aurais imaginé qu'un camionneur allait me pousser hors de la route ?

— Non. Mais qui voudrait ta mort ?

Rebecca ne pouvait pas lui parler des dettes de jeu de Wesley. Ni du fait que la police soupçonnait quelqu'un de chercher à avertir son ex-mari – en provoquant sa mort. Elle ne voulait pas effrayer sa sœur.

— Ils vont l'arrêter, avait-elle dit à Kelly.

Sa sœur s'était montrée plus que déterminée à prendre soin d'elle, une fois que Rebecca sortirait de l'hôpital dans un jour ou deux. Kelly avait déjà pris des dispositions pour venir séjourner chez elle quelques jours, mais cette idée rendait Rebecca très nerveuse. Si quelqu'un voulait toujours sa mort, sa maison ne serait un lieu sûr pour personne.

Elle pouvait demander à Wesley de revenir. Cette pensée lui donnait envie de rentrer sous terre. Elle savait ce qui se passerait alors. Wesley profiterait de la situation, de sa faiblesse, et avant qu'elle ait eu le temps de dire ouf, il se serait installé définitivement. Et s'il y avait une chose dont elle était absolument sûre, c'était qu'elle en avait fini avec lui. Elle avait hâte que le divorce soit prononcé.

Elle songea à son addiction au jeu. *Il n'a peut-être pas essayé directement de me tuer et de tuer les enfants, mais ses actes pourraient avoir provoqué la tentative.*

Elle jeta un coup d'œil à la pendule près de la porte. Wesley ne tarderait pas à arriver.

— Maman, je suis fatiguée, dit Ella.

— Et si Colton et toi alliez faire une sieste dans votre chambre ? Je crois que j'ai besoin d'en faire une, moi aussi.

— Je ne suis pas fatigué, grommela Colton.

— Regarde la télé, alors. Mais ne mets pas le volume trop fort. Laisse dormir ta sœur.

Quand ils furent partis, elle décrocha le téléphone de l'hôpital et prit la carte qui se trouvait à côté.

— Marcus ? demanda-t-elle quand il décrocha. Je sais que vous êtes sans doute occupé, mais…

— De quoi avez-vous besoin ?

Sa voix était devenue un réconfort immédiat.

— De vous parler.

— Vous voulez que je vienne à l'hôpital ?

— Si ce n'est pas trop vous demander.

— J'arrive tout de suite.

* * *

Quand Marcus entra dans sa chambre d'hôpital, la première chose que remarqua Rebecca fut qu'il s'était rasé. Il avait aussi mis de l'après-rasage, quelque chose de boisé – bois de santal et musc.

— Vous vous êtes rasé, dit-elle en se mordant la

lèvre à l'idée de ce commentaire absurde.

Il frotta son menton lisse.

— Oui, Leo m'a conseillé de faire un brin de toilette. Il a dit que j'avais l'air d'avoir fait la fête pendant trois jours.

— Mais ce n'est pas le cas.

C'était une affirmation, pas une question.

— Leo a l'air d'être un bon ami.

Il traîna la chaise à côté du lit.

— Le meilleur.

— Depuis combien de temps le connaissez-vous ?

— J'ai l'impression que c'est depuis toujours.

Il rit.

— J'ai rencontré Leo au travail, quand j'étais infirmier.

— C'était un collègue ?

— Non. À l'époque, il n'était pas en état de travailler pour qui que ce soit.

Il marqua une pause, comme s'il cherchait la bonne formulation.

— J'ai été appelé pour une urgence, il y a environ quinze ans. Un homme inconscient, qui avait perdu connaissance dans un bar.

— Ah, et c'était Leo.

Il acquiesça.

— Je ne peux pas entrer dans les détails – confidentialité et tout ce qui s'ensuit – mais je dirais qu'il était dans un sale état. Il a même failli mourir, ce soir-là.

— Mais il n'est pas mort, et maintenant vous êtes amis.

— Nous avons beaucoup de points communs, Leo et moi. Tous les deux beaucoup de choses à nous faire pardonner.

Elle regarda par la fenêtre, songeant à l'addiction à la drogue de Marcus. Elle avait affecté sa carrière et son mariage. Tout comme l'addiction au jeu de Wesley : elle savait ce qu'elle leur avait coûté, aux enfants et à elle.

Alors pourquoi envisageait-elle-même de faire entrer Marcus Taylor dans sa vie ?

Parce qu'il te plaît. Parce qu'il n'est pas Wesley.

— Est-ce que Leo a connu Jane ? demanda-t-elle.

— Oui. Nous dînions le week-end avec sa femme et lui – avant leur mariage.

— Donc, techniquement, vous l'avez sauvé, lui aussi.

Il rougit.

— Je faisais partie d'une équipe qui a répondu à l'appel.

— Mais vous lui avez rendu visite après.

Marcus haussa les épaules.

— Je suis allé voir comment il allait à l'hôpital. Nous nous sommes mis à parler, et avant que j'aie eu le temps de me retourner, nous étions amis.

Elle sourit.

— Parfois, ça arrive très vite.

Il y eut un long silence.

— Comment allez-vous, Marcus ?

— Je crois que c'est moi qui devrais vous poser cette question. Vous avez meilleure mine.

— J'ai l'air affreuse.

Il se pencha sur elle, examina son visage. Quand il toucha la petite cicatrice sur son menton, elle tressaillit. Elle était gênée par cette cicatrice depuis si longtemps – pas à cause de son aspect, mais de ce qu'elle représentait.

— Accident d'enfance ? demanda-t-il.

— Pas exactement.

— Votre mari ?

Elle hocha la tête, et il ouvrit la bouche pour dire quelque chose, mais la referma brusquement.

— Il ne m'a pas… frappée depuis longtemps.

Les muscles de la mâchoire de Marcus tressautèrent.

— Il n'aurait jamais dû vous frapper.

— Je sais.

— L'avez-vous rapporté ?

Elle secoua la tête.

— Je ne pouvais pas. Les enfants…

— Il doit apprendre que c'est mal de frapper une femme. Ou n'importe qui, d'ailleurs.

— Vous avez raison. Je le sais. Mais je devais lui donner une deuxième chance. Pour le bien d'Ella et de Colton.

Il soupira.

— J'imagine que je suis mieux placé que quiconque pour comprendre la nécessité des deuxièmes chances.

— Après que Wesley m'a frappée la dernière fois, je lui ai fait savoir que je voulais divorcer. Je suis allé voir Carter, mon avocat, et lui ai tout raconté. Et nous avions des dossiers hospitaliers pour confirmer mon histoire. Quand nous nous sommes réunis avec Wesley, Carter lui a dit que je ne porterais pas plainte s'il acceptait un divorce à l'amiable. Et il devait accepter que j'aie la garde des enfants.

— Ça n'a pas dû très bien passer.

— Ça ne lui a pas plu. Mais il n'a pas discuté.

— Il est possible que nous envisagions tous cette histoire du mauvais point de vue. Peut-être que ce n'est pas une question d'argent. C'est peut-être pour les enfants.

— Il n'obtiendrait jamais la garde, même si je mourais. Carter s'en est assuré aussi. Kelly et Steve sont nommés comme tuteurs, et Wesley ferait l'objet des mêmes dispositions qu'à présent. Il a tout accepté.

— Sans quoi vous auriez porté plainte pour mauvais traitements.

— Oui. Et il ne renoncerait sûrement pas à sa liberté pour me combattre au tribunal. C'est pourquoi je ne crois pas qu'il ait engagé ce type pour me tuer.

— Ce n'est pas la seule explication possible. La

police a effectivement d'autres suspects. Mais personne
d'autre n'a de mobile aussi fort.

— L'argent, vous voulez dire.

— Qui d'autre en tirerait profit à part Wesley ?

— Personne.

Elle poussa un petit gémissement.

— Je n'arrête pas de tout repasser dans ma tête.
Rien n'a de sens. Je ne comprends pas pourquoi
quelqu'un irait faire ça. Que gagnerait-on à me tuer ?

— La police pense que c'était peut-être censé
constituer un message. Pour votre mari.

— Futur ex-mari. Et quel message cela enverrait-il
exactement ?

Marcus haussa les épaules.

— Peut-être qu'ils sont capables de l'atteindre à
tout moment, n'importe où. Ils cherchaient peut-être à
vous effrayer. À l'effrayer, lui.

— Mais ce type m'a fait quitter la route et tomber
dans une rivière.

— Il est possible que les choses soient allées un peu
trop loin.

— Mais vous croyez toujours que ce type pourrait
s'en prendre de nouveau à moi.

— Peut-être. Nous ne pouvons pas éliminer cette
éventualité.

Il se pencha en avant.

— Mieux vaut prendre ses précautions, vous ne
croyez pas ?

— Et quand je rentrerai chez moi ? Ils me laisseront
sortir demain ou après-demain.

— Je suis sûr qu'ils posteront un policier devant
chez vous.

— Les enfants vont aller séjourner chez ma sœur. Je
ne leur ai pas encore dit.

— Pourquoi n'y allez-vous pas aussi ?

Elle secoua la tête.

— Je ne peux pas prendre le risque que celui qui a

fait ça me suive là-bas. Je ne veux pas mettre Kelly et sa famille en danger.

— Alors vous allez rester seule chez vous ?

— Kelly m'a dit qu'elle viendrait me tenir compagnie. Je ne veux pas. C'est trop dangereux. Et je ne me le pardonnerais jamais s'il lui arrivait quelque chose.

Elle prit une profonde inspiration.

— Je voulais savoir... si vous... euh... pourriez envisager... de séjourner avec moi. Pour quelques jours, jusqu'à ce qu'ils arrêtent ce type. Je pourrais même vous payer. Comme un garde du corps.

Les yeux de Marcus s'écarquillèrent de surprise.

— Je pense que ce n'est pas une si bonne idée.

— Pourquoi pas ?

— Je ne suis pas vraiment du genre garde du corps. Je ne suis pas un héros.

Elle pencha la tête d'un côté et le fixa.

— Vraiment ? Vous nous avez déjà sauvés une fois.

— C'est différent.

— En quoi ? Vous êtes venu nous chercher quand personne d'autre ne pouvait le faire. Sans vous, nous serions tous morts. Vous êtes le candidat parfait, et pour une bonne raison.

— Laquelle ?

— Je vous fais confiance, Marcus.

Elle vit le doute dans ses yeux.

— Je vous confierais ma vie.

— Vous ne devriez pas. J'ai la mauvaise habitude de laisser les gens...

— Dites oui, le coupa-t-elle. S'il vous plaît. J'ai besoin de savoir que je ne serai pas seule quand je sortirai de l'hôpital. Et j'ai besoin de dire à Kelly que j'ai quelqu'un d'autre à qui me fier et qui sera avec moi.

Elle soupira.

— Je sais que c'est beaucoup demander. Je vous assure. Mais j'ai le sentiment qu'ils vont arrêter ce type

– bientôt. Alors ce sera peut-être pour quelques jours.
Peut-être une semaine.

Elle tendit le bras et lui toucha la main.

— Puisque vous ne travaillez pas actuellement,
vous ne pouvez pas me dire que vous avez mieux à faire.

Et elle ne pouvait pas lui dire qu'elle craignait qu'il
ne rechute. À cause d'elle. S'il se droguait à nouveau à
cause du stress provoqué par sa suspension, elle ne se le
pardonnerait jamais.

— Vous oubliez que j'ai un chien, marmonna-t-il
en guise de réponse. Arizona.

— J'adore les chiens. Amenez-la.

— Elle est encombrante.

Rebecca sourit.

— J'ai une grande maison, un grand jardin.

Ils échangèrent un regard.

Finalement, Marcus hocha la tête.

— Si c'est ce que vous voulez.

— Oui.

— Alors d'accord.

Souriante, elle fit un signe de tête en direction de
l'armoire.

— Mon sac est là-dedans. Vous pouvez me
l'apporter ?

Quand il le lui eut donné, elle fouilla dedans à la
recherche de ses clés, d'un stylo et d'un calepin.

— Je vais vous écrire mon adresse. Cette clé ouvre
la porte d'entrée. Il devrait y avoir une lumière dehors.
Elle est sur minuterie, elle devrait donc être allumée
quand vous y arriverez.

— Vous voulez que j'y aille aujourd'hui ?

Elle fit la grimace.

— Oui. Si ça ne vous dérange pas. J'ai vraiment
besoin de vêtements pour les enfants et moi. J'ai oublié
de demander à Kelly. Tout ce que nous avons ici est
déchiré ou couvert de sang.

Marcus rougit.

— Et vous voulez que ce soit moi qui le fasse ?

— Oui. Tout ce que vous trouverez dans les chambres des enfants conviendra. Et un jean et un polo pour moi. Ils sont dans le placard de ma chambre, dans un tiroir. Euh… soutien-gorge et sous-vêtements – elle rougissait aussi à présent – dans le tiroir juste au-dessus. Et les vestes qui sont dans l'entrée.

— Vous êtes sûre de ne pas vouloir demander à votre sœur ?

Elle secoua la tête.

Comme elle ne lui donnait pas d'explication, il acquiesça et déclara :

— Ah, vous avez peur de la faire entrer chez vous, au cas où quelqu'un attendrait là-bas.

Elle se sentait affreusement mal. De quel droit lui demandait-elle de se mettre en danger pour elle – une fois de plus ?

— Je ne devrais pas vous demander ça. Je suis désolée. Vous en avez déjà tant fait pour nous.

Il sourit.

— Considérez que c'est fait, Rebecca. Je suis sûr que l'inspecteur Zur a déjà placé une voiture devant chez vous. Et que l'officier vérifiera l'intérieur avant votre retour. Mais vous avez raison. On n'est jamais trop prudent.

Il lui adressa un petit signe de tête, puis se dirigea vers la porte.

— Marcus ?

Il regarda par-dessus son épaule.

— Oui ?

— Merci. Pour tout.

— Ne me remerciez pas encore. Je mangerai peut-être tout ce que j'y trouverai. Je suis affamé !

Chapitre 31

Le rire de Rebecca suivit Marcus dans le couloir.

Il monta dans un ascenseur vide et secoua la tête, perplexe. « Qu'est-ce que j'ai encore accepté de faire ? »

Euh, tu vas dormir dans la même maison qu'une très belle femme, qui t'attire sérieusement, et essayer de prétendre que tu n'es là que pour la protéger.

Marcus se frappa le front du plat de la main. « Espèce d'idiot. Et maintenant, tu vas aller fouiller dans ses sous-vêtements ? » *Et quoi encore ?*

L'ascenseur s'arrêta au deuxième étage, mais personne ne monta. Quand les portes se refermèrent, il songea de nouveau à Rebecca. Elle méritait quelqu'un de meilleur que Wesley Kingston dans sa vie. Et ce quelqu'un n'était pas Marcus.

« Elle est encore officiellement mariée », se rappela-t-il. *Et d'une beauté à couper le souffle.*

Son offre de rester avec elle relevait de la courtoisie strictement professionnelle. Elle n'avait personne d'autre. C'était un arrangement lié à son métier. Et rien d'autre. Même s'il n'acceptait pas un sou de sa part, ce qui était son intention. Comme s'il faisait une fleur à une

vieille amie.

Sauf qu'elle n'est pas vraiment une vieille amie. Plutôt une nouvelle.

L'ascenseur le déposa au rez-de-chaussée, et il fila tout droit vers l'aile des urgences. L'agitation y régnait, mais il tourna vers la sortie, zigzaguant entre les jambes cassées, les quintes de toux et une femme enceinte jusqu'aux yeux entourée par une nichée de six enfants.

Sur le parking, il trouva sa voiture, y monta et regarda l'adresse que Rebecca avait notée. *Edmonton... d'accord. Bon sang !*

Il lui faudrait environ trois heures pour y arriver, peut-être vingt minutes pour prendre les vêtements et encore trois heures pour revenir à l'hôpital. S'éloigner d'elle si longtemps ne lui convenait pas trop.

Il prit son portable et appela John.

— Je vais chez Rebecca pour leur rapporter des vêtements, à elle et aux enfants. Vous avez une voiture en surveillance là-bas ?

— Oui. Je les mets au courant.

— Merci, John. Des nouvelles du camion ou du chauffeur ?

— En fait, oui. Nous avons enfin avancé. Il y a un magasin d'informatique en face de la station Esso. Ils ont des caméras dans la vitrine, et une d'elles tourne en permanence, elle filme la rue. Nous visionnons la bande en ce moment.

— J'espère que vous arrêterez ce type.

— Moi aussi. Écoutez, Marcus, qu'avez-vous prévu dans les jours à venir ? J'ai entendu dire que vous aviez été suspendu.

— Je vais séjourner chez Rebecca un moment. Jusqu'à ce que vous chopiez ce gars.

— Vraiment ?

La voix de Zur exprimait son ébahissement.

— Elle ne voulait pas demander à sa sœur. Elle ne veut pas la mettre en danger. Et l'ex est hors de question, puisque vous pensez toujours qu'il est impliqué.

Marcus s'interrompit.

— Vous le pensez toujours, n'est-ce pas ?

— Rien d'autre ne tient vraiment la route. Ça ne pouvait pas être un délit de fuite fortuit. Il l'attendait, l'a suivie, s'est assuré qu'elle se retrouve dans la rivière McLeod.

— Des résultats dans les casinos ?

— Rien pour le moment. Nous posons toujours des questions. Il nous faut juste la bonne réponse.

— D'accord, je serai de retour dans environ six heures et demie. Vous passerez voir Rebecca et les enfants pour moi ?

— Absolument. Nous avons encore quelques questions à lui poser. Ainsi qu'à son ex.

— Vous avez fouillé son domicile ?

— Impossible d'obtenir un mandat. Pas assez de preuves concrètes.

— Merde. Vous ne pouvez même pas éplucher ses fadettes ou ses e-mails ?

— Non. Pas avant d'avoir un mandat.

Marcus serra les dents.

— D'ici là, il pourrait tout effacer. Surtout si quelqu'un l'a menacé sur sa messagerie vocale ou par e-mail.

— Je sais. Mais nous devons respecter la procédure. Nous avons envoyé une demande de mandat. On devrait l'avoir d'ici demain, peut-être après-demain.

Marcus se massa les tempes.

— Demain, ce sera peut-être trop tard. Si Wesley Kingston détient le moindre élément concret le liant à la tentative de meurtre contre sa femme, cet élément aura disparu avant votre arrivée.

Zur protesta :

— Les gens croient facile d'effacer des fichiers et des informations sur un ordinateur. C'est faux. Nos techniciens peuvent en tirer des données effacées il y a des années. Il y a presque toujours une trace. Je vous promets que si Kingston a quoi que ce soit de compromettant, nous le trouverons.

Il ricana.

— Et maintenant, parlons de votre vie commune, à vous et Mme Kingston.

— Ce n'est pas ce que vous croyez, John.

— Ah non ?

Autre rire.

— M'est avis que c'est exactement ce que je crois. Mais faites-vous une fleur : attendez que l'encre soit sèche sur les papiers de son divorce avant de lui faire des propositions.

— Je n'ai pas de proposition à lui faire.

— Alors vous feriez mieux d'en trouver une. Elle a le béguin pour vous.

Marcus cilla.

— Vous croyez ?

Un rire sonore lui répondit, puis Zur déclara :

— Salut, Marcus.

Marcus démarra et sortit du parking. Fixant le Bluetooth sur son oreille gauche, il appela Leo.

— Tu rentres chez toi ? demanda ce dernier.

— Non. Je vais séjourner à Edmonton quelques jours.

— Pour pouvoir garder l'œil sur cette Mme Kingston ?

— Bien vu. En fait, j'ai accepté de rester chez elle un moment.

— Pour quoi faire ?

Marcus prit une profonde inspiration.

— Elle est terrifiée à l'idée que celui qui a tenté de la tuer revienne et réessaie. Même la police envisage cette possibilité.

— Et ses enfants ?

— Ils seront chez leur tante. Ce qui laisse Rebecca seule chez elle, sans autre soutien qu'une voiture de patrouille devant la porte.

— Si la police la surveille, il est plus que probable que rien ne lui arrivera.

— Pourquoi me fais-tu tant d'histoires à ce sujet, Leo ? J'essaie d'être sympa.

— Désolé, mon gars. Je n'y peux rien si je m'inquiète pour toi. Je trouve très inhabituel que tu t'intéresses autant à l'une de nos clientes.

— Rebecca n'est pas une simple cliente. Pas pour moi. Pas après tout ce qui s'est passé.

Leo soupira.

— Je sais que tu as le sentiment d'un lien entre vous. Je n'ai rien contre. Mais je pense que tu précipites les choses, sans réfléchir aux conséquences.

— Réfléchir à quoi ? Je vais dormir sur son canapé pour qu'elle ne soit pas seule, pas coucher avec elle.

— Tu en es sûr ?

Marcus serra les mâchoires.

— Tu me dis depuis des mois de sortir davantage, de rencontrer quelqu'un. Eh bien, tu sais quoi ? C'est fait. D'accord, je l'ai rencontrée dans le travail, mais qui peut trouver à redire à ça ? Je l'apprécie, je crois qu'elle m'apprécie. Pour l'instant, tout ce qui compte est qu'elle se sente en sécurité. Je peux m'en occuper pour elle.

— Je ne sais pas trop, Marcus.

— Je sais que ce que je fais n'est pas très… orthodoxe. Mais elle m'a demandé de venir, et je n'ai pas pu dire non. Bon sang, c'est pour quelques jours. Ce n'est pas comme si je m'installais chez elle pour de bon.

Il y eut un long silence gêné.

Puis Leo déclara :

— Très bien. Fais ce que tu as à faire.

— Merci.

— Ce n'est pas que je n'aie pas confiance en ton jugement. C'est juste que je…

— Que tu n'as pas confiance dans mon jugement.

Leo eut un petit rire.

— Je m'inquiète pour toi. Tu ne peux pas me le reprocher.

— Je sais, Leo. Et j'apprécie. Vraiment. Mais ça va. Pour la première fois depuis longtemps, j'ai l'impression d'avoir retrouvé ma vie.

— Il t'est arrivé autre chose à la rivière ?

— Comment ça ?

— Je veux dire… à t'entendre, on dirait que tu as vécu une expérience de mort imminente ou je ne sais quoi. Tu sais, que tu as vu la lumière, tout ça. Peut-être que tu t'es noyé et que tu es revenu à la vie.

Marcus rit.

— Tu devrais écrire des bouquins, avec ton imagination. Non, je ne me suis pas noyé. Pas non plus de mort imminente. Pas de tunnel ni de lumière vive, à part la torche électrique.

— Alors cette femme, Rebecca. Elle est sexy ?

La question prit Marcus par surprise.

— Euh… je crois.

— Tu crois ? C'est nul, mec. Elle est sexy ou elle ne l'est pas.

— Très bien. Elle est sexy. *Diablement sexy.*

— Amène-la à dîner un de ces soirs.

Marcus s'essuya le front d'une main et se concentra sur la route.

— Marcus, tu es là ?

— Oui, Leo. Je t'ai entendu. Et ton invitation. Je ne te promets rien. Je ne l'intéresse peut-être pas tant que ça. Je suis rouillé pour ce qui est de déchiffrer les signaux.

— Mais il y a eu des signaux ?

— Je pense que oui.

— Eh bien, tu es son *super-héros.*

Marcus se redressa.

— Quoi ? Où as-tu entendu ça ?

Leo éclata de rire.

— Oh, mon vieux. Ça a filtré à l'hôpital et ça s'est

répandu partout. J'ai entendu dire que Carol te fabriquait une cape.

— Merde.

— Eh, ne t'en fais pas pour ça. Tu as fait du bon boulot, Marcus. Du sacrément bon boulot. Je suis fier de toi.

— Merci.

— Bon, qu'est-ce que tu veux que je fasse pour Arizona ?

— Je passerai la prendre avant de partir chez Rebecca. Au fait, Leo ? J'ai vraiment apprécié que tu t'occupes d'Arizona pour moi.

— Pas de problème. Sauf que tu vas devoir dissuader ma femme de prendre un chien, maintenant. C'est entièrement de ta faute, mon pote.

Marcus rit.

— Je ferai de mon mieux, mais je sais qu'une fois que quelqu'un a regardé dans les grands yeux bruns d'Arizona, elle le tient.

— Je ne vais pas prendre de chien.

— D'accord, Leo. Continue de te raconter ça. Salut.

Clic.

Pendant le long trajet vers Edmonton, Marcus réfléchit à la tentative de meurtre contre Rebecca et à tous les scénarios possibles.

Il ne cessait d'entendre la voix de John Zur. *« Elle a le béguin pour vous. »*

Se pouvait-il qu'il ait raison ?

Chapitre 32

Quand Carter Billingsley entra dans sa chambre d'hôpital, Rebecca lui sourit.

— Vous n'étiez pas obligé de venir jusqu'ici pour me voir.

— Mais si. C'est le moins que je puisse faire. Vous savez qu'on se connaissait depuis toujours, votre père et moi.

Carter se pencha et l'embrassa sur le front.

— Vous êtes comme une fille pour moi.

— Alors les enfants peuvent vous appeler grand-père ?

Il fronça les sourcils.

— Restons-en à oncle Carter, d'accord ?

— Je suis contente de vous voir, dit-elle en soupirant. Ces derniers jours ont été difficiles.

Il rapprocha la chaise.

— J'ai cru comprendre que ça allait l'être encore plus.

Elle réfréna des larmes et hocha la tête, de peur que sa voix la trahisse.

— Rebecca, je veux que vous sachiez que les

factures supplémentaires ont été payées avec l'argent de votre grand-père. Les vôtres aussi.

Il leva une main pour la faire taire.

— Je sais qu'il avait spécifié que l'argent ne devait être dépensé que pour les enfants, mais vous et moi savons qu'il aurait fait cela pour vous. Il aurait voulu que vous bénéficiiez des meilleurs soins sans devoir vous inquiéter de payer les factures.

Une larme s'échappa et elle l'essuya.

— Merci.

— Y a-t-il quoi que ce soit que je puisse faire pour vous ou les enfants ?

— Faites sortir Wesley de ma vie. Je sais qu'il fera partie de la leur, mais je veux que ce divorce soit finalisé. Le plus tôt sera le mieux.

Carter serra les lèvres.

— Je peux certainement vous y aider. J'ai les papiers du divorce avec moi. Il ne me manque que la signature de Wesley. Où puis-je le trouver ?

— Je ne sais pas trop.

Carter inspira profondément.

— Est-ce que la police croit qu'il a eu quelque chose à voir avec les événements ?

— Ils enquêtent sur son compte, mais je suis sûre que Wesley n'a pas essayé de nous tuer, les enfants et moi.

— Est-ce qu'il vous a jamais dit qu'il m'avait appelé pour m'interroger sur les termes de votre héritage ?

Elle secoua la tête.

— Il voulait savoir s'il pouvait emprunter une partie de l'argent et le rembourser plus tard.

— Mais vous l'avez informé qu'il ne pouvait pas.

— Oui. Et ça ne lui a pas trop plu, Rebecca. Il m'a traité de quelques noms bien sentis. Vous aussi, si mes souvenirs sont exacts.

— Est-ce que la police vous a interrogé ?

— Pas encore. C'est l'autre raison de ma venue. J'ai reçu un appel d'un certain inspecteur Zur. Il veut voir votre dossier, examiner l'héritage. Est-ce que j'ai votre permission de le lui montrer ?

— Donnez-lui tout ce dont il aura besoin, Carter. Je veux que ce cauchemar finisse. Et ça n'arrivera pas si nous ne découvrons pas la vérité.

Il se pencha et lui tapota l'épaule.

— Si vous avez besoin d'autre chose, demandez-moi.

— J'ai besoin de retrouver ma vie. Avec mes enfants. J'ai besoin de me sentir à nouveau en sécurité. J'ai besoin qu'ils trouvent le salaud qui a fait ça.

À la porte, Carter lança :

— J'espère qu'ils le trouveront. Vous méritez un peu de bonheur.

— Merci, Carter. Vous êtes le meilleur.

— Souvenez-vous-en quand vous recevrez ma facture, répliqua-t-il en riant.

Elle écouta le bruit de ses pas s'éloigner dans le couloir.

Puis elle décrocha le téléphone et appela le portable de Kelly. Elle l'informa brièvement de son projet d'héberger Marcus pendant quelques jours. Kelly n'était pas du tout enthousiasmée par cette idée.

— Comment ça, tu vas laisser un inconnu habiter chez toi ? Je t'ai dit que je le ferais.

— J'ai besoin que tu gardes les enfants en sécurité.

— Mais tu as besoin d'être en sécurité, toi aussi.

— Je le serai. Marcus ne laissera rien m'arriver.

— Tu es sûre que c'est sage, Rebecca ? Enfin, tu ne connais pas vraiment ce Marcus. Et qu'il dorme dans ta maison… euh… je ne sais pas trop, sœurette. Je crois qu'il vaudrait mieux que je vienne.

— Non. C'est ce que je veux. Ne le prends pas mal, Kelly, mais tu ne serais pas très utile si quelqu'un entrait par effraction au milieu de la nuit.

— Dis donc, à t'entendre, je suis vraiment une faible femme.

— Désolée. Mais pour tout dire, je ne me sentirais pas en sécurité avec toi dans la maison. Je m'inquiéterais à l'idée qu'on te fasse du mal. Ce type m'a dans le collimateur, et j'ai besoin de savoir que le reste de ma famille ne risque rien.

— D'accord, d'accord. Du moment que tu es sûre de ce type des urgences.

— Je n'ai jamais été aussi sûre de quelqu'un.

— Tu dois reconnaître, Rebecca, que c'est un peu bizarre, la façon dont il a abandonné son poste pour venir à ton secours.

— Il ne l'a pas abandonné. Il a eu le sentiment qu'il devait agir. Et la bonne action, à ses yeux, consistait à essayer de nous trouver. Maintenant, arrête de ronchonner. Tu devrais être contente que Marcus nous soit venu en aide. Sans lui, nous ne serions pas en train de discuter.

Il y eut un long silence au bout du fil.

— Je ne suis pas ingrate, dit enfin Kelly. Je suis très heureuse qu'il vous ait trouvés, toi et les enfants. Mais je m'inquiète pour toi. Et ce type, c'est un…

Kelly ne termina pas.

— Quoi ? la pressa Rebecca. Crache le morceau.

— Tu as dit que c'était un drogué.

— Un *ancien* drogué.

— C'est pareil. Tu es sûre qu'il ne va pas voler tes médicaments, ton argent ou tes bijoux ?

Rebecca cessa de retenir son souffle.

— Je sais que tu t'inquiètes pour moi, mais fais-moi confiance. J'ai un bon jugement sur les gens.

Kelly maugréa.

— Euh… et Wesley, alors ?

— D'accord, tu marques un point. Ce n'était pas un bon choix. Mais vraiment, ne t'en fais pas concernant Marcus Taylor. C'est un type bien. Et il n'y en a pas beaucoup. Je lui fais confiance. Il ne me volera pas. D'ailleurs, les seuls médicaments que j'ai chez moi sont de l'aspirine pour enfants et du sirop Buckley pour la toux. Je peux t'affirmer que Marcus n'est pas désespéré à ce point-là.

— Très bien, dit Kelly. Je suis déjà en route. Je serai là d'ici trois heures.

— Je t'aime, sœurette.

— Moi aussi.

Rebecca raccrocha et songea à Marcus. Il avait connu une succession d'événements malchanceux, en particulier avec la mort de sa femme et de son fils. Pour couronner le tout, il luttait contre une addiction à la drogue, et était suspendu d'un travail qu'il appréciait. Il aimait aider les gens, c'était visible. Pourtant, il était modeste, ne cherchait jamais à se mettre en avant, ne cherchait jamais la reconnaissance.

Même quand il lui avait parlé de la vieille dame au chat, elle avait senti qu'il aimait sincèrement les autres. Contrairement à Wesley, qui n'aimait qu'une seule personne – lui-même.

Deux hommes très différents. L'un d'eux la terrifiait. L'autre lui donnait l'impression d'être… vivante.

Kelly la harcelait depuis des semaines pour qu'elle fasse des rencontres. Rebecca avait répliqué qu'elle ne pouvait pas tant qu'elle n'était pas légalement divorcée. Elle ne trahirait pas son serment – même si Wesley l'avait fait. En réalité, cette idée de rencontres terrifiait Rebecca. Comment s'y prenait-on pour rencontrer des hommes corrects à son âge ? Les rencontres sur Internet ? Il y avait trop de déséquilibrés dans la nature. Les agences matrimoniales ? Et si elle ne rencontrait que des crétins qui considéraient deux enfants comme un excédent de bagages ?

Non, elle préférait de loin laisser le destin s'en mêler. Elle rencontrerait quelqu'un le moment venu. Et c'était ce qu'elle avait toujours promis à Kelly.

— Peut-être le destin s'en est-il déjà mêlé, murmura-t-elle.

Marcus apprécierait-il de sortir avec une femme qui avait deux enfants ?

Waouh ! Tu mets la charrue avant les bœufs. D'accord, ce type te plaît, ça ne veut pas dire que tu lui plais aussi. Pas de cette manière. Peut-être qu'entamer une relation avec qui que ce soit ne l'intéresse pas.

Mais si cela l'intéressait ?

Chapitre 33

Marcus se gara devant la maison de Rebecca. Repérant la voiture de patrouille de l'autre côté de la rue, il adressa un signe de tête à l'officier en uniforme et marcha droit sur lui.

— Marcus Taylor ? demanda l'officier en sortant de sa voiture.

— Oui.

— Vous avez vos papiers ?

Marcus sortit son portefeuille de la poche de sa veste et lui montra son permis de conduire.

L'officier hocha la tête.

— Vous êtes le type qui les a sauvés. J'ai vu votre photo partout aux nouvelles. Félicitations, mon gars.

L'homme sourit.

— Vraiment bien joué.

— Merci.

Marcus se tourna vers la maison.

— Quelqu'un s'est montré ici ?

— Non. Ç'a été calme toute la journée.

— L'inspecteur Zur a dit s'il y avait des nouvelles concernant l'agresseur ?

— Vous connaissez Zur ?

— Depuis un bout de temps.

— Vous êtes un ancien flic ?

— Ancien infirmier. Nous avons travaillé ensemble sur plusieurs affaires.

L'officier sourit.

— Zur est un des meilleurs. Aux dernières nouvelles, ils vérifiaient une piste concernant une bande vidéo. Ils ont vu un type dessus, dans un camion ressemblant à celui que la victime a vu.

— Rebecca.

— Je vous demande pardon ?

— Le nom de la victime. Rebecca Kingston.

— Ah, oui.

— Je suis venu prendre des affaires pour Rebecca et les enfants. Je devrais avoir fini d'ici un quart d'heure.

Marcus s'éloigna d'un pas, mais s'arrêta.

— Quand a lieu la prochaine relève ?

— À minuit.

— N'oubliez pas d'aller jeter un œil derrière de temps en temps.

— Je n'y manquerai pas, monsieur Taylor.

* * *

Une fois dans la maison, Marcus s'arrêta dans l'entrée et se repéra : cuisine à droite. Salon et salle à manger à gauche. Des espaces ouverts. Pas d'étage, il en déduisit que les chambres se trouvaient à l'autre bout de la maison.

Il s'engagea dans le couloir, faisant de son mieux pour ignorer les photos de famille accrochées au mur. Des photos d'un couple heureux et de ses enfants.

Il s'arrêta au milieu du corridor et examina l'homme sur la photo. Wesley Kingston. Un assez bel homme, d'environ 45 ans, aux cheveux clairsemés.

— C'est toi qui as fait ça ? marmonna Marcus.

Évidemment, la photo ne répondit pas.

La première pièce qu'il inspecta semblait être une chambre d'amis. Elle ne contenait rien de très personnel et n'avait pas l'air d'avoir été souvent utilisée. Il se demanda si Wesley y avait dormi après que Rebecca avait découvert son infidélité, ou s'il avait été mis dehors immédiatement comme il le méritait.

Ça ne regardait pas vraiment Marcus, mais malgré tout…

La chambre suivante était celle d'Ella – tout en rose et en princesses. Il trouva un jean propre et un chemisier à fleurs, des chaussettes et des sous-vêtements. Puis il passa à la chambre d'en face. Celle de Colton. Une chambre de garçon typique, décorée en gris et bleu, avec des figurines sur des étagères au mur. Affaires de sport et vêtements sales jonchaient le sol.

Il prit des vêtements propres pour le petit garçon.

La troisième pièce où il entra était la chambre parentale. Décorée avec goût, elle avait un air de fraîcheur, avec ses grandes fenêtres et son imposante salle de bains attenante. Le dressing était d'une taille modeste, et il examina les cintres, étudiant les vêtements qui y étaient accrochés.

Une vingtaine de cintres vides avaient été poussés de côté, et Marcus soupçonnait l'homme d'avoir déjà transporté la plupart de ses affaires dans son nouveau logement. Il y avait cependant trois T-shirts de grande taille, bien trop grands pour appartenir à Rebecca. Marcus se demanda si elle dormait dedans, comme Jane l'avait souvent fait avec les siens.

Il était étrange de se trouver là, dans cette chambre de femme, à regarder ses vêtements et à songer à des détails intimes, mais il ne pouvait empêcher ces pensées de l'assaillir. Était-elle prête pour ce divorce ? Était-elle prête à passer à autre chose ?

Il avait connu d'autres femmes qui avaient pardonné les transgressions sexuelles de leurs partenaires. Elles avaient réussi à sauver leur couple.

Rebecca voudrait-elle essayer ? Ou en avait-elle fini avec Wesley ?

En a-t-il fini avec elle ?

Il trouva un jean et un chemisier chaud mais ample. *Ça devrait aller.*

En ouvrant un autre tiroir, il se trouva confronté à un nouveau dilemme : choisir un soutien-gorge et une culotte. Tout était en dentelle, dans des couleurs pastel… soyeux.

Bon sang, Marcus. Ce sont des vêtements. Cesse de penser comme un pervers.

C'était ridicule, en fait. Il était là, rouge et suant, à passer en revue la lingerie de Rebecca, et la seule idée qui lui venait était de la voir dedans.

Secouant la tête, il saisit une poignée de dentelles et la plaqua sur la pile de vêtements d'enfants. Il sortit du dressing avec le sentiment de devoir s'excuser. Heureusement, il n'y avait personne pour constater son embarras.

Il erra dans la chambre, repérant quelques photos posées sur un album. Il en prit une. Rebecca et Wesley, se tenant par les épaules. Elle avait été prise à Disneyland, avant qu'ils aient des enfants. Ils avaient été heureux. Autrefois.

Il déplaça les autres photos encadrées et prit le gros album. Une petite voix lui suggérait qu'il ne devrait pas, qu'il se montrait maintenant carrément fouineur, mais il l'ignora. Feuilletant les pages, il vit la vie de Rebecca défiler devant ses yeux. Des photos de quand Wesley et elle avaient commencé à sortir ensemble. Des photos de mariage. Les naissances de Colton et d'Ella. Diverses fêtes et événements auxquels elle avait assisté avec son mari.

Il étudia l'une des photos festives. Rebecca avait l'air si heureuse. Elle contemplait Wesley avec fierté. Des gens s'étaient groupés autour d'eux. Certains donnaient des tapes dans le dos de Wesley.

Le regard de Marcus balaya les visages du groupe. Qu'avait fait Wesley Kingston pour mériter autant d'attention et d'approbation ?

Un homme à la chevelure argentée, vêtu d'un costume coûteux, se tenait à quelques pas de l'heureux couple. Son visage n'exprimait pas l'admiration mais le mépris. Un des créanciers de Wesley ? L'homme lui disait vaguement quelque chose.

Marcus souleva le rabat en cellophane et détacha la photo de la page.

Au dos, quelqu'un avait écrit : « Fête estivale chez Kingston, Bentley et Coombs. Appris au père de Wesley la nouvelle concernant Ella. »

Ah ah ! Walter Eugene Kingston, le fameux avocat d'affaires.

L'homme plus âgé était donc le père de Wesley. Il trempait dans toutes les affaires impliquant de grandes entreprises. D'après la tête qu'il faisait sur la photo, quelque chose ne lui avait pas plu.

Si les regards pouvaient tuer…

Se pouvait-il que papa Kingston ait voulu éliminer Rebecca pour une raison quelconque ? Si oui, qu'aurait-il eu à y gagner ?

Il glissa la photo dans sa poche. Il la remettrait à John plus tard.

Son téléphone sonna. En décrochant, il demanda :

— Vous avez les oreilles qui sifflent, John ?

— J'espère que vous dites du bien de moi, répondit Zur.

— Plutôt en pensée, en fait. Alors quoi de neuf ?

— Nous avons trouvé le camion et le conducteur.

Le cœur de Marcus battit plus vite.

— Vous l'avez mis en garde à vue ?

— Pas encore.

Zur se racla la gorge.

— Il s'appelle Rufus Delaney. Pas mal d'infractions et trois mandats en cours. Cambriolages, tentative de viol et homicide volontaire. Pas le genre de type que vous voudriez voir sortir avec votre fille.

— Ni avec personne d'autre.

— Une voiture de patrouille a arrêté un de ses complices connus, pour un autre délit, il y a environ cinq minutes. Le gars a passé un marché et dénoncé Delaney. Il dit qu'il se trouve à l'hôtel Rosedale, dans le centre d'Edmonton. La police d'Edmonton est en train de fouiller sa chambre. Nous avons envoyé des photos à tout le monde à l'hôpital. Delaney ne pourra pas approcher la chambre de Rebecca. Je vous ferai savoir quand nous l'aurons trouvé. *Et* si nous découvrons qui l'a engagé. Celui qui l'a fait sait probablement de quoi Delaney est capable.

Viol et meurtre. Voilà ce qu'aurait pu être l'avenir de Rebecca.

Dieu merci, Delaney avait décidé de l'envoyer dans le fossé à la place.

Marcus entra dans la cuisine et trouva un sac en plastique. Fourrant les vêtements dedans, il sortit de la maison, fit signe à l'officier posté devant et se dépêcha de rejoindre sa voiture. Avec Delaney dans la nature, Marcus ne songeait plus qu'à retourner à l'hôpital. Il enfonça l'accélérateur et partit en trombe, espérant de tout cœur ne pas être arrêté pour excès de vitesse.

Chapitre 34

Quand Kelly arriva à l'hôpital, Rebecca fut prise de gros sanglots.

— Je n'arrive pas à croire que tu es là. Je suis si heureuse de te voir.

— Je peux te serrer dans mes bras ? demanda sa sœur, les larmes aux yeux.

— Tu as intérêt.

Kelly l'enveloppa de ses bras avec douceur.

— J'ai peur de te faire mal.

— Tu ne risques pas. Je suis plus forte que je n'en ai l'air.

Kelly haussa un sourcil.

— C'est ce que tout le monde n'arrête pas de me dire, expliqua Rebecca. Que je suis plus forte qu'il n'y paraît.

— Et te voilà en train de pleurer comme un bébé.

— Ouaip. C'est tout moi.

Le sourire de Kelly s'effaça.

— Sérieusement, Rebecca, tu as failli mourir. Toi et les enfants.

— Mais nous sommes tous en sécurité, maintenant.

— Grâce à cet opérateur des urgences.

Rebecca sourit largement.

— Marcus a été carrément fantastique.

Kelly l'étudia comme si elle cherchait un quelconque signe de folie.

— Alors il est comment ? 65 ans et chauve ?

Rebecca lui adressa un regard désabusé.

— Euh, non.

— Alors il a 70 ans et il est chauve ?

— Je doute qu'il soit beaucoup plus âgé que moi. Et il n'est pas chauve.

— Il a l'air de te plaire, déclara Kelly d'une voix chantante. Tu le trouves sexy.

— Oh, arrête.

Kelly se percha au bord du lit.

— Tu seras heureuse d'apprendre que la mère de Steve a kidnappé mes enfants. Pour qu'Ella et Colton ne soient pas exposés à la rougeole.

Rebecca ricana.

— À t'entendre, on croirait que c'est la peste.

— Ça l'est, je te jure. Entre les pleurs, les démangeaisons, le vomi, les croûtes, les bains et les lamentations, je n'ai pas eu une seconde pour me brosser les cheveux, et encore moins pisser tranquille. Tu as eu de la chance, sœurette. Ni Colton ni Ella n'ont jamais eu la rougeole.

— Non. Ils ont eu Wesley.

Kelly serra les lèvres.

— C'est un vrai salaud.

— Tu l'as dit.

— J'espère que ses couilles pourriront et tomberont, marmonna Kelly.

— Beurk.

Kelly haussa les épaules.

— C'est ce qu'il mérite.

— Merci d'être venue jusqu'ici.

— Eh, à quoi sert une sœur ?

— Quand je sortirai d'ici, je te serai redevable. Très.

Kelly sourit.

— J'y compte bien. Steve et moi avons besoin d'un week-end en amoureux. Seuls, sans enfants. Alors devine qui les gardera ?

— Quand tu veux.

Kelly la serra dans ses bras.

— Je vais nous chercher à manger à la cafétéria. De quoi as-tu envie ?

— Si tu peux me trouver un sandwich qui n'ait pas l'air capable de s'enfuir de lui-même, prends-m'en un.

Dix minutes après le départ de Kelly, Rebecca eut un autre visiteur : Wesley.

Elle déglutit en le voyant dans l'encadrement de sa porte. Un officier de police se tenait à côté de lui.

— Monsieur Kingston, dit l'agent, vous ne pouvez pas entrer dans la chambre.

— Mais c'est ma femme, pour l'amour du ciel.

Le garde se tourna vers Rebecca.

— Tout va bien, dit-elle. Vous pouvez entrer tous les deux.

Elle n'était pas stupide. La police examinait les relations de Wesley. Même si elle priait pour qu'ils aient tort et qu'il ne soit pas impliqué, elle n'était pas disposée à risquer sa vie.

— Becca, dit Wesley en s'approchant du lit, une rose rouge à la main.

— C'est assez près.

Elle leva la main.

— Ce que tu as à me dire, tu peux le dire de l'endroit où tu te trouves.

— Je... je n'en suis pas revenu quand j'ai appris la nouvelle.

Wesley était pâle, ses yeux pleins d'inquiétude.

— Les enfants ?

Sa voix se brisa.

— Ils vont bien. Moi aussi.

— Oh, mon Dieu. Quand je pense que vous pourriez tous être morts… ça me rend malade.

Il semblait sincère. Mais il l'avait déjà trompée.

— Tu sais qu'ils pensent que tu as eu quelque chose à voir là-dedans, dit-elle.

— Rebecca, gémit Wesley, tu ne peux pas croire que je ferais une chose pareille. Je ne te ferais jamais de mal, aux enfants non plus. Je sais que les choses vont mal entre nous actuellement, mais j'avais espéré que tu…

— Quoi ? Que je te pardonnerais ? Que je te laisserais revenir vivre avec nous ?

Elle secoua la tête.

— Ça n'arrivera jamais.

— Je te jure que je ne suis pour rien dans ce qui vous est arrivé.

— Pas intentionnellement, peut-être. Mais ton comportement…

Elle haussa les épaules.

— Je suis désolé, lâcha sèchement Wesley. Mais ce n'est pas ma faute.

— J'imagine que nous verrons bien, pas vrai ?

En regardant Wesley, elle n'éprouvait que du mépris. Pour sa manie du jeu, son apparente absence de jugeotte, même sa pauvre tentative pour s'excuser. Il s'était retrouvé mêlé à quelque chose qui les dépassait tous les deux. Et cela avait failli leur coûter très cher.

Wesley passa une main dans ses cheveux et se tourna vers l'agent.

— Je peux voir mes enfants ?

L'agent hocha la tête.

— Mais la règle reste la même. Aucun contact physique.

— Je peux revenir te voir ? demanda Wesley à Rebecca.

Elle regarda l'agent de police.

— Est-ce que l'inspecteur Zur va interroger Wesley ?

— Oui. Il est en route.

Le soulagement l'envahit.

— Attendons de voir ce qui se passe, Wesley.

— Je suis content que tu ailles bien.

Il tendit la rose au garde.

Quand la porte se fut refermée derrière lui et qu'elle se retrouva seule, Rebecca craqua. Elle pleura tout ce qu'elle avait perdu : son mariage, sa foi dans l'amour. Puis elle pleura pour tout ce qu'elle avait failli perdre – Ella et Colton. Si leur père était impliqué dans l'agression qu'ils avaient subie, elle n'avait pas la moindre idée de comment le leur expliquer.

Chapitre 35

Au commissariat de Hinton, Marcus se plaça de l'autre côté de la vitre sans tain pendant que l'inspecteur John Zur interrogeait Kingston dans la salle d'interrogatoires voisine.

Wesley Kingston avait amené un avocat à l'air élégant, probablement un cadeau de papa Kingston. L'avocat d'environ 35 ans se léchait continuellement les lèvres, apparemment avide d'une affaire qui lui vaudrait le feu des projecteurs. Celle-ci pourrait convenir – si le mari de Rebecca avait engagé quelqu'un pour l'éliminer.

Zur avait averti Marcus qu'ils envisageaient toujours la possibilité que Kingston ait chargé quelqu'un de commettre le meurtre. L'héritage des enfants représentait une motivation plus que suffisante. Ils étaient en train d'éplucher ses relevés téléphoniques et ses e-mails.

— Je ne ferais jamais rien qui puisse nuire à mes enfants, protestait Kingston une fois de plus.

— Mais vous seriez en position d'hériter une somme rondelette si votre femme et vos enfants mouraient, dit Zur. C'est un mobile pour beaucoup de

gens, en particulier ceux qui accumulent des dettes
gênantes.

— J'ai toujours été en mesure de rembourser ce que
je dois. Personne n'en a après moi ni ne me menace.

Kingston fit la grimace en se tournant vers son
avocat.

— Le seul argent qui est gaspillé en ce moment est
le salaire de ce type.

— À cheval donné, on ne regarde pas les dents,
répondit l'avocat. Votre père veut que vous ayez la
meilleure défense possible.

— Me défendre de quoi ? rugit Kingston. Je n'ai
rien fait !

Il se leva d'un bond et fit les cent pas dans l'espace
restreint situé derrière sa chaise.

— Comme je l'ai répété de nombreuses fois, je n'ai
aucune idée de qui ferait une chose pareille. Je n'ai
entendu personne m'en parler. Je n'ai engagé personne
pour le faire. J'aime mes enfants. J'aime ma femme.

— Alors pourquoi aviez-vous une liaison ?
demanda Zur.

Kingston s'immobilisa, haussa les épaules, puis se
laissa retomber sur la chaise.

— C'est... arrivé, simplement. Rebecca et moi ne
nous entendions pas. Nous suivions deux voies
différentes. J'ai rencontré Tracey il y a des années.

— Cette liaison continue depuis combien de
temps ?

— Environ cinq ans, peut-être. Je ne sais pas
exactement. Tracey et moi nous voyons par
intermittence.

— Mais vous êtes ensemble en ce moment, vous
vivez sous le même toit.

— Mon mariage est fini. Depuis longtemps.

— Alors pourquoi n'avez-vous pas signé les papiers
du divorce pour passer à autre chose ?

Kingston croisa les bras sur sa poitrine.

— Je me disais qu'elle changerait peut-être d'avis. Que nous en changerions peut-être tous les deux. Je voulais être sûr de prendre la bonne décision. C'est ce que je me suis dit, alors j'ai renvoyé les papiers à son avocat.

— Vous voulez savoir ce que je pense, moi ? demanda Zur en se penchant en avant. Je pense que vous n'avez pas signé les papiers parce qu'une fois que vous l'auriez fait, vous n'auriez plus accès à l'argent qui est censé revenir à vos enfants. Je pense que vous avez attendu pour cette raison. Et je pense que vous avez engagé Rufus Delaney pour vous débarrasser des trois choses qui vous barrent la route.

— Vous ne m'écoutez pas, dit Kingston d'une voix lasse, je ne connais aucun Rufus Delaney.

Zur fit glisser une photo dans sa direction.

— Vous n'avez aucune idée de qui est ce type ? Vous ne l'avez jamais rencontré ? Peut-être l'avez-vous engagé à l'aveugle, une recommandation d'un de vos comparses de jeu ?

Kingston secoua la tête.

— Non.

— Cet homme, dit Zur en tapotant la photo, a volontairement poussé votre femme et vos enfants hors de la route et dans une rivière glaciale, où ils ont été submergés, retenant leur souffle, croyant probablement qu'ils allaient y mourir.

Kingston frissonna et éclata en sanglots.

— Je jure que ce n'est pas moi.

— Votre fils et votre fille, de si beaux enfants, ont failli mourir.

Kingston se couvrit le visage.

— Je ne ferais jamais de mal à Colton ou à Ella. Je les adore !

— Nous en avons terminé, dit l'avocat en tapant sur le bras de son client.

— Monsieur Kingston, déclara Zur, vous êtes libre

de partir. Pour le moment. N'effectuez aucun déplacement. Nous pourrions avoir d'autres questions à vous poser.

Il lança un regard vers la glace sans tain et haussa imperceptiblement les épaules.

Derrière la vitre, Marcus serra les dents. « Merde. »

Wesley Kingston allait quitter le commissariat parce qu'il n'y avait pas suffisamment de preuves contre lui pour l'y retenir.

Marcus réfléchit à tout ce que l'homme avait dit. L'alibi de Kingston s'était vérifié. Il était à Fort McMurray.

La porte s'ouvrit et Zur entra, une chemise cartonnée sous le bras.

— Nous n'avons rien contre lui, Marcus.

— Alors si ce n'est pas lui, nous en revenons à la théorie selon laquelle quelqu'un voulait lui faire peur parce qu'il devait de l'argent.

John ferma la porte.

— Nous avons vérifié les casinos. Il a quelques dettes, mais pas grand-chose. Il a récemment fini de payer un prêt de deux mille dollars.

— L'argent qui, aux dires de Rebecca, a disparu de leur compte.

Zur acquiesça.

— Mais nous tenons Delaney. Nous l'avons sur les bandes de sécurité de la station-essence. Une fouille de son domicile nous a fourni la casquette de base-ball et le T-shirt « Route 66 » avec un mustang dessus. Et les traces de peinture sur son camion correspondent à celle de la voiture de Mme Kingston.

— On dirait que vous avez assez de preuves contre lui pour l'envoyer derrière les barreaux un bon moment.

— Oui, sauf que nous espérons qu'il sera prêt à conclure un marché. À dénoncer celui qui est derrière tout ça.

— Quel genre de marché ?

— Peut-être une peine de prison réduite. Je ne sais pas encore. La partie civile est en train de rédiger une proposition.

— Bon sang, John. Nous ne pouvons pas laisser Delaney en liberté. Il doit payer pour ses actes. Il a essayé de les tuer, pour l'amour du ciel.

— Il ne sera pas libéré. Il ira en prison. Sans le moindre doute. Nous allons lui offrir une sécurité minimale en échange du nom de la personne qui l'a engagé.

— Quand allez-vous l'interroger ?

— Il sera là dans environ vingt minutes.

— Je peux… ?

Marcus indiqua la vitre sans tain.

— Oui.

Zur se racla la gorge.

— J'ai entendu dire que vous alliez séjourner chez Mme Kingston pendant quelques jours. Vous êtes sûr que c'est une bonne idée ?

— Elle n'a personne d'autre.

— Vous paraissez vous impliquer d'un peu trop près dans cette affaire. Vous êtes censé rester impartial.

— Selon qui ? Les critères et règlements des services d'urgence ?

— Exactement.

— Au cas où vous n'auriez pas remarqué, je ne travaille pas actuellement. J'ai été mis à pied. Je fais ça sur mon temps personnel. Et techniquement parlant, quand j'ai quitté mon bureau, j'étais à quelques minutes de la fin de ma journée. Je suis allé chercher Rebecca sur mon temps libre.

Zur hocha la tête.

— Tenez-vous-en à cette version.

— Ce n'est pas une version. C'est la vérité.

Zur le regarda fixement mais ne répondit rien.

— Votre détecteur de mensonges a des ratés, John. Et pas seulement avec moi.

— Que voulez-vous dire ?

— Wesley Kingston.

— Qu'avez-vous à en dire ?

— Il vous a dit la vérité. Il n'a pas engagé Delaney. Il ne ferait pas de mal à ses enfants, aussi furieux soit-il contre Rebecca. Et quelle que soit la somme qu'il doit à quelqu'un.

— Comment le savez-vous ?

— Je l'ai vu dans ses yeux.

— Vu quoi ?

— Son amour pour ses enfants. J'ai été père, moi aussi. Vous vous souvenez ? Il n'est pas personnellement responsable de ça. Il ne risquerait jamais la vie de ses enfants.

— Mais vous l'avez entendu. Il ignorait totalement qu'ils partaient avec Rebecca. C'était un changement de dernière minute dans ses projets.

— Oui, mais Delaney a vu qu'ils étaient avec elle. Il a dû le rapporter à celui qui l'a engagé, lui révéler que les enfants étaient présents. Et cette personne insensible est celle qui a donné l'ordre, sans scrupule à l'idée de tuer deux enfants innocents. Kingston n'est pas impitoyable à ce point.

— Alors qui ?

Marcus poussa un profond soupir et secoua la tête.

— Aucune idée.

— D'après Kingston, tout le monde aime sa femme. Elle n'a pas d'ennemi, n'a jamais eu d'altercation avec qui que ce soit et personne d'autre ne tirerait profit de sa mort. Elle a moins à se reprocher qu'une bonne sœur.

Marcus se dirigea vers la porte.

— Il faut que je la voie.

— Et Delaney ?

— Vous m'appelez s'il vous donne un nom ?

Il s'arrêta dans le couloir.

— Au fait, John ? Je vous parie une saison de billets pour les Oilers qu'il ne nommera pas Wesley Kingston.

John sourit.

— Pari tenu. Un peu de détente ne me ferait pas de mal.

— Ce ne sera pas vous qui irez.

— Attendez une minute.

John feuilleta rapidement le dossier, puis lui tendit la photo d'un homme mal rasé à la mine austère.

— Rufus Delaney ?

— Oui. Montrez-la à Mme Kingston. Voyez si elle l'a déjà rencontré quelque part.

Marcus fourra la photo dans la poche de sa veste et s'éloigna à grands pas.

Quelque chose le tourmentait. Un détail lui échappait, un détail sur lequel il n'arrivait pas à mettre le doigt.

Chapitre 36

Rebecca examina son reflet dans le miroir à main qu'une des infirmières lui avait prêté. Ses yeux bleus étaient creusés, mais en dehors de cela, elle était présentable. Elle s'était lavé le visage et avait brossé ses cheveux – des tâches simples en temps normal, mais pas ce soir. Ses côtes étaient encore douloureuses.

Sur l'insistance de Rebecca et après une visite de trois heures, Kelly était rentrée chez elle pour passer du temps avec ses enfants. Les adieux avaient été difficiles, mais Rebecca avait rassuré sa sœur : elle serait bientôt de retour chez elle.

Marcus avait appelé pour l'informer qu'il était revenu avec les vêtements qu'il avait promis de récupérer. Il s'était arrêté d'abord au poste de police, où Wesley était interrogé. Elle fut soulagée d'apprendre que son mari n'était pas sous les verrous. Il était impossible que Wesley ait tenté de les tuer.

— Salut, lança Marcus depuis la porte.

Gênée, elle glissa le miroir sous les couvertures.

— Salut.

— Comment vous sentez-vous ?

— Mieux.

Alors pourquoi son estomac était-il noué à ce point ?

— Bon. Et les enfants ?

— Ils dorment. Surveillés par une policière.

Marcus hocha la tête, puis s'approcha du lit. Il posa un sac en plastique sur la table de chevet.

— J'espère qu'ils conviendront.

— Je suis sûre que ce sera parfait. Merci.

La conversation semblait curieusement empruntée, et l'air chargé d'électricité. C'était comme si chacun d'eux voulait dire quelque chose mais se retenait, effrayé.

— Quelqu'un vous a apporté une rose, dit-il.

Elle se tourna vers le vase à la fenêtre. Il contenait la rose rouge que Wesley lui avait donnée.

— Une offrande de paix, j'imagine.

— De votre mari ?

— De mon futur *ex*.

— J'ai quelque chose à vous montrer, reprit-il après un long silence.

— Approchez une chaise.

Il tira quelque chose de sa poche.

— Avez-vous déjà vu cet homme ?

Rebecca prit la photo.

— C'est l'homme en question ?

Marcus acquiesça.

Elle contempla la photographie, repensant aux moments où elle était allée faire des courses, avait conduit jusqu'à l'école, au travail. Elle passa un doigt sur le visage de l'homme. Ses yeux étaient cruels et tous ses traits exprimaient la méchanceté.

Cet homme a essayé de me tuer et de tuer mes enfants.

— Il vous dit quelque chose ? insista Marcus.

— Non. Je ne l'ai jamais vu de ma vie.

— Vous êtes sûre ?

— Absolument. Comment s'appelle-t-il ?

— Rufus Delaney.

Elle secoua la tête.

— Jamais entendu parler de lui.

Marcus se dégonfla en sifflant doucement.

— Mince, j'espérais vraiment…

— Moi aussi.

Elle lui tendit la photo. Cette fois, leurs doigts entrèrent en contact. Ils se regardèrent fixement, et Rebecca se demanda à quoi il pensait. Avait-il ressenti le frisson électrique au bout de ses doigts, comme elle ?

Marcus se dirigea vers la fenêtre et contempla le ciel étoilé.

— Rebecca, quelqu'un a engagé Delaney pour vous tuer. Quelqu'un qui vous hait à ce point doit être quelqu'un que vous connaissez. Ou que vous avez connu. Qu'en est-il de vos anciennes relations ?

— Vous voulez dire, mes petits amis avant de rencontrer Wesley ?

— Oui. Vous êtes sortie avec quelqu'un qui aurait été en colère contre vous, pour une raison quelconque ?

— Sortie ?

Elle sourit.

— Vous savez, aujourd'hui, ce terme signifie davantage que d'aller dîner ou voir un film avec quelqu'un.

— Je, euh… eh bien, je voulais dire « avez rencontré ».

Elle rit en le voyant si mal à l'aise.

— Je n'ai pas rencontré beaucoup de gens. Et les types avec qui je suis sortie étaient honnêtes. Je n'étais pas rebelle. Je ne sortais pas avec les mauvais garçons.

— Et les amitiés ? L'une d'elles s'est-elle terminée de façon inamicale ?

— Pas que je me souvienne, non.

— Vous avez reçu des appels bizarres, des gens qui auraient raccroché ?

— L'inspecteur Zur m'a déjà posé cette question. Non. Personne n'a raccroché, aucun e-mail ni lettre bizarre, aucune voiture ne m'a suivie – en tout cas, je n'ai rien remarqué. Rien qui sorte de l'ordinaire. Je ne me souviens même pas de la dernière discussion houleuse que j'ai pu avoir, sinon avec Wesley. Oh, attendez, je crois que ma sœur et moi nous sommes disputées à propos des loisirs de ses enfants.

Elle savait que cette réflexion paraissait plutôt dédaigneuse, mais elle était vraiment frustrée.

Marcus poussa un grognement.

— Tout ça n'a pas de sens.

— Je sais. Mais je vous assure, à moins qu'il ne s'agisse d'un démarcheur vexé parce que j'ai posé le téléphone sur la table et me suis éloignée pendant qu'il débitait son boniment, je n'ai pas la moindre idée de qui pourrait être assez furieux contre moi pour tenter de me tuer.

— Il faut que je retienne ce truc de la table.

— Ça ne marche pas vraiment. Ils continuent d'appeler.

Tandis que Marcus se rasseyait, on frappa à la porte.

— Entrez, lança Rebecca.

Wesley passa la tête à l'intérieur, souriant.

— Tu es assez en forme pour recevoir des visiteurs ?

Elle soupira.

— Je ne crois pas qu'on ait encore des choses à se dire.

Elle vit Marcus froncer les sourcils.

— Marcus, je vous présente mon... euh, Wesley. Wesley, Marcus Taylor est l'homme qui nous a sortis de la voiture.

Wesley ouvrit grand la porte et entra dans la chambre, main tendue.

— Je ne pourrai jamais vous remercier assez,

monsieur Taylor. Si vous n'aviez pas été là…

Il secoua la tête et se tourna vers Rebecca.

— Ma femme et mes enfants sont en vie grâce à vous.

Rebecca remarqua que Marcus lui adressait un bref hochement de tête, mais ne tendait pas la main.

— Becca, dit Wesley, il y a quelqu'un d'autre qui voudrait te voir.

Rebecca regarda par-dessus l'épaule de son mari.

— Ah, l'autre femme.

Tracey Whitaker lui sourit timidement et renifla.

— Rebecca. J'espère que ça ne vous dérange pas, mais dès que j'ai appris ce qui s'était passé, j'ai demandé à Walter de m'amener. Nous savions que Wesley se précipiterait ici dès qu'il l'apprendrait.

Elle s'approcha prudemment du lit.

— J'étais si inquiète quand j'ai entendu parler de l'accident. Et les enfants. Je n'y croyais pas quand Wesley m'a raconté. Et maintenant, vous avez des policiers qui gardent votre porte. Oh, mon Dieu !

Elle épilogua encore quelques secondes, puis demanda :

— Comment vont les enfants ?

Rebecca ne put pas répondre. Son esprit était paralysé par l'objet qui étincelait à la main gauche de Tracey.

— Vous êtes fiancés ?

Tracey couvrit la bague.

— Je, euh, nous… Wesley et moi allions vous en parler plus tard. À un moment plus approprié.

Rebecca déglutit.

— Il n'y a pas de moment plus approprié.

— Je suis désolée, dit Tracey en fixant le sol.

Ce n'était pas que Rebecca ne l'ait pas vu venir. Elle l'avait anticipé depuis un moment. N'avait-elle pas demandé à Wesley s'il avait des projets de mariage ? Et n'avait-il pas répondu qu'il le lui dirait si c'était le cas ?

Elle dévisagea son futur ex-mari.

— Quel jour aura lieu l'heureux événement ?

— Nous choisirons une date dès que le divorce sera finalisé, dit Wesley.

Au moins, il avait la décence de prendre l'air penaud.

— Félicitations. J'espère que vous serez heureux tous les deux.

Elle était étonnée de découvrir qu'elle le pensait vraiment.

Marcus se leva.

— Euh, je devrais y aller, vous laisser discuter.

Il contourna Wesley et avait une main sur la porte quand Rebecca lui lança :

— À quelle heure passerez-vous me prendre demain ?

— Le docteur Monroe a dit que vous seriez libérée à midi. Je serai là.

Elle agita la main.

— Au revoir, Marcus.

Après son départ, elle s'autorisa à bâiller.

— Il est tard, Wesley. Nous pourrons parler une autre fois.

— Mon père voulait passer et…

— Pas maintenant. Plus tard, peut-être. J'apprécie votre sollicitude, mais je suis fatiguée.

Wesley ouvrit la bouche pour protester, mais Tracey le tira par le bras.

— J'espère que vous vous remettrez vite, dit-elle.

Rebecca pinça les lèvres.

— Moi aussi.

— Nous allons voir les enfants, maintenant.

Wesley poussa Tracey dans le couloir.

— Prends soin de toi, Becca. Oh, nous passons la nuit à Hinton. On passera te voir demain matin.

La porte se referma sur ses derniers mots.

Elle n'avait aucune envie de revoir Wesley. Mais

Colton et Ella étaient ses enfants. Il était naturel qu'il s'inquiète pour eux.

Dans un coin de son esprit, une petite lueur de doute apparut.

Non. Wesley n'a rien eu à voir là-dedans.

Mais si elle se trompait ?

— Madame Kingston ?

— Hein ?

Elle leva les yeux. Le garde se tenait dans l'encadrement de la porte.

— Tout va bien, madame Kingston ?

— Oui. Mais je suis fatiguée.

— Je serai devant la porte si vous avez besoin de quoi que ce soit.

— J'ai juste besoin de sommeil.

Et de réponses.

Chapitre 37

Dans une chambre du Holiday Inn, Marcus avait dormi deux heures, comme d'habitude. En s'éveillant, il poussa un grognement. Il avait l'impression que son corps avait été passé à l'essoreuse. Chaque mouvement était douloureux, même celui de lacer ses chaussures. Mais cela ne l'empêcha pas de se précipiter à l'hôpital pour voir Rebecca.

Avant de se rendre dans sa chambre, il s'arrêta à la cafétéria pour prendre un petit déjeuner.

Il repéra Zur debout près de la machine à cappuccino.

— Qu'est-ce que vous faites là, John ?

— Eh bien, ce n'est pas le menu qui m'a attiré.

Zur laissa tomber sur une table un plateau portant un sandwich à l'air rassis rempli d'une viande indéterminée, puis fit signe à Marcus de le rejoindre.

— Vous rendez encore visite à Mme Kingston ?

Marcus fit couler un cappuccino à la vanille dans un gobelet en carton.

— Sur le point d'y monter.

— Comment va-t-elle ?

— Bien. Sinon que son mari et sa maîtresse sont passés hier soir.

Zur se crispa.

— Aïe.

— Oui, j'ai trouvé l'initiative assez minable de la part de Kingston.

— Ce type n'est pas très futé.

Marcus acquiesça.

— Je sais. C'est l'autre raison pour laquelle je suis sûr qu'il n'a pas orchestré la tentative de meurtre contre sa femme. Il n'a pas le cran.

— Il en a eu assez pour aller coucher ailleurs.

— Il est fiancé à cette femme, à présent. Rebecca l'a découvert hier soir.

— Deux fois aïe. C'est remuer le couteau dans la plaie.

— Vous auriez dû voir la tête de Rebecca. Elle était vraiment blessée. Mais je crois qu'elle se rend compte que son mariage est bien fini.

— Elle s'en rendait déjà compte. C'est elle qui a demandé le divorce.

Marcus haussa les épaules.

— Est-ce que vous ne vous accrocheriez pas, en espérant que les choses changent, si Lily et vous traversiez une mauvaise passe ?

— Aussi longtemps que possible. Mais pas si elle avait des sentiments pour un autre homme.

Marcus médita cette réflexion l'espace d'un instant.

— Kingston la trompe depuis cinq ans.

Il fut secoué par un frisson.

— Quel salaud.

— Mais pas un salaud assassin.

— En tout cas, dit Marcus, il ne risque pas de remporter le prix du « mari de l'année ».

— Il s'en sortira peut-être mieux la deuxième fois. C'est ce qui arrive à certains hommes.

Zur arqua un sourcil.

— Vous voulez parler de moi ? Oh là, je n'ai pas l'intention de me marier avant longtemps.

Zur soupira longuement.

— Marcus, Marcus… Un de ces jours, vous allez devoir explorer vos émotions plus en profondeur. Vous ouvrir à quelqu'un. Aimer à nouveau. Nous sommes amis depuis bien trop longtemps pour que je tourne autour du pot : vous devez vous construire une vie.

— On croirait entendre Leo.

— Leo Lombardo ? Votre copain des urgences ?

— Oui, vous le connaissez ?

— Nous nous sommes rencontrés à l'enterrement de Jane.

Marcus s'assombrit.

— Désolé, dit Zur.

— De quoi ? D'avoir mentionné le nom de Jane ? Ce n'est pas tabou.

Zur changea de position sur sa chaise.

— Vraiment ?

Le regard de Marcus erra en direction de la porte-fenêtre qui ouvrait sur un terrarium rempli de plantes.

— J'imagine que je ne me suis pas montré très franc concernant ce que je ressens à propos de Jane et de Ryan. Ç'a été dur. Ils ne sont plus là. Moi si.

— Vous méritez d'être là.

— Vous croyez ?

Il regarda son ami dans les yeux.

— Ils avaient davantage à offrir à ce monde que moi. Ils devraient être en vie. Pas moi.

Zur secoua la tête.

— Si vous étiez mort à leur place, que serait-il arrivé à Rebecca Kingston et à ses enfants ?

Ils se turent. Les secondes devinrent des minutes.

Finalement, Marcus demanda :

— Vous avez tiré quelque chose de Delaney ?

Il connaissait déjà la réponse. Si Delaney avait dénoncé son complice, Zur en aurait immédiatement informé Marcus.

— Nous avons menacé le gars de le mettre en isolement, et il n'a pas craqué.

— Ça semble quelque peu inhabituel.

— Comment ça ?

— Si Delaney avait accepté un contrat et qu'il lui avait rapporté un peu d'argent, il semble qu'il s'empresserait de nommer celui qui l'a engagé, en échange d'une peine plus légère ou de certains avantages. Mais il ne dit rien ?

— Quelqu'un doit avoir une prise sérieuse sur lui.

— Vous pensez à la mafia ? En revenons-nous à la théorie du casino ?

— Je ne sais pas, Marcus. Nous tournons en rond. Nous…

Zur se mordit la lèvre.

— Quoi ? Crachez le morceau !

Zur sortit quelque chose de gluant de son sandwich et s'essuya les doigts sur une serviette en papier.

— Nous espérions que celui qui a engagé Delaney passerait à l'action pendant que Mme Kingston était à l'hôpital. Nous envisageons de lui tendre un piège.

— De quel genre ?

— Du genre qui implique Mme Kingston.

Marcus écarquilla les yeux.

— Vous voulez vous servir d'elle comme appât ?

— Nous la couvririons. Protection intensive.

— Non ! Vous ne pouvez pas faire ça.

Zur reposa le sandwich à moitié mangé.

— Écoutez, nous sommes à court d'options. Celui qui s'en est pris à Rebecca réessaiera très probablement. Une nuit où elle sera seule, peut-être, et où vous ne serez pas là pour la protéger.

— Vous ne pouvez pas mettre sa vie en danger de cette façon. Elle a des enfants qui ont besoin d'elle.

— Nous pensons pouvoir accélérer les choses, pousser ce type à se découvrir. Alors nous le tiendrions.

Il irait en prison. Rebecca et ses enfants seraient en sécurité. Ce n'est pas ce que vous voulez ?

— Bien sûr que si. Mais vous ne pouvez pas utiliser un sosie, je ne sais pas ? Peut-être un agent clandestin ?

Zur ricana.

— Ça n'arrive que dans les films. Nous n'avons pas le budget pour ça. Marcus, nous posterions quelqu'un dans la salle d'eau pour surveiller sa chambre, avec des caméras. Nous placerions des officiers en civil devant sa porte. Et je serais là, à proximité de sa chambre.

Marcus réfléchit, le ventre noué par la rébellion. Ça ne lui plaisait pas. Quelque chose pouvait déraper.

Mais s'ils l'arrêtaient ? Rebecca n'aurait plus jamais à s'inquiéter.

— Quel est le plan, exactement ? demanda-t-il.

— Nous demanderions aux médecins de signaler une rechute. Disons qu'elle soit inconsciente. Nous signalerions en même temps un accident quelque part, un événement auquel la police devrait réagir. Nous informerions la presse, tous ceux qui sont liés à l'affaire, et nous annoncerions que nous avons dû retirer le garde de devant sa porte à cause de cette prétendue urgence. La nouvelle se répandra vite.

— Mais vous serez ici.

Zur hocha la tête.

— Je serai à la permanence, à quelques portes de la chambre de Mme Kingston.

— Et les enfants ?

— Nous les déménagerions au quatrième étage, en pédiatrie, par sécurité.

— Combien d'agents près de la chambre de Rebecca ?

— Quatre. Ils seraient placés comme infirmiers ou patients. Ensuite, on attend.

Marcus soupira.

— Vous allez le dire à Rebecca ?

— C'est déjà fait. Il nous fallait sa permission.

— Parce qu'elle s'expose à un danger.

— Oui, mais vous pouvez dormir tranquille. Elle sera bien protégée.

Zur avala son café et s'essuya la bouche sur sa manche.

— Marcus, je sais que ce n'est pas la stratégie idéale, mais nous sommes à court de pistes. Et d'idées. Si nous n'essayons pas d'attirer ce type, il pourrait disparaître pendant des mois.

— Et refaire surface quand personne ne s'y attendra.

— Exactement.

— Il faut que je voie Rebecca.

Zur se leva.

— Allons-y, alors. Nous sommes en train de tout mettre en place. Vous aurez quelques minutes avant que nous ne simulions sa rechute. En fait, vous pourriez contribuer à rendre l'histoire crédible.

En montant à la chambre de Rebecca, Zur lui décrivit le dispositif en détail.

Chapitre 38

Hinton, Alberta – dimanche 16 juin 2013, 7 h 53

Dans une salle privée de l'unité de soins intensifs, Rebecca se préparait à la représentation de sa vie. On lui avait déjà expliqué à quoi s'attendre et comment avoir l'air à peine consciente si quelqu'un entrait dans la chambre quand tout le monde serait parti.

Marcus était assis près du lit et se massait les tempes. Sa mâchoire serrée et ses grommellements occasionnels suggéraient qu'il n'était pas satisfait du plan.

Mais elle devait le faire. Elle n'avait pas le choix. Pas si elle voulait respirer à nouveau, ou vivre sa vie sans peur.

Elle adressa à l'inspecteur Zur un sourire mal assuré.

— D'accord… je suis prête.

— Excellent. Nous serons devant votre porte, à surveiller tout ce…

— Rebecca, vous n'êtes pas obligée de faire ça, l'interrompit Marcus. Ils peuvent arrêter ce type d'une autre manière.

— Quelle autre manière ? intervint l'inspecteur Zur.

Nous n'avons aucune piste. Nous n'avons pas la moindre idée de qui a engagé Delaney. Si nous ne l'attrapons pas maintenant…

— Il s'enfuira et se cachera, termina Rebecca. Je dois le faire, Marcus. Pour ne pas devoir toujours regarder par-dessus mon épaule, en me demandant si quelqu'un va s'en prendre à moi. Ou aux enfants.

Une infirmière était penchée sur elle, fixant une tubulure intraveineuse à une poche en plastique vide.

— À quoi ça sert ? demanda Rebecca.

L'infirmière se tourna vers l'inspecteur, qui hocha brièvement la tête.

— Nous installons une fausse intraveineuse. Elle coulera dans cette poche, pas dans votre bras.

— Pourquoi faites-vous ça ?

L'infirmière se mordit la lèvre.

— C'est au cas où quelqu'un essaierait de… euh, tripoter votre intraveineuse.

— Tripoter.

Rebecca cligna des paupières, puis regarda l'inspecteur Zur.

— Vous croyez que quelqu'un va essayer de me droguer ?

— C'est possible. Nous pensons qu'il essaiera de profiter de votre « rechute » et de faire passer votre mort pour un accident.

— J'imagine que ça vaut mieux que de le voir entrer et me tirer dessus.

Elle se recroquevilla.

— Qu'est-ce qui l'empêche de faire ça ?

L'inspecteur Zur secoua la tête.

— Celui qui a organisé ça s'est montré très malin jusqu'à présent. Il voudra entrer et sortir le plus vite possible. Il ne prendrait pas le risque de faire entendre des coups de feu.

— Et s'il a un silencieux ? demanda-t-elle.

Le regard de l'inspecteur passa de Rebecca à

Marcus et revint sur elle.

— Je crois que vous regardez les mêmes films, tous les deux. Écoutez, madame Kingston, la première tentative pour vous tuer a eu lieu dans un endroit isolé, loin des témoins. Si vos enfants et vous n'aviez pas survécu, nous ne tiendrions pas Delaney. On aurait peut-être même cru à un accident. Comme si vous aviez pris le mauvais virage et étiez sortie de la route.

— Et vous croyez que celui qui a engagé ce Delaney veut toujours agir sans témoin et sans preuves permettant de remonter jusqu'à lui.

L'inspecteur Zur acquiesça.

— Et une mort qui paraisse accidentelle.

— De plus, vous injecter une drogue lui donne le temps de s'enfuir, dit Marcus. Moins de chances d'être pris.

— Exactement, confirma l'inspecteur.

— Alors je vais rester étendue là et faire semblant de perdre régulièrement connaissance, en essayant de ne pas m'endormir.

Elle soupira.

— Je pense pouvoir le faire.

— Nous avons installé deux caméras dans votre chambre, dit Zur. Une braquée sur la porte et l'autre sur votre lit.

— Alors vous verrez tout.

Il hocha la tête, puit fit signe à un agent posté dans l'encadrement de la porte.

— Nous n'avons pas le temps d'installer des micros, alors le caporal Raddison va en fixer un à votre oreiller.

Rebecca prit une profonde inspiration.

— Mais vous l'arrêterez même s'il ne dit rien ?

— Il suffira qu'il tente quoi que ce soit et nous l'enregistrerons.

— Et s'il essaie de m'étouffer avec un oreiller ?

— Tous les oreillers ont été enlevés de votre

chambre, sauf celui sur lequel vous avez la tête. Nous serons là en quelques secondes s'il tente quelque chose.

Zur regarda sa montre et prit la télécommande de la télévision.

— Ah, l'heure de l'émission.

Il passa sur une station de télévision locale, et Rebecca hoqueta. Sa photo s'étalait sur l'écran. Dessous, le titre annonçait : « Une victime de délit de fuite souffre de sérieuses complications ».

La caméra fit un gros plan sur une journaliste debout devant l'hôpital. « Rebecca Kingston, victime d'un accident dont l'auteur a pris la fuite et qui a également touché ses deux enfants, reste dans un état grave à l'hôpital de Hinton. Selon nos sources, cette femme a des pertes de conscience dues aux suites d'une opération des poumons. Ses deux enfants seront confiés à leur tante cet après-midi, pendant que Rebecca Kingston continue de lutter pour sa vie. »

Un visage d'homme apparut sur l'écran.

Rebecca frissonna. *Rufus Delaney.*

Elle connaissait son visage d'après la photo que Marcus lui avait montrée. C'était l'homme qui lui avait fait quitter la route.

— Éteignez, s'il vous plaît, dit-elle calmement.

L'inspecteur lui adressa un regard contrit, puis éteignit la télévision.

— Alors maintenant, tout ce que j'ai à faire est de rester là et d'attendre ? lui demanda-t-elle.

— Oui. Je pourrai passer vous voir de temps en temps, de même qu'une des infirmières. Pour nous assurer que tout va bien. Nous ne voulons pas vous voir paniquer et faire une véritable rechute.

— Je suis sûr que c'est d'un grand réconfort, marmonna Marcus.

Elle tendit la main.

— Je vais bien. Et j'irai bien. C'est ma décision.

Comme il prenait sa main et la serrait, elle se sentit

revigorée.

— Je reste dans les parages aussi, annonça-t-il.

— Vous ne pouvez pas rester à cet étage, le contredit l'inspecteur. Votre tête est passée aux nouvelles des tas de fois. Pour avoir sauvé Rebecca et ses enfants.

Marcus haussa les épaules.

— Alors ce sera logique que je reste dans le coin.

L'inspecteur serra les lèvres.

— Vous ne pouvez pas intervenir.

— Il ne le fera pas, dit Rebecca. Pas vrai, Marcus ? Vous allez rester à une distance raisonnable et les laisser faire leur travail.

— Très bien.

— Vous pouvez vous installer dans la salle avec l'équipe d'enregistrement, dit Zur. Vous verrez tout et entendrez tout ce qui se passe dans cette pièce.

— Voilà. Tout est réglé.

Rebecca tenta de sourire.

— Tout sera réglé, dit Marcus. Une fois que nous aurons pris ce salaud.

Elle se tourna vers l'inspecteur.

— Puis-je dire un mot à Marcus seule à seul, s'il vous plaît ?

— Bien sûr. Pas plus de cinq minutes. Marcus, quand vous aurez fini, retrouvez-moi dans la salle d'examens en face du poste des infirmières ?

— D'accord.

Quand elle fut seule avec Marcus, ses mains se mirent à trembler et ses lèvres frémirent de peur.

— Je ne sais pas si j'y arriverai.

— Vous en êtes capable.

— Mais quelqu'un pourrait entrer et essayer de me tuer.

— Pourrait. Nous ne sommes même pas sûrs que qui que ce soit se montre. Et même s'il le fait, il n'ira pas loin. Zur l'arrêtera.

Il lui caressa la main, ses doigts lui réchauffant la peau.

— Je ne laisserai rien vous arriver, je vous le promets. Et vous m'avez déjà fait confiance une fois, vous vous souvenez ?

— C'est difficile à oublier.

— Le 16 juin 2013, dit-il.

— Pardon ?

— La date d'aujourd'hui. C'est un jour « un ». Nouveau départ, vous vous rappelez ?

Elle sourit.

— Ça me plaît bien.

— Soyez courageuse. Vous êtes une forte femme, Rebecca Kingston. Et quand tout ça sera terminé, nous sortirons fêter l'événement, vous et moi.

Elle resta bouche bée.

— Vous me proposez de sortir ? Un rendez-vous galant ?

— Le temps est écoulé ! Il faut que j'y aille, maintenant.

Il disparut avant qu'elle ait eu le temps de protester.

Une seconde plus tard, elle se rendit compte qu'il n'avait pas répondu à sa question.

Chapitre 39

Hinton, Alberta – dimanche 16 juin 2013, 14 h 19

Geraldo et Simms, deux agents en civil, assis devant un bureau improvisé (la table d'examen), surveillaient un écran d'ordinateur, ignorant presque la présence de Marcus qui errait dans la pièce. De temps à autre, ils envoyaient à Zur un rapport sur la situation.

— Bon sang, marmonna Marcus. Combien de temps ça va prendre ?

Il n'attendait pas de réponse, et n'en obtint pas.

Tout l'étage avait été débarrassé du personnel qui n'était pas strictement indispensable. Les patients avaient été discrètement déplacés dans d'autres zones de l'étage, tandis que la sécurité de l'hôpital limitait les visites. Il n'y avait encore eu aucun mouvement autour de la chambre de Rebecca.

Allez, connard. Mords à l'hameçon !

Marcus avait passé les dernières heures à regarder l'écran vidéo donnant sur la chambre de Rebecca. Seuls l'infirmière autorisée par la police et John Zur étaient entrés dans la pièce. Ce dernier s'avérait un personnage imposant habillé en médecin, un stéthoscope autour du cou et un faux badge d'identité épinglé à la poche de sa veste.

Marcus se posta derrière l'un des techniciens et écouta.

— Vous avez besoin de quelque chose, madame Kingston ? demanda l'infirmière avant de regarder par-dessus son épaule et de fixer la caméra. Elle leva les pouces.

— Peut-être un verre d'eau, répondit Rebecca.

L'infirmière disparut dans la salle d'eau et revint quelques secondes plus tard.

Une fois que Rebecca eut bu quelques gorgées, l'infirmière déclara :

— Je dois vider le verre. Une patiente inconsciente ne boirait pas d'eau.

— Je comprends.

Marcus admirait le courage de Rebecca. Elle avait traversé tant d'épreuves. Elle avait survécu aux mauvais traitements de son mari et à une tentative de meurtre qui avait failli lui être fatale. Et à présent, elle servait d'appât à un tueur.

Son portable sonna.

— Salut, John. Du nouveau ?

— Rien pour le moment. La sécurité est renforcée, mais il n'y a pas eu de rapport signalant l'arrivée d'un individu suspect à l'hôpital. Évidemment, ça nous aiderait de savoir qui nous cherchons.

— Je continue de passer en revue tout ce que m'a dit Rebecca. Personne ne semble bénéficier de sa mort à part…

— Wesley Kingston. Je sais. Nous avons montré sa photo à l'hôtel où séjournait Delaney. Personne ne le reconnaît. Mais nous avons tiré une information intéressante de Delaney.

— Laquelle ?

— Quand nous avons vérifié ses relevés bancaires, nous avons trouvé un important dépôt en liquide.

— Important comment ?

— Vingt-cinq mille.

— Merde. Il est impossible que Kingston ait disposé d'une telle somme.

— En effet. Et il ne l'a pas gagnée au jeu. Nous avons fait jouer quelques leviers, avons posé des questions au casino – en les menaçant de fermeture provisoire.

— Laissez-moi deviner. Kingston n'a pas non plus *emprunté* vingt-cinq mille dollars.

— Selon tous les témoignages, Wesley Kingston s'en sortait à peine. Un mobile ? Sans aucun doute. Mais il n'a pas engagé Delaney.

— Alors qui diable l'a fait ?

— Vous en savez autant que moi, Marcus. Nous continuons de creuser, de vérifier ses dettes. Il semble qu'il doive quelques milliers de dollars, mais à moins que les casinos ne mentent, c'est tout.

— Les casinos ne sont pas réputés pour leur honnêteté.

— Non, alors nous en revenons à l'ancienne théorie. Que quelqu'un essaie d'envoyer un message à Kingston. Nous allons le reconvoquer pour l'interroger si ça ne donne rien ici ce soir.

L'image à l'écran tremblota.

— Qu'est-ce qui se passe ? demanda Marcus à Geraldo.

— Comment ça ?

— Vous n'avez pas vu la caméra bouger ?

— Probablement une hausse de tension. Les deux caméras fonctionnent. Aucune raison de s'inquiéter, monsieur.

Marcus observa l'écran. Plus il le fixait, plus il était certain que quelqu'un se trouvait dans la pièce avec Rebecca. Quelqu'un qui se tenait près de son lit.

— Vous ne voyez pas ça ? demanda-t-il.

— Voir quoi ? répliqua sèchement Simms.

Marcus était sur le point d'indiquer l'ombre près du

lit, mais elle avait disparu.

— Revenez en arrière, exigea-t-il.

Simms serra la mâchoire mais obéit. La bande revint en arrière d'une minute et demie, puis repartit.

— Je vois rien, dit Geraldo.

Simms foudroya Marcus du regard.

— Moi non plus.

Ils étaient trois dans ce cas-là.

Merde…

— Marcus ! cria Zur au téléphone.

— Désolé, John. La caméra dans la chambre de Rebecca a tremblé l'espace d'une seconde.

— Ne vous inquiétez pas. Elle va bien. Ils envoient les images sur ma tablette et je peux voir tout ce que vous voyez. Vous devriez peut-être aller prendre un café, faire une pause. La nuit risque d'être longue.

Marcus hésita. Il n'avait aucune envie de sortir.

— Nous nous occupons d'elle, affirma Zur. Prenez un café, éclaircissez-vous les idées, puis retournez à la salle d'examen. L'attente va peut-être durer toute la nuit.

— Très bien. Je vais faire une courte pause.

Marcus raccrocha, puis prit sa veste au porte-manteau. Il allait prendre l'air, rapporter du café et s'installer pour la longue veille.

— Vous voulez quelque chose, tous les deux ? demanda-t-il, d'humeur bienveillante.

— Café avec double crème pour moi, dit l'un.

— Noir, répondit l'autre. Et un donut s'ils en ont.

Aucun des deux ne leva les yeux.

Marcus soupira. Apparemment, il était promu au grade de garçon de courses. Enfin, cela lui permettrait de sortir de la pièce un moment. Il commençait à ne plus tenir en place et à voir des choses qui n'existaient pas.

Il songea à Jane et à Ryan. Il voyait leurs fantômes depuis six ans. Ils lui rendaient visite la nuit. Il avait toujours prétendu qu'ils n'étaient que des rêves. Mais Jane avait fait une apparition la veille près de la rivière

McLeod, et il était impossible qu'il l'ait rêvé.

Que signifiait tout cela ?

Ça signifie que tu as besoin de sommeil, abruti !

Zur avait raison : Marcus avait besoin de s'éclaircir les idées.

Chapitre 40

La lampe placée au-dessus de sa tête laissait de vagues ombres dans les coins de la chambre et Rebecca, allongée dans son lit, contemplait les minuscules trous des dalles du plafond, jouant à relier les points entre eux. Tandis qu'elle traçait mentalement les lignes, son esprit revenait sans cesse à la pensée qui la hantait.

Qui voulait sa mort ?

Son pouls battait la chamade, même si les machines à côté d'elle ne le signalaient pas. Des voyants clignotaient dessus, donnant l'illusion qu'elles étaient reliées à elle. Mais elles ne l'étaient pas.

Le silence était si épais qu'il l'étouffait presque. Il était occasionnellement brisé par des bruits de pas intermittents. Quand elle les entendait, elle avait une seconde pour feindre l'inconscience avant que l'inspecteur Zur ou l'infirmière n'entre et ne la rassure, lui disant qu'elle se comportait parfaitement.

Il fallait que ce cauchemar se termine. Elle désirait plus que tout prendre ses enfants dans ses bras et leur dire que tout allait bien.

Tout ira bien. Bientôt.

Elle refusait d'envisager ce qui se passerait si le plan de l'inspecteur Zur échouait. Bien sûr, Marcus avait accepté de séjourner chez elle un moment, jusqu'à ce qu'ils trouvent qui lui en voulait, mais elle ne pouvait pas s'attendre à ce qu'il reste très longtemps.

Elle avait des fourmillements lorsqu'elle visualisait le visage aimable de Marcus. Ses mains fortes et sa voix apaisante. Elle voyait bien qu'il n'était pas convaincu par le plan de l'inspecteur Zur. Il avait peur pour elle. Il l'avait déjà sauvée une fois. Il était naturel qu'il se sente plus ou moins responsable d'elle.

Est-ce vraiment tout ce qu'il représente ? Ce lien entre nous ?

Peut-être avait-elle mal déchiffré les signaux. Il semblait plutôt idiot de croire qu'il y avait autre chose qu'une relation entre sauveur et victime en train de se développer. Et éventuellement un peu de flirt innocent. Ils étaient tous deux adultes. Lui célibataire, et elle presque célibataire. Peut-être ne pensait-il pas à elle de la même manière qu'elle pensait à lui.

Au moins, Colton et Ella étaient en sécurité. Kelly et Steve étaient passés les prendre et les avaient emmenés à Edmonton.

Elle imagina leurs petits visages, et des larmes lui montèrent aux yeux. *Mes bébés.*

Mais même eux ne pouvaient l'empêcher d'éprouver de la terreur.

Et si la police arrivait trop tard ? Si elle mourait cette nuit ?

Un mouvement dans le coin de sa chambre attira son attention. Elle cligna des paupières. Les ombres ondulaient dans cette partie de la pièce comme si quelqu'un s'y tenait. Elle plissa les yeux et, l'espace d'une seconde, elle aurait juré qu'une femme était dans sa chambre.

Mais il n'y avait personne.

Le plus étrange était qu'au lieu d'être horrifiée par

l'idée que quelqu'un se trouve dans sa chambre, elle éprouvait une curieuse sensation de paix. Comme si elle était veillée par une présence calme et aimante.

Elle réprima un rire. *Bonté divine. Voilà que tu imagines un ange gardien ?*

Une brise s'étendit sur elle, et elle inspira le parfum du bois de santal.

Bizarre. Les infirmières ne sont pas censées porter de parfum. Et je n'en porte pas non plus.

Alors d'où venait cette odeur ?

Un bruit l'interrompit dans ses pensées.

Un bruit de pas.

S'approchant de sa chambre.

La porte s'ouvrit et elle ferma les yeux, attendant que l'infirmière ou l'inspecteur Zur s'annonce.

Silence.

Peut-être avait-elle aussi imaginé le bruit de pas.

Prudemment, elle ouvrit lentement un œil. Elle ne vit d'abord personne. Elle était sur le point d'ouvrir les deux quand une voix murmura : « *Gardez les yeux fermés* ». C'était une voix de femme, qu'elle ne reconnut pas.

Des pas s'approchèrent du lit et Rebecca réprima les embardées de son cœur. Un frisson la parcourut.

« Restez calme », dit la voix à son oreille.

Quoi ? Pourquoi un tueur lui dirait-il de rester calme ? Et comment saurait-il qu'elle était consciente ? Ça ne tenait pas debout.

La personne debout près de son lit se pencha sur elle. Rebecca le sut parce que la faible lumière qu'elle percevait derrière ses paupières fermées s'assombrit.

« Je regrette, Rebecca », dit une seconde voix.

Celle-là, elle la reconnut.

Chapitre 41

Marcus prit l'escalier pour descendre au rez-de-chaussée et passa la cafétéria pour se rendre aux urgences. Tandis qu'il approchait des portes extérieures, il remarqua un homme debout près de l'ascenseur, qui discutait avec un agent de police.

Marcus fronça les sourcils. *Qu'est-ce que Wesley Kingston fait là ?*

— Je veux voir ma femme quelques minutes, disait Kingston à l'agent.

— Désolé, monsieur, mais l'inspecteur Zur veut que vous restiez là. Il descend dans quelques minutes.

— Un problème ?

Marcus montra sa carte d'identité à l'agent.

— Marcus Taylor, des urgences.

Il était sûr à présent que tous les agents postés dans l'hôpital savaient qu'il était autorisé.

— L'inspecteur Zur peut répondre de moi.

— C'est déjà fait, dit l'agent. M. Kingston insiste pour voir sa femme.

Marcus se tourna vers le mari de Rebecca.

— Wesley, votre femme est en soins intensifs.

— Je sais. Je veux m'assurer qu'elle va bien.

— Elle est inconsciente.

L'homme tressaillit, et une petite part de Marcus prit plaisir à la douleur de Kingston.

— Ils font tout ce qu'ils peuvent pour elle, dit Marcus. Allons prendre un café.

— Tracey est allée m'en chercher un. Et de quoi manger. Je l'aurais rejointe à la cafétéria, mais j'ai été retenu.

Il foudroya l'agent du regard.

— Par cet homme. Il m'a même fouillé comme si j'étais un vulgaire criminel.

L'agent haussa les épaules.

— J'ai des consignes.

— Allons nous asseoir quelque part, dit Marcus avec un soupir.

Il ne voulait pas de la compagnie de Kingston, mais il semblait impossible d'y échapper. Quelqu'un devait calmer cet homme. Il pourrait tout faire rater.

— Je suis sûr que vous voulez ce qu'il y a de mieux pour votre femme, alors faites-moi confiance quand je dis qu'elle va s'en sortir.

— Mais ils ont dit aux nouvelles qu'elle avait fait une rechute. Elle était censée sortir aujourd'hui.

— Ce sont des choses qui arrivent. Ils s'occupent bien d'elle.

Marcus prit une profonde inspiration.

— Vous voyez quelqu'un d'autre dans l'hôpital que vous connaissez ?

Kingston secoua la tête.

— C'est comme une morgue ici. D'un calme mortel.

Il semblait ignorer à quel point son commentaire était déplacé, compte tenu de l'endroit où ils se trouvaient.

— Vous vous demandez sans doute pourquoi je m'en préoccupe, vu que Becca et moi allons divorcer.

Marcus haussa les épaules.

— Ce ne sont pas mes affaires.

Wesley Kingston contempla le sol.

— J'ai commis beaucoup d'erreurs. Beaucoup trop. Mais il y a deux choses que j'ai réussies : Colton et Ella. Je ne suis pas un mauvais père. J'adore mes enfants. Et peu importe ce que nous deviendrons, Becca et moi, amis ou ennemis, ça ne changera jamais.

— La police pense que vous avez engagé ce type qui a poussé la voiture de votre femme hors de la route.

— Je ne ferais jamais une chose pareille. D'ailleurs, comment aurais-je engagé qui que ce soit ? Je n'ai pas une telle somme.

— Quelle somme ?

— La somme nécessaire pour engager quelqu'un, je ne sais pas.

Kingston le regarda dans les yeux.

— Je vous jure, monsieur Taylor, que je n'ai rien eu à voir là-dedans. Je ne hais pas Rebecca à ce point. Je passe à autre chose. J'ai une fiancée, et je me suis calmé sur le jeu. Nous ne sommes pas riches, loin de là. Mais au bout du compte, je trouverai un meilleur emploi, et d'ici là, le salaire de Tracey à la maison de retraite sera suffisant pour survivre.

— Alors vous ne devez d'argent à personne ?

— Vous voulez dire, aux casinos ?

Kingston secoua la tête.

— Comme je l'ai dit à l'inspecteur, j'avais quelques petites dettes, mais elles ont été payées la semaine dernière.

— Avec l'argent que Rebecca avait économisé.

— Non, Tracey a fait un emprunt.

Marcus vit Zur qui approchait. Il se leva.

— Je dois y aller, monsieur Kingston. Votre rendez-vous est arrivé.

Wesley Kingston accueillit l'inspecteur avec un soupir lugubre.

— Comment va Rebecca ?

Zur lança un regard à Marcus.

— Elle est toujours inconsciente. Je vais vous emmener la voir dans un moment. D'abord, j'ai encore quelques questions.

Sa veste sur un bras, Marcus les laissa discuter et passa les portes des urgences pour sortir sur le trottoir. L'air nocturne était revigorant, et il l'inhala comme si c'était son dernier souffle. Après une minute ou deux, le froid s'infiltra à travers la fine chemise habillée qu'il portait. Il frissonna.

Il était sur le point de mettre sa veste quand un rectangle de papier tomba de la poche et s'envola sur le parking. Sa première réaction consista à l'ignorer. C'était probablement un reçu. Mais quelque chose l'incita à courir après le papier. Il le saisit avant qu'il ne s'envole dans les buissons.

C'était la photo qu'il avait prise chez Rebecca.

Retournant en courant à l'entrée de l'hôpital, il tint la photo sous les néons et l'étudia. Rebecca semblait plus heureuse qu'il ne l'avait jamais vue. Wesley semblait un peu nerveux, mais heureux. À l'arrière-plan, de nombreuses personnes s'assemblaient autour d'eux, levant leurs verres de champagne pour les féliciter.

Le regard de Marcus parcourut les visages inconnus.

Jusqu'à ce qu'il en voie un qu'il reconnut.

Oh bon sang...

Des signaux d'alarme retentirent dans son esprit.

Il scruta les buissons avoisinants. Puis les voitures garées sur le parking.

Rien ne paraissait déplacé.

Alors pourquoi avait-il l'impression qu'un courant électrique grésillait sous sa peau ?

Jane ?

Elle apparut dans une brume au rayonnement serein, son beau visage et son regard mélancolique exprimant un abattement qui lui serra le cœur. Elle tendit une main.

Tandis qu'il levait la sienne pour la prendre, elle murmura simplement : « *Dépêche-toi…* »

Chapitre 42

Rebecca scruta la pénombre entre ses paupières mi-closes. Elle avait soupçonné juste. La voix venait de quelqu'un qu'elle n'aurait jamais soupçonné. D'une certaine manière c'était logique, même si elles s'étaient montrées civiles l'une envers l'autre, et si Rebecca ne représentait pas une menace.

Mais alors pourquoi Tracey Whitaker se trouvait-elle dans sa chambre, vêtue d'un uniforme d'infirmière et une seringue à la main ?

Comme on le lui avait recommandé, Rebecca feignit d'être affaiblie.

— 'Soir, Tracey. Qu'est-ce que v-vous faites l-là ?

Tracey se pencha sur elle.

— Je suis venue terminer le travail.

— Q-que voulez-vous dire ?

Rebecca réprima un bâillement exagéré, priant pour que l'inspecteur Zur enregistre chacun de leurs mots.

— Quel travail ? De quoi parlez-vous ?

— Vous étiez censée mourir, Rebecca. Vite fait bien fait.

Tracey haussa les épaules.

— Enfin, peut-être pas si vite. Mais c'était censé
être un simple délit de fuite, sans survivant.

— Mais Wesley et vous allez vous marier. Je ne
vous fais pas obstacle. Je vous le laisse. Vous n'avez pas
besoin de faire tout ça.

Tracey secoua la tête.

— Rebecca, vous n'avez pas idée. Bien sûr que je
dois le faire. Pour l'argent.

*L'argent ? Tout cela concernait l'héritage des
enfants ?*

— Vous savez que Wesley ne peut pas toucher à cet
argent, déclara Rebecca d'une voix faussement affaiblie.

— Il peut si vous êtes morte avant que le divorce
soit prononcé. Il obtiendrait automatiquement la garde
d'Ella et de Colton, et tout ce qui va avec. Y compris
l'argent que votre grand-père leur a légué. Wesley aurait
le pouvoir de signature.

— Je ne suis pas sûre que ça fonctionnerait de cette
manière.

Tracey sourit.

— Nous avons déjà consulté un avocat. Le type
nous a affirmé qu'il n'y avait pas de clause de secours.
Si vous mourez, Wesley obtient l'argent.

— Il est destiné aux enfants.

Où diable est l'inspecteur Zur ?

Tracey plaça les mains de chaque côté de l'oreiller
de Rebecca, puis se courba, touchant presque le visage
de Rebecca.

— Il n'est pas difficile de donner l'impression
qu'une dépense leur est destinée et non à nous.

— Je n'arrive pas à croire que Wesley participe à
ça, dit Rebecca d'une voix pâteuse. Je ne peux pas croire
que le père de mes enfants accepterait un meurtre. Le
mien ou celui de ses enfants. Mon Dieu…

Tracey ricana.

— Wesley n'a pas le courage de faire le nécessaire.

Un sourire malveillant éclaira son visage.

— Mais moi, si.

— La police vous arrêtera, dit Rebecca.

S'ils finissent par arriver !

Tracey leva la seringue.

— Vous ne croyez pas que je sache quel genre de médicament utiliser ? Il y en a des dizaines qui n'apparaîtront pas à l'autopsie, à moins de savoir ce qu'on cherche. Non, chère Rebecca, vous allez dormir jusqu'à ce que vos poumons cessent d'envoyer de l'oxygène à votre cerveau. La police pensera que vous avez subi des complications dues à votre opération des poumons.

Elle se tourna vers le support à intraveineuse et injecta la drogue dans le tube.

— Je vous en supplie, Tracey.

La femme mit un capuchon sur l'aiguille hypodermique et l'empocha. Puis elle se pencha et embrassa Rebecca sur le front.

— Ça ne fera pas mal. Je vous le promets.

— Tracey, s'il vous plaît. Réfléchissez à ce que vous êtes en train de faire.

— J'y réfléchis depuis des mois. Vous n'avez pas été facile à espionner.

Tracey rit.

— Vous avez failli me surprendre, vous savez ?

— Comment ça ?

— Au dernier match de hockey de Colton. Vous êtes tous allés le regarder, et j'ai convaincu Wesley que j'étais enrhumée pour pouvoir me livrer à une petite reconnaissance. Quand il m'a appelée après le match pour me dire que vous alliez à Cadomin, j'ai tout de suite su ce que je devais faire. Mais je devais d'abord déterminer le trajet que vous suiviez. Heureusement, vous m'avez laissé une carte sur une table.

Rebecca repensa à cette soirée. *La porte du garage ouverte !*

— Vous êtes entrée par effraction chez moi ?

Tracey se pencha sur elle.

— Je suis entrée chez vous des tas de fois. J'ai même occupé votre lit. Avec Wesley.

Rebecca jeta un coup d'œil furtif à la porte.

— Ça ne m'étonne pas. Wesley a la mauvaise habitude de prendre des décisions pourries.

Tracey l'observa, le front plissé, déroutée. Au bout d'un moment, elle secoua la tête et déclara :

— Le petit cocktail que je vous ai préparé devrait faire effet d'une seconde à l'autre. Pourquoi ne pas fermer les yeux et vous endormir ?

— Parce que je ne suis pas fatiguée, imbécile.

Tracey saisit le bras de Rebecca et examina la zone où l'aiguille de l'intraveineuse aurait dû être fixée.

— Qu'est-ce que c'est que ça ?

Elle tira la poche à intraveineuse de sous la couverture.

C'était à Rebecca de sourire.

— Désolée de vous décevoir. Je crois que vous avez gaspillé ces médicaments.

— Alors c'est une bonne chose que j'aie apporté une solution de rechange.

Tracey lui montra un scalpel.

Chapitre 43

Marcus chercha Zur dans la salle d'attente des urgences, mais l'inspecteur avait disparu. De même que Wesley Kingston. Il courut à la cafétéria et trouva Kingston assis à une table, seul.

— Où est votre fiancée ?

— Aucune idée. Je croyais qu'elle était ici, en train de nous prendre à dîner. J'ai essayé de l'appeler, mais elle ne décroche pas. Peut-être qu'elle est allée chercher quelque chose dans la voiture.

Kingston fronça les sourcils.

— Pourquoi ?

Marcus ne répondit pas, mais fonça vers les ascenseurs, tout en tirant son téléphone portable de la poche de sa chemise. Dans l'ascenseur, il enfonça le bouton du troisième étage et composa le numéro de Zur.

— Qu'est-ce qui se passe, Marcus ?

— Je crois savoir qui essaie de tuer Rebecca, et ce n'est pas un homme. C'est une femme. Tracey. La fiancée de Wesley Kingston.

— Qu'est-ce qui vous fait croire ça ?

— J'ai trouvé une photo chez Rebecca.

Comme Zur allait l'interrompre, il le devança :

— J'avais la permission de m'y trouver. Ne me demandez pas pourquoi. Je vous raconterai plus tard. Quoi qu'il en soit, j'ai trouvé la photo d'une fête au cabinet d'avocats du père de Kingston. Il est inscrit au dos qu'ils venaient de communiquer la nouvelle que Rebecca était enceinte d'Ella.

— Quel rapport avec cette Tracey ?

— Elle fait partie du groupe photographié et n'a pas l'air très heureuse de la nouvelle.

— À quoi ressemble-t-elle ?

— Elle est grande, peut-être 1,77 m. Mince. Longs cheveux roux, yeux bruns. Comment va Rebecca ?

— Je regarde la bande vidéo. Mme Kingston va bien. Mais nous avons quelques problèmes avec le son. Il coupe par intermittences. Je pense qu'elle a délogé le micro en remuant trop.

— Est-elle seule ?

— Non. L'infirmière est avec elle.

— L'infirmière que vous avez approuvée ?

Il y eut un silence au bout du fil.

— Merde, répondit finalement Zur. Je crois que c'est la fiancée. Elle parle à Mme Kingston, penchée sur elle.

Il marmonna quelque chose que Marcus n'entendit pas.

— Qu'est-ce qui ne va pas ? demanda Marcus.

— La sécurité a trouvé notre infirmière enfermée dans un placard à balais il y a deux minutes. Elle est inconsciente, mais en vie. Nous ne nous attendions pas à une femme, Marcus, et elle porte un uniforme. Ça nous a échappé.

Marcus donna un coup de poing dans la paroi de l'ascenseur.

— J'arrive tout de suite.

— Non, ne venez pas. J'ai assez d'hommes à l'étage pour gérer la situation.

Il y eut d'autres marmonnements au bout du fil, puis Zur annonça :

— Nous la tenons ! Tracey Whitaker vient d'injecter quelque chose dans l'intraveineuse. Ne vous inquiétez pas, elle n'est pas vraiment reliée à Mme Kingston. Nous entrons dans la chambre.

La communication fut coupée.

Marcus trépignait. « Pourquoi ai-je pris l'ascenseur le plus lent du monde ? »

Il y eut un *ding* retentissant et les portes s'ouvrirent. Marcus courut dans le couloir, jurant dans sa barbe pour ne pas avoir pris l'ascenseur central, bien plus proche de la chambre de Rebecca.

En tournant au coin, il vit six agents en civil l'arme au poing. Zur, déguisé en médecin, se tenait devant la porte de Rebecca, son arme braquée sur l'intérieur.

Le cœur de Marcus cessa de battre.

— Qu'est-ce qui se passe ?

— Prise d'otage, répondit l'agent le plus proche de lui.

Marcus suffoquait. *Rebecca...*

Horrifié, il vit Zur reculer et Rebecca apparaître à la porte. Derrière elle se tenait Tracey, mais l'apparence de cette dernière avait changé. Ses cheveux noués en chignon, elle portait un uniforme d'infirmière et les lunettes à monture noire qu'elle avait confisquées à la véritable infirmière.

Tracey tenait un scalpel contre le cou de Rebecca.

— Mademoiselle Whitaker, lâchez le couteau, dit Zur.

La femme serra Rebecca contre elle.

— Reculez !

— Mademoiselle Whitaker, je suis l'inspecteur John Zur. Vous êtes en train de commettre une terrible erreur.

— C'est elle qui a commis l'erreur ! cria Tracey, la lame éraflant le cou de Rebecca et laissant couler une fine traînée de sang.

— Dites-nous ce que vous voulez, insista Zur. De quoi avez-vous besoin ?

— J'ai besoin qu'elle meure, comme elle était censée le faire.

Le regard paniqué de Rebecca trouva celui de Marcus, et il essaya de lui communiquer mentalement de la force. *Tenez bon. Ne tentez rien. Laissez John gérer la situation.*

— Rebecca Kingston a deux jeunes enfants, dit Zur. Vous vouliez aussi leur mort ?

— Non ! hurla Tracey, des larmes ruisselant sur ses joues. Ils n'étaient pas censés se trouver là. Wesley m'a dit qu'ils étaient chez leur tante.

— Alors M. Kingston ne savait pas qu'ils étaient avec leur mère ?

Une lueur de panique passa dans les yeux de Tracey.

— Non. C'était *elle* qui devait mourir. C'était ce qu'il voulait, qu'il avait prévu. Il a payé ce type pour la pousser hors de la route. Il a dit que je devais terminer le boulot, qu'alors on obtiendrait l'argent à coup sûr. Il n'y avait aucun autre moyen pour que je rembourse ce fichu emprunt.

Marcus déglutit avec peine. Zur et lui s'étaient trompés au sujet de Wesley Kingston. Il avait réellement préparé le meurtre de Rebecca. *Le salaud !*

— Mademoiselle Whitaker – Tracey, déclara Zur d'une voix calme. Si vous posez ce scalpel, vous pourrez partir.

— Ouais, c'est ça.

La lame trembla et descendit un peu plus bas.

— Je vous donne ma parole. Vous pourrez sortir par ces portes. Nous ne vous suivrons pas.

— Et tout ce que j'ai à faire, c'est lâcher cette salope ?

— Oui.

La suite se produisit dans une confusion de mouvements et de bruits. Tracey leva vivement la main, et un coup de feu retentit. Quelqu'un cria. Tracey et Rebecca tombèrent en avant, heurtèrent le mur et s'effondrèrent au sol. Le scalpel rebondit sur le dallage avec un bruit métallique, s'arrêtant dans une flaque de sang.

— Rebecca ! hurla Marcus.

Un agent le retint.

— Zur la tient, monsieur Taylor. Elle va bien.

— Mais j'ai vu du sang, répondit-il en gémissant.

— C'est Whitaker. L'inspecteur Zur lui a tiré dessus. Elle est morte.

— Il faut que je voie Rebecca. John !

Zur regarda autour de lui, vit Marcus et se précipita vers lui.

— Je ne peux pas vous laisser passer, Marcus. C'est une scène de crime. Mais ce que je vais faire, c'est vous l'amener dès que nous aurons pris sa déclaration. Allez attendre dans la salle d'examen avec Simms et Geraldo.

— Kingston est à la cafétéria, dit Marcus.

Zur hocha la tête.

— Nous le tenons. Il est déjà en garde à vue. Nous parlerons plus tard, d'accord ?

Tandis que Zur s'éloignait, Marcus s'efforça d'apercevoir Rebecca. Il poussa un soupir de soulagement en la voyant se déplacer, indemne. Elle allait bien. Enfin, aussi bien que possible après que Tracey avait menacé de lui trancher la gorge.

Il regarda Zur reconduire Rebecca dans sa chambre. N'ayant plus rien à faire, Marcus partit dans le couloir, se repassant mentalement les événements de la soirée.

Tracey Whitaker et Wesley Kingston avaient conspiré pour assassiner Rebecca.

Il secoua la tête. Comment avait-il pu se tromper à ce point concernant Kingston ?

L'argent.

Pas l'argent dont les enfants hériteraient, mais l'argent utilisé pour payer Delaney. C'était ce qui avait trompé Marcus. Il était tellement certain que Kingston n'avait pas accès à une telle somme. Vingt-cinq mille dollars ? Mais c'était Tracey qui avait effectué le paiement. Une garce sans cœur.

Et maintenant, une garce sans cœur et morte.

Kingston...

Le type était en bas en train de dîner, pour l'amour du ciel. Le cerveau de l'affaire s'était trouvé juste sous leur nez à tous.

Marcus fit un détour et se dirigea vers la cage d'escalier. Dévalant les marches quatre à quatre, il se retrouva au rez-de-chaussée en moins de deux minutes. Quelques patients erraient dans les couloirs, ainsi que trois internes et un médecin des urgences.

Il traversa le couloir à grands pas, fermement décidé à cogner Kingston jusqu'à le rendre méconnaissable. En atteignant la cafétéria, il trouva Wesley Kingston debout près d'une table, les mains menottées dans le dos tandis qu'un agent lui lisait ses droits.

— Je n'ai rien eu à faire là-dedans, criait Kingston d'une voix aiguë.

L'agent le conduisit dans la direction de Marcus. Leurs regards se croisèrent au passage.

— Ce n'est pas moi, insista Kingston. Je le jure, je n'ai pas essayé de la tuer !

— Foutaises ! déclara Marcus, les poings serrés contre ses flancs. Tracey a déjà avoué que vous aviez tout manigancé. Vous serez condamné pour tentative de meurtre. Sur votre femme *et* vos deux enfants, espèce de fils de pute.

— Vous vous trompez, sanglota Kingston. Je ne leur ferais jamais de mal. Je n'ai pas de raison de vouloir leur mort.

— J'ai environ huit cent mille raisons qui me

viennent à l'esprit.

Kingston secoua la tête.

— Ce que vous suggérez est absurde. Je ne suis pas capable de commettre un meurtre.

— L'argent peut pousser les gens à des actes désespérés, répliqua Marcus entre ses dents. Des choses dont ils croyaient n'être jamais capables.

— Ce n'est pas moi qui ai fait ça, siffla Kingston. Tracey…

— Est morte, le coupa Marcus. Voilà ce que votre plan vous a rapporté. Une fiancée morte et une peine de prison.

Kingston fut emmené dans un concert de protestations et de dénis.

Marcus passa une main tremblante dans ses cheveux et poussa un gémissement trop longtemps contenu. Il avait perdu assez de temps avec Kingston. Cet homme aurait ce qu'il méritait.

Il retourna à l'ascenseur et y monta.

Il est temps de dire à Rebecca que le cauchemar est enfin terminé.

Chapitre 44

Les mains de Rebecca tremblaient quand le docteur Monroe inspecta les points de suture de son flanc.

— Tout a l'air bon ici, dit le médecin avant de quitter la chambre.

Rebecca regarda la pendule au mur et se demanda comment sa vie avait pu aussi mal tourner. À quel moment avait-elle emprunté cette traverse vers l'enfer ? Et qu'avait-elle fait pour mériter de telles atrocités ?

— Je n'arrive toujours pas à le croire, dit-elle à l'inspecteur Zur, assis près de son lit. Tracey Whitaker ?

Elle secoua lentement la tête.

— C'était une femme désespérée. Elle voulait que vous sortiez de la vie de votre mari, pour pouvoir envisager un avenir avec lui. Et l'argent.

— Et Wesley a tout accepté.

Elle réprima un sanglot.

— Je n'en reviens pas de m'être trompée à ce point le concernant. Enfin quoi, j'étais mariée avec lui. Comment ai-je pu concevoir un jugement aussi erroné sur son caractère ? Comment ai-je pu laisser mes enfants le fréquenter ?

L'inspecteur haussa les épaules.

— Vous ne saviez pas.

Elle serra les dents, puis déclara :

— Eh bien, j'aurais dû savoir.

— Essayez de ne pas être si dure avec vous-même, madame Kingston. Certaines personnes intriguent et mentent. Elles trouvent des moyens de déformer la vérité, de l'adapter à leur propre réalité. Votre mari et Mlle Whitaker sont tous deux des manipulateurs. Ils voulaient que vous voyiez ce qu'ils vous présentaient.

— Mais j'ai été si crédule.

— Malheureusement, nous n'avons rien tiré de Rufus Delaney. Il ne parle toujours pas. Et le peu que nous avons appris de Mlle Whitaker n'est pas vraiment suffisant pour affirmer que votre mari savait que vous aviez votre fils et votre fille avec vous. Il est possible que Mlle Whitaker ait donné l'ordre à Rufus. Elle savait peut-être où se trouvaient vos enfants.

Elle frissonna.

— Ils ont failli mourir.

— Ils sont en vie et en sécurité. Et vous aussi. Nous n'aurions pas pu arrêter Delaney ni Mlle Whitaker sans votre aide. Alors… merci.

— Je suis contente que ce soit terminé.

L'inspecteur Zur acquiesça.

— Le danger est passé. Mais je vous avertis : les prochains mois ne vont pas être faciles. Nous allons incarcérer votre mari. Il sera accusé d'une tentative de meurtre. Si nous trouvons un lien entre lui et Delaney, il pourrait être accusé d'avoir engagé un tueur à gages. Nous recherchons encore des preuves concrètes contre votre mari.

— Vous voulez dire qu'il pourrait être remis en liberté ?

— Je vais faire tout ce qui est en mon pouvoir pour que ça n'arrive pas.

— Merci.

L'inspecteur sourit.

— Vous pouvez me remercier en vous rétablissant et en ramenant vos enfants chez vous.

— C'est ce que j'ai l'intention de faire.

L'inspecteur Zur se leva.

— Je dois retourner au poste. J'imagine que vous verrez Marcus plus tard ?

— Je pense. Vous vous connaissez depuis longtemps, n'est-ce pas ?

Il hocha la tête.

— Quelques années.

— Comment était-il avant la mort de sa femme et de son fils ?

— C'était un type bien. Fiable. Marrant. Et un excellent cuisinier. Bien entendu, c'était avant qu'il ne fasse certains mauvais choix.

— Les drogues, voulez-vous dire.

L'inspecteur haussa un sourcil.

— Marcus vous a parlé de ça ?

Elle acquiesça.

— Nous avons eu beaucoup de temps pour parler. Au téléphone quand j'étais dans la rivière. Il m'a permis de rester calme.

Elle le regarda fixement.

— Vous paraissez surpris.

— Je le suis. Stupéfait, en fait.

— Pourquoi ?

— Le Marcus Taylor que je connais se montre plutôt… secret. Il m'a un peu parlé après l'accident. Puis il s'est complètement refermé. Depuis que Jane et Ryan sont morts, il est devenu plus introverti, plus aussi drôle.

— Il m'a fait rire plusieurs fois.

L'inspecteur la dévisagea, son visage s'éclairant.

— Vous l'appréciez ?

Elle rougit.

— Je, euh…

— Oubliez cette question. Ça ne me regarde pas.

— Je suis encore mariée.

L'inspecteur Zur se dirigea vers la porte.

— Vous avez déjà entamé une procédure de divorce, madame Kingston. Si vous appréciez Marcus, dites-le-lui. C'est le genre de type à attendre.

— Vous croyez que les gens peuvent changer après des années de mauvais choix ?

— Dans mon travail, dit-il, je vois ça arriver très souvent. Mais certaines personnes doivent toucher le fond avant de refaire surface et de comprendre ce qui est important dans la vie. Le plus dur, pour ces gens-là, est de déterminer exactement où se situe leur « fond » personnel.

Il poussa un gros soupir.

— Vous n'avez pas à vous inquiéter pour Marcus. Il a touché le sien il y a six ans.

— Quand Jane et Ryan sont morts.

Il acquiesça.

— Il est fragile depuis, mais il s'en sort. Je vois déjà une différence chez lui. Et j'ai le sentiment que vous lui ferez plus de bien que n'importe quelle drogue.

— Je ne suis pas sûre que ce soit un compliment.

L'inspecteur Zur sourit largement.

— Croyez-moi, c'en est un.

* * *

Rebecca regarda la pendule pour la millionième fois. Il était près de minuit, et toujours pas de Marcus.

Peut-être qu'il ne viendra pas.

Elle se demanda s'il était rentré à l'hôtel pour dormir.

Il ne dort pas. Il souffre d'hypnophobie.

Elle alluma la télévision et passa de chaîne en chaîne. Rien ne l'intéressait, et son regard ne cessait d'aller vers la porte.

Elle songea à Wesley. Était-il dans une cellule de prison, en train de jurer parce que son plan avait capoté ?

Rageait-il parce que les enfants et elle étaient toujours en vie ?

Elle se gifla intérieurement pour avoir cru ses mensonges.

La cupidité. Un des sept péchés capitaux.

Elle priait pour que Wesley soit aussi frigorifié et malheureux qu'elle l'avait été emprisonnée dans la voiture.

Puis elle pensa à Ella et Colton. Elle avait envie de se rouler en boule et de pleurer pour eux, pour ce qu'ils allaient devoir endurer. D'ici quelques heures, ils découvriraient que leur père avait tenté de les tuer – et de tuer leur mère. Comment un enfant peut-il vivre avec cette idée ?

Comment vivrai-je avec cette idée ?

L'air dans la pièce se déplaça comme si une brise était entrée par une fenêtre ouverte. Mais la fenêtre était fermée.

Elle eut la nette sensation que quelqu'un se penchait sur elle. Puis elle entendit une douce voix féminine lui dire : « *Vous vivrez avec, Rebecca, au jour le jour* ».

Ses yeux se fermèrent et une impression de félicité l'envahit.

Au jour le jour.

Chapitre 45

Marcus entra sur la pointe des pieds dans la chambre de Rebecca, un bouquet de fleurs bleues à la main. Les seules qui restaient chez le fleuriste de l'hôpital ; elles étaient vendues avec un ballon bleu, annonçant la naissance d'un garçon. Il avait détaché le ballon et l'avait laissé en chemin, noué à une poignée de porte.

— Salut, lança-t-elle depuis le lit.

— Salut.

Il parcourut la chambre du regard, puis repéra un vase contenant une rose rouge fanée sur le rebord de fenêtre.

— Vous voulez que je la jette ?

— S'il vous plaît, répondit-elle avec un soulagement visible.

— C'était tout ce qui leur restait en bas, dit-il en indiquant le bouquet.

— Les fleurs bleues sont mes préférées.

Elles sont assorties à vos yeux, eut-il envie de dire.

— Je, euh, voulais que vous ayez quelque chose de coloré et de gai à regarder.

— Ces murs ont vraiment l'air stériles, pas vrai ?

Il rit.

— Blanc hôpital.

— Rappelez-moi de ne jamais commander cette couleur de peinture.

Il y eut une seconde de silence gêné.

— Quand allez-vous… ?

— Vous croyez que… ? dit-elle au même instant.

Ils échangèrent des sourires.

— Vous d'abord, dit-il.

— Je me demandais si vous envisagiez de venir me rendre visite un de ces jours. À Edmonton.

Il arqua un sourcil.

— Vous voulez que je vienne ?

— Je ne le suggérerais pas si ce n'était pas le cas.

Son expression se fit sérieuse.

— Je ne joue pas à tourner autour du pot, Marcus. Et je suis à peu près sûre que vous non plus. J'aimerais mieux vous connaître.

— Sans ma cape, vous voulez dire.

Elle rit, et il sentit un frisson lui parcourir l'échine.

— Très bien. Je viendrai vous voir à Edmonton.

Son sourire exprimait le ravissement, et il espéra ne jamais le voir disparaître.

— Vous alliez dire quelque chose, lui rappela-t-elle.

Il haussa les épaules.

— Je voulais savoir quand vous alliez sortir d'ici.

— À vous entendre, on croirait que je suis en prison.

Elle tressaillit.

— Vous pensez à Wesley ?

— J'ai encore du mal à comprendre tout ce qu'il a fait. Je ne l'ai pas vu venir. Je n'ai rien vu venir.

Marcus serra les lèvres.

— Comment auriez-vous pu ? C'est le père de vos enfants. Et quoi qu'il ait fait dans le passé, vous n'avez jamais imaginé qu'il soit capable d'un meurtre.

Elle frissonna.

— J'imagine que je suis le dindon de la farce.

— Mais non. Vous avez été manipulée par quelqu'un à qui vous aviez fait confiance.

— Que va-t-il arriver maintenant ?

— Le système judiciaire s'occupera de Wesley, et vous obtiendrez justice pour vous, Ella et Colton. Comment vont-ils, à propos ?

Elle sourit.

— Ils font tourner Kelly en bourrique.

Chapitre 46

Rebecca déverrouilla la porte d'entrée, puis se tourna vers Marcus.

— Je ne vous remercierai jamais assez pour tout ce que vous avez fait pour nous.

— Je suis heureux d'avoir pu vous aider.

— Aider ?

Elle eut un rire triste.

— Vous avez fait plus que ça. Mes enfants et moi ne pourrons jamais vous rendre la pareille.

— Je n'attends rien en retour.

Elle entra chez elle. Elle avait l'impression d'être partie depuis des mois et non des jours.

— Vous voulez entrer ? Je peux nous préparer à dîner.

— Je devrais probablement y aller.

Elle inclina la tête sur le côté.

— Vous m'avez raccompagnée, Marcus. Un dîner est le moins que je puisse faire.

— Très bien, dit-il en entrant et en refermant la porte. Mais vous devez encore vous reposer. Je m'occupe de la cuisine, à condition que vous ayez de quoi manger dans la maison.

Elle sourit largement.

— Je ne peux pas vous promettre un garde-manger plein. Je n'ai pas pris la peine d'acheter grand-chose avant notre départ. Mais il doit y avoir quelque chose dans le frigo ou le congélateur.

Marcus l'aida à ôter sa veste. Elle inhala brusquement quand la douleur lui traversa la poitrine.

— Vous voyez ? dit Marcus. Qu'est-ce que je disais ? Vous avez besoin de repos.

Elle se laissa tomber sur le canapé, suivant son conseil avec reconnaissance, et il y eut un moment de silence embarrassé tandis qu'il lui mettait les pieds sur le sofa, puis s'asseyait dans le fauteuil en face d'elle.

— Au moins, je n'aurai pas à m'inquiéter de Colton et d'Ella ce soir, dit-elle.

Il acquiesça.

— C'est gentil à votre sœur d'avoir décidé de les garder jusqu'à demain et de vous laisser une soirée tranquille.

— Kelly est comme ça, gentille. Elle semble toujours savoir de quoi j'ai besoin.

— Mon frère, Paul, était un peu comme ça, même s'il était pris par sa carrière dans l'armée. Il faisait un bon soldat.

— Ça a vraiment dû être dur pour vous quand il est mort.

— Oui. Ç'a été dur pour tout le monde. La mort de Paul a laissé un grand vide dans notre famille. On dirait que j'ai beaucoup de trous.

Elle regarda dans ses yeux et y vit du chagrin et de l'amertume.

— Jane et Ryan ?

Il hocha la tête.

— Vous avez du thé ?

— Je crois. Tisane ou thé normal ?

— Du thé vert, si vous en avez. Et ne bougez pas.

Je vais le chercher. Dites-moi simplement où se trouvent les choses.

Sur le point de s'éloigner, il s'arrêta.

— J'ai arrêté de boire quand j'ai arrêté la drogue, même si je n'avais jamais eu de problème avec l'alcool. Pour que vous le sachiez.

Admirant son honnêteté, elle le regarda s'affairer dans la cuisine, lui indiqua où étaient le thé et la théière, puis accepta de commander des salades au Boston Pizza, Marcus n'ayant rien trouvé de récupérable dans le réfrigérateur.

— Alors, dites-m'en davantage sur cette phobie du sommeil, reprit-elle quand il lui tendit une tasse.

— Hypnophobie. C'est la plaie. Je donnerais n'importe quoi pour pouvoir me mettre au lit et dormir plus de deux heures d'affilée.

— Que se passe-t-il quand vous essayez de dormir ?

— Mon cœur se met à cogner. J'ai les mains moites. J'ai l'impression de manquer d'oxygène. Dès que je m'assoupis, je me réveille en sursaut. Parfois, je vois des choses qui n'existent pas.

— Quel genre de choses ?

Il secoua la tête et contempla la cheminée.

— Des fantômes, surtout. Je sais, c'est dingue. Je suis en privation de sommeil. Mais parfois…

Il haussa les épaules.

— Quoi ?

— Ils paraissent tellement réels.

— Votre femme et votre fils ?

— Oui.

— Paul ?

— Je le voyais avant, mais ça fait longtemps qu'il ne m'a pas rendu visite.

— Peut-être est-il en paix à présent.

Il leva les yeux et la regarda fixement.

— Vous savez, la plupart des femmes se contenteraient de rire face à un tel aveu. Elles me prendraient pour un fou.

— L'êtes-vous ?

Il eut un petit rire.

— Il y a des jours où je me pose la question.

— Récemment ?

— Oui. Ces derniers jours figurent en haut de ma liste de bizarreries.

— Eh bien, merci.

Il rit.

— Je ne parlais pas de vous.

— Ç'a été plus que bizarre.

Le sourire de Rebecca s'effaça.

— Ce n'est pas tous les jours que je dois lutter pour survivre parce que mon mari et sa maîtresse veulent se débarrasser de moi.

Elle n'arrivait toujours pas à croire que Wesley ait pu tout manigancer.

— Je suis vraiment désolé, Rebecca. Je ne peux pas imaginer ce que vous traversez.

— C'est probablement ma faute si la police ne l'a pas envisagée comme suspecte.

— Comment ça ?

— Quand l'inspecteur Zur m'a interrogée sur Tracey, j'ai dit que nous avions des relations civiles, qu'il n'y avait pas de ressentiment.

— Vous l'avez cru. Elle ne vous donnait aucune raison de penser le contraire.

— Ils n'ont pas enquêté sur elle, dit-elle en essayant de se rappeler ce que Zur avait déclaré à propos de Tracey juste avant qu'elle ne quitte Hinton. Elle ne vit pas avec Wesley, et personne ne savait qu'ils étaient fiancés. Cet heureux événement s'est produit il y a quelques jours, selon Tracey. Elle n'avait jamais été arrêtée et avait des choses si agréables à dire à la police me concernant. Et comme ses relevés bancaires ne comportaient rien d'inhabituel, la police ne l'a pas considérée comme suspecte.

— Vous n'avez plus à vous inquiéter d'elle.

Elle hocha la tête.

— Je sais.

L'image du corps de Tracey tombant à terre, l'entraînant avec elle, ne cessait de repasser dans son esprit. La police avait dû détacher Tracey d'elle, et tout ce que Rebecca avait vu était le sang.

Elle se recroquevilla à ce souvenir.

— Wesley a son sang sur les mains.

— Il a failli avoir le vôtre et celui des enfants.

Elle refoula des larmes.

— Wesley a dit à votre ami l'inspecteur qu'il avait mentionné l'héritage des enfants devant elle. Il prétend toujours ne rien avoir eu à faire là-dedans. C'est un bon menteur.

Elle ne parvenait pas à dissimuler son ressentiment.

— Et maintenant il est en prison. Vous n'aurez pas à vous préoccuper de lui avant longtemps.

Elle parcourut le salon du regard. Il y avait tant de choses ici qui lui rappelaient Wesley. Trop de choses.

— Je crois que je vais vendre la maison et déménager.

— Pour aller où ?

— Je ne sais pas. Un endroit calme. Qui ne me rappelle pas cette vie que j'ai vécue avec lui.

— Le marché de l'immobilier n'est pas terrible en ce moment.

— Que me proposez-vous de faire ?

— Attendez quelques mois. Voyez si le marché s'améliore, et si c'est le cas, vendez à ce moment-là.

Elle sourit.

— Vous avez déjà pensé à travailler dans l'immobilier ?

— Non. Mais je garde un œil dessus. Il y a quelque chose que Jane et moi avions prévu de faire.

— Quoi donc ?

Il haussa les épaules.

eryl Kaye Tardif **| 343**

— Je vous le dirai peut-être un jour. Pour le moment, vous devriez vous concentrer sur ce que vous allez faire.

Elle poussa un petit gémissement.

— Je n'en ai pas la moindre idée. Comment revient-on à une vie normale quand les choses ont été tout sauf normales ?

Il se pencha en avant, et elle crut d'abord qu'il allait la toucher, mais il serra les mains sur ses genoux.

— Au jour le jour.

— À propos…

Elle prit une profonde inspiration.

— Allez-vous vous rendre à une réunion ce soir ?

— Je comptais le faire. À moins que vous ne vouliez que je reste.

Elle secoua la tête.

— Je n'ai surtout pas besoin d'un baby-sitter, Marcus.

— Ça ne me dérange pas de rester pour une nuit. Pour que vous ne soyez pas seule.

— La voiture de police qui était devant n'y est plus parce qu'il n'y a plus de menace. Tracey est morte et Wesley en prison. Je n'ai plus rien à craindre. Je suis en sécurité. D'ailleurs, il est temps que vous vous occupiez de vous-même, pour changer.

Elle pencha la tête vers lui.

— Je me sentirais mieux si je savais que vous assistez à une réunion ce soir.

Marcus haussa un sourcil.

— Vous craignez que je ne replonge ?

— Si vous le faisiez, je penserais que c'est ma faute.

Elle retint son souffle et attendit sa réponse.

— Ce n'est jamais la faute de quelqu'un d'autre, dit-il. Quand un drogué prend de la drogue, c'est son choix. Toujours.

— Alors allez à une réunion. Quand elle sera finie,

revenez ici.

Il lui adressa un regard surpris et elle ajouta :

— Vous pourrez dormir sur le divan. Ou regarder la télé.

— Pourquoi avez-vous changé d'avis ?

Elle détourna les yeux.

— Même si je ne suis plus en danger, l'idée de rester seule dans la maison est un peu déconcertante. Je me sentirais mieux s'il y avait quelqu'un d'autre. Même si ce n'est que pour une nuit.

— Pas de problème.

Elle lui saisit le bras.

— Avant de partir, vous pouvez me rendre un service ?

— Bien sûr. De quoi avez-vous besoin ?

— Le médecin m'a donné des analgésiques et quelque chose pour m'aider à dormir. Ils sont dans mon sac, près de la porte. Vous pouvez les mettre dans la cuisine près de l'évier ? Je crois que je ne serai pas capable d'aller plus loin. Du moins jusqu'à votre retour.

Il la dévisagea, l'air sérieux et déterminé.

— Vous êtes en train de me tester ?

— Pardon ?

— Avec les médicaments.

— Non !

Ses yeux s'agrandirent sous le choc.

— Je ne ferais jamais ça. Je veux que ces pilules soient là où je peux les atteindre facilement. C'est tout.

Marcus rougit.

— Désolé. Je suis trop habitué à la suspicion, j'imagine.

Elle agita une main.

— Oubliez ça. Je vous fais confiance.

Il l'observa d'un air sceptique.

— Vous êtes trop gentille, Rebecca Kingston.

— Gentille. Oh, génial. Exactement ce que toute femme veut entendre.

Comme il avait l'air prêt à s'excuser de nouveau, elle rit.

— Je plaisante.

Elle le regarda enfiler sa veste et ouvrir la porte.

S'arrêtant au moment de sortir, il déclara :

— Vous ne devriez sans doute pas, vous savez.

— Je ne devrais pas quoi ?

— Me faire confiance.

Elle médita ses paroles tandis que la porte se refermait derrière lui. *Trop tard, Marcus.*

Chapitre 47

Marcus trouva une réunion des Narcotiques Anonymes à environ un quart d'heure de chez Rebecca. Elle se tenait dans le sous-sol d'une petite église pentecôtiste. Bien que le groupe familier de ses réunions habituelles à Edson lui manquât, il y avait un certain réconfort à se trouver dans une pièce avec de parfaits inconnus. Et sans obligation de s'exprimer.

Il n'était pas du tout disposé à admettre à quel point il avait envie de médicaments – surtout après le stress des événements récents. Le diablotin perché sur son épaule essayait de le convaincre qu'il pourrait en prendre juste un peu – assez pour calmer son envie. Son côté rationnel (il refusait de le qualifier d'angélique) lui rappelait la spirale descendante dans laquelle il ne tarderait pas à tomber s'il en prenait.

Écouter un homme raconter son histoire, comment il avait tout perdu, y compris sa femme, ses enfants, son travail et son logement, et vivait maintenant dans les rues à l'est du centre-ville d'Edmonton, le ramena à la réalité de l'addiction aux drogues. Un drogué ne contrôlait rien ; c'étaient les drogues qui contrôlaient. Et il n'existait pas de petit écart. On redevenait un drogué, quelle que soit la quantité ou la drogue choisie.

Les choix... c'est à ça que tout se résume.

Marcus songea à Leo. Son meilleur ami avait réussi à changer de vie après avoir été pratiquement détruit par l'alcoolisme et la cocaïne. À présent, il était marié à une femme géniale et aimait son travail. Leo avait fait les bons choix.

Chaque matin, au réveil, la première chose que faisait Marcus était un choix. « Aujourd'hui, je ne vais pas prendre de drogue, quelle que soit la tentation. Aujourd'hui, je dirai non ! »

— Quelqu'un d'autre a quelque chose à partager ? demanda le responsable de la réunion.

Personne ne prit la parole.

— Et vous, monsieur, au fond ? Vous êtes nouveau ici, et nous vous accueillons à bras ouverts. N'hésitez pas à partager votre expérience.

Marcus faillit bondir de sa chaise.

— Je... euh... pas ce soir.

— Pas de problème. La prochaine fois, peut-être.

La prochaine fois. C'était toujours « la prochaine fois ».

Marcus savait qu'il souffrait d'un blocage mental qui l'empêchait de s'exprimer aux réunions. Il en avait discuté avec Leo pendant des mois. Quand le moment viendrait, Marcus était persuadé qu'il le saurait, le sentirait. Leo le morigénait et lui disait que c'était un prétexte. Rien de plus.

En est-ce un ? Est-ce que je me cherche des prétextes ?

Il pensa à Rebecca. Elle avait vécu une descente aux enfers ces trois derniers jours. Il admirait sa force intérieure. Elle ne cherchait pas d'excuses. Ni pour Wesley, ni pour elle-même. Ni pour personne. C'était la première personne à qui Marcus avait le sentiment de pouvoir vraiment parler, de n'importe quel sujet.

Elle l'attirait. Impossible de le nier. Pas non plus d'excuses. C'était une très belle femme. Intérieurement comme extérieurement. Il était dérouté par son offre de passer la nuit chez elle, mais sur le canapé. L'avait-elle proposé parce qu'elle avait encore peur ? Ou ressentait-elle autre chose ?

Bon sang, Marcus. Elle t'est reconnaissante. C'est tout. Tu les as sauvés, ses enfants et elle. Il est courant chez les gens dans cette situation de se sentir attirés par leurs sauveteurs. Mais ça ne dure pas. Ce n'est pas réel.

Mais pour tout dire, il n'était pas très bon juge de ce qui était réel ou non. Il parlait au fantôme de sa femme. Qu'y avait-il de réel là-dedans ? Elle venait à lui dans les périodes de stress intense. Quand il avait très peu dormi. De toute évidence, elle était un produit de son cerveau épuisé. Les fantômes n'existaient pas.

Mais elle t'a conduit à Rebecca.

Et elle l'avait averti d'agir vite à l'hôpital.

Une intuition naturelle. Rien de plus.

Il écouta le dernier locuteur, tout en rationalisant les récentes « apparitions » de Jane. Il réprima un bâillement tandis que les gens se levaient tranquillement, tous promettant de tenir le coup un jour de plus.

En se dirigeant vers la porte, il heurta le responsable de la réunion.

— Excusez-moi, dit l'homme, mais vous vous appelez Marcus Taylor ?

— Euh, nous sommes censé rester anonymes, ici.

— Je sais. Mes excuses. Mais votre photo était dans le journal. Vous avez sauvé cette femme et ses gosses.

L'homme sourit.

— Vous êtes un héros. Peu de gens dans cette salle peuvent en dire autant.

— Je préfère appeler ça « faire ce qui semble juste ».

— Vous êtes opérateur des urgences. Rechercher physiquement quelqu'un dépasse les attributions de votre emploi, pas vrai ? J'appelle ça être un héros.

Marcus ne savait que dire.

— Vous avez fait ce qu'il fallait, dit l'homme. Vous avez manifesté un courage extrême.

Marcus haussa les épaules.

— Comme je disais, c'était ce qui m'a semblé juste sur le moment.

— Faire ce qu'il faut n'est pas toujours facile. C'est pour ça que nous sommes là, dans ce sous-sol d'église. Mais vous êtes sur la bonne voie.

L'homme lui donna une tape dans le dos.

— J'espère qu'un jour vous ferez preuve de ce même courage pour partager votre histoire.

— Peut-être.

— Au revoir, monsieur Taylor. C'est un honneur de vous avoir rencontré.

Une fois au volant, Marcus se répéta mentalement les paroles de cet homme.

* * *

Arrivé tout près de la maison de Rebecca, il ralentit en sentant son corps traversé par un étrange fourmillement. Il jeta un coup d'œil dans le rétroviseur, s'attendant à voir Jane assise derrière lui. Mais le siège était vide.

« Dis donc, Marcus. Tu n'aurais pas une imagination hyperactive ? »

Un sentiment d'appréhension s'empara de lui, dont il ne parvint pas à se défaire.

« Ressaisis-toi », marmonna-t-il entre ses dents.

Il s'arrêta une fois en vue de la maison, se gara et éteignit le moteur. Il n'était pas question qu'il laisse Rebecca le voir dans cet état. Il fallait qu'il se calme.

Il se retourna sur son siège. « D'accord, Jane. Si tu dois faire une apparition, fais-le. Je vais attendre. »

Puis il s'installa et attendit que le fantôme de sa femme apparaisse.

Au bout de dix minutes, Jane ne s'était pas manifestée.

Il était sur le point de sortir de la voiture quand une élégante berline noire se rangea contre le trottoir devant lui. Il n'y fit d'abord pas attention, jusqu'à ce qu'un homme grand, aux cheveux argentés, en sorte et se mette à traverser la rue. L'homme regarda par-dessus son épaule en direction de Marcus. Le soleil éclaira les angles de son visage – ses sourcils broussailleux et son regard perçant. Il marcha à grands pas vers la porte de Rebecca, frappa et entra.

L'homme lui paraissait familier, mais Marcus ne parvenait pas à le situer. Ce type n'était pas de la police. Un salaire de policier ne permettait pas de s'offrir une berline Lincoln.

« L'avocat, marmonna-t-il. Ça doit être lui. Carter quelque chose. »

Ne voulant pas les interrompre, Marcus resta dans sa voiture.

Chapitre 48

En revenant de la salle de bains, Rebecca entendit frapper à sa porte et poussa un soupir de soulagement. Marcus était de retour. L'heure et demie qui venait de s'écouler avait passé si lentement, et bien qu'elle sût que plus rien ne menaçait son existence, être seule ne lui plaisait pas. Elle avait sursauté à chaque bruit, chaque ombre.

— Entrez, Marcus, lança-t-elle. La porte n'est pas verrouillée.

Elle traversa le couloir et entendit le petit grincement de la porte. Passant le coin, elle sourit.

— Alors comment s'est passée votre…

Elle cilla.

Walter Kingston se tenait dans son salon.

— Bonsoir, Rebecca, dit-il avec raideur.

— Walter. Que faites-vous ici ?

— Je suis venu m'excuser. Pour le comportement de mon fils et sa… enfin, vous savez.

Elle acquiesça, satisfaite de sentir les battements de son cœur ralentir.

— C'est très aimable à vous, compte tenu des

circonstances. Merci.

Il fit quelques pas, puis demanda :

— Vous attendez quelqu'un ?

— Euh… oui. Marcus Taylor, l'homme qui nous a trouvés.

— J'imagine que vous lui en êtes très reconnaissante.

Elle fronça les sourcils.

— Bien sûr. Nous ne serions plus en vie sans son intervention.

— Donc, il sera bientôt là ?

— Je pense. Il devait… assister à une réunion.

Le regard de Walter se voila.

— Alors je crois que je ferais mieux de faire ce que je suis venu faire.

— Inutile de vous excuser, Walter. Wesley a pris de très mauvaises décisions. Je ne vous tiens pas responsable des actes de votre fils.

Walter s'approcha d'elle et ouvrit grand les bras.

— Je suis si heureux de l'entendre.

Il l'étreignit.

— Mais je regrette quand même.

— Vous voulez un verre de vin, ou du thé ? demanda-t-elle, échappant à son étreinte. Entrez donc, enlevez vos gants et restez un moment. Vous pourrez rencontrer Marcus quand il reviendra.

— Oh, je n'ai pas l'intention de rester longtemps. Mais un thé me paraît une excellente idée. Laissez-moi m'en occuper. Vous n'avez pas l'air très à l'aise dans vos mouvements.

Elle sourit.

— Merci, Walter.

Tout en s'affairant dans la cuisine, il lança :

— Miel ou sucre ?

— Miel, s'il vous plaît.

Elle s'installa sur le canapé et cala un oreiller derrière son dos.

— Il y a de la tisane dans le placard, et du thé normal.

— Trouvé. Essayons le thé fraise-grenade. Plein d'antioxydants.

Elle faillit rire, se demandant quand Walter était devenu un tel connaisseur de thés.

Quand il lui eut tendu une tasse, elle hocha la tête en remerciement.

— C'est vraiment très gentil à vous d'être passé.

Il posa la théière sur la table basse.

— Vous êtes ma bru, après tout.

Il regarda par-dessus son épaule.

— Les enfants dorment ?

— Ils sont chez ma sœur.

— Parfait.

Elle haussa un sourcil.

— Comment ça ?

— Je veux dire, ma chère, que vous avez besoin de temps pour guérir, et courir après deux enfants actifs ne doit pas être facile en ce moment.

Il n'avait pas tort, et elle poussa un soupir.

— Ces derniers jours ont été très difficiles.

— Et Wesley et Tracey n'ont pas facilité les choses.

Elle était touchée par sa compréhension. Ils n'avaient jamais été aussi proches. Elle avait toujours trouvé Walter un peu distant. Et pourtant il était là, buvant du thé dans son salon.

— J'aurais voulu que les choses prennent une autre tournure, dit-elle.

— Moi aussi.

Elle serra la tasse entre ses mains et prit une gorgée de thé. Il avait un arrière-goût amer, et elle fit la grimace.

— Trop sucré ? demanda-t-il. Je ne savais pas combien de miel vous preniez, alors j'en ai mis une bonne cuillérée. Ça ne peut pas faire de mal. C'est bon pour ce que vous avez.

— Ça va.

Elle en but un peu plus, espérant se débarrasser de ce goût sucré écœurant.

— Je n'arrive toujours pas à y croire…

Elle secoua la tête.

— Désolée. Il vaut sans doute mieux que nous ne parlions pas de tout ce qui s'est passé.

Elle bâilla.

— La journée a été longue.

— Je n'en doute pas.

— J'espère que nous pourrons rester… amis. Pour les enfants. Vous êtes leur grand-père.

— Vous avez besoin de liquide et de beaucoup de repos.

Elle eut un petit rire.

— Vous parlez comme un médecin. Docteur Kingston, généraliste.

— Il fut un temps où je songeais à m'engager dans cette profession. Mais le droit me convenait mieux. J'éprouve un profond besoin de redresser les torts.

Elle cligna des paupières.

— Vous êtes un bon avocat.

— Je ne vous hais pas, Rebecca. Je veux que vous le sachiez. Parfois, nous devons prendre des décisions difficiles.

La réaction de Walter n'était pas celle à laquelle elle s'était attendue.

Dans le silence qu'ils partageaient, elle écouta le tic-tac de l'horloge dans la cuisine. Il lui donnait envie de dormir. Elle n'avait qu'à fermer les yeux.

Reste éveillée !

Elle faillit tomber de son siège en entendant la voix dans son oreille. Une voix de femme. La même qu'elle avait entendue quand Tracey avait essayé de la tuer.

Le regard de Rebecca tomba sur le visage de Walter. Il ne souriait plus, mais fronçait les sourcils.

— Qu'est-ce qui ne va pas, Walter ?

— En dehors de tout le reste ?

Elle tenta de se redresser, mais ses membres étaient soudain faibles.

— Je sais que vous devez être contrarié parce que…

— Contrarié ?

Sa voix semblait déformée ; il tendit le bras, prit sa tasse et la posa sur la table.

— Votre pathétique mari n'est pas capable de maîtriser ses dépenses, et vous me croyez contrarié ?

— Je voulais dire à cause de… l'accident… les enfants.

— J'ai dit à Wesley qu'il avait besoin d'aide, continua Walter, comme s'il n'avait pas entendu un mot de ce qu'elle venait de dire. Il fallait qu'il revienne à la raison concernant cette manie du jeu.

— Vous saviez ?

— Bien sûr que je savais. Je savais tout. Vous me prenez pour un idiot ? D'ailleurs, qui, à votre avis, l'a toujours tiré d'affaire ?

— Tr… Tracey.

Pourquoi la pièce se mettait-elle à tourner ?

— Cette imbécile ? Elle n'était même pas capable de suivre des instructions simples. Tout ce qu'elle avait à faire, c'était introduire les médicaments dans votre intraveineuse. Mais non, il a fallu qu'elle vous parle, qu'elle perde du temps.

— Q-quoi ? Q-que voulez-vous dire ?

— Elle est venue me voir, me supplier de lui accorder un autre prêt pour Wesley. Mais ils me tapaient depuis bien trop longtemps. Elle n'a pas pu rembourser le dernier prêt. Et quand j'ai appris que vous aviez reçu de l'argent de votre grand-père…

Il eut un rire méprisant.

— Vous ne pouviez même pas aider votre propre mari ?

— L'argent est des-destiné aux enfants.

— Alors ça ne pose pas de problème si Wesley

continue de prendre mon argent ?

Sa voix débordait d'amertume.

— Peu importe si je passe pour un abruti ? Eh bien, c'est fini.

— Je ne c-comprends pas.

— C'est simple. Wesley me fait honte. Je lui ai ordonné de mettre bon ordre à tout ça. Je lui ai donné des instructions précises pour obtenir votre argent et payer ses dettes lui-même, pour changer. Mais il est trop faible et incapable de suivre des instructions même si quelqu'un les lui imprimait sur le front.

Le discours de Walter n'avait pas de sens. Et pourquoi portait-il encore ses gants ?

— Vous croyez que c'est Wesley qui a tout monté ? demanda-t-il, ses lèvres se tordant dans un affreux rictus. Vous êtes aussi stupide que lui. Quand Tracey m'a parlé de l'argent dont vous aviez hérité, j'ai dit que je ferais une dernière chose : les aider à obtenir l'argent. Ce qu'ils en faisaient était leur problème, mais il n'y aurait plus de prêts de ma part. À une exception près. J'ai engagé quelqu'un de fiable qui pourrait faire le travail.

— Vous ? s'exclama Rebecca en frissonnant. V-vous avez payé ce… ce Delaney ? Vous l'avez engagé… pour me t-tuer – nous tuer ?

— J'ignorais que les enfants se trouvaient avec vous. Jusqu'à ce que Rufus m'appelle de la station-essence. Je le regrette. Mais il n'y avait pas d'autre moyen. Une fois que vous ne seriez plus là, tous les trois, Wesley pourrait régler ses dettes, passer à autre chose – et sortir de ma vie. C'était le marché que j'avais conclu avec Tracey.

— Marché ?

— Je paierais Rufus et les aiderais à obtenir l'argent, et ils quitteraient Edmonton. Je ne pouvais plus laisser les rumeurs concernant Wesley m'affecter. Même sa fichue liaison avec Tracey était sujette à des ragots de bureau. Oh, à propos, Rebecca ?

Il fixa ses yeux larmoyants.

— Ils couchaient ensemble depuis bien plus longtemps que vous ne croyez.

Elle déglutit et refoula ses larmes.

— Depuis quand ?

— Depuis que vous étiez enceinte de la fille.

Ella. Ella chérie.

Elle se rappela à quel point Wesley s'était montré nerveux quand elle lui avait annoncé qu'elle était à nouveau enceinte. Elle avait cru que c'était à cause de sa situation professionnelle précaire. À présent, elle n'était plus dupe.

Mais… Walter ?

— Buvez-en encore, Rebecca. Vous vous sentirez mieux. C'est un thé spécial.

La tasse ondula, se dédoubla, puis se divisa en trois.

Son souffle se figea dans sa poitrine, et son pouls s'accéléra.

— Un thé spécial ?

Le regard malveillant de Walter lui fit comprendre qu'il l'avait drogué.

D'une secousse du poignet, elle laissa tomber sa tasse, répandant le thé sur ses jambes.

Mon Dieu. Il va me tuer.

Chapitre 49

Le téléphone portable de Marcus sonna. C'était Zur.

— Salut, John. Quoi de neuf ?

— Je me disais juste qu'il fallait vous informer que nous n'arrivons à rien avec Kingston. Il prétend toujours être innocent.

— Ce n'est pas le cas d'habitude ?

— Si, sauf que nous ne trouvons aucune preuve contre lui.

— Et la confession de la Whitaker ?

— Elle n'a pas spécifiquement nommé Wesley Kingston. Nous allons le garder, mais à moins de trouver quelque chose de concret…

— Vous devrez peut-être le relâcher. *Merde !*

— Nous n'aurons pas le choix. Il a un alibi solide. Alors bien qu'il puisse avoir un mobile, nous ne pouvons pas le lier à la scène du crime. Et nous ne trouvons aucun lien entre Kingston et Rufus Delaney.

— Qu'est-ce que Delaney a à dire, maintenant que Tracey est morte ?

— Il n'admet toujours pas qu'elle l'a engagé. Et nous n'avons pas trouvé trace de l'argent.

— Il l'a probablement planqué quelque part.

— Nous enquêtons toujours sur lui. Quelque chose me dit que le lien entre Delaney et Kingston nous échappe.

Delaney et Kingston…

Marcus regarda à travers le pare-brise, ses yeux s'arrêtant sur la plaque d'immatriculation du véhicule garé devant lui. JU5T1C3 – drôle de combinaison pour une plaque de l'Alberta.

Il plissa les yeux. *JUST… un… C… trois ?*

Puis il saisit. *JUSTICE.*

Son regard se porta sur la maison de Rebecca tandis que les pièces du puzzle tombaient en place.

Walter Kingston, le père de Wesley, était avocat. Et que voulaient généralement les avocats ? La justice.

L'homme était riche, respecté et occupait une position de pouvoir.

Marcus rappela John. Trois sonneries et son ami décrocha.

— Vous êtes-vous renseignés sur Walter Kingston ? demanda Marcus.

— L'avocat ?

— Oui. C'est le beau-père de Rebecca.

— Nous l'avons interrogé quand Mme Kingston a été retrouvée, mais il ne savait rien des projets de son fils ou de Whitaker. Et il semblait entretenir une relation décente avec Mme Kingston. Même elle était de cet avis.

Zur se racla la gorge.

— Vous pensez qu'il est mêlé à tout ça ?

Marcus gémit et se frotta le visage d'une main.

— Je ne sais pas. Je me raccroche sans doute à tout ce qui me vient.

— Attendez. Je vais vérifier quelque chose.

Quelques secondes plus tard, Zur revint en ligne.

— Nous l'avons manqué. C'était là depuis le début, mais nous n'avons pas assez creusé.

— Quoi ?

— Il y a quelques années, quand Walter Kingston s'occupait de droit criminel, il a représenté quelqu'un que nous connaissons, vous et moi.

— Laissez-moi deviner. Rufus Delaney.

— Le seul et l'unique.

— Merde...

Marcus coupa le moteur.

— Écoutez, Marcus, dès que j'aurai raccroché et obtenu un mandat, je vais demander à un de nos techniciens d'éplucher ses relevés bancaires.

— Vous croyez que c'est lui qui a payé Delaney ?

— Tracey a dit que quelqu'un lui avait prêté l'argent. Nous savons que Wesley Kingston n'en a pas. Papa Kingston est le meilleur candidat après lui. Nous allons envoyer une voiture chez Kingston et le faire venir au poste.

— Il n'y est pas.

— Quoi ? Mais où est-il, alors ?

Marcus sortit de la voiture et ferma doucement la portière.

— Il est entré chez Rebecca il y a plus de vingt minutes. J'y vais.

— Non, restez où vous êtes. Dans votre véhicule. J'envoie des voitures avec renforts d'ici moins de dix minutes.

Marcus traversa la rue.

— Il est dans la maison, avec elle, en ce moment.

— Restez dans votre voiture !

— Désolé, John. Je ne peux pas. Rebecca est en danger.

— Attendez !

Mais il n'écoutait plus.

Fourrant le portable dans sa poche, Marcus s'éloigna à grands pas. Il pensa d'abord entrer en trombe par la porte, mais son bon sens le retint. Et si Walter Kingston avait une arme ? Non. Sa meilleure chance de sauver Rebecca consistait à faire intervenir l'élément de surprise.

Il s'approcha discrètement de la fenêtre du salon. La lumière provenant de la cuisine et une lampe placée près de la porte éclairaient la pièce. Walter Kingston n'était pas visible. Rebecca non plus.

Il se rendit à la porte d'entrée, tourna la poignée et souffla doucement en la sentant s'ouvrir. Il se glissa dans la maison et referma silencieusement la porte. Puis il tendit l'oreille. Quelqu'un se déplaçait à l'autre bout de la maison.

À pas de loup, il s'avança dans le couloir. Sa précédente visite lui avait montré la disposition des pièces : les chambres étaient à l'arrière. C'est là qu'il trouverait Kingston et Rebecca.

En passant dans la cuisine, il repéra un flacon de pilules sur le plan de travail. Il reposait à l'horizontale, un tas de petits cachets bleus à côté. Et une bouilloire à proximité.

Merde ! Il l'a droguée.

En traversant le couloir sur la pointe des pieds, Marcus aperçut la chambre de Colton. Elle était exactement comme il l'avait vue la dernière fois, le sol jonché de vêtements et de son équipement de sport – dont une canne de hockey tout usée.

Ça fera l'affaire.

Il entra dans la chambre, saisit la canne et continua dans le couloir, levant l'instrument.

— Qu'est-ce que vous faites ? entendit-il Rebecca dire dans sa chambre.

Sa voix pâteuse associée au bruit de l'eau qui coulait fit frissonner Marcus. *J'arrive, Rebecca. Tenez bon.*

— Détendez-vous, Rebecca, répondit Walter Kingston.

Marcus étouffa un juron. Puis il alla à la porte de la chambre, qui était entrebâillée, et regarda à l'intérieur. La chambre était déserte, mais des ombres dansaient dans la salle de bains attenante, dont la porte était ouverte.

Il passa rapidement dans la chambre et scruta cet environnement, cherchant désespérément un moyen de prendre Kingston par surprise. Il devait le faire sortir de la salle de bains, l'éloigner de Rebecca. Comment ?

Un ordinateur portable était posé sur le lit, écran allumé. Kingston l'avait-il surprise dans son lit en train de consulter ses e-mails ?

Marcus s'approcha de l'ordinateur, et quand il lut le document affiché, son estomac se noua. C'était une note de suicide. Signée Rebecca. Soit Kingston l'avait tapée, soit il avait obligé Rebecca à le faire.

Des bruits d'éclaboussures retentirent dans la salle de bains.

— Non ! cria Rebecca. Arrêtez !

Marcus pivota sur lui-même, manquant renverser l'ordinateur. Oubliant son plan antérieur d'attirer Walter Kingston dans la chambre, il fonça vers la porte.

Ce qu'il vit le paralysa.

Rebecca était dans la baignoire, tout habillée, et Walter Kingston lui tenait la tête sous l'eau d'une main. Dans l'autre, il tenait un couteau à lame droite.

Marcus aurait cogné l'homme à la tête, mais en entendant des pas, Kingston fit volte-face, fixant Marcus du regard, le couteau contre le cou de Rebecca.

— Lâchez-la ! cria Marcus. C'est fini, monsieur Kingston. La police arrive.

La tête de Rebecca était toujours immergée.

— Lâchez Rebecca, répéta-t-il en s'approchant.

Kingston brandit la lame.

— Reculez ! Je ne sais pas qui vous êtes, mais ceci ne vous regarde pas.

Il tira la tête de Rebecca, qui chercha de l'air.

— Tout est de sa faute.

Marcus baissa la canne de hockey et leva l'autre main pour le retenir.

— Écoutez, Rebecca n'a rien fait d'autre qu'épouser votre fils.

— Wesley ?

Il ricana.

— Ce n'est pas mon fils. C'est un faible.

— La police sait tout. Ils seront là d'une seconde à l'autre. Si vous vous écartez d'elle et posez le couteau, vous n'aggraverez pas votre cas.

— Aggraver ? Tracey est morte. Wesley est en prison. Et ce salopard de Rufus est sans doute en train de chanter comme un foutu canari.

Kingston serra les lèvres.

— Alors, comment les choses pourraient-elles s'aggraver ?

Il passa la lame effilée sous le menton de Rebecca et une fine traînée de sang apparut.

Marcus tressaillit.

— Lâchez Rebecca, Walter. Les enfants ont besoin d'elle.

— Il est trop tard, monsieur Je-ne-sais-qui.

— S-super-héros, articula Rebecca.

Marcus fronça les sourcils. *Kingston doit avoir commencé par la droguer.*

Comme ce dernier tournait la tête vers elle, Marcus bondit, mais Kingston dut l'entendre car il se retourna et lui donna un coup de couteau. La lame taillada le bras de Marcus, déchirant sa veste et tranchant la peau. Du sang jaillit de la blessure.

Marcus grogna un juron et frappa le bras de Kingston, lui faisant lâcher la lame qui glissa au sol. Kingston rugit et se jeta sur Marcus, l'empoignant avec une agilité surprenante. La canne de hockey échappa à Marcus, et ils roulèrent sur le sol de la salle de bains, chacun s'efforçant de prendre le dessus.

Marcus réussit à donner un coup de poing à Kingston sur la joue gauche.

L'homme tomba, mais ne resta pas à terre.

Brusquement, il saisit Marcus et le plaqua au sol.

Avant que Marcus ait eu le temps de comprendre ce qui se passait, l'homme était sur lui, les mains autour de sa gorge, et serrait.

Marcus hoqueta, et sa vision se brouilla. *Mon Dieu, Rebecca...*

Il cligna des paupières et perçut un mouvement du côté de la baignoire.

Puis il vit la canne de hockey trancher l'air. Elle fit un bruit écœurant en heurtant l'arrière de la tête de Kingston. Les yeux de ce dernier se révulsèrent et il ouvrit la bouche comme s'il voulait dire quelque chose. Puis il tomba en avant, son visage à quelques pouces de celui de Marcus.

Marcus se dégagea. Pressant deux doigts contre le cou de Kingston, il sentit un faible pouls.

— Il est mort ? demanda Rebecca d'une voix mal assurée.

— Non.

Il l'entendit souffler. Les épaules de Rebecca s'affaissèrent et il l'atteignit alors qu'elle s'effondrait sur le sol maculé de sang. La prenant dans ses bras, il sortit de la salle de bains et la déposa sur le lit.

— Vous croyez que vous finirez un jour de me sauver ? demanda-t-elle d'une voix faible.

— Sans doute pas – si vous ne vous débarrassez pas de cette habitude d'être droguée.

Comme elle le regardait sans comprendre, il ajouta :

— C'est la deuxième fois que quelqu'un essaie de vous droguer.

Il sourit, puis la serra contre lui et embrassa ses cheveux.

— Je vous ai crue morte.

— Apparemment, je ne suis pas facile à tuer, dit-elle d'une voix pâteuse.

Ils entendirent des cris dans l'entrée. La cavalerie était arrivée.

— Marcus ? hurla quelqu'un.

— John Zur, dit Marcus à Rebecca.

Puis il cria :

— Nous sommes là ! Kingston est K.O.

Tandis que des bruits de pas retentissaient dans le couloir, Rebecca contempla la canne de hockey brisée qui gisait au sol.

— Je dois une canne de hockey à Colton.

Il sourit.

— On lui achètera un équipement tout neuf.

— Vous saignez, dit-elle, alarmée.

Il baissa les yeux sur son bras. Un épais filet de sang suintait de sa manche et coulait à terre.

— C'est superficiel. Vous n'avez pas peur d'un peu de sang, quand même ?

Comme elle secouait la tête, il déclara :

— Bien.

Puis il l'enlaça.

Chapitre 50

Une fois Walter emmené par la police et la maison vide, Rebecca se changea pour mettre des vêtements chauds, puis rejoignit l'inspecteur Zur et Marcus à la table de la cuisine. Marcus avait déjà fait du café ; elle prit une tasse et le sirota, refoulant les larmes qui lui montaient aux yeux.

— Heureusement que vous n'avez pas terminé le thé, dit Marcus en secouant lentement la tête.

Encore étourdie, elle lui adressa un bref regard mais ne dit rien. Elle savait avoir frôlé la mort. Quelques gorgées de plus et ç'aurait été la fin. Walter aurait réussi à la noyer.

L'inspecteur Zur s'assit en face d'elle.

— Votre beau-père va se retrouver derrière les barreaux pour longtemps, madame Kingston.

— S'il vous plaît, appelez-moi Rebecca. Ce nom… Elle frissonna.

— Bien sûr.

L'inspecteur plaça une main sur la sienne.

— Rebecca.

— On dirait que Walter Kingston s'est donné

énormément de mal, juste pour récupérer l'argent qu'il avait prêté à Tracey et Wesley, marmonna Marcus.

— C'est la raison pour laquelle nous ne l'avons jamais considéré comme suspect. Ce type était plein aux as.

— Ce que je ne comprends pas, c'est pourquoi Walter a tout fait pour se débarrasser de moi, dit-elle. Il n'avait pas besoin de cet argent. Et il n'avait aucune raison personnelle de vouloir ma… mort.

— Il y a une autre raison, répondit l'inspecteur Zur.

Rebecca fronça les sourcils.

— Laquelle ?

— Voici ce que nous avons réussi à reconstituer : Walter Kingston travaillait sur un important accord de fusion avec deux distributeurs de livres numériques renommés – l'un canadien, l'autre américain. Le contrat aurait constitué une avancée importante, surtout pour l'entreprise canadienne, que Walter représentait. Il avait dépensé des milliers de dollars pour ses recherches, et aurait tout récupéré une fois que la fusion aurait eu lieu. Sans parler du fait qu'il aurait gagné une somme rondelette pour avoir conclu l'affaire.

— Mais quel rapport avec moi ?

— Tout a commencé avec Wesley.

— Ses problèmes de jeu, devina-t-elle.

— Wesley avait emprunté de l'argent à son père pour rembourser ses dettes de jeu, puis en a contracté d'autres. C'est alors que Tracey Whitaker est allée voir Walter et lui a répété ce que Wesley lui avait dit de l'héritage de votre grand-père.

— L'argent des enfants, rectifia-t-elle.

— Oui. Elle l'a convaincu qu'en se débarrassant de vous, Wesley pourrait mettre la main sur cet argent, régler ses dettes et rembourser ses prêts à Walter. Il savait qu'il devait faire quelque chose pour aider Wesley parce que si la nouvelle se répandait que son fils était un joueur, les entreprises se retireraient de l'accord de fusion et…

— Et l'entreprise canadienne ne voudrait plus de Walter comme avocat, termina-t-elle.

L'inspecteur hocha la tête.

— Exactement. Kingston perdrait des millions dans cette histoire.

— Alors c'est lui qui a engagé Rufus Delaney pour me pousser dans la rivière.

— Oui. Et quand la tentative a échoué, il a payé Tracey pour vous droguer à l'hôpital.

Rebecca se souvint des paroles de Tracey. *« C'est ce qu'il voulait, ce qu'il avait prévu. Il a payé ce type pour lui faire quitter la route. Il a dit que je devais terminer le travail, qu'alors nous serions sûrs de toucher l'argent. Je n'avais aucun autre moyen de rembourser le fichu prêt ».*

— À l'hôpital, dit-elle, juste avant qu'elle soit abattue, nous avons cru qu'elle disait que Wesley avait été son complice.

— Mais depuis le début, c'était son père, ajouta Marcus.

Rebecca songea à Wesley, à son mariage, à tous les mensonges. Ses enfants avaient failli payer le prix de son comportement. *Plus jamais ça !*

— La vie n'est pas toujours rose, pas vrai ? déclara Marcus.

Elle secoua la tête.

— Il est peut-être temps d'en changer.

Elle le regarda dans les yeux.

— Pour nous deux.

— Il est temps que j'y aille, dit l'inspecteur. Vous pourrez venir demain matin, et je prendrai vos déclarations. Vous avez tous les deux l'air d'avoir traversé l'enfer.

— Et d'en être revenu, convint Marcus.

— Vous devriez passer à l'hôpital et vous faire examiner. Vous allez avoir besoin de points de suture au bras.

— Plus tard. Pour l'instant, John, je veux rester assis un moment et me détendre.

L'inspecteur Zur se tourna vers Rebecca et leva les yeux au ciel.

— C'est vraiment un gros dur. Assurez-vous qu'il se fasse examiner. Ne vous laissez pas fléchir.

Rebecca sourit.

— Promis. Je l'y conduirai moi-même.

Marcus ricana et elle se retourna vers lui :

— Quoi ? Insinueriez-vous que je ne suis pas bonne conductrice ?

— Regardez où votre dernière balade vous a menée.

— Ha ha, monsieur le gros dur.

Il lui sourit et son regard s'illumina.

— Je croyais que j'étais monsieur le super-héros.

— Je pense que je vais regretter ce commentaire.

— D'accord, d'accord, dit-il en agitant les mains. Vous pouvez conduire ma voiture. Je sais que vous ne me laisserez jamais en paix tant que je n'y serai pas allé.

Rebecca regarda par-dessus son épaule pour dire quelque chose à l'inspecteur, mais il était déjà parti.

— Donnez-moi vos clés, dit-elle à Marcus. Je vous promets de ne pas nous envoyer dans une rivière.

Chapitre 51

Marcus sortit de la salle d'examen de l'hôpital en ressentant une étrange légèreté dans ses jambes et une impression d'apesanteur. Il n'avait même pas eu conscience de retenir son souffle avant de le laisser aller, lentement, régulièrement.

Tout s'était bien passé. Une femme médecin des urgences avait exigé une radio des mains et du visage, mais selon elle, il n'avait rien de cassé. Elle avait pansé ses coupures, recousu son bras et l'avait averti qu'il se sentirait plus mal le lendemain matin.

Génial. Sans rien de plus fort que du Tylenol, le lendemain allait être une journée sacrément désagréable. Sauf qu'il verrait Rebecca.

Il sourit et composa son numéro de portable.

— J'ai terminé.

Elle avait voulu attendre avec lui, mais il avait refusé, disant que la longue attente et les tests qu'il subirait n'allaient pas être très drôles, et lui suggérant d'aller voir ses enfants. Il se disait que sa sœur prendrait soin d'elle pendant les quelques heures qu'il allait passer à l'hôpital.

— Ma sœur veut faire votre connaissance, dit-elle.

— Je ne suis pas très doué avec les familles.

Elle rit.

— Vous vous en sortirez très bien. Kelly vous a déjà placé sur un piédestal plaqué or.

— On peut dire que vous savez mettre les gens à l'aise, ironisa-t-il.

— Allez, Marcus. Ce sera amusant. Nous déjeunerons demain avec les enfants, Kelly et Steve après avoir vu l'inspecteur Zur.

Il sourit.

— On dirait un rendez-vous galant.

Il y eut une longue pause au bout du fil.

— À déjeuner demain, ça me va, Rebecca.

— À dans vingt minutes.

— En fait, je dois aller quelque part. Je prendrai un taxi jusque chez vous après, pour récupérer ma voiture.

Elle accepta et il raccrocha.

Pendant l'examen médical, il ne pensa qu'à Rebecca et à la façon dont ils avaient tous frôlé la mort. Cela remettait les choses en perspective. La vie était courte. La mort pouvait venir frapper à la porte à tout moment.

Quand Walter Kingston avait tenté de noyer Rebecca, Marcus s'était rendu compte que quelque chose avait changé dans sa vie. Il pouvait enfin respirer. C'était comme s'il avait été submergé, perdu, mais qu'à présent, un interrupteur s'était déclenché. Comme s'il avait trouvé une nouvelle jeunesse… et plus encore. Une nouvelle relation – à laquelle il ne s'était pas attendu mais qu'il avait très envie d'explorer.

Cependant, il devait d'abord faire le ménage dans son ancienne vie. Il avait laissé trop de choses en plan.

Il est temps de brûler le coffret en bois.

Cette fois, il savait qu'il le ferait. Il regarderait cette saleté brûler jusqu'à ce qu'il n'en reste qu'un tas de cendres. Il avait fini de s'accrocher au passé. Fini les drogues. Fini les fantômes. Dès qu'il serait chez lui, il allumerait un feu dans la cheminée.

Tu n'es que poussière et tu retourneras à la poussière...

Dans le couloir, à côté du poste des infirmières, il repéra une cabine téléphonique. Devait-il passer l'appel ?

— Il est temps de changer de vie, avait dit Rebecca.

Avant de pouvoir le faire, il devait dire adieu à l'ancienne.

Il saisit le combiné et composa le numéro. Quand son ex-belle-mère décrocha, il prit une profonde inspiration.

— Maman – euh, Wanda ? C'est Marcus. Je voulais te dire que je vais venir à la commémoration pour Jane.

— C'est merveilleux, dit Wanda.

— Je, euh... j'amènerai quelqu'un, si ça ne pose pas de problème.

— Bien sûr. Quelqu'un que je connais ?

— Non. C'est quelqu'un que j'ai... rencontré récemment.

— Une femme ?

Il y avait de la surprise dans la voix de Wanda, et quelque chose qui ressemblait à de la joie.

— Oui, dit-il. Rebecca.

Il y eut un long silence. Avait-il contrarié Wanda ?

— Marcus, dit-elle. Je suis tellement soulagée d'entendre que tu es finalement prêt à tourner la page.

— Quoi ?

— Jane voudrait que tu sois heureux, chéri. Ryan aussi. Ils ne voudraient pas te voir seul au monde.

La réaction de Wanda n'était pas du tout celle qu'il avait escomptée.

— Merci... Maman.

— Tu seras toujours mon fils, Marcus. Dans mon cœur. Tu as donné à ma fille les meilleures années de sa vie.

— Et quelques autres pas aussi bonnes, lui rappela-t-il.

— Jane ne s'attardait jamais là-dessus. Elle t'aimait. Tu l'aimais. Tu as juste disparu un moment. Et tu es perdu depuis que Ryan et elle sont morts.

Marcus baissa la tête et tourna le dos au poste des infirmières en essuyant une larme.

— Alors tu me pardonnes ?

— Bien sûr, chéri. Je t'ai pardonné il y a des années. Jane et Ryan aussi. La question, Marcus, c'est : est-ce que tu te pardonnes ?

— Oui.

En raccrochant, Marcus se rendit compte qu'il avait dit la vérité à Wanda pour la première fois en six ans. Il se pardonnait vraiment. Une autre prise de conscience le frappa : sa nouvelle vie avait enfin commencé.

Mais d'abord, il avait quelques points de détail à régler.

* * *

« Je m'appelle Marcus, déclara-t-il suivant le rituel consacré, et je suis un drogué. »

Il prit un instant pour examiner les visages des gens qui le comprenaient, même s'ils étaient tous des inconnus sauf Leo, assis au premier rang. Ces gens venaient de tous les horizons. Certains jeunes, d'autres vieux. Hommes, femmes, ça n'avait pas d'importance. L'addiction ne faisait pas de discrimination.

« Jusqu'à aujourd'hui, reprit-il, j'ai surtout écouté les autres partager leur histoire. Je vous ai admirés pour votre courage, un trait qui me fait défaut depuis bien trop longtemps. »

Il songea au groupe des Narcotiques Anonymes à Edson.

« J'ai écouté égoïstement pendant que vous mettiez votre âme à nu, sans jamais vous accorder le même respect. Et pour ça, je suis profondément désolé. »

Il baissa la tête et inspira lentement. Puis il leva les yeux et regarda en face les hommes et femmes les plus courageux qu'il connaissait, puisant dans leur force et se souvenant des sages paroles de Leo : « *Reconnaître ses torts est bon pour l'âme* ».

« La première fois que j'en ai pris, commença Marcus, c'était sous prétexte de rester alerte, de rester éveillé. J'ai rationalisé mon comportement, en me disant que je sauverais des vies. J'étais infirmier. J'ai volé des drogues pour alimenter mon habitude. J'ai contrefait des signatures sur les ordonnances que je volais aux médecins avec qui je travaillais. J'ai trahi leur confiance – et celle de tout le monde – en me disant à chaque fois que je pouvais arrêter à tout moment. Que ce n'était pas bien grave. »

Son auditoire était pétrifié, chacun s'identifiant avec la logique vers laquelle se tournent tous les drogués – des prétextes.

« J'ai essayé d'arrêter quand ma femme et mon fils sont morts. Je les ai tués, ou du moins c'est ce que j'avais toujours pensé. »

Certains des nouveaux membres eurent des hoquets de surprise.

« Je ne les ai pas tués de mes mains, mais c'est sans importance. Mes actes – le fait que je me droguais – ont entraîné leur mort. À l'époque, je me persuadais que je contrôlais la situation, que les drogues n'affectaient pas ma vie. Je me racontais des histoires. Je croyais sincèrement pouvoir arrêter quand je voulais et me droguer pour rester au mieux de mes capacités. Alerte. Prompt à réagir. »

Il croisa le regard de Leo. Son ami connaissait la chanson. Il arrivait souvent que les infirmiers et autres professionnels soumis à beaucoup de stress prennent quelque chose – pour rester alertes. La plupart commençaient par des boissons énergisantes. Quand elles cessaient de faire effet, ils passaient aux drogues courantes – une association de codéine et de caféine, en général. Puis ils se mettaient à voler. Leo et Marcus avaient été des voleurs pleins de ressources.

« J'étais suffisant et stupide, dit Marcus. J'ai essayé de me séparer physiquement de Jane et de Ryan, pensant qu'ils étaient plus en sécurité ainsi. C'était une erreur. Que je ne pourrai jamais, *jamais* réparer. »

Une jeune femme assise au premier rang hocha la tête en signe de compréhension.

« Ma femme s'est inquiétée quand je suis parti pour m'éclaircir les idées, continua-t-il. Elle a essayé de m'appeler, mais je ne répondais pas au téléphone. »

Sa voix se brisa.

« Si seulement j'avais décroché. J'aurais peut-être pu la convaincre de rester à la maison. Mais Jane et Ryan ont pris la voiture d'Edmonton à Cadomin sous une pluie torrentielle, avec une visibilité quasiment nulle. »

Tandis qu'il rassemblait son courage, Leo lui adressa un signe de tête appuyé. À cet instant, Marcus sut qu'il était temps de se débarrasser du terrible fardeau qu'il avait gardé pour lui. Du secret qui l'avait empêché de vivre. Du passager coupable de son âme.

« Ils ont roulé sur une plaque de verglas mouillé, dit-il d'une voix étouffée. La voiture s'est mise à déraper et a fait un tonneau. Il n'y avait aucun autre véhicule en vue quand ils se sont retournés et ont atterri dans un fossé rempli de plus d'un mètre d'eau glacée. »

Des murmures de compassion emplirent la salle.

— Continue, le pressa Leo depuis le premier rang.

« Jane et Ryan se sont noyés. Ils étaient morts quand les sauveteurs les ont trouvés. »

La voix de Marcus se fit amère.

« Morts parce qu'ils venaient me sauver, moi. »

Pendant longtemps, par la suite, il avait cru que sa vie ne valait pas d'être sauvée, et sans Leo, il serait probablement mort. Et avec Jane et Ryan. Cette pensée le harcelait jour et nuit. Dans ses rêves. Dans ses pensées d'éveil. Certains jours, il aurait voulu que ce soit le cas.

« Ils sont morts il y a six ans, dit-il en regardant Leo dans les yeux. Et pendant longtemps, j'ai voulu mourir aussi. Mais quelqu'un m'a rappelé que la vie continue. »

Il vit Leo refouler des larmes. Ainsi que quelques autres membres du groupe.

« Ça n'a pas été facile, dit-il en soupirant. Je pense toujours à prendre de la drogue. J'en ai toujours envie. Et j'ai rechuté quelques fois. Je porte toujours le poids de la culpabilité, mais j'essaie de comprendre que je ne les ai pas tués. C'était un accident, une terrible tragédie. Ils auraient pu mourir en allant faire des courses. »

Fermant les yeux, il visualisa le sourire séduisant de Jane et ses yeux émeraude pétillants.

« Avant tout, Jane m'a appris à vivre. Et je suis toujours vivant. Je suis là, et eux non. J'ai survécu. On m'a fait cadeau de la vie, et je ne peux pas gaspiller ce cadeau. »

Son regard parcourut les visages sérieux, des visages qui savaient maintenant exactement où il s'était trouvé, ce qu'il avait fait. Il s'était attendu à voir la condamnation dans leurs expressions, mais ce qu'il voyait était le pardon et la compréhension.

« Au jour le jour. »

Ses paroles furent reprises en sourdine par le groupe, et il descendit de l'estrade.

— Tu t'en est bien tiré, mec, murmura Leo tandis que Marcus s'asseyait.

— J'ai survécu, Leo.

Sa voix était pleine d'émotion, et les larmes coulaient librement sur ses joues.

* * *

Quand Marcus arriva chez Rebecca, elle vit ses yeux rougis et le serra dans ses bras.

— Tu pourras me raconter plus tard, dit-elle. Pour

l'instant, détends-toi. Ces derniers jours ont été longs. Viens.

Elle le prit par la main et l'entraîna.

— Où allons-nous ?

— Dans ma chambre.

Malgré les pensées qui se bousculaient dans sa tête, il ne protesta pas quand elle le conduisit à travers la maison. Il se sentait brisé, comme s'il allait s'effondrer d'un instant à l'autre. Chaque pas lui donnait l'impression qu'une semelle de plomb était fixée à ses chaussures. Guidés par la lumière du couloir, ils atteignirent la chambre à coucher.

Rebecca alluma une lampe, puis tira l'édredon et les draps.

— Tu essaies de me mettre dans ton lit ? demanda-t-il avec un sourire sardonique.

Elle haussa un sourcil.

— Ton talent pour la déduction est stupéfiant. Viens là.

Il contourna le lit, et elle se mit à déboutonner la chemise de Marcus, en prenant soin de ne pas déranger les bandages qui entouraient son bras.

Elle l'embrassa sur la poitrine.

— Cette nuit, tu dormiras comme un bébé.

Elle déboutonna soigneusement son pantalon, ce qui sembla le faire émerger du brouillard. Il se débarrassa du jean et de ses chaussettes, puis tendit les bras vers elle. Mais elle repoussa sa main.

Dérouté, il demanda :

— On ne va pas… ?

Il fronça les sourcils, interrogateur.

— Non.

— Vraiment ?

— Vraiment.

— Alors on va juste…

— Dormir, oui. Nous avons tout le temps pour le reste, une fois que ton bras sera guéri. Et mes côtes.

— Mais ça va prendre des semaines. Qu'est-ce qu'on va faire pendant nos autres rendez-vous d'ici là ?

Elle lui fit signe de s'allonger.

— Dormir. Ou il n'y aura pas d'autre rendez-vous.

Il sourit.

— Vous êtes dure en affaires, madame.

En caleçon, Marcus se glissa sous les draps. Ils étaient frais, satinés. Il avait oublié cette sensation.

Rebecca se déshabilla, ne gardant que soutien-gorge et culotte, ses propres blessures cachées par les bandages.

— Nous faisons un sacré couple, dit-il, désabusé.

Elle rit, puis se coucha à côté de lui. Il l'attira contre lui, la main sur la hanche de Rebecca.

Elle le dévisagea avec une expression inquiète.

— Dors, Marcus.

Elle passa les doigts dans les cheveux de Marcus et il frissonna. Son contact était réconfortant ; il soupira. Il la contempla longtemps, regardant ses paupières pâles se fermer, ses lèvres s'entrouvrir et les rides de son front s'estomper, puis disparaître.

Il écouta sa respiration lente et régulière. Inspiration… expiration… inspiration… expiration. Le bruit de la vie.

Il ferma les yeux.

Cette fois, aucune image ne vint le hanter. Il était libéré des souvenirs tourmentés du passé. Libéré du poids vampirisant, épuisant, de la culpabilité qui avait totalement submergé son existence. C'était comme s'il avait crevé la surface et pouvait maintenant, enfin, respirer.

Et pour la première fois en plus de six ans, Marcus dormit.

Épilogue

On frappa à la porte de Marcus.

Arizona aboya, puis gémit.

« Arizona, l'avertit Marcus. Je compte sur toi pour te comporter comme la dame que tu es. »

La chienne pencha la tête de côté comme si elle réfléchissait à ses paroles.

Il prit une profonde inspiration et rentra les épaules comme pour se préparer à la bataille. Il s'approcha de la porte, l'ouvrit et la voix lui manqua en contemplant l'image éthérée qui se tenait devant lui. Des mèches de cheveux blonds étaient soulevées par une brise légère, puis retombaient sur les épaules de Rebecca.

Ils se voyaient depuis maintenant un mois, chaque fois à Edmonton, dans des lieux publics. Au début, ils s'étaient retrouvés pour prendre un café. Puis pour déjeuner. Ils discutaient de tout – du mari de Rebecca et de leur divorce imminent, du procès en attente de Walter Kingston, et de la vie avec Jane et Ryan.

Marcus avait été plus que surpris de l'accueil chaleureux que Rebecca et lui avaient reçu à la soirée commémorative en l'honneur de Jane et de Ryan, surtout après qu'il s'était levé devant toute la famille et leur avait parlé de son addiction. Il y avait trouvé le pardon auquel il ne s'était pas attendu.

— Salut, dit-il, abasourdi.

Il y eut un silence gêné, puis elle demanda :

— Tu vas me laisser entrer ?

— Bien sûr.

Marcus, qui se serait giflé, ouvrit grand la porte et l'invita à entrer.

— Désolé. Ça fait longtemps que je… que je n'ai pas… tu sais.

Rebecca haussa un sourcil.

— Quoi ? Préparé un dîner ?

— Reçu quelqu'un. Pour un rendez-vous galant.

— C'est de ça qu'il s'agit ?

Son regard bleu était lumineux.

Il rit.

— Nous avons des problèmes pour définir ce mot, pas vrai ?

— Je suis affamée.

Elle prit son bras.

— Montre-moi le chemin.

Arizona gémit.

— Je te présente Arizona, dit-il. L'autre femme de ma vie.

— Salut, Arizona, lança Rebecca en tirant un os en cuir de sa poche. J'ai un cadeau pour toi.

Arizona passa le museau sous la main de Rebecca, demandant silencieusement son attention. Détail amusant, Arizona n'avait pas habituellement ce type de comportement avec les inconnus.

Le repas préparé par Marcus s'avéra parfait. Des steaks marinés grillés au barbecue, des gambas poêlées aux épices cajuns avec beurre et jus de citron, et une salade Caesar. Mais pour le dessert, il avait triché et acheté une tarte aux framboises chez le traiteur.

Après le dîner, ils se détendirent sur le canapé du

salon. Sirotant un vin de baies sans alcool de Saskatoon, ils discutèrent de leurs rêves et de leurs projets. Rebecca lui fit part de son excitation à l'idée de lancer sa propre affaire – une maison d'hôtes, quelque part en Alberta. Il lui parla de son idée de trouver quelque chose d'autre, quelque chose de stimulant mais de moins stressant. Mais il avait encore des doutes quant à son avenir.

— Tu crois que quelqu'un comme moi peut trouver la rédemption ? demanda-t-il.

— Oui.

Sa réponse fit voler en éclats l'armure de Marcus. Était-ce possible ?

— Tu as trouvé la paix vis-à-vis de Wesley ? De votre couple ?

Elle acquiesça.

— Il m'a quittée il y a longtemps. En esprit, en tout cas.

— Wesley ne connaissait pas sa chance. Moi si.

— Je sais.

À cet instant, Marcus sut exactement ce qu'il voulait pour l'avenir. Rebecca. Il voulait le tout – Ella et Colton inclus. Cette pensée lui réchauffa le cœur.

— Viens avec moi, dit-il en la prenant par la main. J'ai quelque chose à te montrer.

— Quoi ?

— Tu verras.

Il alla au placard et en sortit la veste de Rebecca.

— Il fait un peu frais dehors.

— On va se promener ?

Arizona poussa un aboiement.

— Oh oh, déclara-t-il en souriant. Tu as prononcé le mot magique.

Il mit sa laisse à Arizona et ils sortirent.

— Par ici, dit-il. Dernière maison sur la gauche.

Elle eut un rire nerveux.

— Ça paraît inquiétant.

Ils marchèrent bras dessus, bras dessous et

atteignirent le bout de la rue.

— Qu'est-ce qu'il y a en bas ? demanda-t-elle en considérant les bois.

— Un ravin avec un ruisseau. C'est très joli de jour. Pas très sûr de nuit, par contre. Des ados y traînent, pour fumer, prendre de la drogue – à moins que je ne les chasse. J'essaie de faire partir la racaille.

— Est-ce que ça te tente ? La drogue ?

— Certains jours.

Elle le dévisagea intensément.

— Tu es un homme très honnête, Marcus.

— J'y arrive petit à petit.

— Alors quelle est cette surprise dont tu parlais ?

Il indiqua la maison victorienne avec son jardin luxuriant.

— Qu'est-ce que tu en penses ?

— Elle est magnifique. Très bien entretenue. Charmante.

Elle se tourna face à lui, l'air encore dubitatif.

— Tu connais le propriétaire ?

— Je la connaissais. Mme Landry est morte il y a quelques semaines. La maison est en vente. Qu'est-ce qui te vient à l'esprit quand tu la regardes ?

Elle sourit.

— Facile. Elle est proche de l'autoroute, mais à côté d'un ravin. Elle ferait une maison d'hôtes parfaite.

— C'est ce que je me disais.

Il la regarda dans les yeux, happé par les émotions contradictoires qu'il y lut. Bonheur. Excitation. Doute.

— Je ne sais pas, Marcus…

— Moi si.

Il prit ses mains et les embrassa.

— Pour la première fois depuis longtemps, je sais exactement ce que je veux.

Ils restèrent silencieux, craignant de parler. Craignant de gâcher ce moment – et toutes ses possibilités.

— Tu ne crois pas qu'on précipite les choses ? demanda-t-elle.

— Et toi ?

— Curieusement… non.

Elle leva la tête et il l'embrassa.

— J'ai vu Jane et Ryan il y a quelques nuits, dit-il. Dans mes rêves.

Elle le serra contre elle.

— C'était terrible ?

— Non. Ils venaient me dire adieu. Elle a dit qu'ils étaient tous deux en paix maintenant et qu'ils voulaient la même chose pour moi.

— Marcus ? l'interrogea Rebecca d'une voix hésitante. Il y a quelque chose que je ne t'ai pas dit. À propos de Jane.

— Quoi ?

— Juste avant que Tracey Whitaker vienne dans ma chambre d'hôpital, j'ai entendu une voix de femme. Elle me réconfortait, me disait de rester calme. La même voix m'a rendu visite quand Walter est venu chez moi et a essayé de me tuer.

— Tu crois que c'était Jane ?

— Qui d'autre ? Tu m'as dit que tu la voyais tout le temps, alors qu'y aurait-il de si bizarre à ce que je l'entende, moi ?

Il ne sut que répondre.

Ils rentrèrent tranquillement chez lui en réfléchissant, silencieux. Au lieu d'entrer, il la conduisit dans le jardin à l'arrière.

— Attends ici. Je reviens tout de suite.

À l'intérieur, il sortit le coffret de bois de sa cachette. Puis il sortit, ouvrit le coffret et lui montra ce qu'il contenait. Les drogues, la seringue. Sa honte, sa culpabilité. Ces deux sentiments émanaient du coffret, invisibles mais puissants.

— Il est temps que je m'en sépare, dit-il.

Il plaça le coffret dans la fosse à feu. Sortant un

briquet de sa poche, il alluma le petit bois sous l'objet et ils s'écartèrent de quelques pas, le regardant fumer, grésiller et brûler.

— J'ai passé longtemps à fuir la vérité, dit-il. Je savais m'y prendre. Pour cacher des choses. Me submerger dans la culpabilité.

Rebecca lui prit la main.

— Tu n'auras jamais besoin de te cacher de moi.

Il l'embrassa à nouveau, songeant à la complexité du destin. Dans sa recherche de Rebecca et de ses enfants, c'était elle qui l'avait trouvé. Et à présent le monde s'ouvrait à lui, avec ses possibilités infinies.

~ * ~

Si vous avez aimé ce livre, pensez à rédiger une courte critique et à la publier sur votre site préféré. Les critiques sont très utiles aux autres lecteurs et grandement appréciées par les auteurs, moi en particulier. Si vous en publiez une, envoyez-moi un courriel pour m'en informer et j'en ferai peut-être figurer une partie sur mon blog/site. Merci.

Cheryl

cherylktardif@shaw.ca

Livres par Cheryl Kaye Tardif

Des Romans:
SUBMERGED
CHILDREN OF THE FOG
WHALE SONG (Includes WHALE SONG: School Edition
[with discussion guide for schools and book clubs] and Large
Print edition)
DIVINE INTERVENTION
DIVINE JUSTICE
DIVINE SANCTUARY
THE RIVER
LANCELOT'S LADY

Novellas et Histoire Courtes:
EAGLE E.Y.E. (Qwickie)
E.Y.E. OF THE SCORPION (Qwickie)
DREAM HOUSE
REMOTE CONTROL

Trilogies:
DIVINE TRILOGY

Anthologies:
SKELETONS IN THE CLOSET & OTHER CREEPY
STORIES
WHAT FEARS BECOME
SHADOW MASTERS
A FEAST OF FRIGHTS FROM THE HORROR ZINE
25 YEARS IN THE REARVIEW MIRROR: 52 Authors Look
Back

Les Livres por Enfants:
THE ELFLING PRINCESS
MY IMAGINARY FRIEND

Traductions:
SUBMERGÉS (French – Children of the Fog)
I BAMBINI DELLA NEBBIA (Italian – Children of the Fog)
SUMERGIDO (Spanish – Submerged)
LOS NIÑOS DE LA NIEBLA (Spanish – Children of the
Fog)

VERSUNKEN (German - Submerged)
BLUT & FEUER: Drei Thriller (German bundle)
LES ENFANTS DU BROUILLARD (French - Children of the Fog)
DIVINE: Blick ins Feuer (German - Divine Intervention)
WILDER FLUSS (German - The River)
DES NEBELS KINDER (German - Children of the Fog)
DIE MELODIE DER WALE (German - Whale Song)
DIE MELODIE DER WALE: Schulausgabe (German - Whale Song: School Edition)
LANCELOTS LADY (German - Lancelot's Lady - soon to be released)
GIZEMLI NEHIR (Turkish - The River)
2 Chinese titles (Out of print - WHALE SONG and CHILDREN OF THE FOG)

Non-Fiction:
HOW I MADE OVER $42,000 IN 1 MONTH SELLING MY KINDLE eBOOKS

Livres Audio:
WHALE SONG
CHILDREN OF THE FOG
SUBMERGED
DES NEBELS KINDER (German – Children of the Fog)

Votre prochain livre…

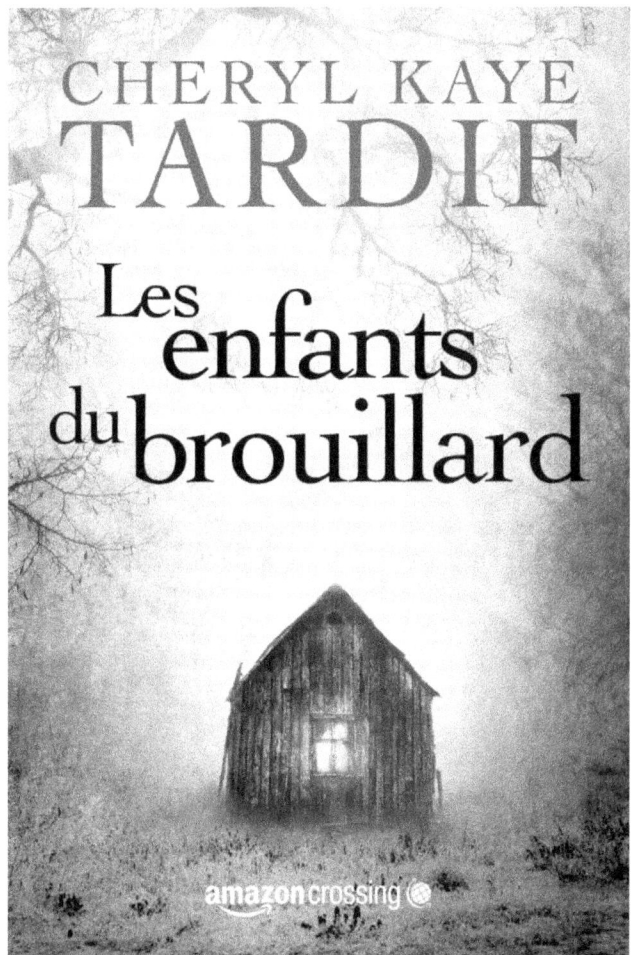

CHERYL KAYE
TARDIF

Les enfants
du brouillard

amazoncrossing

Cheryl Kaye Tardif est canadienne. Auteur de best-sellers de suspense internationalement reconnus et primés, elle est publiée par divers éditeurs de livres papier, électroniques et audio. Elle est surtout connue pour *Les Enfants du Brouillard* (plus de 200 000 exemplaires vendus dans le monde), *Submergés*, la trilogie *Divine* et *Whale Song*, et nombre de ses romans ont été traduits en plusieurs langues.

Lorsqu'on lui demande son métier, Cheryl aime à répondre : « Je gagne ma vie en tuant des gens ! » Vous imaginez la réaction de son interlocuteur. Elle ajoute parfois : « Fictivement, bien entendu. Je suis auteur de suspense. » Parfois, elle s'en tient là.

Habitant West Kelowna, en Colombie-Britannique, dans la magnifique vallée canadienne d'Okanagan, Cheryl travaille sur un projet spécial qu'elle espère vendre à Netflix, Crave TV ou Prime Video : douze épisodes d'une série criminelle pour la télévision située dans l'Okanagan. Elle écrit également un nouveau thriller – et un deuxième livre illustré pour enfants.

Booklist déclare avec enthousiasme : « Tardif, déjà réputée au Canada… un nom à retenir au sud de la frontière ».

Site internet de Cheryl : www.cherylktardif.com
Facebook :
https://www.facebook.com/CherylKayeTardif
Twitter : www.twitter.com/cherylktardif

IMAJIN BOOKS ™

Une fiction de qualité dépassant vos rêves les plus fous

Pour votre prochain achat de livre électronique ou de poche, consultez :

www.imajinbooks.com

www.imajinbooks.blogspot.com

www.twitter.com/imajinbooks

www.facebook.com/imajinbooks

IMAJIN QWICKIES ™
www.ImajinQwickies.com